白い衝動

하얀 충동

오승호(고 가쓰히로) 장편소설

이연승 옮김

블루홀6

7 / 하얀 충동

485 / 옮긴이의 말

일러두기
본문의 각주는 전부 독자의 이해를 돕기 위한 옮긴이 주입니다.

A는 아직 사람을 죽이지 않았다.

처음 A를 만났을 때 습지대에 잘못 들어선 다람쥐의 모습이 머리에 떠올랐다. 길을 잘못 들었는데도 기죽거나 포기하지 않고 씩씩하게 살아가는 것처럼 보이지만 그 뒤에는 깊이를 헤아릴 수 없는 늪이 펼쳐져 있고 자기도 모르는 사이에 그 늪에 풍덩 빠져 버릴 것 같은 아슬아슬한 느낌을 받았다. 그리고 이 첫인상이 의외로 틀리지 않았다는 것이 나중에 밝혀졌다.

일상적인 의사소통에 별다른 문제는 없었다. 대답은 유연하면서도 논점을 잘 짚고 상대를 신경 쓰거나 배려하는 자세는 여느 사람 못지않게 뛰어나다고도 할 수 있다. 반면 그 안에서는 타인과 일정한 거리를 두려는 의지도 얼핏 엿보였다. 이성적인 사고와 언동을 선호하고 감정이 실린 말과 행동은 스스로 금하려고 했다.

인간이 합리를 이야기하고 실천하는 것은 그것이 가장 안전하기 때문이다. A의 행동은 이치에 맞고 이론상 틀리지 않았다. 연애 따위에 관심을 보이지 않는 것도 불확실한 감정의 교류가 두려워서일 것이다. 나를 만나기 전까지만 해도 A는 이성 교제 경험이 없었다.

(몇 쪽 뒤)

내 첫인상이 A의 기억과 이어졌다. 숲과 늪, 질식과 입술. 사이렌 소리, 질책, 통증. 상실의 쾌감과 두려움. 그것은 A의 영혼에 새겨진 강렬한 살인 체험이다.

(몇 쪽 뒤)

앞으로 A는 어떻게 성장하고 어떤 인간관계를 맺으며 살아갈 것인가. 나의 예측은 비관적이다.

A가 말하는 합리나 스스로 익힌 억제의 수단은 종이로 지은 방공호와 같아서 아주 사소한 계기로 쉽게 무너질 것이다. 그때 A는 자기 자신의 영혼, 즉 충동과 마주하게 된다.

그리고 모든 것이 마땅히 향해야 할 곳으로 향하듯 A는 자연스럽게 반대편으로 건너갈 것이다.

충동의 엔트로피는 물리 법칙에 반하여 균질에서 집중, 그리고 돌출된 끝을 향해 나아간다. 합리가 상대성을 목표하는 것처럼 충동은 절대성에 도달하고자 한다. 그곳에 이해의 여지는 없다. 들판에 꽃이 피듯 그저 존재하는 것이다.

A는 자신의 특이한 충동 때문에 타인을 깊숙이 받아들이는 상황을 회피하고 있다. 합리성에 기반한 자기방어다. 그러나 A의 충동이 근원적으로 타인을 원하는 이상 그것을 혼자서 해결하는 것은 논리 모순에 불과하다. 즉, 폭발은 필연적이다.

(몇 쪽 뒤, 마지막 줄)

고찰은 끝났다. 나는 이제 그저 기도할 뿐이다.

1

커다란 유리창 너머에서 깡, 하는 날카로운 소리가 들려서 오쿠누키 지하야는 무심코 고개를 돌렸다.

창밖에 펼쳐진 녹음 가득한 녹나무 숲을 유심히 봤지만 금속음이 어디서 들렸는지 알 수 없다. 겹겹이 쌓인 잎사귀와 줄기 사이로 보이는 잔디밭, 산책로, 그 옆에 드문드문 놓인 벤치에도 사람은 보이지 않는다. 근처에서 공사한다는 소식은 듣지 못했고 점심시간에 야구는 금지돼 있다. 무슨 소리였을까.

"괜찮으세요?"

그렇게 묻는 목소리에 시선을 정면으로 향하자 검은 머리카락의 소녀가 눈을 동그랗게 뜨고 있다. 흰 탁자 위에 주먹을 얹고 걱정하는 눈길로 지하야를 힐끔거린다.

"블라인드 칠까요?"

띠동갑 이상 나이 차가 나는 소녀의 배려에 쓴웃음이 나왔다.

오래전부터 갑자기 들리는 소리에 민감하게 반응할 때가 있었다. 얼굴에는 드러내지 않아서 무던해 보일 테지만 아이들의 예민한 감성은 역시 속일 수 없다.

"괜찮아. 그냥 갑자기 무슨 소린가 해서."

"또 남자애들이 어디서 장난이라도 치고 있겠죠."

지하야는 미소 짓고 허벅지 위로 꾹 쥔 주먹에서 힘을 뺐다. "너는 신경 안 쓰이니?" 하고 투명한 창문을 가리킨다.

"전혀요. 전 여기 있으면 마음이 놓여요."

지금 두 사람이 있는 커뮤니케이션 룸, 즉 C룸 건물을 둘러싼 숲은 산골에서 자란 지하야의 눈에는 그저 소박한 인공 정원처럼 보이지만 고민을 품은 아이들의 마음을 진정시키는 효과가 있다. 유리창 밖에는 빛 반사 코팅이 돼 있어서 상담자의 프라이버시를 지켜 준다. 단순한 호기심으로 상담하러 온 학생들은 자기 모습만 비치는 거울을 보고 실망하고 돌아가곤 하지만 남의 눈을 신경 쓰지 않는 남녀 학생이 벤치에 앉아 달콤한 시간을 보내는 모습을 지켜보는 것도 마음이 편하지만은 않다. 블라인드를 치기 전까지는 엿보는 것 같은 기분도 든다.

"지하야 선생님. 제 이야기 잘 들은 것 맞죠?"

입술을 비쭉 내밀며 묻는 소녀에게서는 조금 전에 이곳을 막 찾은 서먹함은 느껴지지 않았다.

"응. 들었어."

"정말? 진짜예요?"

"응, 정말이야. 그러니까 네가 미카와 사이가 벌어진 건 단순한 오해 때문이라는 말이지?"

중등부 2학년인 검은 머리카락의 소녀, 사쿠라기 가나는 입을 꾹 다물더니 "걔가 멋대로 단정 지어 버렸다니까요" 하고 억울한 것처럼 호소했다.

"이제는 동아리에도 마음 편히 갈 수 없게 됐어요. 뒤에서 수군거려서."

"하지만 오해잖니."

"오해란 걸 어떻게 설명해요. 아무리 생각해도 도무지 답이 안 나와요."

문제의 발단은 핸드폰 단체 문자 메시지라고 했다. 그저께 밤에 미카가 '마음이 전해지지 않아서 괴로워'라는 흔한 연애 상담 문자를 보냈는데 가나는 '넌 진심이잖아. 걔가 모른다는 건 말도 안 돼'라고 대답했다. 순전히 상대 남학생의 둔감함을 꼬집을 마음으로 보낸 답장이었지만 미카는 그 문자를 '네 마음을 알아챘는데도 답이 없으니 이제는 끝났다'라고 멋대로 해석한 듯했다. 그날 이후 미카에게서 메시지가 뚝 끊겼고 이튿날부터는 교실에서도 가나를 모르는 척한다고 했다.

"제가 무슨 말을 하고 싶었는지 선생님은 이해하시죠? 제 답장이 이상했어요?"

"이해하고 이상하지도 않아. 표현이 조금 부족했을 수는 있지만."

"맞아요. 부족했어요. 하지만 그래 봐야 몇 글자 정도잖 아요. 아예 다르게 해석할 가능성은 진짜 없어 보이는데 일이 그렇게 돼서 진짜 짜증 난다니까요. 아무리 말해 봐야 변명처럼 돼 버리고."

천장을 올려다보는 가나를 보며 지하야는 속으로 감탄했다. 사소한 오해 하나로 친구 사이가 끝나 버릴 수 있다는 것을 소녀들은 피부로 느끼고 있다. 나이에 걸맞은 커뮤니케이션 스킬과 작법이 몸에 밴 것이다.

그리고 그 안에서 불거진 사람은 갈 곳이 없어진다는 것도 소녀들은 잘 알고 있다.

"선생님은 일단 문제를 정면에서 보고 오해부터 푸는 게 중요하다고 생각해."

"제멋대로 착각해서 화를 내는 건 미카예요."

"너도 네가 보낸 메시지가 오해를 낳을 수도 있었다는 건 인정하잖니. 그 점 하나만으로도 사과해야지. 적어도 앞으로도 가망이 없다고 네가 생각하지 않았다는 것만큼은 미카에게 전해야 해."

"하지만……."

관계를 회복하고 싶은 마음 이면에 자기가 먼저 사과하고 싶지는 않은 자의식이 엿보였다.

지하야는 짐짓 웃는 표정으로 말했다.

"잘 생각해 보면 딱하기도 하잖니. 네가 용서해 주는 게 나아."

"네?"

가나가 눈을 크게 떴다.

"물론 미카가 제멋대로 착각해서 화를 내는 거니 너는 잘못 없어. 하지만 그렇다고 미카에게 악의가 있었던 것도 아니지. 그리고 너희는 둘 다 관계를 회복하고 싶어 해. 그러니 용서해 주는 거야."

"저더러 미카를 용서하라고요? 용서하는데 사과해요?"

"응. 빠르게 사과하고 용서해 주는 거야."

"……뭔가 속는 것 같아요."

투덜거리면서 고개를 갸웃거리는 가나의 몸짓은 한 번 더 자신을 설득해 달라는 신호로 읽혔다.

"아니, 속이는 건 너야. 속는 사람은 미카고. 그 누구도 상처받지 않는 멋진 거짓말이지."

그제야 가나는 부루퉁한 얼굴로 어쩔 수 없다는 듯이 "뭐 상관없기는 한데……"라고 중얼거렸다.

그때 또다시 깡 하는 금속음이 들렸다.

"시로아타마 놀이라고 부른대요."

지하야처럼 유리창으로 시선을 향한 가나가 지긋지긋하다는 듯이 한숨을 내쉬었다.

"요새 철봉으로 계단 난간을 때리는 놀이가 유행하거든요. '시로아타마가 왔다'라고 하면서요. 남자애들은 정말 유치해요."

시로아타마라는 이름의 유령인가 괴물에 대한 소문은 지하야도 봄 방학 전부터 들어서 알고 있었다.

"머리카락이 새하얀 시로아타마는 검은 머리카락을 갖고 싶어서 밤중에 혼자 다니는 아이를 보면 머리를 금속 배트로 때린대요. 진짜 허무맹랑하죠?"

"넌 그 이야기를 안 믿니?"

"유령이 어떻게 방망이 같은 걸 갖고 다녀요. 그걸 떠나 진짜 그렇게 당한 아이가 있으면 뉴스에 바로 나왔을걸요."

분명 그런 뉴스는 지하야도 듣지 못했다.

"시로아타마가 실제로 존재한다면 그건 유령이 아니라 그냥 미친 사람일 거예요."

가나는 "유령보다 오히려 그쪽이 더 무서울 것 같지만"

14

하고 덧붙였다.

"겐지로도 시로아타마가 그렇게 했다고 다들 믿고 있어요. 저도 그건 그럴 수 있겠다고 봐요."

"선생님 생각에 시로아타마가 그렇게 하지는 않았을 것 같아."

"왜요?"

"생각해 보렴. 겐지로도 하얗잖아."

"어라? 선생님, 설마 그 머리카락 이야기를 믿는 거예요?"

가나가 웃음을 터뜨려서 지하야도 덩달아 미소 지었다. 꼭 쥐고 있던 손가락을 편다. 슬슬 마칠 시간이 다가오고 있었다.

"제가 여기 와서 상담한 건 다른 애들한테 비밀이에요. 절대로요. 미카가 알면 엄청 화낼 거예요."

"그래, 그래. 앞으로도 잘 안 풀리면 다시 찾아오렴."

"잘 풀려도 보고드리러 올게요."

그 말을 남기고 가나는 상담실을 나갔다.

창가에 서서 어깨를 푼다. 허리에서 뚝 소리가 났다. 서른이 지나고부터 몸 이곳저곳이 결리지만 대학 연구실에서 일하던 때와 비교하면 나아진 것 같기도 하다. 드넓은 숲을 보며 마음을 가라앉히고 부드러운 화이트 베이지색 벽에 안도감을 느낀다. 바닥에 차가운 타일이 아니라 카펫이 깔린 것도 쾌적하다. 학교 건물에서 독립된 곳이라 일일이 찾아와 간섭하는 사람도 없다. 지하야는 새삼 좋은 직장이라고 실감했다.

점심시간 종료 5분 전 종소리가 울리자 지하야는 상담실을 나가 문을 닫았다.

스쿨 카운슬러라고 하면 전문직에다 연봉도 높다고 생각하는 사람이 많다. 요즘 같은 시대에 시급 5천 엔을 받는 일이 분명 드물기는 하지만 보통은 학교 한 곳당 주 1회 출근하고 연 200시간이라는 근무 제한 시간도 있어서 연 수입은 백만 엔을 약간 넘는 수준이다. 그 밖에 다른 부업을 하거나 적어도 학교 두세 군데는 나가야 그럭저럭 먹고살 형편이 된다.

지하야가 다니는 덴조 학교는 근무 환경이 꽤 좋은 편이었다.

지하야가 월, 수, 금 주 3회를 일할 수 있는 것은 덴조 학교가 재량권이 있는 사립 학교이고 초중고 에스컬레이터식 교육을 하는 학교여서다. 다시 말해 형식상 학교 세 곳을 돌아다니며 일하는 거나 마찬가지인 셈이다. 상담실에는 지하야 외에도 카운슬러가 한 명 더 있는데 그녀는 월, 화,

목에 근무한다. 평일에 카운슬러가 상주하는 학교는 국내에 몇 곳 없다.

이런 복 받은 운영 방침은 사립이면서도 공립의 특성을 지닌 덴조 학교 특유의 상황과도 관련이 있다. 이곳은 현에서 진행 중인 도시 개발 사업의 일환으로 설립되었다.

학교 건물이 완공된 건 12년 전. C룸은 '나카쓰 숲'이라고 불리는 학교 부지 한가운데의 숲 안에 있다. 간소한 접수 창구 앞에 서면 왼쪽부터 상담실이 두 개, 거기에 화장실과 다용도실을 거쳐 오른쪽 끝에 상담실 절반 크기의 사무실이 있다. 학생 전용 상담실이 없는 학교가 태반인 상황에서 파격적인 설비라 할 수 있다. 상담실은 방음, 공조 시설을 갖췄고 사용 중일 때는 자동식 자물쇠가 달린 문에 불빛까지 들어온다.

접수창구는 유리로 만들어진 연결 통로를 통해 좌우 일직선으로 각 학교 건물과 이어졌고 동쪽에는 고등부, 서쪽에는 중등부 건물이 있다. 초등부는 남쪽으로 뻗은 통로를 걸으면 나온다. 점심시간과 방과 후에는 누구나 드나들 수 있어서 그저 수다를 떨기 위해 상담실을 찾는 학생도 적지 않다.

굳이 불만을 꼽자면 C룸에서 곧장 외부로 나갈 수는 없다는 점이다. 쾌적한 숲에 둘러싸여 있는데도 삼림욕을 하려면 반드시 학교 건물을 지나야 한다.

지하야는 고등부 건물로 향하는 연결 통로를 걸으며 '그래도 괜찮아'라고 생각했다. 아무리 좋은 공간이라고 해도 그 안에서 계속 누가 오기만을 멀뚱히 기다리면 '그저 거기 있을 뿐인 사람'이 돼 버린다. 학생과 다른 교사들의 신뢰를 얻기 위해서라도 어차피 이 통로를 부지런히 걸어야 한다.

스쿨 카운슬러는 열심히 돌아다녀야 그나마 한 사람 몫을 한다. 올해로 이 학교에서 근무한 지 2년째인 지하야는 대학 시절 선배에게서 귀에 못이 박히도록 들은 충고를 최대한 지키려 하고 있다.

"앗, 지하야 선생님."

고등부 건물에 들어갔을 때 마침 만나려고 한 사람이 지하야에게 말을 걸었다. 키가 큰 수학교사 고사카다.

"안 그래도 지금 찾아뵈려고 했는데."

"저도 슬슬 고사카 선생님이 오시지 않을까 예상하고 있었어요."

고사카는 가운데 가르마를 탄 머리카락을 쓸어 올리며 겸연쩍게 웃었다. 올해부터 고등부 1학년 주임을 맡은 이 40대 남교사와는 작년 1년간 제법 친해졌다.

"어떻게 할까요? 다시 C룸에 돌아가기도 뭐하고."

"네. 괜찮으시다면 교무실에서."

수업 중인 복도에는 지하야와 고사카 외에 아무도 없어서 두 사람의 발소리가 탁 트인 천장으로 기분 좋게 울려 퍼졌다. 천장과 벽 모두 유리라 한낮에는 자연광만으로도 충분히 밝다.

1층 교무실은 세련된 건물 안에서 직원용 백야드 구역처럼 어수선했다. 고사카의 안내를 받으며 지하야는 손님용 소파에 앉았다.

"염소 일 말입니다만." 고사카가 목소리를 낮췄다.

"경찰에 신고해야 할지 아직 의견이 갈리는 상황입니다."

염소 일. 새 학기가 시작하고 얼마 안 돼 일어난 그 사건 때문에 이번 주는 눈코 뜰 새 없이 바빴다. 학생 상담, 긴급회의. 지하야는 자처해서 휴일에도 출근했다.

"쓸데없이 일을 키울 수 있다는 의견이 있었고, 이번 일이 어떤 전조일 수 있으니 가만두어서는 안 된다는 의견도 있었습니다."

지하야는 말없이 고개를 끄덕였다. 두 의견 다 틀리지 않는다.

"학부모회에는 부주의에 따른 사고일 수도 있다고 설명했지만 납득하지 못하는 분이 많겠죠. 도미코 선생님은 이런 일일수록 오히려 외부에 더 알려야 한다고 하셨습니다."

C룸 창립 멤버이기도 한 오쿠사 도미코 역시 이번 주 내

내 출근했다. 벌써 30년 이상 심리 상담사로 일해 온 선배 카운슬러와는 목요일인 어제 이미 의견을 주고받았다.

"아마추어인 저희 나름대로도 검토했습니다만 역시 외부인이 범인일 가능성은 낮겠죠. 우리 학교는 보안이 잘 돼 있고 열쇠 문제도 있으니까요."

사건이 발각된 것은 월요일 이른 아침이었다. 축사에서 겐지로라는 새끼 염소가 뒷다리에 피를 흘리며 쓰러져 있는 것을 초등부 아이들이 발견했다. 다행히 생명에는 지장이 없었지만 날카로운 뭔가에 다리 힘줄이 잘려 나간 상황을 '부주의에 따른 사고'라고 하기는 어려울 것이다.

교내에서 동물들을 돌보는 일은 초등부 고학년과 중등부 1, 2학년 학생들로 구성된 사육 위원회가 맡고 있지만 중등부 위원회실에 있는 축사 열쇠는 누구든 마음만 먹으면 갖고 나갈 수 있었다.

"금요일까지만 해도 별 이상이 없었던 것으로 확인되니 범행은 토요일 또는 일요일에 이뤄진 것으로 보입니다. 동아리 활동 때문에 학교 건물에 드나들 수는 있었습니다만 외부인이 무단으로 들어와 사육 위원회실에서 열쇠를 훔치는 건 조금 어렵지 않을까 싶네요."

학교 현관을 지키는 수위는 주말에 학교를 찾은 성인은 동아리 활동 고문과 코치뿐이고 수상한 사람이나 업자 등은 없었다고 했다. 학생은 워낙에 숫자가 많고 일일이 불러 세울 수도 없어서 그 안에 다른 학교 학생이 섞였더라도 막을 수는 없었다. 그러나 외부인의 소행이라면 열쇠가 보관된 곳을 알고 있었던 사실을 설명하기 어렵다.

"열쇠를 쉽게 손에 넣을 수 있는 환경이었으니 범행을 계획해 저질렀다고 보는 게 자연스럽겠죠."

수학 교사답게 고사카의 설명에는 설득력이 있었다.

"결론적으로 우리 학교 학생이라면 누구든 할 수 있었던 셈입니다. 토요일이든 일요일이든."

고사카는 곤혹스러운 것처럼 머리카락을 쓸어 올렸다.

"경찰에 신고하면 구체적으로 어떤 일이 벌어질까요?"

"문제가 커지겠죠. 악질적인 동물 학대 사건이니 아동 상담 기관과 연대해야 할 수도 있습니다. 지금 상황에서는 어떤 게 최선의 선택일지······."

내부에서 처리하든 외부에 맡기든 일단 큰 문제를 해결해야 한다. 범인은 누구인가 하는 문제를.

"굳이 범인을 찾을 마음은 없다고 봐도 되겠죠?"

일부러 의식해서 부드럽게 묻자 고사카가 팔짱을 꼈다.

"도미코 선생님은 그래도 내부에서 어느 정도는 움직여야 하지 않을까 말씀하시더군요."

그 이야기는 지하야도 들었다. 그러나 설문 조사나 의견

청취 등을 통해 용의자를 좁혀야 한다는 의견에 지하야는 동의할 수 없었다.

"지하야 선생님은 어떻게 생각하시나요? 만약 우리 학교 학생이 범인이라면 얼마나 긴급한 사안인 겁니까?"

가해자가 범행을 반복할 가능성, 그리고 그 대상이 힘 약한 동물에서 인간으로 향할 위험성이 얼마나 되는가. 긴급 회의에서도 그런 질문이 나왔다.

도미코는 절대 만만하게 볼 상황이 아니라고 발언했고 지하야도 그 의견에는 동의했다.

"가해자 본인을 직접 만나서 대화해 보지 않는 한 판단하기 어렵다는 게 솔직한 제 심정이에요."

고사카는 약간 실망한 듯하면서도 다시 물었다.

"충동적으로 저지른 실수일 가능성도 있을까요?"

"물론 있겠죠. 힘 약한 동물을 괴롭히는 건 우리가 상상하는 것 이상으로 아이들에게 별것 아닐 행동일 경우가 많으니까요. 생명을 물건처럼 생각하는 거예요. 더 넓게 보자면 집단 괴롭힘 같은 것도 그와 비슷한 심리에서 시작된다고 전 생각해요."

"상대의 물건화라고 해야 할까요."

"상대도 나와 똑같은 생명을 지녔고 그것은 한 번 잃으면 절대 되돌릴 수 없다. 우리는 보통 그런 상황을 두려워하지

22

만 발달 단계에 있는 아이들은 잘 실감을 못하죠. 이건 인간으로서 결함이 있다거나 이상한 것 이전의 순수한 학습 문제이기도 해요."

고사카가 흐음 하고 신음했다.

"선생님은 내부에서 해결할 문제라고 보십니까?"

"굳이 따지자면 그렇다고 해야겠네요."

"잠깐 나도 껴도 될까?"

그때 나이 많은 남교사가 두 사람 사이에 불쑥 얼굴을 들이밀었다. 교직원들 사이에서 리더 같은 존재이자 고등부 3학년 주임인 마쓰다이라였다.

"지나가다가 우연히 두 사람 대화 소리가 들려서 말이야. 내가 생각하기에 지하야 선생님과 도미코 선생님의 의견은 틀릴 게 없어. 그래서 우리도 더 고민하는 거고. 지하야 선생의 조금 전 그 말은 그야말로 일반론 아닌가? 고양이를 괴롭히거나 벌레 따위를 죽이는 건 우리도 어렸을 때 아무렇지 않게 한 행동이지만, 그게 그렇게 단순히 사람을 해치는 행위로 직결되지 않는다는 건 우리도 알고 있고."

솔직한 말투에서 적개심은 느껴지지 않았다.

"그런데 수만 명이나 수십만 명 중 한 명은 그런 사소한 행위에서 위험한 충동이라고 할까, 그런 것에 눈을 뜨는 녀석도 있지 않겠어?"

지하야는 고개를 끄덕였다.

"네. 말씀하신 대로 힘 약한 동물을 죽이거나 학대하면서 쾌감을 느끼는 유형도 있어요. 그것을 계기로 더 큰 대상으로 향하는 사례도."

그러자 마쓰다이라는 "그럼" 하고 말을 이었다.

"그런 일이 아예 일어나지 않을 거라고 단정 짓는 건 무책임하지 않을까?"

맞는 말이다. 힘 약한 동물을 학대한 사건이 현실에서 벌어진 이상 학생과 학부모들은 불안해할 것이고 교직원이 그것을 못 본 척하는 것은 직무 유기다.

그러나 한편으로 지하야는 범인을 찾는 것과 책임을 다하는 것은 다른 문제라고 생각했다.

"말씀하신 대로 과소평가는 금물이에요. 다만 너무 공개적으로 범인을 찾으면 학생과 학부모들에게 스트레스가 될 수도 있어요. 자연히 서로를 의심하는 분위기가 형성되고, 잘못된 의혹이 집단 괴롭힘으로 발전할 가능성도 있죠. 무엇보다 우려되는 건 범인이 밝혀졌을 때 지나치게 과장돼 버린 범인의 이미지 때문에 당사자가 주위에서 완전히 소외되는 상황이에요."

아무리 숨기려고 해도 이런 정보는 어디선가 새기 마련이다.

"잘못을 저지른 아이를 주변 어른들과 친구, 반 아이들이 최대한 따뜻이 받아 주는 것. 저는 그것이 진정한 반성과 갱생으로 가는 지름길이라고 생각해요. 그런 환경을 갖출 노력을 하는 것도 저희의 소임 아닐까요?"

"가해 학생을 받아들이는 환경 말인가……. 과연, 그렇군."

골똘히 생각에 잠긴 마쓰다이라를 바라보며 지하야는 말을 이었다.

"학교 방침에는 저도 협력할 생각이에요. 다만 제 임무는 어디까지나 학생과 학부모들의 심리 케어인 만큼 저는 소통에 힘을 쏟고 싶어요. 그러니 가능하면 수업에도 참관할 수 있게 해 주셨으면 좋겠어요. 특히 정규 외 수업 때는 귀띔해 주셨으면 해요."

마쓰다이라는 흠 하고 고개를 끄덕였다.

"그래. 그게 좋겠군. 지하야 선생만 할 수 있는 일이 있을 테니. 교감 선생님께 잘 전달해 두지."

"감사합니다."

작년부터 줄곧 요청했는데도 좀처럼 실현되지 않았다. 이번에도 아마 보류로 끝날 가능성이 크지만 지하야는 일단 감사의 말을 전했다.

"아무튼 이번 사건을 흐지부지 끝낼 수는 없을 거야."

25

"네. 이상한 소문도 도는 것 같더라고요."

지하야가 맞장구를 치자 마쓰다이라가 호기심을 보였다.

"이상한 소문?"

"조금 전에 만난 학생은 시로아타마가 범인 아니겠냐고 의심했어요."

"시로아타마?"

어안이 벙벙해진 마쓰다이라에게 고사카가 쓴웃음을 지으며 알려 줬다.

"그냥 뻔한 괴담입니다. 봄 방학 전부터 그런 이야기가 가끔 제 귀에도 들리더군요."

고사카는 가나와 비슷한 이야기를 설명했다. 마쓰다이라는 언짢은 것처럼 "그래서 요즘 들어 그렇게 깡깡깡 시끄러웠군" 하고 중얼거리고는 "전혀 몰랐어. 그런데 저쪽이 아니라 이쪽에도?" 하고 물었다.

저쪽이란 초등부와 중등부를 뜻한다. 에스컬레이터식 학교답게 기본적인 교류는 하지만 대학 입시를 치르는 고등부는 건물 입지나 교내에서 차지하는 위상이 다르다. 몇 년 전 신설된 특별 진학반을 대표로 한 학력 강화 기조와 그에 따른 브랜드화는 덴조 학교의 최우선 과제로 손꼽힌다.

"출처는 몰라도 제 귀에도 들릴 정도이니 이미 다 퍼졌겠죠. 염소 일과 맞물렸다는 건 저도 처음 듣지만요."

"흐음, 빨간 마스크 같은 건가."

"동네에 수상한 사람이 돌아다닌다는 이야기가 학교에 접수되기도 했으니 어쨌든 주의는 해야 할 것 같습니다."

이번에는 지하야가 흠칫 놀랐다.

"진짜로 수상한 사람이 돌아다닌다고요?"

"네. 하코사카 마을 일대에서 금속 배트를 손에 든 남자가 어슬렁거린다는 소문이 돌고 있다고 합니다. 시기가 겹치는 만큼 시로아타마도 거기서 비롯된 소문이겠죠."

하코사카 마을은 학교에서 버스로 두 정거장 떨어진 거리에 있는 주택가로 지하야가 현재 사는 곳이다.

"괜한 호기심을 발휘해 시로아타마를 제 손으로 붙잡겠다느니 하는 멍청이가 나오지 않아야 할 텐데."

마쓰다이라는 한숨 섞어 말하고 문득 떠오른 것처럼 지하야를 향해 미소 지었다.

"그런데 영 아쉽네. 지하야 선생처럼 똑똑하고 참한 여선생이 아직도 아이를 안 낳았다는 게. 나중에 커서 우리 학교에 오면 좋으련만."

"마쓰다이라 선생님."

고사카가 성희롱성 발언이라고 지적하자 마쓰다이라는 "아차" 하고 너스레를 부리며 입에 손을 갖다 댔다. 지하야는 빙그레 웃으며 "네. 그날이 오면 모쪼록 자상하게 지도 부탁드려요"라고 했다.

2

오후는 별일 없이 지났다. 5월이 되면 C룸을 찾는 학생이
늘어날 것이다. 주로 전학생이나 바뀐 반에 적응을 못 하는
학생들이 찾아오는 '적응 상담'의 계절이다.

그런 징후를 미리 파악하기 위해서라도 카운슬러가 수
업에 참관하는 것이 효과적이지만 도미코의 말에 따르면
전에 아이들을 감시하는 기분이 들어서 왠지 불쾌하다는
학부모 항의가 있었다고 한다. 정신 의학에 대한 뿌리 깊은
편견과 저항이 실감되는 일화였다.

문제 해결에 본인의 노력이 필요한 것은 맞지만 적응을
못 하는 아이에게 전적으로 책임을 돌려서는 안 된다. 이는
대학에서 심리학을 배우기 전부터 지하야의 가슴속에 자
리 잡은 신념이었다. 염소 학대 사건에서도 무조건 범인을
비난하는 쪽에 서기보다 가능하면 당사자와 허심탄회하게
대화를 나눠 보고 싶었다.

딩동. 접수창구에 있는 호출 벨이 울렸다. 사무실에서 지
난주 면담 기록을 정리하던 지하야는 몸을 일으켜 밖으로

고개를 내밀었다. 5시가 지나서 30분만 지나면 퇴근할 시간이었다.

"오쿠누키 지하야 선생님이신가요?"

지하야는 "응. 그런데?" 하고 방문자를 바라봤다. 교복 재킷을 걸친 낯선 소년이다. 첫인상은 마치 어두운 그늘 안에서 서성이는 작은 동물을 떠올리게 했다.

"상담을 좀 하고 싶어서요."

"응, 그래. 혹시 이름이……."

"고등부 1학년인 노즈라고 합니다."

지하야의 눈이 소년의 가슴가로 향했다. 덴조 학교 교복은 중·고등부가 똑같아서 왼쪽 가슴에 단 통행증 대용의 배지로 학년을 구분한다.

"그래, 노즈구나. 상담실로 갈래? 아니면 사무실에서?"

"상담실에서 부탁드릴게요."

지하야는 고개를 끄덕이고 가운데에 있는 상담실의 버튼식 자물쇠를 열었다. 노즈라는 성을 듣고 기억을 더듬었지만 떠오르는 학생은 없다. 미닫이문을 옆으로 밀고 "자, 들어가렴" 하고 소년을 안에 들였다.

소년이 자리에 앉는 것까지 보고 나서 물었다.

"뭐라도 마실래? 콜라, 오렌지 주스, 커피, 재스민차" 하고 나열했지만 소년은 "그냥 물 한 잔만 주세요"라고 했다.

"그래."

사무실에서 생수병과 컵을 챙겨서 상담실에 갔다. 노즈는 유리창으로 나카쓰 숲에 무성히 자란 녹나무를 바라보고 있었다.

"의외로 힐링 효과가 있어."

지하야는 소년 앞에 컵과 생수병을 내려놓고 자기 자리에 가서 앉았다.

"밖에서는 이 안이 안 보이죠?"

"응. 신경 쓰이면 블라인드를 내려 줄 수도 있는데."

"아뇨, 괜찮아요."

그렇게 대답하고 정면을 본다. 지하야도 자세를 가다듬었다.

"처음 만난 것 맞지? 만나서 반가워. 선생님은 오쿠누키 지하야라고 해."

"노즈 아키나리예요."

"아키나리구나. 노즈라고 부르는 게 좋니?"

"어느 쪽이든 상관없어요."

"그래. 그럼 아키나리라고 부를게. 선생님도 오쿠누키든 지하야든 부르기 편한 쪽으로 부르렴."

"네."

대답이 명료하고 첫만남에서 오는 어색함을 제외하면

지나친 긴장감도 없다.

지하야는 아키나리의 얼굴을 바라보며 아이의 전체상을 파악하고자 시야를 넓혔다. 시선을 이리저리 돌리거나 똑바로 쳐다보지 않는 것은 상대에게 관찰당한다는 압박감을 주지 않기 위해서다.

처음 느꼈던 인상은 얼마 안 돼 뒤집혔다. 키는 지하야와 별로 차이 나지 않고 체구도 남학생치고는 작은 편이다. 그러나 말라 보이던 몸은 가까이서 보니 의외로 근육질이었다. 따로 운동이라도 하는 걸까.

표정에는 밝은 기운이라고는 없었다. 아무렇게나 기른 검은 머리카락도 신경 쓴 것 같지 않다.

"여쭙고 싶은 게 있어서요." 아키나리가 입을 열었다.

"카운슬러 선생님은 주로 어떤 능력을 갖고 계신가요?"

지하야는 순간 가슴이 철렁했다.

장난기 많은 학생 중에 이따금 이런 질문을 던지는 아이는 있다. 이해력 없는 여느 교사들과 마찬가지로 카운슬러는 그냥 가만히 앉아서 이야기만 들어 주고 편하게 돈을 받아 가지 않느냐며 떠보듯 묻고는 한다. C룸을 '채팅방'이라고 조롱하는 학생도 있다는 것을 지하야는 알고 있었다.

그러나 아키나리의 질문에 그런 뉘앙스라고는 없었다.

"심리학에 관심이 있니?"

네, 하고 조용히 대답하는 태도가 그야말로 진지해 보인다. 지하야는 얼굴에 그대로 미소를 머금은 채 진지하게 대답했다.

"조금 뭉뚱그려서 이야기하자면, 상담자의 이야기를 듣고 그가 현재 떠안고 있는 문제를 밝혀내 대처법을 알려 주는 능력이 있다고 해야 하려나. 물론 이 정도 일은 누구든 한다고 생각할 수 있고 실제로도 그런 측면이 아예 없는 건 아니야. 마음의 스트레스는 맹장 같은 장기가 아픈 것과는 다르니까."

사람은 보통 고민이 있으면 가족과 친구에게 털어놓아 조언을 듣고 해결한다. 그런 행위를 일상적인 카운슬링으로 보는 것도 틀리지 않는다.

"다만 우리는 그걸 에비던스, 그러니까 과학적 근거로 판단해서 문제가 더 커지기 전에 적절한 방법을 제시하고 필요한 전문 기관을 소개해 주기도 해."

일반인은 그런 판정은 내릴 수 없다. 지인과 가족에게 '정신과에 가라'라는 말을 하기가 쉽지 않을뿐더러 초기 증상만으로 정신 질환을 분간하는 것도 어렵다.

"실제로 능력 있는 카운슬러를 만나면 이야기를 경청하는 방식 하나만으로 금세 차이를 느낄 수 있을 거야."

"선생님들 사이에서 능력이 있다는 건 어떤 사람을 뜻하나요?"

"딱 잘라서 한마디로 이야기할 수는 없지만 지식과 경험이 중요하고 열정도 필요하겠지. 하지만 선생님은 그런 것들 못지않게 상상력이 있어야 한다고 생각해."

지하야를 향하고 있는 아키나리의 눈동자에서 지적인 호기심이 느껴진다.

"마주 본 상대의 내면을 파악하려면 상상력이 필요하지 않겠어? 육체와 다르게 마음은 거짓말을 하니까."

"그건 책에서도 읽은 기억이 있어요. 당사자는 거짓말을 거짓말이라고 인식하지 못할 때가 있다고 하더라고요."

"오인誤認 말이구나. 응, 자기 내면을 착각하는 건 꽤 일상적으로 일어나는 일이야."

정신적 문제의 이유가 무엇인지 정확하게 자각하기는 어렵다. 카운슬러의 일은 우선 상담자 마음의 뢴트겐 사진이 되는 것이다.

"선생님은 대학에서 연구원으로 일하셨다고 학교 홈페이지에서 봤어요."

또래 아이들치고는 말씨가 정중하다. 몸에 밴 것이리라. 왠지 모르게 주위에 벽을 치고 있는 것 같기도 했다.

지하야는 싹싹하게 대답했다.

"그냥 조교로 있었을 뿐이야."

"어떤 연구를 하셨나요?"

"사회 심리학이라는 분야인데, 쉽게 말하면 심리학을 토대로 사회와 개인의 관계를 연구했어."

"어렵네요."

쓴웃음에서 아직 어린아이다운 앳된 모습이 엿보였다. 다행히 관심이 식은 것 같지는 않다.

"혹시 정상과 이상의 정확한 뜻이 뭔지 아니?"

지하야가 묻자 아키나리는 가볍게 고개를 가로저었다.

"실은 지금껏 정확하게 설명한 학자는 없었어. 아니, 그걸 떠나 그 두 가지를 섣불리 정의 내려서는 안 된다고 생각하는 경향이 있지. 정상이라는 게 어떤 상태를 뜻하는지 학문적으로 명확히 규명되지 않았으니 이상이라는 상태 역시 모호하다고 할 수 있어."

"왠지 알 것도 같아요."

지하야는 찬찬히 설명했다.

"우리가 편의적으로 이상이라는 단어를 '살아가는 데 있어서 과도한 수준의 고통이 동반되는 상태'나 '의사소통의 문제로 현저한 지장이 있는 상태' 같은 의미로 쓰는 것처럼, 보통은 실질적인 해害를 기준으로 심각함을 판단할 때가 많아. 한마디로 실제 사회와의 단절과 소통 장애가 문제가 된다는 말이야."

"손목 긋기 같은 자해 행위는 어떤가요?"

"난 넓게 보면 그런 행동 역시 사회와의 소통 장애라고 생각해."

지하야는 대답하면서 아키나리가 질문을 던지는 속도와 적확함에 내심 감탄했다.

"선생님의 연구 주제는 '사회와 융합을 어려워하는 타자를 이 사회는 어떻게 대해야 하는가'였어."

아키나리는 고개를 살짝 갸웃하다가 입을 열었다.

"'정신이 이상한 사람을 어떻게 받아들여야 하는가'라고 이해해도 될까요?"

뛰어난 이해력에 혀를 내두르며 넌지시 말을 정정한다.

"그 표현은 약간 틀린 부분이 있는 것 같네. 정신이 이상한 사람이라는 건 어디까지나 다수의 관점에서 봤을 때 그런 것 아닐까? 사람들은 각자 저마다의 세계가 있다는 게 선생님의 생각이야. 개성이라고 해도 되겠지. 흔히 '보통 사람'이라고들 하지? 하지만 실제로 그런 사람이 과연 존재할까?"

"음, 무슨 말인지 알 것 같아요."

지하야는 고개를 끄덕였다.

"보통 사람이라는 건 다시 말해 '내게 거슬리지 않는 타인'을 뜻해. 하지만 인간은 모두 '나'이니 내 입장에서 '나'

는 절대 보통일 수 없지."

"그런 뜻인가요. 제가 생각했던 것과는 좀 다르네요."

그렇게 말하고 아키나리는 생수병 뚜껑을 열었다. 물을 한 모금 마실 때까지 기다렸다가 지하야는 물었다.

"네가 생각하는 보통 사람은 어떤 뜻인데?"

"별건 없어요. 세상 사람들이 흔히 말하는 보통 사람이 죠. 선생님은 '나에게 나는 절대 보통 사람일 수 없다'라고 하셨지만 전 지금껏 '보통'이라는 건 잘 이해하기 어려운 어정쩡한 평가 같은 거라고 생각했어요."

지하야는 비로소 확신했다. 이 아이는 영리하다.

"보통이 되게 편리한 단어이기는 해. 예를 들어 모든 게 평균적인 사람이 있다면 보통이라는 강박관념에 사로잡힌 신경증 환자를 의심해야겠지."

지하야는 빙긋 웃어 보였지만 소년은 덩달아 웃지 않았다. 사교성을 지녔지만 동시에 확고한 자아도 갖췄다.

"그래도 보통이라는 건 역시 있겠죠?"

"타인이라는 관점, 객관적인 시선에서 보면 그렇겠지."

"거슬리지 않는다는 뜻이겠죠?"

"좀 더 거칠게 말하면 '내게 이익도 해도 되지 않는'이라 고 해야 할지도."

"'불안하게 하지 않는'도 되겠네요."

표정 변화가 없는 이 소년을 지하야는 무심코 빤히 바라봤다.

"예를 들어 시로아타마 같은 건 타인을 불안하게 하는 존재겠죠."

오늘 이 이름을 자주 듣네. 지하야는 속으로 그렇게 생각하며 대답했다.

"시로아타마가 실존하는 인물이라면 그럴지도."

"그런 사람도 그저 개성이라고 평가할 수 있을까요?"

아키나리는 지하야를 똑바로 보며 물었다. 진지한 눈빛에서 왠지 좋지 않은 느낌을 받았다.

"넌 어떻게 생각하는데?"

"만약 시로아타마가 마음속에 '사람을 죽여 보고 싶다' 같은 충동을 품고 있다면 역시 제거할 수밖에 없겠죠."

"제거라니?"

"존재를 없앤다. 그러니까 죽인다는 의미예요."

"음." 지하야는 애써 미소 지어 보였다.

"그래. 정말로 시로아타마가 이 세상에 존재하고 네가 말한 것처럼 사람을 죽여 보고 싶다는 충동을 지녔다고 가정해 보자. 네가 상상하는 것 이상으로 그런 충동을 지닌 사람이 이 세상에는 많아. 하지만 그걸 행동으로 옮기는 사람은 그리 많지 않지. 살면서 살인 같은 건 저지르지 않는 쪽이 행복할 확률도 높지 않겠어? 그러니 별로 걱정 안 해도 될 거야. 물론 조심해서 나쁠 건 없지만."

"선생님. 지금 제가 하고 싶은 말은 그런 게 아니에요."

목소리에 약간 힘이 실렸다. 몸에서는 긴장감이 읽힌다. 창문으로 들어오는 주황색 햇빛이 눈에 살짝 거슬렸다.

"운동선수는 항상 이익과 손해 같은 걸 따져 가며 운동할 까요? 가수가 노래를 부르는 건 꼭 다른 누군가를 위해서일 까요? 전 아니라고 생각해요. 그 사람들은 그냥 그러고 싶으니 그럴 뿐이에요. 그리고 진정 재능 있는 사람은 그걸 스스로 그만둘 수가 없어요. 화가가 두 손을 잃은 상황을 견딜 수 있을까요? 만약 시로아타마가 그런 존재라면 제거 외에는 다른 방법이 없다고 생각해요."

"응. 아주 설득력이 있는 의견이네."

아키나리는 입을 다물었다. 지하야의 반론을 기꺼이 기다리고 있다.

"하지만 그 비유에는 약간 억지스러운 부분도 있어."

"노래와 살인의 차이라면 저도 알아요. 노래는 그 누구에게도 해를 끼치지 않죠. 기껏해야 시끄럽다고 화를 내는 정도예요. 하지만 살인은 피해를 본 사람에게 치명적인 해를 끼쳐요."

"아니, 그런 말이 아니라 결국 넌 이런 이야기를 하고 싶은 거 아니니? 천재적인 가수에게는 노래가 그 삶의 증명이 듯 살인이라는 행위 자체를 살아갈 이유라고 생각하는 사람도 있다. 아니야?"

대답이 없지만 침묵은 긍정을 의미할 것이다.

"응. 무슨 말인지 알겠어. 하지만 노래는 경험이 먼저야. 가수는 노래를 부르고 쾌감을 느낀 후 비로소 그게 나의 길이라고 확신하겠지. 이 순서가 맞지?"

"……네."

"다시 한번 말하지만, 이건 가정해서 하는 이야기야. 자, 그럼 살인이라는 행위를 살아갈 이유라고 믿는 사람이 있다고 해 보자. 그렇다면 아직 사람을 죽여 보지도 못한 그가 어떻게 그게 자신의 길임을 확신할 수 있을까?"

카운슬링의 기본은 경청과 공감이다. 상대방의 이야기를 주의 깊게 듣고 공감하고 문제점을 찾아내 해결로 이끈다. 상대가 꼼짝 못할 정도로 응수하는 것은 좋은 방법이 아니다.

그러나 지금 눈앞에 있는 노즈 아키나리가 바라는 것은 카운슬링이 아닌 것이 확실했다. 목적은 토론이고 실제 지금 소년은 이 일대일 대결 같은 대화에 만족스러운 표정을 짓고 있다.

"선생님은 재미있는 분이시네요. 저같이 이상한 아이도

진지하게 상대해 주시는 걸 보니."

"아니, 넌 절대 이상하지 않아. 머리가 지나치게 좋을 수는 있겠지만."

"빈말이라도 감사해요. 하지만 선생님. 선생님은 지금 착각하고 계세요."

"설마 네가 시로아타마라고 하는 건 아니겠지?"

"그건 걱정 안 하셔도 돼요. 전 모두가 수군거리는 그런 괴물이 아닐뿐더러 지금껏 여자도 한 번 사귀어 본 적 없는 동정남이니까요."

그 말에는 지하야도 약간 당황하고 말았다. 이 나이대 남자아이, 그것도 노즈 아키나리 같은 소년이 자기보다 연상의 여자 카운슬러를 향해 입에 담는 말로써는 뜻밖이었다.

"놀라게 해서 죄송해요. 이상한 의미는 아니었어요."

표정을 읽혔다. 이상한 의미가 아니라면 어떤 의미일까.

"……선생님이 뭘 착각했는지 가르쳐 줄래?"

"그전에 선생님. 꿈은 현실일까요?"

"응?"

스스로 들어도 얼빠진 대답이다. 카운슬러에게 '응?' 같은 반응은 있을 수 없다.

"꿈 말이에요. 잠들어 있을 때 꾸는."

"그건…… 꿈을 꾸는 그 자신에게는 현실이지만 꿈 자체는 현실이 아니다, 라고 대답해야 할 것 같은데."

"네. 맞아요. 정확해요."

이쯤 되면 도대체 누가 카운슬러인지 헷갈릴 정도다.

"하지만 꿈은 왜 현실이 아니죠?"

지하야는 다시 한번 '응?' 하고 되물으려다가 간신히 참았다.

"바꿔 말하면 꿈과 현실의 차이는 뭘까요?"

"……선생님도 잘 모르겠네. 가르쳐 줄래?"

"혹시 꿈속에서 냄새를 맡은 적 있으세요? 뭔가를 만지고 있는 감각 같은 건? 통증은요? 음악이 흐르거나 한 적도 있지 않나요?"

아키나리는 침착한 목소리로 잇달아 질문을 던졌다.

"그렇다면 꿈과 현실의 차이는 뭘까요. 전 그중 하나가 연속성이라고 생각해요. 꿈은 연속해서 꿀 수 없어요. 눈을 뜨면 그 꿈은 끝이죠. 그래서 현실이라고 받아들이기가 어려운 거예요. 또 하나, 꿈은 다른 사람과 공유할 수 없어요."

아키나리는 손가락으로 탁자 위에 직사각형을 그렸다.

"여기에 녹음기가 있나요?"

"……아니."

"왜 그렇게 생각하세요?"

"보이지 않고 들을 수 없고 만질 수도 없으니까."

"제가 '아니에요, 선생님. 여기에는 녹음기가 있고, 보이고 들리고 만질 수도 있잖아요'라고 한다면 어떨까요?"

"장난치지 말라면서 화를 내겠지."

"그럼 그때 다른 선생님이 다가와서 '오, 여기에 녹음기가 있군요'라고 말씀하신다면요?"

"둘이 짜고 장난친다고 생각해서 역시 화를 내겠지?"

"열 명 정도 되는 사람이 그렇게 말한다면?"

"그 정도면 뭐, 거의 음모라고 해야겠네."

"천 명이라면?"

"……그때는 내가 카운슬링을 받으러 가야겠지."

"네. 바로 공유예요."

점점 더 뭐가 뭔지 알 수 없었다. 지하야는 최대한 냉정하게 응수에서 경청으로 자세를 바꿨다.

"다른 사람과 공유할 수 있는가 없는가. 전 이게 현실이 현실이기 위한 필요조건이라고 생각해요. 모두와 공유하면 꿈도 현실이 될 수 있어요."

반론하지 않았다.

"꿈속에서 사람을 죽여 본 적이 있는 사람은 살인범일까요?"

그렇게 묻는 아키나리의 표정은 여전히 평온해 보였다.

"그게 현실은 아니잖아. 네 말을 빌리면 다른 사람과 공유할 수 없으니."

"네. 그 말씀이 맞아요. 하지만 그뿐이에요."

소년이 얇은 입술로 부드러운 미소를 머금는다.

"선생님은 아까 말씀하셨어요. 인간은 모두 '나'라고요. '내' 입장에서 현실이라면 그건 현실이에요."

"……."

"그러니 저는 사람을 죽이는 쾌감이 뭔지 알아요. 그리고 그게 바로 제가 살아갈 길이라고 확신하고 있어요."

지하야는 말문이 막혔다. '저'라는 주어에.

서쪽에서 비치는 햇빛을 받으며 노즈 아키나리는 새침한 표정을 짓고 있다. 그 안에는 의기양양한 거만함이나 싸구려 자기 과시욕은 보이지 않았다.

"카운슬러에게도 비밀 엄수 의무가 있나요?"

아키나리가 대뜸 물었다.

"여기서 나눈 대화는 저와 선생님만의 비밀인가요? 아니면 학교에 알리실 거예요?"

"……필요하다면 보고해야겠지. 물론 네 프라이버시는 최대한 지키는 선에서."

아키나리는 잠시 허공을 보다가 다시 지하야에게 시선을 향했다.

"염소는 제가 그렇게 했어요."

지금 내 입가는 희미하게 미소 짓고 있을 것이다. 그러나 그것은 표정이 그대로 굳었기 때문이다.

"저는, 사람을 죽여 보고 싶어요."

흥분이라고는 없는 담담한 선언이었다.

이쪽을 똑바로 향하고 있는, 감정의 색이 없는 얼굴에서 눈을 뗄 수 없다.

"될 수 있으면 죽여 마땅한 사람을 죽이고 싶어요. 이를테면 시로아타마 같은 녀석을요."

지하야는 대답을 신중히 골랐다. 그러나 그전에 아키나리가 먼저 입을 열었다.

"혹시 선생님께 거슬리는 사람 없나요?"

"뭐?"

"제가 그 사람을 죽일 수 있게 허락해 주시지 않겠어요?"

3

하늘을 향해 솟은 고등부 시계탑에서 오후 6시를 알리는 종소리가 울려 퍼졌다. 조례가 시작되는 오전 8시와 하교 시간인 오후 6시에 두 번 울리는 무거운 종소리의 음색에 지하야는 여전히 적응하지 못하고 있다. 왠지 모르게 마음이 술렁였다.

고등부 건물은 학교 본부 기능을 하는 만큼 다른 건물보다 높지만 구조는 초·중등부와 엇비슷하다. 운동장과 체육관이 총 세 개, 거기에 C룸과 지하 극장이 있는 미디어 센터 등이 모여 거대한 교내 지도를 그리고 있다.

지하야는 퇴근 전에 반드시 교무실 세 곳에 들렀다. 하교하는 학생과 몇 마디를 주고받거나 교실 안을 엿보며 수업 시간과 다른 학생들의 자유로운 모습을 살핀다. 작년에 집과 동아리에 가지 않고 혼자 교실에 남아 공부하는 고등부 3학년 여학생을 발견한 것도 그런 순찰의 결과였다.

처음에는 그저 인사만 주고받다가 학교생활과 진로 문제를 상담해 주는 사이가 될 때까지 두 달이 걸렸다. 당시 담임이었던 고사카는 그 학생이 특별 진학반이고 성적이 전국 상위권인 데다가 평소 생활 태도에도 문제가 없다고 했다. 주변 아이들과 다소 거리를 두는 것도 똑똑하면서 마이 페이스인 아이들의 특징이라며 대수롭지 않게 여겼다. 그러나 공부라면 도서실이나 학원에 가서 해도 될 텐데 굳이 교실에 남는 데는 뭔가 그 아이만의 메시지가 있을 거라고 판단해 지하야는 계속 그 아이에게 접근했다.

여름방학이 시작되기 전에 상담실을 찾아온 아이는 지하야에게 새어머니와의 갈등을 털어놓았다. 한 지붕 아래에서 사는 상황을 견디기가 어렵고 상대의 배려조차 달갑게 받아들이지 못하는 자신이 지긋지긋하다고 했다. 아이는 집에 가면 그저 죽고 싶다면서 눈물을 흘리며 호소했다. 보호자를 불러서 상담했고 중간에 어려운 국면도 있었지만 지하야는 상대와 거리를 두는 법에 대해 끈기 있게 설명했다. 새어머니와 친아버지 모두 악의는 없었고 그것은 아이 역시 마찬가지였다. 학교 측에서도 힘을 보태 준 덕에 상황은 조금씩 나아졌다.

통역사를 꿈꾸던 아이가 홈스테이를 떠난 외국 집에서 환하게 브이 자를 그린 사진을 찍어 보내 줬을 때 지하야는 이 일을 선택해서 정말로 다행이라고 진심으로 느꼈다.

그렇게 일이 마무리된 것은 실로 행운이다. 경험 많은 도미코의 말에 지하야도 동감했다. 부모 자식이 서로의 잘못을 인정하고 다가가려 노력해 일이 잘 풀렸다. 서로에 대한 기본적인 배려를 쌓아 가는 것부터 시작했다면 상당한 노력과 시간이 소요됐을 것이다.

"어차피 우리는 타인이니까."

도미코는 스스로 되뇌듯 그런 말을 자주 입에 담았다. 상대에게 해 줄 수 있는 것과 없는 것, 해야 할 것과 해서는 안 될 것. 그런 것들을 잘못 판단해 카운슬러 본인이 버티지 못하고 지쳐 떨어지는 상황은 비단 스쿨 카운슬러만의 문제는 아니다.

머리로는 이해하지만 상담자와 직접 마주하는 임상 경험이 부족한 지하야는 아직 잘 체감하지 못했다.

초등부와 중등부를 거쳐 고등부 교무실에서 고사카를 만났을 때 지하야는 노즈 아키나리에 대해 알려야 할지 잠시 망설였다.

카운슬러는 기본적으로 학교 조직에서 독립돼 있다. 프라이버시 문제가 있고 카운슬러의 생각이 학생의 평가나 내신 점수에 영향을 미쳐서는 안 되기 때문이다. 아키나리 앞에서는 넌지시 돌려 말했지만 스쿨 카운슬러에게도 비밀 엄수 의무는 있다.

다만 노즈 아키나리는 염소 학대를 고백한 것으로 모자라 살인, 즉 타인에게 해를 끼칠 의지를 직접 나타냈다. 이를 혼자 가슴 속에 묻어 두는 것은 윤리적으로나 사회적으로나 리스크가 너무 크다.

"고사카 선생님."

"아, 지하야 선생님. 이제 퇴근하세요?"

"네. 먼저 가 보려고요." 지하야는 인사하고 "저……" 하고 말을 이었다.

"새로 온 1학년 아이들은 좀 어떤가요?"

고사카는 책상 의자를 돌려서 지하야를 보더니 팔짱을

끼고 이맛살을 찌푸렸다.

"아직 2주도 안 됐지만 얌전한 학생이 많은 것 같습니다. 중등부에서 받은 인수인계 시트에도 이렇다 할 특이 사항이 없는데, 실은 그래서 더 불안하기도 합니다. 눈에 띄어 주는 편이 문제를 찾기도 쉽거든요. 뒤에서 몰래 끙끙 앓고 있으면 저희도 알아채기가 어렵습니다."

고사카는 작년 그 여학생 일을 지금도 진지하게 반성하고 있다.

"아무튼 올해도 지하야 선생님께 신세를 지게 될 것 같네요. 잘 부탁드립니다."

"혹시 괜찮다면 저도 그 인수인계 시트를 확인할 수 있을까요?"

"아, 물론입니다. 다음 주 중에 받아 보실 수 있도록 조치해 놓겠습니다."

지하야는 감사를 전하고 교무실을 나갔다.

결국 지금 단계에서 노즈 아키나리 일을 알리는 것은 이르다고 판단했다. 상담 내용이 내용인 만큼 이 일이 밝혀지면 학교 측도 대응에 나서야 한다. 과장이 아니라 아이의 인생을 뒤흔들 사태로 발전할 수도 있다.

우선 아이의 진의부터 파악해야 해. 지하야는 그렇게 되뇌며 학교를 나갔다.

정문 앞 버스 로터리로 향하려다가 불현듯 멈춰 서서 온 길을 되돌아갔다. 고등부 건물로 들어가 체육관이 있는 북쪽으로 나간다. 학교 부지의 산책로 한 곳을 걸었다. 나카쓰 숲을 가로지르는 길이다.

앞에서 중등부 배지를 가슴에 매단 여학생이 다가와 지하야 옆을 스쳐 가며 "안녕히 계세요"라고 인사했다. 지하야는 똑같이 인사로 화답하면서도 속으로 의아하게 생각했다. 이 나카쓰 숲 산책로는 하교할 때 가는 길이 아니기 때문이다.

정문 양옆에 있는 고등부, 초등부와 달리 중등부 건물에서 집에 가려면 초등부 건물을 돌아가거나 나카쓰 숲을 지나 고등부를 거쳐야 한다. C룸이 각각의 건물로 이어지는 T자형 연결 통로를 가로막고 있기 때문이다. 학교 구성원들은 대부분 그것을 설계 실수라고 생각하고 있다.

불편의 원흉인 C룸을 지나자 널찍한 공간이 나왔다. 중등부 건물 옆 나무 울타리에 둘러싸인 이곳을 학생들은 '목장'이라고 부른다. 안쪽에는 원기둥 모양의 가건물이 네 개 있다. 축사다.

하교 시간이 지나서인지 목장에 인적은 없었다. 지하야는 가운데에 있는 염소 우리를 확인했다. 토끼, 다람쥐, 오리까지는 그렇다 해도 학교에서 염소를 기르는 것이 그야말로 덴조 학교답다며 이곳에 처음 왔을 때 묘하게 납득한 기억이 있다.

원래 네 마리여야 할 염소가 지금은 세 마리밖에 없다.

축사 문에는 작은 은빛 자물쇠가 달려 있다. 겐지로가 피를 흘린 채 발견된 월요일에 열쇠는 사육 위원회실 안에 있었다고 한다.

학교 부지는 튼튼한 담장에 둘러싸였고 누가 담을 기어오르기라도 하면 스물네 시간 작동 중인 방범 센서에 즉시 포착된다. 학교 정문 또한 열고 닫힐 때마다 센서가 작동하는 구조다. 외부범의 소행으로 보기에는 확실히 어려운 환경이다.

플라스틱 그물망 너머로 보이는 염소의 동그스름하고 귀여운 눈동자를 보며 지하야는 노즈 아키나리의 말을 다시 떠올렸다.

—염소는 제가 그렇게 했어요.

—저는, 사람을 죽여 보고 싶어요.

—혹시 선생님께 거슬리는 사람 없나요? 제가 그 사람을 죽일 수 있게 허락해 주시지 않겠어요?

그때 어디선가 깡 하는 소리가 울려서 깜짝 놀라 뒤를 돌아봤다. 야구부 연습 소리가 분명하지만 세 운동장 중 어디에서 들렸는지는 알 수 없었다.

학교 앞에서 덴조역까지 버스를 타고 약 5분. 역에서 아파트까지는 10분을 더 걸어야 한다. 지하야가 사는 덴조시 하코사카 마을을 세로로 관통하는 국도는 저녁이 지나서 한산했다. 마을 이름을 본떠 박스 로드*라고 불리는 편도 2차선 도로는 자전거 전용 도로가 있고 다섯 명이 나란히 걸어도 좁지 않을 만큼 넓다. '근미래의 스탠더드'라는 슬로건을 내세운 모델 도시다운 면모를 잘 보여 준다고 해야 할 것이다.

덴조시는 20년 전쯤부터 시작된 도시 계획 프로젝트를 통해 나란히 늘어선 오래된 주택가를 깨끗이 철거하고 콤팩트(기능성), 콘비니언트(편리성), 커뮤니케이션의 앞 글자를 딴 '3C 정책'을 추진 중이다. 덴조 학교 설립도 정책의 일환이었다. 수도권으로 통하는 교통도 해가 갈수록 편해져 시의 평판을 높이고 있고 지하야 부부가 결혼할 때 매수한 아파트도 매년 집값이 상승 중이다.

콤팩트, 콘비니언트는 수긍할 만하지만 커뮤니케이션은 과연 어떨까. 거기까지 행정 당국이 개입할 여지는 별로 없어 보인다. 지하야가 현재 사는 '라이트하우스 하코사카'에서도 주민 교류를 표방한 행사가 자주 열리고 남편인 노리후미는 그런 분위기를 흔쾌히 받아들이는 듯하지만 지하

---

* 일본어로 '하코'는 '상자'라는 의미다.

야는 별로 마음에 들지 않았다.

길옆에 세련된 가게들이 줄지어 있다. 가로로 적힌 가게 이름, 멋들어진 건물 외벽, 앤티크용품점, 벤치, 카페, 빵집, 옷 가게, 카페, 미용실, 카페, 카페. 이 동네에 사는 사람들은 하루에 커피를 몇 잔을 마셔야 직성이 풀리는 걸까.

지금은 좋게 보이지 않지만 대학생이 되어 처음 덴조시에 왔을 때는 가슴이 두근거렸다. 전철을 갈아타고 두 시간이나 가야 도착하는 본가 주변에는 지하야가 중학생이 될 때까지 편의점 하나도 없었다. 노래방은 어른들이 술에 취해서 가는 저속한 곳이라고 생각했다. 그런 소녀가 컬처쇼크를 맛보기에는 굳이 번화가인 신주쿠나 시부야까지 갈 필요도 없었다.

라이트하우스 하코사카는 가운데 안뜰을 둘러싸고 세 개 동이 서로 마주 보는 형태로 지어졌다. 발코니가 동쪽에 있는 B동 6층에 지하야가 사는 집이 있다. 지하야는 어스름한 안뜰을 총총걸음으로 지났다. 평탄한 지형 때문에 꼭 여름이 아니어도 이 일대는 해가 길다.

"지하야 씨!"

관리동이 있는 커뮤니티 하우스 뒤를 지날 때 누가 이름을 불러서 깜짝 놀라 멈춰 섰다. 안뜰에 모여 잡담을 나누던 여자들이 지하야 쪽을 보고 있다. 멀리 떨어져 있는 데다가 저녁놀 때문에 얼굴이 잘 보이지 않지만 손을 흔드는 사람은 아침에 출근할 때 만난 같은 동 주민으로 보였다. 쓰레기를 버리러 나가는 김에 산책하는 게 일과라는 그녀 말고는 지하야에게 말을 걸어 올 주민이 없다.

"지금부터 모여서 카레 파티를 하려고 하는데 같이 갈래요?"

지하야는 조금 고민하는 척을 하고 입을 열었다.

"죄송해요. 바로 조금 전 밥을 먹고 와서요."

"어머, 그렇구나. 아쉽네요. 그럼 다음에."

"네. 다음에는 꼭 함께해요."

고개를 숙이고 B동으로 향한다. 모래밭과 미끄럼틀이 있는 안뜰에서 아이들이 떠드는 소리가 울려 퍼졌다.

엘리베이터를 타고 6층에 올라가는 동안 뒤가 켕기는 기분을 집어삼켰다. 절반은 충동, 절반은 인사치레로 권했을 것이다. 오히려 기뻐하며 같이 가겠다고 하는 게 더 민폐일 수 있다. 그렇게 생각하면서도 나중에 또 그런 제안을 받아도 분명 거절할 말을 찾다가 또다시 거짓말을 할 거라는 생각에 한숨이 새어 나왔다. 상담실을 찾는 학생들에게는 절대 보여 주고 싶지 않은 모습이다.

목적도 없이 수다를 떠는 것을 싫어한다고 처음 깨달은 건 중학생 때였다. 구체적으로 말하면 싫어한다기보다 방법을 잘 모르는 것에 가까웠고 리스닝은 잘하면서 스피킹 발음이 좋지 않은 영어 실력과 비슷하다고 생각했다.

지방에서 전업주부로 사는 여동생이라면 YES 또는 NO 로 확실히 대답했을 것이다. 그리고 이웃의 제안을 거절한 것 정도로 속을 끓이는 언니를 보며 "바보 아니야?"라고 툭 내뱉을 것이다.

엘리베이터가 멈추자 눈앞에 좁은 복도가 나타났다. 몇 분 만에 벌써 해가 졌다.

남편이 아직 오지 않아서 지하야는 불을 켜고 거실로 향했다. 대학에서 조교로 일하던 시절에는 두 사람 다 평일 낮에 일했고 청소와 세탁은 주말에 몰아서 했다. 휴일이 이틀 늘었을 뿐인데 자연스럽게 집 안에서 할 일을 찾고 있다.

청소와 세탁은 어제 마쳤고 요리에는 소질이 없었다. 방 두 개와 함께 쓰는 침실이 있는 집이 이럴 때 보면 지나치게 넓은 감도 든다.

일 관계로 처음 알게 돼 교제를 시작한 노리후미에게서 함께 살자는 말을 들었을 때는 불안감이 엄습했다. 주에 서너 번, 두어 시간 정도는 괜찮아도 일상이라는 긴 시간을 어떻게 함께 보내야 좋을지 몰랐고 재미없는 여자라는 말을 들을 각오도 했다.

3년 정도 남편과 함께 살다 보니 일상은 의외로 목적 있는 대화로 채워진다는 것을 알게 됐다. 청소와 세탁, 식사와 그 밖의 집안일. 평소 수다스러운 노리후미의 성격에 기대는 측면이 크다고 해도 어색하거나 거북하지는 않았다. 적어도 표면적으로는.

노리후미가 거실에 뛰어 들어온 건 지하야가 저녁 식사를 간단히 마치고 한 시간 정도 더 지나서였다.

"큰일 났어."

폴로셔츠와 청바지 차림의 노리후미가 소파 옆에 달려와 말했다.

"뭐 읽어?"

지하야는 손에 든 책을 덮고 "아, 그냥 공부"라고 대답했다. 소년 사건을 다룬 심리 분석 전문서를 꺼내 온 이유를 아무리 남편 앞이더라도 밝힐 수 없었다.

"흠. 재밌어?"

지하야는 노리후미의 이런 거리낌 없는 성격을 좋아했다. 노리후미가 관심을 보이는 대상이 내가 손에 든 책이 아닌 자신임을 느낄 수 있었다.

"그보다 큰일이라니?"

"아, 그래."

노리후미가 몸을 앞으로 살짝 기울여서 지하야를 봤다.

"이리이치 가나메가 이 동네에 산대."

"……이리이치, 가나메?"

지하야의 굼뜬 반응을 보고 노리후미는 두 팔을 활짝 펼쳤다.

"기억 안 나? 15년 전에 세 집에 침입해 여자 세 명을 잔인하게 강간한 그 인간쓰레기."

"혹시 가나가와에서 일어난 그 사건?"

노리후미는 힘차게 고개를 끄덕이더니 오래전 세상을 떠들썩하게 한 간토 연속 일가 감금 사건을 설명하기 시작했다.

첫 번째 사건은 요코하마시에서 정확히 말하면 16년 전 가을에 일어났다. 당시 스물두 살이었던 이리이치가 어느 단독 주택에 침입해 집 안에 있던 고등학교 1학년 여학생을 폭행하고 집에 돌아온 부모도 똑같이 폭행한 후 밧줄로 묶고 감금했다. 그리고 사흘에 걸쳐 부모가 보는 앞에서 딸을 범했고 사정할 때마다 여학생의 발가락을 망치로 부러뜨렸다고 한다. 나흘째가 돼서야 그는 집을 떠났고 빈사 상태의 아버지가 경찰에 신고했을 때는 이미 딸의 발에 발가락이 두 개밖에 남아 있지 않았다.

"다행히 목숨은 건졌지만……."

노리후미는 나머지 두 사건도 설명했다. 지바와 이바라키현에서 이리이치는 비슷한 범행을 반복했다. 모두 3인가족이었고 당시 집 안에는 고등학생 딸이 있었으며 기간은 사흘. 부모에게는 폭력, 딸에게는 강간을 저지르고 마치 표식을 남기는 것처럼 몸에 손상을 입혔다.

"두 번째 여자애는 손가락이 잘렸어. 그리고 세 번째 아이가 가장 심했는데, 고막과 두 눈을……." 거기까지 말하고 노리후미는 고개를 세차게 흔들었다.

"입에 담기도 끔찍해."

이리이치는 세 번째 사건 현장에서 붙잡혔다. 무슨 생각인지 그는 범행 직후 구급차를 불렀고 현행범으로 순순히 체포됐다고 한다. 이유는 당시 신문 기사에 실려 있었다.

─피가 멎지 않아서 여자아이가 죽을 것 같습니다.

"살인 미수, 강간, 폭행, 감금, 거기에 불법 주거 침입까지. 검찰은 적용할 수 있는 법을 몽땅 들이밀며 이리이치의 죄를 최대한 불리려고 노력했지만……." 노리후미가 얼굴을 잔뜩 찌푸렸다.

"결국 사망자가 없다는 이유로 검찰의 무기징역 구형에 나온 판결은 징역 15년이었어."

목소리에 분노가 실렸다.

"참 희한하지. 피해자와 가족들이 받은 정신적 충격을 고려하면 징역 15년이 말이나 돼? 딸이 강간당하고 손가락이 잘리는 모습을 부모는 꼼짝 못 하고 지켜봐야 했어. 그런데 목숨만은 건졌으니 됐다는 거야? 어떻게 그럴 수가 있어? 이런 말 하면 안 된다는 거 알지만, 피해자들은 그 당시에 오히려 죽는 게 더 나았을 거야."

당장에라도 울음을 터뜨리지 않을까 걱정될 만큼 흥분하고 있다. 노리후미는 평소 자상하고 싹싹한 성격인데 가끔 갑자기 격분할 때가 있다. 공감 능력을 대번에 높이는 스위치가 몸 어딘가에 있는 것 같았다.

"그 사람이 지금 덴조시에 산다고?"

"보도국 친구 말로는 하코사카마치 3번지에 있는 하코사카 유치원 부근에서 산대."

그 말을 듣고는 역시 놀라지 않을 수 없었다. 여기서 걸어서 채 10분도 걸리지 않는 거리다.

노리후미는 "진짜 말도 안 되지?" 하고 거칠게 내뱉었다.

"마음 같아서는 정말 월요일 뉴스 때 공개해 버리고 싶다니까."

노리후미는 덴조시에 있는 라디오 방송국 스튜디오에서 아나운서로 일한다. 매일 평일 오후 4시부터 6시까지 진행하는 뉴스 프로그램의 메인 앵커를 맡고 있다.

"하지만 그럴 수는 없잖아."

아무리 범죄자라고 해도 형기를 마친 사람의 주소를 공중파에 내보낼 수는 없다.

노리후미가 얼굴을 찌푸렸다.

"물론이지. 기껏해야 사건을 돌아보는 특집 방송이나 만들 수 있을 뿐. 범죄를 낳은 사회의 문제점을 짚거나 재범률을 낮추기 위해 복역을 마친 이들의 관리에 신경 써야 한다는 내용이 되겠지. 당신이 아주 좋아하는 '포용' 같은 단어를 써 가면서."

지하야는 무심코 표정이 굳었다. 지하야가 대학에서 쓴 논문 제목이 바로 '포용과 공생에 이르는 심리'였다.

"미안. 당신 연구를 무시하는 건 아니야. 하지만 그 자식은 결국 형식뿐인 속죄를 마치고 잽싸게 이 사회에 다시 복귀했어. 유족에게 보상이나 제대로 된 사죄도 안 할 게 뻔하지. 이건 뭐랄까, 정말로 말도 안 되는 일이라고 생각해."

지하야는 문득 눈앞에 있는 남편을 연구 대상으로 관찰하고 싶은 마음을 애써 떨쳐 냈다.

남편의 머리를 쓰다듬는다. 연구자가 아닌 아내로서.

사랑스러웠다. 이 마음에 거짓은 없다.

노리후미의 반응은 지나치게 안이하고 거칠다. 그러나 다른 사람이 아닌 노리후미라 지하야는 이해할 수 있었다. 자신의 감정을 이토록 잘 표현하는 사람이 자신을 선택해 줬다는 것도 기뻤다.

노리후미는 지하야에게 '보통 사람'이 아니다. 그냥 무시

해도 될 무난한 타인도 아니다.

　몸속 깊숙한 곳에서 충동이 불붙는 것을 느꼈다. 머리를 쓰다듬던 손을 볼로 향하고 두 손으로 얼굴을 감싼다. 살짝 물기가 어린 노리후미의 눈을 바라보며 입을 맞춘다. 그러자 노리후미도 강하게 지하야를 원하기 시작했다.

　그렇게 두 사람은 잠시 서로를 탐했다.

　그러나 결과는 평소와 다를 바 없었다.

　"……씻고 올게."

　그의 말은 이후를 의식한 것이 아니었다.

　"……밥은?"

　"미안. 먹고 왔어."

　노리후미는 자상하게 말하고 욕실로 향했다.

　알고 지낸 지 5년, 교제한 지 3년, 결혼한 지 2년. 잠자리를 하지 않은 지는 반년 정도 됐다.

　아니, 노리후미가 지하야에게 욕정을 느끼지 못하게 된 것은 그보다 더 오래전이었다.

4

"머리 잘랐네."

눈을 가릴 것처럼 길게 자란 앞머리가 눈썹 위로 가지런
히 잘린 것을 보고 지하야는 노즈 아키나리에게 말을 붙였
다. 상담실 의자에 앉은 아키나리는 시선을 피하며 "기르고
싶었는데 강제로 잘렸어요" 하고 중얼거렸다.

"어머니한테?"

입을 꾹 다물고 고개를 끄덕이는 모습에서 사춘기 소년
다운 쑥스러움과 불만이 배어났다.

연휴를 눈앞에 둔 4월의 마지막 수요일. 방과 후에 아키
나리가 찾아올 것은 예상했다. 어제 출근한 도미코가 남긴
메모에 아키나리가 찾아와 지하야 선생의 일정을 물었다
고 적혀 있었기 때문이다. 도미코는 그 옆에다 괄호를 붙이
고 '인기 많네'라고 장난스럽게 적었지만 지하야는 정반대
의 긴장감을 느끼며 상담실에서 아키나리를 마주하고 있
었다.

"매번 어머니가 잘라 주시니?"

"동생은 안 그러는데 이상하게 저한테만 그래요. 그런데
뭐 이제는 포기했어요."

고개를 약간 숙인 채 조용히 대답하는 아키나리의 표정

에서 힘이 조금씩 빠진다. 그것이 나타내는 심리를 지하야는 놓치지 않았다.

"동생은 미용실에 다니는 거야? 너도 그러면 좋을 텐데."

"어머니가 직접 잘라 주고 싶다고 하시니 어쩔 수 없죠."

"어머니를 신경 쓰는구나."

"평소에 폐를 끼치고 있으니까요."

공감하는 자세로 임하던 지하야는 무심코 고개를 갸웃했다.

"거절하면 어머니가 슬퍼하시기라도 해?"

"그것도 그렇지만."

아키나리가 불쑥 고개를 들고 쳐다봐서 지하야는 흠칫했다. 머리가 짧아져 투명한 눈동자가 뚜렷이 보인다. 잘생긴 얼굴에서는 조금 전까지 보이지 않던 의지가 느껴졌다.

"전 언젠가 사람을 죽일 거니까요."

표정이 변하지 않도록 애써 참았다. 굳은 표정은 물론 부자연스러운 미소도 삼간다.

"폐를 끼친다는 게 그런 의미였어?"

"네. 그런 일이 벌어지면 어머니도 힘들겠죠. 체포되면 절 잘 만나지도 못해서 괴로워하실 거예요. 그러니 그전까지는 최대한 잘해 드려야겠다고 생각하고 있어요."

말 자체는 나름대로 논리적이다. 지하야는 묘한 느낌을

받았다.

"어머니를 생각하면 처음부터 살인 같은 걸 저지르지 않는 게 낫지 않을까?"

최대한 가볍게 의견을 제시하자 아키나리는 지하야를 그대로 보면서 "그건 그래요" 하고 인정했다.

"하지만 아마 어려울 거예요."

속으로 '이 표정이야' 하고 눈치챘다. 아키나리가 이따금 보여 주는 색이 없는 표정. 즐거움이나 불쾌감 같은 감정이 빠졌고 굳거나 부드러운 것과도 다른 그저 당연하다는 듯한 얼굴. 외곬인 듯하면서도 약간의 흔들림이 읽히는 얼굴.

지하야는 자신이 아키나리를 마냥 낙관적으로 볼 수 없는 작은 이유 한 가지를 깨달은 느낌이 들었다.

사람을 죽여 보고 싶다.

자의식과 사회의 억압 사이에서 흔들리며 이상과 현실의 간극에 타협하지 못하는 상태는 누구든지 경험한다. 남들이 조금 더 나를 좋게 평가해 주기를 바라면서도 건전한 방법으로 그것을 실현할 능력이 없을 때 인간은 보다 쉽고 부정적인 방법을 찾게 된다. '사람을 죽여 보고 싶다' 또는 '죽고 싶다' 같은 말을 입에 담는 것도 이런 메커니즘에 속한다.

표면상으로 노즈 아키나리의 정신 상태는 정상 범위에

있는 것처럼 보인다. 이 아이가 살인 충동을 굳이 입에 담는 것도 사춘기 특유의 자기 과시욕과 인정 욕구 때문이라고 보는 게 타당할 것이다.

그래도 지하야가 고개를 갸웃거릴 수밖에 없는 건 아키나리가 보여 주는 강한 의지와 망설임이 뒤섞인 이 표정 때문이었다.

"실제로는 사람을 죽이기 싫은 것 아니야?"

한 발짝 더 들어가 보기로 했다.

"싫어요."

아키나리는 즉시 대답했다. 그러나 이 역시 부정으로 이어지는 습관적 반응이다.

"가족들에게 폐를 끼치는 건 싫어요. 제 손에 죽을 사람에게도 가족이 있을 테고, 다른 사람을 슬프게 하는 것도 싫어요."

그렇지만.

"제 충동은 어쩔 수가 없다고 생각해요."

또다시 보여 주는 이 표정. 상식적인 죄책감, 공포와 자기 마음을 타협하지 못하는 상황이 곤혹스러운 듯한, 그러면서도 받아들이는 듯한.

냉정해지려고 마음을 다잡는다. 지난번 이 아이를 보면서 한 번 흔들린 영향 때문에 눈이 흐려졌을 수 있다.

"혹시 운동 같은 거 하니?"

느닷없는 질문에 아키나리는 순간 놀란 반응을 보였다.

"……왜 그렇게 생각하세요?"

"음, 네 몸이 의외로 근육질인 것 같아서."

그렇게 말하고 "이거, 성희롱이려나?" 하고 웃음 섞어 얼버무렸지만 아키나리는 미소를 보이지 않았다.

"……중학교 때 육상을 했어요. 중거리요."

오, 하고 짐짓 감탄한다. 고사카에게서 중등부 교육 기록을 받은 것을 알아채지 못하도록.

"기록이 좋았니?"

"그럭저럭요. 전국 대회 같은 데 나갈 수준은 아니었어요."

중등부 마지막 여름에 열린 현 대회에서는 상위권에 입상했다. 담당 고문은 '운동에 대단히 진지하고 열심히 임함'이라고 적었다.

"지금은?"

"이제 달리기는 안 해요. 조깅은 가끔 하는데 평소에 거의 집 안에만 있으니."

"집에서는 뭘 하면서 지내니? TV 같은 걸 봐?"

"번잡한 걸 싫어해서 영화나 게임 같은 건 피곤하더라고요. 요즘은 인터넷으로 라디오를 듣고 있어요."

실시간이 아닌 녹음된 파일을 포털 사이트에서 찾아서 듣는다고 했다.

"'위크데이 토픽 마켓'이라든지."

순간 흠칫했다. 남편인 노리후미가 앵커인 방송이다.

"실은 선생님에 대해서도 검색을 좀 해 봤어요. 시라카와 대학 석사 논문 저자의 성이 '사카에다'로 돼 있어서 결혼 하신 걸 알게 됐죠. 죄송해요. 멋대로 찾아봐서."

"아니, 궁금할 수도 있지. 괜찮아."

노리후미는 자기 블로그에 결혼 생활을 기록하고 있다. 지하야의 이름과 사진은 올리지 않지만 '심리학 연구자'라는 글의 내용으로 눈치챘을 것이다.

아키나리는 다시 한번 "죄송해요" 하고 말을 이었다.

"예전 방송도 몇 개 들었는데 토픽 마켓은 특집 방송 내용이 알차고 좋더라고요."

노리후미에게 전해 주면 기뻐할 것이다. 아니, 정말 기뻐할까.

"그걸 제외하면 평소에는 거의 책을 읽어요. 도서관에서 집히는 대로 책을 빌려 와서요. 심리학책도 입문서 같은 건 자주 읽어요."

가끔 입에 담는 지나치게 정중한 표현은 아무래도 독서의 영향인 듯했다.

"요리도 조금 해요."

"어머니를 도우려고?"

"동아리 활동을 하거나 학원에 다니지도 않고 집 안에만 있으니 죄송해서요."

눈을 아래로 내리깔고 무뚝뚝하게 말한다.

"고등부에도 마음에 드는 동아리가 없었어?"

"……복싱을 할까 고민하기는 했는데."

"아, 복싱 체육관 같은 곳에 다니려고?"

덴조 학교에 복싱부는 없다.

아키나리는 고개를 숙인 채로 대답했다.

"실은 복싱부가 있는 학교에 가고 싶었어요. 하지만 가장 가까운 곳도 시외에 있어서 집에서는 도저히 다닐 수 없겠더라고요."

그 말이 살짝 마음에 걸렸다.

"집에서 떨어지고 싶지 않니?"

대답이 끊겼다. 조금 성급했나 반성했을 때 아키나리가 다시 입을 열었다.

"복싱은 역시 좀 무섭다고 생각이 바뀌었어요."

"너도 맞을 수 있으니까?"

또다시 침묵.

"선생님은 절대 못 할 것 같아. 생각만 해도 아플 것 같거

67

든." 장난스럽게 덧붙이고 다시 물었다.

"혹시, 상대를 죽일 수도 있을 것 같아서?"

그러자 아키나리가 지하야를 빤히 쳐다봤다.

"……네."

이 소년은 살인 충동을 입에 담을 때는 꼭 상대를 똑바로 쳐다본다.

"복싱을 하면 사람을 죽이고 싶은 충동이 조금은 사라지지 않을까 생각했어요. 하지만 반대로 더 강해지기라도 하면 그때는 정말 돌이킬 수가 없을 것 같아서."

판단이 흔들린다. 아키나리의 말은 지나치게 앞뒤가 잘 맞아서 오히려 작위적인 느낌이 들었다. 평범한 화제로 대화를 끌고 가려 해도 꼭 살인 충동에 대한 이야기로 돌아간다. 그리고 그것을 입에 담을 때는 상대를 똑바로 쳐다보면서도 표정에서는 왠지 무리를 하는 듯한 당혹감과 어색함이 느껴진다.

"선생님. 그때 제가 한 이야기는 좀 생각해 보셨어요?"

"응, 네가 숙제를 내줬으니."

"네. 죽이고 싶은 사람이 있으면 제게 알려 달라고 부탁드렸죠."

마치 상대를 시험하는 듯한 제안.

"아쉽지만 선생님한테 그런 사람은 없는 것 같아."

"평소에 얄밉거나 보기만 해도 짜증 나는 사람이 한 명쯤은 있지 않아요?"

"물론 그런 사람은 있지. 하지만 죽이고 싶지는 않아. 그냥 가까이하지 않으면 끝날 일이고 참기 힘든 수준도 아니니까."

"그런가요……."

소년은 흥미를 잃은 듯 다시 고개를 숙였다.

"너한테는 그런 사람 없니?"

"……없어요. 아니, 그보다 전 인간관계가 아주 좁아요. 중학교 때도 친구가 없었고 고등학교 안에서도 별로 만들고 싶지 않아요."

중등부 기록에는 '집단 형성에 관심이 없음. 간섭을 원치 않는 성격'이라고 적혀 있었다. 그러나 수학여행이나 그룹 활동 때 특별히 고립된 모습은 보이지 않았다고 한다.

"동아리에서는?"

"초등부 때는 농구를 했어요. 그런데 잘하지 못하니 재미도 없더라고요. 그에 비해 육상은 그냥 달리면 그만이니 편했어요."

팀플레이는 초등부를 끝으로 졸업했다는 뜻이다.

"학교 자체는 좋아? 아니면 다니기 싫니?"

"음, 그건 어느 쪽도 아니에요. 학교에 가는 게 당연하다고 생각하고 가지 않으면 어머니가 또 곤란해질 테니까요."

하지만.

"요즘 들어 슬슬 한계인 것 같기는 해요. 이런 곳에 계속 있다가는 사고를 칠지도 모른다는 생각이……."

이야기가 또 그쪽으로 향하고 만다.

"이런 충동을 처음으로 느낀 건 작년이에요. 중등부 3학년 가을 무렵이었죠. 이유는 잘 모르겠지만 복도 맞은편에서 걸어오는 같은 반 아이를 보며 갑자기 죽이고 싶다고 생각했어요. 때마침 그때 주변에 아무도 없어서 참기가 힘들었죠. 그날 이후 그런 생각이 자주 들었어요. 같은 반 아이가 아니라 학교를 마치고 돌아가는 길에 만난 평범한 아저씨 같은 사람을 보면서도."

지하야는 경청으로 자세를 바꿔 가만히 소년의 이야기를 들었다.

"이대로는 위험할 것 같더라고요. 그래서 서점에서 그런 심리를 다룬 책을 사서 읽기 시작했고, 묻지 마 살인마 같은 이들이 처음에는 작은 동물부터 죽이기 시작하는 경우가 많다는 걸 알게 됐죠. 그래서 고양이나 개 같은 동물들을 보기가 무서워졌어요. 하지만 전 동물한테는 별로 관심이 안 생기는 것 같아요. 벌레 같은 건 초등학생 때 자주 밟아 죽이기는 했지만."

"선생님은 잠자리를 먹어 본 적도 있어."

분위기를 누그러뜨리려고 한 말에 아키나리는 "네?" 하고 놀란 표정을 지었다.

"미안. 너무 징그러웠나?"

"아뇨.……맛이 어땠어요?"

"기억나지는 않는데 두 번 먹고 싶지는 않았던 것 같아."

그러자 소년은 "다행이에요" 하고 천진난만하게 미소 지었다.

지하야는 잡담을 중간중간 끼워 넣으며 속으로 고민했다. 작은 동물에게 관심이 안 생긴다면 왜 새끼 염소를 학대했는지 물어야 할까.

발언의 모순을 공격당하면 기분 나빠하는 사람도 있다. 그보다 먼저 물어야 할 것을 묻기로 했다.

"사람을 죽이고 싶을 때 몸에서는 어떤 반응이 생기니?"

"머릿속이 부글부글 끓는 것처럼 뜨거워져요. 이쪽도요." 아키나리는 명치를 가리켰다.

"그렇지만 발기가 되거나 하지는 않아요."

말투는 그야말로 진지했다.

"왜 동물이 아니라 인간일까?"

"저도 모르겠어요. 그냥 제가 가진 병이 그런 것 같아요."

"그래서 여기를 찾아온 거구나."

아키나리는 고개를 끄덕이고 "선생님" 하고 다시 입을 열었다.

"전 앞으로 어떡해야 좋을까요?"

"넌 어떡하고 싶은데?"

일부러 과감하게 물었다. 어설프게 공감하면 오히려 기회를 틈탈지 모른다. 꿈 이야기를 했던 것처럼.

"넌 말은 그렇게 하지만 실제로는 그 누구도 죽이고 싶어 하지 않아. 살인을 저지르면 다른 사람이 슬퍼할 것도 알고. 그러니 너 자신의 충동을 어떻게든 없애고 싶어 해. 그렇게 이해해도 될까?"

아키나리는 긍정도 부정도 하지 않았다. 대신 이런 말을 입에 담았다.

"전 역시 병에 걸린 걸까요?"

"병이라는 표현은 맞지 않는다고 생각해."

이번에는 아키나리가 경청하는 자세를 보였다.

"선생님은 의사가 아니니 진단을 내릴 수는 없어. 내가 할 수 있는 일이라고는 네 이야기와 네가 품은 고민을 듣고 네가 어떻게 하고 싶은지를 파악하고 대처법을 조언하는 것 정도야. 하지만 선생님은 그걸로 충분하다고 생각해."

싱긋 미소 짓는다.

"왜냐하면 넌 병이 있는 게 아니니까. 신경증 같은 것도 아닐 테고."

아키나리가 풀이 죽은 듯한 기색을 보였다.

"실망했니?"

"아뇨. 실망하지는 않았지만 도움 될 것 같지도 않아요."

"그러겠지. 카운슬링이 무슨 마법이나 세뇌도 아니니까."

"세뇌……."

낮은 중얼거림. 아키나리는 잠시 다른 곳을 보다가 다시 지하야에게 시선을 돌렸다.

"선생님은 최면을 할 줄 아세요?"

생각지도 못한 질문이었다. 지하야의 가슴속에서 순식간에 좋지 않은 예감이 고개를 들었고 지난번 이 아이에게 휘둘린 기억이 되살아났다.

"최면으로 제 충동을 억눌러 주실 수 있나요?"

"……그게 무슨 뜻이니?"

손바닥에서 땀이 배어나는 게 느껴졌다.

"어떤 책에서 최면은 앵커와 트리거로 이뤄졌다고 읽었어요."

후최면이라고 불리는 최면술의 간단한 구조다. 최면 상태의 피험자에게 '손가락 스냅 소리가 들리면 웃음을 터뜨린다'라는 앵커를 주입할 경우 '손가락 스냅 소리가 들리면'이라는 조건이 바로 트리거다. 최면이 풀린 후에도 피험자는 손가락 스냅 소리가 들리면 무의식중에 앵커가 발동해 웃음을 터뜨린다. 그리고 이를 여러 번 반복하다 보면 마인드 컨트롤이 완성된다.

"제게 '살인을 떠올리면 두통이 생긴다'라는 앵커를 심어 주실 수 있나요? 그럼 전 그 누구도 다치게 하지 않고 살인도 저지르지 않을 거예요."

지하야는 "그건……" 하고 대답하려다가 입을 다물었다. 이 이야기에 편승하는 것은 위험하다.

"어때요? 선생님께도 흥미로운 실험이 되지 않을까요? 전 상관없어요. 오히려 세뇌당하고 싶어요. 제가 살인을 떠올리지 않도록요."

노즈 아키나리의 환한 미소는 역시나 작위적이었다.

C룸 문을 닫고 중등부 교무실에 인사하러 갔을 때 지하야는 평소 알고 지내는 여교사를 통해 노즈 아키나리의 작년 담임 교사를 소개받았다. 과학부 고문이라는 남교사는 다행히 교무실을 나가기 직전이었다.

"네? 혹시 그 아이가 무슨 사고라도 쳤습니까?"

지하야와 비슷한 나이대로 보이는 그는 눈에 띄게 놀란 표정을 지어 보였다. 지나치게 솔직한 반응에서 아직 경험이 풍부하지 않은 교사임이 느껴졌다.

"아, 고등부에서 무슨 동아리에 들면 좋을지 상담하러 왔더라고요."

무난한 거짓말을 하자 남교사는 안도한 것처럼 한숨을 내쉬었다.

"카운슬러 선생님은 그런 것까지 상담해 주시는군요."

그의 둔감함이 놀라웠지만 사정을 알아차리지 못하는 건 다행이었다.

"노즈 아키나리……. 솔직히 별로 인상에 남지 않는 아이였죠. 아, 이건 이상한 의미가 아니라."

그는 황급히 변명을 덧붙였지만 변명이 되지는 않았다.

"음, 아마도 아버지가 건축 관련 회사에 다니고 어머니는 전업주부이면서 취미로 수예 교실을 하신다고 들었던 것 같네요. 사는 곳은 플레이스 덴조. 좋은 곳이죠."

별 상관도 없는 감상을 늘어놓은 후 그는 "이 정도입니다"하고 쓴웃음을 지었다.

"평소에 자주 눈에 띄거나 진지하게 대화할 기회라도 없는 한 깊이 파악하기는 어렵습니다. 물론 얼굴은 기억하고 있고 평소 생활 태도도 어떤지 알지만요."

"생활기록부에는 집단 형성에 관심이 없어 보인다는 내용이 있던데 특별히 친했던 친구도 없었나요?"

"그래 보였습니다. 또 그 아이는 그런 상황에 만족하는 것 같았고요."

"혼자 있는 상황에?"

"네. 그렇다고 반 아이들과 특별히 사이가 안 좋았던 건 아닙니다. 쉬는 시간에 다른 아이들과 곧잘 어울렸고 체육 대회 때는 릴레이 선수로 뽑혀서 방과 후 연습에도 즐겁게 참여했고요."

소리 높여 웃는 모습을 본 적도 많았다고 한다.

"매사에 약간 조심스러웠고 특별히 문제를 일으킨 적도 없는 얌전한 아이였습니다. 제가 아는 건 그 정도입니다."

지하야는 만족스럽지 않았지만 그렇다고 이 남교사가 유독 의욕이 없는 것 같지는 않았다. 수십 명이나 되는 아이들을 동시에 상대해야 하니 한계는 있기 마련이다. 지하야나 도미코도 교내 모든 학생을 파악하고 있는 것은 아니다.

남교사는 아키나리의 성적이 중간보다 조금 위였다고 말을 보탰다.

"아무튼 전체적으로 그런 느낌이었습니다. 굳이 잘했던 과목을 꼽자면 체육일까요. 운동 신경은 좋았던 것 같네요. 타고난 거겠죠. 중등부 축구부에 그 애 동생인 노즈 도야가 있죠? 걔는 현 대표 발탁 이야기가 돌 만큼 실력이 뛰어나고 아이들 사이에서 인기도 많다더군요."

지하야는 속으로 '그래서였나' 하고 이해했다. 노즈의 이름을 왠지 들어 본 것 같았던 것은 전에 동생인 노즈 도야의 소문을 접했기 때문일 것이다.

남교사는 "전 축구부를 맡아 보지는 못했지만" 하고 말을 이었다. "도야가 출전하는 시합에는 가족들도 자주 보러 온다고 합니다. 특히 어머니는 매번 온다던데요. 아키나리가 함께 올 때도 많다고 하고요."

도야는 올해 중등부 3학년이 되었다. 자기보다 한 살 어린 유명인 동생에 대해 아키나리가 지금껏 한 번도 입에 담지 않은 것은 그저 우연일까. 아니면 일부러 회피한 걸까.

"그런 동생이 있으면 운동부를 하고 싶지 않을 수도 있겠네요. 비교당하면 기분 나쁠 테니까요."

지하야는 남교사에게 감사를 전하고 교무실을 나갔다.

5

골든 위크* 사이에 낀 월요일, 사무실에서 도미코를 만난 지하야는 그녀에게 노즈 아키나리 일을 상담했다. 이름은 언급하지 않았지만 도미코의 머리에는 지하야의 일정을

* 일본에서 4월 말에서 5월 초에 걸친 1년 중 휴일이 가장 많은 주간.

궁금해하던 그 남학생이 자연스럽게 떠올랐을 것이다.

도미코는 지하야의 이야기를 다 듣고 "흐음" 하고 팔짱을 꼈다. 윤기 나는 검은 머리카락을 뒤로 묶은 베테랑 카운슬러는 화장기 없는 얼굴로 인상을 썼다.

"우리가 감당하기 어려운 아이 아닐까?"

그것이 첫마디였다.

"물론 나도 그 아이 말을 다 곧이곧대로 믿는 건 아니지만 그런 충동을 다른 사람 앞에서 말한 이상 그대로 방치하는 건 위험하다고 봐. 본인의 양해를 구해서 학교와 부모님께 상담하고 전문 기관의 도움을 받는 게 좋을 것 같아."

"역효과가 생길 염려는 없을까요?"

그러자 도미코는 굳은 표정으로 고개를 끄덕였다.

"물론 주변이 시끄러워져서 힘들어할 수는 있겠지. 특히 자존심이 센 아이는 더욱."

그저 말뿐인 대책에 반발할 것이다.

"사춘기 남자아이의 충동적인 발언에 필요 이상 반응했다가 앞으로의 아이 인생에 흠이 생길 수도 있겠죠. 학교 안에서 붕 뜨거나 가족과의 관계가 꼬일 수도 있고요."

"상담 내용이 내용이니 그럴 수도 있을 거야."

도미코는 이해하는 것처럼 말하고 "하지만 만약의 사태라도 벌어지면 아예 흠 수준을 넘어서지 않을까?" 하고 덧붙였다.

지하야는 대답을 망설였다. 최악의 사태를 가정하면 그럴 수도 있다.

"뭐 지하야 씨가 걱정하는 것도 이해는 돼. 보통 이런 위험한 충동을 다른 사람에게 털어놓는 건 주목받고 싶거나 뒤틀린 인정 욕구 때문인 경우가 많기도 하고. 요즘 말로는 '관종'이라고 하더라."

카운슬러가 입에 담을 단어로써는 부적절하지만 일단은 고개를 끄덕였다.

"저도 처음에는 그렇게 생각했어요. 그냥 사춘기 아이의 투정 정도로."

"근데 그 수준이 아니라고 느끼게 된 거야?"

"……뭔가 촉이란 게 느껴졌다고 할까요. 그렇게 표현할 수밖에 없는데, 아무튼 쉽게 예단할 수는 없을 것 같아요."

도미코는 또다시 "흐음" 하고 신음했다.

"그 아이에 대한 조금 더 구체적인 평가가 궁금해지네."

"일단 머리가 좋아 보이고 자신과 주변을 객관적으로 보는 능력도 있어요. 하지만 사고는 약간 치우친 경향이 있는 것 같아요. 사회와 거리를 두는 것도 냉소적이면서도 살짝 체념한 느낌이 있고."

"전형적인 사춘기 아이네. 자기 자신에 대해서는 어떻게 평가해?"

"자기 분석은 일상적으로 하는 것처럼 보이는데, 난 특별하고 다른 사람은 무능하다는 식의 극단적인 믿음은 없는 것 같아요. 결론을 말씀드리면 그 아이에게 표면적인 정신 질환 징후 같은 건 보이지 않아요."

지하야는 "다만" 하고 도미코를 바라봤다.

"살인 충동만큼은 판단하기가 어려워요. 지능이 높은 건 확실해 보이는데 그 똑똑한 머리로 대체 뭘 하려고 하는지는."

"꿈이나 최면 이야기를 한 걸 보면 상대가 당황할 이야기를 꺼내서 반응을 즐기는 느낌도 있네."

최면으로 살인 충동을 제어해 달라는 부탁을 거절당하자 아키나리는 "그런가요" 하고 실망한 듯 반응했고 수요일 상담은 그걸로 끝났다.

"어른들을 갖고 노는 걸까요?"

"그럴 가능성도 있지. 어쩌면 사람을 죽여 보고 싶다고 선언한 자신을 우리가 어떻게 대하는지 시험하고 있을지도 몰라."

도미코는 재스민차를 입에 가져가며 "자기애성 퍼스널리티 장애로 보는 게 타당할지도" 하고 중얼거렸다.

자신을 이상화해서 타인과의 소통 문제가 생기는 증상

이다. 양성, 즉 무관심형에 쏠리면 타인의 이야기에 귀를 닫게 되고 오만한 모습과 공격성이 드러날 때가 많다. 음성, 즉 과민형으로 향하면 자신에 대한 타인의 평가와 반응을 극도로 두려워하고 자신만의 공간에 틀어박히기도 한다. 두 유형 모두 그 안에는 강렬한 인정 욕구가 있다.

사춘기의 살인 충동은 대부분 이에 해당한다고 지하야는 생각하고 있다.

그러나 노즈 아키나리의 말과 행동에는 결정적인 것이 빠졌다. 아니, 빠져 있지 않다.

"자기애성 퍼스널리티의 특징 중에는 타인에 대한 낮은 공감 능력이 있어요. 그 부분이 그 애에게는 해당하지 않아요."

아키나리는 지하야 앞에서 살인으로 인해 피해자와 가족이 불행해지는 상황을 염려했다. 그것이 전혀 마음에 없는 말이었다고 느껴지지는 않았다.

"반사회성 퍼스널리티, 연기성 퍼스널리티, 망상, 파라노이아."

도미코는 그렇게 나열하다가 쓴웃음을 지으며 한숨을 내쉬었다.

이런 진단은 무엇부터를 '질환'으로 봐야 할지 구분이 명확하지 않다. 망상과 고집도 어디까지나 정도의 문제이고 그것은 바꿔 말하면 발병 징후가 있다고 해도 당사자와 가족, 주변 사람들이 불만을 제기하지 않는 이상 치료할 필요조차 없다.

"사교성을 갖춘 한편으로 살인 충동을 놓지 못하고 있다……. 뭔가 뒤죽박죽이네."

도미코는 "참 희한한 아이야" 하고 중얼거렸다. 이 역시 카운슬러가 입에 담을 말은 아니지만 지하야도 비슷하게 느끼고 있었다.

"난 줄곧 현장에서만 뛰어 온 사람이라 이론에는 어두운 편이야. 그러니 살인 충동에 대한 지하야 씨의 의견이 궁금해. '사람을 죽여 보고 싶다'라는 그 심리를 과연 병으로 봐야 할까?"

"갑자기 어려운 걸 물으시네요."

"후학을 위해서라도 데라카네 교수님의 수제자에게 꼭 한 수 배우고 싶어서."

가벼운 빈정거림이 섞였다. 임상 심리사 중에는 지하야가 오랫동안 가르침을 받아 온 시라카와 대학의 조교수 데라카네 에이스케의 이론 편중 주의를 꺼리는 사람이 많다. 도미코도 그중 한 명인 듯했다.

지하야는 자세를 가다듬고 입을 열었다.

"질문에 대한 답은 되지 못할 수도 있지만 살인이라는 행위는 알코올이나 약물에 의한 심신 상실 상태를 제외하면 크게 두 가지로 나뉘어요. 사회적 살인과 사적 살인. 사회적 살인은 범행 동기가 일정 수준 이상 논리적인 것을 뜻해요. 부차적으로 얻어지는 무언가를 위한 수단으로써 살인을 저지르는 경우죠. 돈, 복수, 자기방어 등……. 나열하자면 끝이 없어요."

"다른 사람과 공유할 지점이 있다고 해도 되겠네."

노즈 아키나리의 말을 빌리면 '현실'이다.

"그에 반해 사적 살인은 일반적 의미에서 이해득실을 따지지 않아요. 어떤 남자가 내가 걸어가는 길을 가로막고 있어서 죽였다고 가정해 보죠. 이건 사회적 살인일까요? 아니면 사적 살인일까요?"

"흐음. 사회적 살인?"

"맞아요. 길을 지나가기 위해 장애물을 제거하는 건 이론상으로는 합리적이에요. 수단으로 살인이 쓰인 것에 불과하죠. 그런 게 아니고 살인 행위 자체가 목적이 되는 경우를 사적 살인으로 해석해야 할 거예요."

도미코는 계속해 달라는 것처럼 지하야를 봤다.

"사회적 이유를 갖다 붙일 수 없는 사적인 살인 충동은 속된 말로 쾌락 살인에 가까운 개념이에요. 태반이 성욕과 살인 충동이 한데 엮인 결과물인데, 범인은 남성이 약 80퍼센트이고 여성은 3분의 1의 확률로 다른 공범이 있다고 해요. 성충동이 범행 동기인 사례가 많은 이유는 범인의 남녀 성비가 한쪽에 쏠린 데이터에도 드러난다고 생각해요."

"구체적으로 무슨 말이야?"

"남성은 살해한 여성을 통해서 성충동을 해소할 수 있지만 그 반대는 좀 어렵죠."

도미코는 소리 내어 웃었다.

"되게 학자적인 조크네."

지하야도 잠시 미소 짓다가 곧 웃음기를 지웠다.

"성충동에 의한 사적 살인은 살인 행위를 통해 성충동을 해소하는 메커니즘 자체를 병으로 볼 수 있을 거예요. 메커니즘인 이상 정의를 내리고 대처할 수도 있죠. 다소 거친 예를 들자면 성충동 억제제 같은 약물을 투여하는 방법이 있어요. 살인 동기가 성욕이라면 그 성욕 자체를 아예 없애는 논리예요."

"또는 거세 같은 방법을 통해. 그야말로 합리적이기는 하네."

그러나 말투에서 도미코가 지지하는 방식은 아니라는 게 느껴졌다.

"사회적 이유가 아니고, 성충동의 대체 같은 메커니즘도 없는 살인 충동을 일단 '순수 살인 충동'이라고 해볼게요."

"가수가 노래를 부르는 행위처럼?"

"살인에 대한 심리적 저항과 사회적 손해 같은 걸 초월한 사람에게 필요한 건 과도한 자존심, 나는 다른 사람들보다 특별하다는 식의 망상 섞인 자의식, 그리고 남들에게 그걸 인정받고 싶은 강렬한 인정 욕구."

"잠깐만. 그건 결국 자아실현을 위해 살인 같은 금기를 저지른다는 뜻이잖아. 지하야 씨가 정의한 순수 살인과 조금 다르지 않아?"

"맞아요. 그래서 제가 내린 결론은 '순수 살인 충동 같은 건 없다'예요. 살인에는 꼭 그 밖의 다른 이유가 있기 마련이에요. 다른 사람과 공유할 수 있는지 없는지와는 상관없이 반드시요."

지하야는 자세를 가다듬었다.

"이 세상에 괴물 같은 건 존재하지 않아요. 모든 특이한 행동은 그 사람의 개성이죠. 개성을 괴물로 만드는 건 그런 것들을 오직 괴물로밖에 보지 못하는 이 사회예요."

"양쪽이 서로 조금씩 양보하면 모두가 수용할 만한 관계성을 구축할 수 있다. 그게 지하야 씨의 지론이었나?"

임상 심리사의 임무는 사회에 잘 섞이지 못하는 개성을 적응시키는 일이라고 해야 할 것이다. 그러나 지하야는 일방적인 방식에는 거부감을 느꼈다.

"양쪽이 다 걸맞은 노력을 해야 해요. 특이한 캐릭터를 지닌 사람에게만 양보를 강요하는 건 근본적인 해결책이 되지 않아요. 정상과 이상을 나누는 건 어차피 다수결의 논리에 불과하니까요."

"그 합리성. 역시 데라카네 교수의 수제자답네."

장난기 섞인 말에 지하야는 미소로 화답했다. 정작 그 데라카네가 자신의 연구에 비관적이었다는 것은 굳이 말하지 않았다.

"만약 그 아이의 충동이 진짜라고 해도 우리는 그걸 아무렇지 않게 받아들일 수 있을까?"

심술궂은 질문에 지하야는 고개를 깊숙이 끄덕였다.

받아들일 수 있다, 없다를 따질 수 있는 문제가 아니다. 받아들여야 하는 것이다.

지하야의 지론을 접한 도미코는 지금껏 지하야가 만나 온 수많은 동종 업계 사람들과 비슷한 반응을 보였다. 완고한 이상주의자를 연민하듯이 쓴웃음을 지어 보인다.

"이번 일로 다시 돌아가자면." 도미코는 진지한 얼굴로 말을 이었다.

"난 이대로 우리만 이 문제를 떠안는 상황에는 역시 찬성하기 어려울 것 같아. 적어도 염소 사건에 대해서만큼은 진위를 확실히 따져서 사과하도록 설득해야지. 자신의 행동이 주변에 어떤 영향을 미치고 어떤 반응을 초래하는지 정확히 알려 주는 것도 우리의 임무 아니겠어? 순간적인 실수나 충동 같은 말로 넘어가지 못할 일이 이 세상에는 엄연히 있으니까."

지하야도 그 점은 고민 중이었다. 잘못을 못 본 척하는 것이 포용은 아니다.

"특히 초등부 아이들은 지금도 염소 사건 때문에 충격이 큰 것 같아."

도미코의 제안으로 중등부는 지하야, 초등부는 도미코가 중심이 되어 카운슬링을 맡고 있다. 어느 쪽이 더 까다로울지 딱 잘라 말하기는 어렵지만 미성숙한 아이들을 대응하는 일에 경험이 더 필요한 것은 사실이다.

"교내에 시로아타마 같은 이상한 소문이 돌고 있기도 하니까."

도미코는 곤란한 것처럼 말하고 불현듯 진지한 눈빛으로 지하야를 봤다.

"물러나는 타이밍만큼은 절대 틀리면 안 돼. 아이들은 우리 생각보다 훨씬 무섭거든."

지금껏 수천 명의 학생을 상대하고 두 아이를 성인까지 키운 선배의 충고에 지하야는 순순히 "네" 하고 대답했다.

그날 아키나리는 C룸을 찾지 않았다.

6

초등부 교사와 한잔하러 간다는 도미코를 남겨 두고 지하야는 먼저 학교를 나갔다. 함께 가자고 했지만 완곡히 거절했다. 술이 들어가면 말이 거칠어지고 무심코 본심도 드러내게 된다. 그런 상황이 두려웠다.

대학원생 시절에 발달 장애 아동이 모인 워크숍에 참가한 적이 있다. 여름 방학 닷새 동안 다닌 댄스 교실의 뒤풀이 자리에서 당시 워크숍에 참가한 임상의와 심리사들이 아이들의 기행을 과장스럽게 조롱하는 것을 듣고 할 말을 잃었다. 자발적으로 봉사하려고 워크숍을 열 만큼 평소에는 열정적인 정신 의료계 종사자들이어서 서로의 사정을 잘 아는 사람들끼리 모여 그동안 쌓인 스트레스를 풀고 싶었으리라는 것은 이해했다. 그래도 평소와 사뭇 다른 모습을 보고 놀라는 동시에 그동안 신뢰하던 임상의들에게 실망하고 말았다.

회사원이 상사를 험담하거나 무례한 고객을 비판하는 건 흔히 접할 수 있는 광경이다. 그러나 정신 의료 및 요양 보호 분야에서 그런 말과 행동을 목격하는 순간 상대의 인성을 의심하게 된다. 지하야에게는 교사도 비슷한 부류에 속했다.

스스로 생각해도 결벽증 같아서 어이없기는 하지만 한편으로는 이런 생각도 들었다. 이것저것 변명을 대고는 있지만 실은 그저 쓸데없는 수다의 장을 피하고 싶은 게 아닐까 하는.

어쨌든 노즈 아키나리 일을 가슴에 품고 있는 지금으로서는 잘 어울리지도 못하는 술자리 같은 것에 도전하고 싶지 않았다. 도미코의 충고에 대한 해답도 내지 못하고 지하야는 퇴근길에 올랐다.

학교와 덴조역을 오가는 셔틀버스에 승객은 지하야 외에 학생 몇 명뿐이었지만 뒷자리에 앉은 여학생들이 떠드는 소리가 시끄러웠다. 눈을 감아도 귀는 닫을 수 없다.

버스에서 내려 박스 로드로 향한다. 하코사카 마을은 이미 완연한 밤의 기운으로 물들어 있다. 서로 어깨를 맞댄 가게들의 소박한 네온사인이 벽돌로 만들어진 거리를 채색했다. 황금연휴 때문인지 거리를 오가는 사람들의 모습이 모두 활기차 보인다. 버스에서 만난 여학생들보다 조용하면서도 우아한 활기다.

그러나 이 화려함도 밤 10시를 지나면 사라진다. 가게 불이 하나둘 꺼지고 사람들의 발길이 끊긴다. 번화가처럼 택시가 줄지어 서 있는 것도 아니다.

빵집 모퉁이를 돌았다. 여기서부터 라이트하우스 하코

사카까지 걸어서 5분도 걸리지 않는다.

깡.

어디선가 울리는 금속음을 듣고 지하야는 문득 발걸음을 멈췄다. 주먹을 꾹 쥐고 주위를 둘러본다. 아무도 없다. 가로등이 아스팔트를 무심하게 비추고 있다. 왼쪽으로 공원이 보였다.

깡.

소리가 가까운 곳에서 들렸다. 공원 안쪽으로 고개를 향하자 그네가 눈에 들어온다. 그 옆에서 흔들리는 사람 그림자가 보였다. 보통 체격의 남자다. 다시 한번 울리는 깡 하는 소리. 철제 기둥에 부딪힌 것은 남자가 손에 든 금속 배트였다.

순간 숨이 멎었다. 남자에게서 눈을 뗄 수 없다. 연노란색 점퍼와 흰색 바지. 30대 후반 정도로 보이는 얼굴. 눈가를 가리는 하얀 머리카락.

큰 소리를 내지 않아도 대화를 주고받을 수 있는 거리다. 앞으로 2초 후 그는 지하야를 알아볼 것이다. 눈이 마주칠 것이다.

"거기, 잠깐만요."

남자 뒤쪽에서 손전등 불빛이 보였다. 제복을 입은 경찰관 두 명이 다가온다.

"거기서 그런 걸 들고 뭐 하는 겁니까?"

남자가 고개를 돌리자 얼굴이 시야에서 사라졌다.

공원에서 시끄러운 소리가 들린다는 신고가 들어왔습니다. 그런 목소리가 작게 들렸다. 흰머리의 남자는 우두커니 서서 경찰을 마주 보고 있다.

"성함을 알려 주시겠습니까?"

다른 경찰이 지하야를 알아보고 고개를 돌렸다. 지하야는 그제야 집을 향해 다시 발걸음을 떼기 시작했다.

"어서 와."

부엌 쪽에서 목소리가 들렸다.

남편이 집에 있을 줄 몰라서 순식간에 안도감이 벅차올랐다.

"편의점 도시락도 질려서 조금 분발해 봤어."

지하야는 바쁘게 손을 움직이는 노리후미를 등 뒤에서 끌어안았다.

"이런, 소금을 너무 많이 쳤네."

"……오는 길에 마주쳤어."

"응?"

노리후미의 몸이 굳는 게 전해진다.

"누굴?"

시로아타마. 그 이름이 머리를 스쳤다.

"……뭔가 불량배 같은 사람이었는데."

노리후미가 천천히 등을 돌려 지하야를 본다. 의심하는 것 같지는 않다.

"괜찮아?"

"응. 경찰이 와 줘서."

"설마 위협이라도 당했어?"

고개를 흔든다. 눈도 마주치지 않았다. 않았을 것이다.

"아니, 그냥 얼핏 봤을 뿐이야. 괜히 오해하게 말했네. 미안."

"괜찮아. 앗."

노리후미는 지하야를 껴안으려다가 다시 황급히 돌아봤다. 요리 중이었다. 남편의 쓴웃음에 지하야는 미소로 화답했다.

"맛있는 냄새."

오븐으로 로스트비프를 굽고 있다고 했다. 테이블에는 싸구려가 아닌 값비싼 와인이 놓여 있다.

"조금 더 걸릴 것 같아. 가서 샤워하고 와."

그의 말대로 지하야는 가방을 내려놓고 욕실로 향했다.

따뜻한 물을 맞고 있자 몸 이곳저곳의 근육이 풀리는 게 느껴졌다. 혈류가 온몸을 도는 기분 좋은 느낌을 만끽하며 한숨을 크게 내쉰다.

드라이어로 머리를 대충 말리고 실내복으로 갈아입었다. 오늘 분위기에 별로 어울리지는 않지만 노리후미는 신경 쓰지 않을 것이다.

"와, 대단해!"

테이블에 나란히 차려진 음식을 보고 솔직한 감상이 절로 터져 나왔다.

"왕년의 솜씨 좀 발휘해 봤지."

노리후미가 새침한 얼굴로 대답했다.

색이 화려해서 보기만 해도 눈이 즐거운 해산물 샐러드와 홍합 파스타. 식욕을 돋우는 로스트비프의 향기. 학창 시절 이탈리안 레스토랑에서 오래 일한 노리후미의 요리 실력은 식빵에 버터도 잘 못 바르는 지하야에게 비할 바가 못 됐다.

"건배하자."

"무슨 건배?"

"우리의 평화로운 일상에 건배. 그리고 골든위크와 무관한 우리의 직장 생활에도."

노리후미는 농담 섞어 말하고 잔을 들었다.

"무슨 일이라도 있었어?"

포크에 파스타 면을 감으면서 지하야가 그렇게 물은 건

오늘 음식에 대한 칭찬이 다 떨어진 뒤였다.

"아니, 그냥 왠지 이러고 싶었어. 오히려 무슨 일이 있었던 건 당신이지. 별일 없이 끝나 다행이지만."

지하야는 "그러네" 하고 대수롭지 않게 말했지만 그냥 흘려 넘길 수는 없었다. 오늘은 결혼기념일이 아니고 서로의 생일도 아니다. 노리후미의 퇴근 시간은 오후 6시지만 늘 야근을 두어 시간 정도 한다. 너무 이른 퇴근과 갑작스러운 만찬은 보통 노리후미가 혼자 다 짊어지지 못할 짐을 떠맡았다는 것을 뜻했다.

지하야가 빤히 바라보자 노리후미는 "역시 선생님한테는 못 당하겠다니까" 하고 중얼거렸다.

"오늘 방송국에 다음 달 출연 예정인 게스트가 인사하러 왔어."

범죄 피해자 지원 단체 '리팜'의 대표인 시라이시 준조. 이바라키현에 거점을 둔 리팜은 시라이시 준조 개인이 운영하는 작은 단체지만 벌써 10년 동안이나 지역에서 성실하게 활동해 평판이 좋다고 한다.

"그쪽 방면에서는 대단한 사람이라고 해야 할 거야. 당신은 이름 못 들어 봤지?"

지하야가 끄덕이자 노리후미가 이어서 설명했다.

"활동 규모가 큰 건 아니고 평소 언론에 얼굴을 잘 비치지도 않아. 거기에는 이유가 있는데, 실은 시라이시 씨의 친인척이 범죄 피해의 당사자거든. 여동생이 이리이치 사건의 세 번째 피해 아이의 어머니라고 해."

알코올 때문에 달아오른 몸에 순식간에 한기가 스쳤다.

노리후미는 단숨에 와인 잔을 비웠다.

"성품이 참 온화한 분이었어. 나한테 되레 잘 부탁한다고 고개를 숙이시더라고. 시라이시 씨는 여동생 가족이 사건에 휘말린 것을 계기로 다니던 직장을 관두고 범죄 피해자 지원 활동을 시작했다고 해. 오늘은 간략하게 회의하고 인사 정도만 나눴는데, 느낌이 왠지 이상했어. 새삼 떠오른 거야. 이 사람의 삶도 이리이치가 저지른 범죄 때문에 백팔십 도 뒤집혔다는 게."

노리후미는 빈 잔에 와인을 따라 붓고 지하야를 향해서도 병을 내밀었다. 지하야가 거절하자 그는 먼저 붉어진 얼굴에 억지 미소를 지어 보였다.

"그분의 조카딸은 두 눈과 고막을 잃었어. 거기에 두 다리의 아킬레스건까지."

절단 당시 흐르던 피의 양이 어마어마해서 이리이치가 직접 경찰에 신고하는 계기가 되었다.

"그날 이후 16년 동안 그 녀석은 피해 아동과 시라이시 씨 가족들보다 힘들었을까? 시력을 잃고 휠체어 생활을 하게 된 소녀와 그 부모의 삶보다 교도소 안에서의 생활이 더 가혹했을까?"

지하야는 입을 다물고 노리후미가 발산하는 감정을 묵묵히 받아들였다.

그렇다. 이것은 감정이다. 언뜻 논리적으로 들리지만 그렇지 않다. 형벌과 갱생에 대한 이론은 번거롭고 복합적인 사태를 상정해 만들어진다. 그것은 개인에게 이따금 부조리하게 느껴질 수 있다. 언론계에 종사하는 노리후미가 법제도와 감정의 미스매치를 모를 리 없다. 알면서도 풀지 못할 감정을 떠안고 그것을 지하야 앞에서 토해 내고 있는 것이다.

"마을에서 그 자식을 추방해야 한다는 목소리가 나오고 있대."

생각지도 못한 말에 지하야는 눈을 크게 떴다.

"아파트 입주자 모임에서 연락이 왔어. 그 자식이 하코사카 마을에 산다는 소문이 돌기 시작했다고. 마을 자치회 쪽에도 이리이치가 금속 배트를 손에 들고 마을을 어슬렁거린다는 신고가 들어왔다고 해."

조금 전에 본 흰머리가 지하야의 뇌리를 스쳤다.

"그런데 웃기는 게 뭔 줄 알아?" 노리후미가 입 앞에 올린 두 손에 힘을 집어넣는 것이 보였다.

"경찰은 금속 배트를 들고 돌아다니는 것만으로는 체포할 수 없다고 했대."

민폐 방지 조례를 적용하려 해도 실질적 피해가 없는 이상 법적 조치를 할 수 없는 것이다.

"하지만 추방이라니."

"예방 조치지. 일이 터지고 난 이후에는 늦잖아."

지하야는 "그건 그렇지만……" 하고 말했다.

"단순한 가능성의 문제 아니야?"

금속 배트를 들고 마을을 돌아다니는 것이 모든 시민에게 적용되는 범죄라면 이해할 수 있다. 그러나 야구를 하는 소년은 괜찮고 이리이치 가나메라서 단속해야 한다는 것은 논리적으로 맞지 않는다.

"그렇게 따지면 정당방위 역시 가능성이지. 상대가 날 죽이기 전에 선수를 치는 거잖아. 의심만으로는 벌할 수 없다는 원칙에 따르면 그것 역시 문제가 있어."

그건 억지야, 하고 입을 열려는 지하야를 노리후미가 먼저 가로막았다.

"나도 알아. 물론 알고 있어. 이런 걸 따지기 시작하면 한도 끝도 없다는 걸. 그런 논리라면 범죄자는 두 번 다시 사회에 복귀하면 안 되고 선입견만으로 다른 사람을 판가름하면 사회가 유지될 수도 없지."

진심으로 납득한 울림은 아니었다.

"내가 야만적인 걸까." 노리후미가 자조감 섞어 물었다.

"시라이시 씨를 보고 있으면 건전한 사회를 지키기 위해 개인이 부조리를 참아야 하는 모순을 좀처럼 받아들이지 못하겠어."

"건전한 사회의 메리트를 우리도 누리고 있잖아. 그걸 잊어버리는 건 위험하지 않을까?"

노리후미는 눈을 지그시 감고 있다가 잠시 후 미소 지었다.

"오늘 밤 내 유치한 감상이나 듣기 위해 쓸데없이 지출이 많았네."

"그것도 모자라 분위기도 식어 버렸고."

미소 짓는 노리후미를 보며 지하야는 안심했다.

"그래도 난 식은 로스트비프를 싫어하지는 않아."

"나도 마찬가지야."

부부의 만찬이 활기를 되찾는 동안 문득 살인 충동을 느낀다고 주장하는 소년의 제안이 떠올랐다. 도미코 앞에서도 숨겼던 그날의 제안.

─혹시 선생님께 거슬리는 사람 없나요? 제가 그 사람을 죽일 수 있게 허락해 주시지 않겠어요?

소년의 목소리가 시로아타마의 실루엣과 겹친다.

"적어도 난 이리이치가……." 노리후미가 로스트비프에 포크를 찔러 넣으며 말했다.

"적어도 그 자식이 고통받으며 죽기만을 바랄 뿐이야."

대화는 중간에 끊겼고 식기가 달그락거리는 소리만 남았다.

이다음은 오늘 밤에도 없을 듯 보였다.

7

노리후미가 평소처럼 출근하는 이상 지하야에게도 골든 위크는 평소와 다름없다. 올해는 요일 문제로 휴일이 하루 늘었을 뿐이다. 청소와 세탁을 마치고 점심을 먹으니 벌써 할 일이 없어졌다.

그런 타이밍에 함께 밥을 먹자는 연락이 왔지만 지하야는 거절하지 않았다. 덴조역에서 만나기로 하고 곧장 집을 나갔다.

"살이 좀 붙었나?"

지하야를 보자마자 그렇게 말을 건 후지와라 가쓰미는 전과 달라진 게 없었다. 환한 얼굴과 짧게 자른 단발머리. 베이지색 여름용 스웨터와 흰색 바지 차림도 눈에 익었다.

키가 크고 날씬하니 뭘 입어도 어울리겠지만 이런 심플한 스타일이 가장 어울릴 거라고 생각했다.

"아뇨, 오히려 빠졌어요. 선배는 외모 변화에 너무 둔감해요."

"오랜만에 듣는 지적이네."

가쓰미의 미소를 보고 마음이 누그러졌다. 여자 둘이 모여 크리스마스 디너 파티를 즐긴 지 반년이 흘렀다. 산뜻한 인간관계를 추구하는 가쓰미에게서 그동안 전화 한 통도 없었지만 이렇게 얼굴을 마주하니 다시 학창 시절로 돌아간 느낌이 들었다. 데라카네 교수의 세미나에서 이 한 학년 위 선배를 처음 만났을 때도 그녀는 꼭 오래 사귄 친구처럼 지하야에게 친근하게 말을 걸었다.

역에서 남쪽으로 조금 걸으면 나오는 주택가 모퉁이에 아담한 레스토랑이 밀집해 있다. 가쓰미의 단골이라는 반지하 이탈리안 레스토랑에 들어가 창가 자리에 앉았다. 휴일에는 점심에도 주류를 주문할 수 있어서 두 사람은 맥주를 시켜 잔을 부딪쳤다.

"일은 좀 어때?"

"그럭저럭 버티고 있어요. 매일 선배가 해 준 조언을 되새기면서."

스쿨 카운슬러는 열심히 돌아다녀야 그나마 한 사람 몫

을 한다. 지하야보다 일찍 임상 심리사 자격증을 취득해 지금은 시내 정신과 의원에서 근무하는 가쓰미는 "훌륭한 자세야" 하고 미소 지었다.

"추천한 입장에서 평판이 안 좋으면 나도 신경 쓰이니."

이렇다 할 경력과 실적이 없던 지하야가 같은 업계 사람이라면 누구나 부러워할 덴조 학교에 들어가게 된 것은 가쓰미 덕분이었다. 전임자의 계약이 끝난 시점에 오쿠사 도미코와 평소 알고 지내던 가쓰미가 지하야를 추천해 준 것이다. 도미코의 비공식 면접을 거쳐 소개 형식으로 채용되었다.

"항상 감사하고 있어요."

농담 섞인 감사 인사에 가쓰미는 "그럼 여긴 네가 사는 거지?" 하고 장난기 있게 물었다.

"이 정도로 만족하신다면."

"아니, 취소. 이 찬스는 나중에 조금 더 비싼 곳에서 써야겠어."

가쓰미와는 성격이 잘 맞는다. 투덜거리는 태도 이면에 있는 순수한 호의를 믿을 수 있다.

"남편과는 좀 어때?"

"그것도 뭐 그럭저럭."

"흠. 왠지 한가해 보이네."

"무슨 근거로요?"

"이런 점심시간에 불러도 주저 없이 나오잖아. 한가하다고 해석할 수밖에 없지 않겠어?"

"선배를 너무나 존경하고 좋아해서라고 해석하시면 안 돼요?"

"그건 자칫하면 의존증이 될 수 있어. 우리 병원에 다니도록 해."

지하야는 농담으로 얼버무리기를 포기하고 "한가한 건 맞아요" 하고 인정했다. 평일 닷새를 일하던 조교 시절보다 근무일이 이틀 줄었을 뿐인데 여유 시간이 몹시 늘어난 느낌이었다.

"작년에는 막 이직해서 그래도 할 일이 꽤 있었는데 올해는 솔직히 시간이 남아돌아요."

"최신 논문이나 연구 데이터 같은 건 훑어보고 있어?"

"업무에 도움 될 만한 것들은요."

틈만 나면 인터넷으로 정보를 수집하던 시절의 의욕은 이미 싹 사라졌다.

"이것 봐. 그러니까 내가 말했지. 너 같은 타입은 오히려 혹사당하는 편이 낫다고. 그러다가 너도 모르게 정착하게 된다고."

정착이라. 지하야는 정곡을 찌른 말에 반박할 수 없었다.

"지금도 난 그때 네 결단을 이해 못 하겠어."

연구를 그만두기로 마음먹은 건 재작년 여름이었다. 가쓰미를 찾아가 상의했을 때 그녀는 반대했다. 그럼에도 다음 갈 곳을 마련해 준 것은 후배를 걱정한 선배의 마음 씀씀이었을 것이다.

"선배도 제 연구에는 회의적이었잖아요."

"그거랑은 별개지. 내 의견이 정답이라는 보장은 없고 너도 너 나름의 생각이 있었을 테니까. 그러지 않았다면 그런 연구를 오래 이어 가지도 못했을 거고."

"그런 연구 말인가요."

"그래. 누구도 원하지 않는 연구였지."

가쓰미는 딱 잘라서 말했지만 악의는 없어 보였다. 이런 반응에 이미 익숙하기도 하지만 지하야의 생각을 가장 잘 이해해 주는 사람도 가쓰미였다.

"'이상 심리를 받아들이는 자들의 심리학'. 발상은 괜찮지만 대다수가 나는 정신 질환과 관련이 없다고 믿는 이상 일반적으로 먹힐 만한 주제는 아니야. 특히 네 지론은 사람들의 불관용을 겉으로 드러내서 관용을 강요하는 형태였으니까. 그런 자기 부정 같은 사고방식에 관심을 기울이는 사람이 얼마나 되겠어."

이미 수없이 들어 온 지적이 이제는 거의 정겨울 지경이었다.

가쓰미는 "하지만" 하고 말을 이었다.

"너 자신을 위해서라도 그 연구는 결실을 봐야 한다고 생각해."

주문한 가지, 소고기 토핑 피자와 돼지고기 소테가 나왔다. 점심을 먹고 온 지하야와 평소 소식하는 가쓰미에게는 안주 정도의 양이라 적당했다. 맥주 대신 와인을 주문했다.

"솔직히 결혼도 이해하기는 어려웠지. 편견이라는 걸 알면서 말하는 거지만 넌 줄곧 결혼이라는 제도에서 도망쳐 다녔다고 생각했으니까."

지하야는 가쓰미가 피자를 입에 가져가는 모습을 멀뚱히 쳐다봤다.

"반박 좀 해 봐."

얄미운 듯 눈을 흘기는 모습을 보며 쓴웃음이 나왔다. 아무리 심한 말을 입에 담아도 이 선배는 싫어할 수가 없다.

"잘 모르겠어요. 선배 말대로 도망쳤을지도 모르죠. 하지만 결혼해서 불행하냐고 하면 그건 아니라고 단언할 수 있어요."

"참 복 받았다니까."

"어차피 어떤 환경에서든 부족함을 느끼는 건 인간의 피치 못할 업보 아닌가요?"

가쓰미는 "뭐 그렇지" 하고 만족스러운 것처럼 피자를 우물거렸다. 지하야는 흐뭇하게 가쓰미를 바라보면서 와인을 한 모금 마시고 천천히 허공을 봤다.

노리후미와의 결혼이 내게 어떤 의미인지 아직 모르고 있다. 프러포즈를 받고 그동안 열심히 쓰던 논문을 내팽개치고 대학도 그만두기로 마음먹었다. 노리후미의 경제력에 의지하려는 타산적인 속셈이 있었고 그때는 연구가 막다른 골목에 들어서기도 했다. 그러나 가장 큰 이유는 가쓰미의 지적처럼 그때 내가 정착을 원했기 때문일 것이다.

어떤 곳에 정착하고 싶었을까. 만약 도망쳤다면 무엇에서 도망쳤을까. 지하야는 모든 의문에 아직 대답하지 못하고 있다.

아이가 생기면 또 달라질지도 모른다. 슬슬 계획을 세워야 한다고 생각하기는 하지만 남편과 나 자신의 마음도 아직 제대로 마주 보지 못하는 느낌이었다.

"결과적으로 네가 대학을 그만둔 게 정답이었다고는 생각해."

가쓰미의 말이 의미심장했다. 지하야는 의식을 그녀에게 향하고 가만히 뒷이야기를 기다렸다.

"안 그래도 널 만나면 하고 싶은 말이 있었어."

가쓰미는 입가를 냅킨으로 닦으며 나직이 한숨을 내쉬

었다.

"아직 소문 단계니까 너무 진지하게 듣지는 마. 조만간 데라카네 교수님이 카운슬링을 맡게 될 거라고 해."

"네? 데라카네 교수님이 카운슬링을요?"

"그래. 그 데라카네 교수님이."

가쓰미는 그의 세미나를 들었던 학생이면서 데라카네에게 몹시 부정적이었다. 현장 제일주의인 그녀는 오로지 연구에만 관심 있는 교수를 정면에서 비판해 왔다.

가쓰미뿐만 아니라 업계에서도 그 비판은 지금도 있다. 그런 데라카네 에이스케가 카운슬링이라니. 지하야의 가슴 속에서 좋지 않은 예감이 천천히 고개를 들었다.

가쓰미가 주변을 한 번 둘러봤다. 옆 테이블에 손님이 없는 것을 확인하고 몸을 앞으로 살짝 기울인다.

"이리이치 가나메가 지금 하코사카에 사는 거 알아?"

그 이름을 듣고 지하야는 순간 놀라서 숨을 멈췄다. 지하야의 반응을 보고 가쓰미는 속내를 정확히 읽었다.

"역시 이미 퍼졌나 보네. 일부에서 그 이리이치를 카운슬링해야 한다는 의견이 나오고 있나 봐. 물론 강제는 아니고 겉으로는 자의를 내세우기는 해. 다시 말해 자발적인 카운슬링이라고 해야겠지."

가장 중요한 부분이 빠져서 지하야는 "왜요?" 하고 선배에게 이유를 물었다.

"거기까진 잘 모르겠지만 만약 본인에게 정말 마음이 있다면 정신과를 찾아가면 되고 내가 일하는 클리닉 같은 곳에 와도 될 거야. 이런 소문이 돈다는 건 즉 그 주변에서 이런저런 움직임이 만들어지고 있다는 증거겠지."

자신 또는 관계자 중에 그런 상황을 만드는 사람이 있다는 뜻이다.

"아무튼 그 와중에 데라카네 교수님이 그의 카운슬러를 자처하고 나섰어."

지하야는 갑갑해졌다. 손에 든 와인 잔을 바라본다.

"괜찮아?"

"괜찮아요."

"응. 다행이네."

가쓰미의 얼굴에는 당혹감과 의구심이 떠올라 있다. 그 표정을 보며 지하야는 자신이 최대한 평소처럼 외면을 꾸미고 있다는 것을 확신했다.

"혹시 데라카네 교수님이 도와 달라고 하면 거절해."

"걱정이 지나쳐요. 전 선배보다 더 안 좋게 교수님과 헤어졌어요."

"그 사람에게 그런 상식이 통할 것 같아?"

지하야는 대답하지 않았다. 가쓰미가 한숨을 내쉰다. 후회가 약간 섞여 있다.

"아무튼 너랑은 상관없는 이야기야. 알겠지?"

"네."

지하야는 돼지고기 소테에 포크를 푹 찔렀다.

이리이치 가나메의 카운슬링을 데라카네 에이스케가 맡는다.

이것은 우연일까, 필연일까.

지하야는 입에 집어넣은 고기를 씹다가 집어삼켰다.

이리이치 가나메는 나가노현의 신도시에서 세 남매 중 막내로 태어났다. 아버지는 1부 상장 기업에 다니는 회사원이고 가족이 살던 아파트는 부부가 첫째 딸을 얻은 해에 3천만 엔에 매입했다고 한다. 위로는 둘째 누나가 한 명 더 있고 모두 한 살 터울의 연년생이다. 첫째 딸을 출산하고 회사를 휴직한 어머니는 이리이치 가나메가 초등학교에 들어간 후, 즉 첫 번째 출산 후 8년이 흐른 뒤에야 직장에 복귀했다. 30년 전인 당시로써는 진보적인 여성이었다고 할 수 있을 것이다.

이리이치 가나메는 초등학교 5학년 때 한 가지 사건을 일으켰다. 방과 후 교실에서 여자아이에게 옷을 벗도록 강요한 것이다. 그는 당시를 돌이키며 사건의 동기에 대해 이렇게 설명했다.

—여자아이의 몸에 관심이 있었습니다. 나와 다르다는 게 신기했거든요. 아마 그 무렵에 가족끼리 온천 여행을 갔을 때 남탕 안에 여자아이가 있던 모습이 굉장히 인상 깊었던 것 같네요. 누나들이 있으니 여자의 몸은 자주 볼 기회가 있었지만 그렇게 남자들에게 둘러싸인 곳에 알몸의 여자아이가 있는 게 묘한 느낌이 들었습니다.

처음으로 남자로서 성충동을 느낀 시기이기도 했다.

—섹스에 대해서는 중학교 때 야한 책과 만화, 비디오 같은 걸 친구에게 빌려 보며 알게 되었습니다. 제 방에 컴퓨터가 있어서 성인용 게임을 즐기기도 했죠. 섹스 자체에 관심이 있었다기보다 뭐랄까, 역시 그 온천에 있던 여자아이의 모습이 머릿속에 들러붙어 있었던 것 같네요. 그렇게 마음을 놓고 있는 여자아이를 갑자기 덮치면 어떤 상황이 펼쳐질까. 그런 망상을 자주 떠올렸습니다.

평범한 소재의 포르노가 아닌 강간, 도촬처럼 여성의 의사에 반하는 행위에 관심이 강했던 이유도 그날의 체험 때문이 아닐까 그는 스스로 분석했다.

중, 고등학교 생활은 큰 문제 없이 보내고 대학에 진학했다. 학교 성적은 중간에서 약간 위. 눈에 띄게 잘하는 과목이 없고 음악과 운동에도 취미가 없었던 그는 당시 생활에 대해 "그냥 적당히 지냈습니다"라고 진술했다.

그가 진학한 곳은 중위권 사립대학 경제학부였다. 이리 이치는 대학생이 되고 본가를 떠나 가나가와현으로 이사했다. 대학교 2학년 때 처음으로 성경험을 했다.

—같은 여행 동아리였던 두 살 위 선배였죠. 여름방학 때 리조트에서 불꽃놀이를 구경하던 날이었던 것 같네요. 술에 취해 화장실 안에서 어쩌다 보니 그렇게 됐습니다. 아마 그쪽에서 먼저 유혹했던 것 같은데 기억은 잘 안 나네요. 그 선배와는 그걸로 끝이었습니다.

부모님이 생활비를 넉넉히 보내 줘서 아르바이트를 할 필요도 없었다. 여자 친구는 사귀지 않고 윤락 업소에 다니기 시작했다.

—한 달에 두어 번 갔던 것 같습니다. 그러다 어느 날부터는 가게에 가기 귀찮아서 출장 서비스를 이용했습니다.

그러나 만족감은 얻지 못했다.

—뭐랄까, 그 여자들은 오로지 그걸 하기 위해서 오는 거잖습니까. 제가 원하는 건 조금 다르다는 생각이 들자 그때부터 그곳이 반응하지 않더군요. 자위는 할 수 있었지만 상대도 뭐랄까, 저를 원한다는 걸 느끼는 순간 기분이 식어 버렸습니다.

당시에도 그는 한 차례 문제를 일으켰다. 행위 도중 상대

여자의 목을 졸라서 질식시키려 한 것이다.

　―사과하고 돈을 쥐어 줘서 해결했습니다. 돌아갈 때 그 여자가 그러더군요. '당신 미친 거 아니야?'라고.

　뜻밖이었던 것은 그 말이 묘하게 설득력 있게 들렸다는 점이다.

　―그 말을 듣고 상처받았냐고 물으면 아마 아니라고 할 수 있을 것 같네요. 뭐랄까. '아, 그렇구나' 하는 느낌이 들었습니다. 역시나 하는.

　첫 번째 사건의 집을 습격하기 1년 전 일이었다.

　면담을 녹취한 테이프를 틀어 놓고 내용을 옮긴 것이라 말투를 다소 수정했겠지만 그럼에도 '뭐랄까'라는 말이 많이 눈에 띄었다. 자신을 이해하려고 노력하지만 잘 되지 않는 느낌이 전해졌다.

　―그 일은, 딱히 처음부터 그러려고 한 건 아니었습니다.

　범행의 계기는 단순한 우연이었다. 대학교 4학년이던 해의 가을, 이리이치는 거리에서 우연히 만난 자기 취향의 여성(피해자들은 공통적으로 피부가 하얗고 머리카락이 검은 여고생들이었다)의 뒤를 쫓아가다가 덮치는 망상을 떠올렸다고 한다. 이런 망상은 출장 성매매 여성의 목을 조른 날 이후부터 일상화되었고 그의 입장에서는 '안전한 놀이'였다. 패스트푸드점에서 발견한 첫 번째 피해 여성의 뒤를 쫓아간 것도 그 연장선이었다.

—집 안이 어두워서 아무도 없을 거라 예상했습니다. 어쩌면 몸을 살짝 만지는 것 정도는 괜찮지 않을까 생각했죠. 깊이 고민하지는 않았던 것 같습니다. 그 여자가 문을 닫기 직전에 말을 걸었고, 문이 열린 순간 왼손으로 여자의 입을 틀어막고 오른손으로 목을 붙잡아 쓰러뜨렸습니다. 귓가에 대고 시끄럽게 굴지 말라고 속삭이니 떨리는 눈동자 속에 천천히 눈물이 고였고 아랫도리에 실례까지 하는 모습을 보자 제 그곳이 반응했습니다.

이때는 여자를 부엌에 데려가는 데도 애를 먹었다고 한다. 소리치거나 저항하지 않도록 여자를 조금씩 끌고 갔다. 당시 여자가 입은 옷으로 팔다리를 묶고 입을 틀어막았다. 부엌에 있는 스테인리스 칼로 위협하며 범행을 저질렀다.

—뭐랄까, 그때 저 자신이 채워지는 느낌을 받았습니다.

차 시동 소리가 들려서 현관에 몸을 숨긴 채 집 안에 부모가 들어오는 순간을 기다렸다. 현관에 있는 골프채로 아버지의 무릎을 때렸고 어머니의 턱을 올려 쳤다. 힘없이 주저앉은 부모를 밧줄로 묶고 부엌에 눕혀 둔 채 눈앞에서 다시 딸을 범했다.

—다른 곳에 두면 도망칠 수도 있을 것 같아서.

이리이치는 그렇게 증언했지만 그 안에서는 그의 가학

성이 엿보였다. 지하야도 이 단락을 읽고는 구역질이 나왔다. 이 면담 자리에 함께 있었고 손에 권총이 들려 있었다면 쏴 죽이지 않았을까 상상했을 정도다.

—발가락을 부러뜨리려고 한 건 뭐랄까, 이 아이는 이제 끝났으니 좀 더 불행하게 만들면 앞으로 모두에게 동정받지 않을까 생각해서.

진지하게 그렇게 설명했다고 하지만 제대로 된 사고 회로가 아닌 것만은 명백하다.

그로부터 이틀이 더 지나고서야 이리이치는 "더 하다가는 죽을 것 같아서 집에서 나갔습니다"라고 했다.

그리고 얼마 지나지 않아 이리이치는 다음 사냥감을 물색하기 시작했다. 집에 돌아가지 않고 PC방과 사우나를 전전했다. 배낭에 접착식 테이프와 밧줄, 망치를 넣고 이곳저곳을 배회하다가 지바현에서 두 번째 피해자를 발견해 같은 수법으로 덮쳤다.

—그때 손가락을 자른 건, 전처럼 부러뜨려 봐야 시간이 지나면 어차피 나을 테니 별 의미 없다는 생각이 들어서였습니다.

그리고 세 번째 행선지가 바로 이바라키였다.

—현대 재생 의료 기술이 대단하다는 걸 인터넷을 보고 알게 됐죠. 의수義手도 굉장히 정교해졌다더군요. 그래서

이번에는 눈을 없애 보기로 한 겁니다.

고막과 아킬레스건을 절단한 이유를 묻자 그는 "그냥 그러는 게 좋을 것 같아서"라고 모호하게 대답했다. 결국 자신의 가학 욕구를 충족하기 위한 행위였다고 당시 감정인은 결론 내렸다.

—죽어 버리면 불쌍하니까요.

이리이치 가나메는 직접 신고해서 경찰에 체포됐다.

감정인은 이리이치 가나메에게 비사회성 인격 경향, 현저히 부족한 공감 능력, 중증의 광범위성 발달 장애 가능성을 제시하는 동시에 조현병 징후는 없으며 책임 능력이 완전하다는 참고 의견을 덧붙였다. 종합하자면 '사회의 룰을 지키는 것보다 자신의 욕망을 우선했고, 그로 인해 다른 사람이 겪게 될 통증에 무감각하며 고통을 이해하지 못한다. 유소년기의 체험이 인격에 큰 영향을 미쳤을 것으로 추측한다. 범행 전후 눈에 띄는 인격 변화, 환각, 망상 따위는 없었고 책임 능력에 관해서는 통상의 기준을 적용해야 한다' 정도로 요약할 수 있을 것이다.

주목해야 할 것은 두 번째 범행을 저지를 당시 그가 망치와 결박용 밧줄을 따로 준비했다는 점이다. 이는 첫 번째 범행을 통해 학습하고 충분히 계획한 채로 다음 범행에 나섰다는 것을 암시한다. 인체 훼손에 대한 그의 논리는 엉망진

창이었지만 그것이 중증 질환으로 판정되지 않은 것은 조현병을 판단하는 기준, 즉 인격 변화와 환각, 망상 등이 이리이치 가나메에게는 해당하지 않았기 때문이다. 지금의 정신 법의학 기준에서는 인격과 발달 장애를 근거로 책임 능력을 판단하지 않아서 이런 결과가 지극히 당연하다고도 할 수 있다.

지하야는 자료 파일을 닫고 손으로 눈가를 문질렀다. 이럴 때 정신 의료계에 종사하는 이들은 모순과 싸워야 한다. 누군가의 기이한 행동의 원인을 어디까지나 정신 질환이 빚어낸 증상으로 보는 이성, 그리고 실제 그가 저지른 행위와 언동에 대한 감정적 혐오를 분리해서 균형을 잡으려고 발버둥 치는 것이다.

거실과 이어진 3.5평짜리 방 안에서 천장을 올려다보며 길게 한숨을 내쉬었다.

신혼집을 고를 때 지하야가 바란 건 오직 하나, 자기 방이 있었으면 한다는 것이었다. 다행히 노리후미도 사생활을 존중하는 것이 관계를 오래 이어 가는 비결이라고 생각하는 남자였다. 몸을 눕힐 수 있는 비치체어가 있어서 작은 방이 더 좁아 보이지만 혼자 생각을 가다듬기에는 최적의 장소다.

배 위에 올려 둔 종이 다발을 손으로 쓰다듬는다. 이걸 펼처 보는 게 몇 년 만일까. 대학원생 때 석사 논문의 연구 자료라고 속여 데라카네 교수에게 빌린 후 허락 없이 복사해 두었다.

돌이켜보면 고등학생 시절 이리이치 사건을 특집으로 다룬 잡지 속 대담 기사를 읽은 게 모든 일의 시작이었다. 데라카네 교수의 세미나를 들으면서 당시 이리이치의 정신 상태를 감정한 의사가 교수의 몇 안 되는 친구라는 것도 알게 됐다. 시라카와 대학에 간 것이 그때는 잘한 선택이었다고 생각했다.

지금은 잘 모르겠다는 것이 솔직한 심정이다.

노리후미 앞에서는 숨기고 있지만 언젠가 이런 날이 오리라고 예상은 했다. 당시 대대적으로 보도된 기사와 인터넷을 떠도는 소문을 수집해 이리이치의 친척이 덴조시에 산다는 것을 알게 됐다. 그가 사회에 다시 복귀할 때 이곳에 돌아올 확률이 낮지 않다고 판단했다. 설마 이렇게 엎드리면 코 닿을 거리에 올 줄은 예상하지 못했지만.

그러고 보면 그 무렵부터 그는 머리에 흰 머리카락이 많았던 것 같다.

가쓰미에게는 이리이치를 향한 집착을 털어놓았지만 그 선배 역시 모든 것을 알지는 못한다.

어젯밤 근처 공원에서 겪은 일이 이리이치 가나메와 16

년 만의 재회라는 것은 그녀도 모른다.

8

"저기, 제 이야기 듣고 계세요?"

사쿠라기 가나의 목소리를 듣고 퍼뜩 정신을 차렸다. 눈앞에서 잔뜩 뿔이 나 있는 얼굴로 초점을 맞춘다.

"당연하지. 그러니까 한마디로 미카와 다시 친해졌다는 말이지?"

가나는 보란 듯이 한숨을 내쉬었다.

"역시 하나도 안 듣고 있었어."

"오해가 풀렸고 연휴 때는 동아리 활동도 평소처럼 했다고 했잖아."

"그건 맞아요."

"어제는 미스터 도넛에서 함께 시간을 보냈고 작전 회의도 했댔지."

의식이 다른 곳에 있어도 상대 이야기는 놓치지 않는 게 지하야의 특기였다.

"그러니까 그 작전 회의가 문제였다니까요."

5월 6일 금요일 점심시간. C룸을 찾아온 가나는 상담실이 아닌 사무실에서 대화하기를 원했다.

시종일관 언짢아 보이던 가나의 눈이 거의 고리눈이 되었다.

"미카는 진짜로 고백할 생각이니 저한테 자기를 도우라고 했어요. 그렇게 해서 네 죄를 갚으라는 식으로요. 이게 다 선생님이 사과하라고 해서 그래요. 그것 때문에 걔 콧대가 더 높아졌어요."

지하야는 웃음을 터뜨렸다.

"별로 상관없잖아. 좀 도와주면 되지. 너도 언젠가 걔한테 도움을 받을지도 모르고."

"됐어요. 걔는 분위기 파악을 진짜 못해요. 도움받는 게 오히려 더 무섭다니까요."

가나는 의자를 좌우로 획획 돌리며 요란하게 한숨을 내쉬었다.

"저한테 세팅을 맡아 달라고 했어요. 학교 끝나고 동아리 활동까지 마친 후에 자기를 불러 달라고 하더라고요. 그런 건 스스로 해도 되잖아요. 애초에 친구에게 불려 와서 고백이라니, 딱 봐도 실패 확률이 엄청 높아 보이지 않아요?"

"마음은 이해해. 되게 불안할 거야."

"선생님도 그런 타입이에요?"

그런 타입이 뭔지는 잘 몰라도 일단 미소 지어 보였다. 솔직히 말하면 미카의 마음은 머리로만 이해하고 오히려 가나의 의견에 더 공감했다. 지하야에게는 나 자신의 중요한 문제에 다른 사람을 끌어들이는 감성이 없었다.

"고백은 혼자 있을 때 하는 타입이에요? 직접 만나서 하는 타입이에요? 아니면 문자나 메일로 하는 타입?"

연이어 입에 담는 타입들을 하나하나 이해할 것까지는 없다.

"굳이 따지면 선생님은 가만히 기다리는 타입이야."

"에이, 그건 좀 얍삽해요. 하긴, 선생님은 예쁘니까."

"어머, 빈말로라도 상대를 띄워 줄 줄 아네. 우리 가나."

"다 처세죠, 뭐."

새침하게 대답하고 오렌지주스를 마시는 모습을 보며 지하야는 연기 아닌 진짜 미소를 지어 보였다.

"미카는 굳이 따지면 안타까운 타입이에요. 나쁜 아이는 아니지만 고백 같은 건 원래 외모가 거의 다잖아요."

"처음 만나는 사이도 아니니 걔도 미카를 기억하지 않을까?"

애초에 마음이 잘 전해지지 않는다는 것이 가나와 미카가 갈등을 빚은 원인이었다.

"처음 만나는 거나 다를 바 없어요. 동아리 활동을 시작하기 전과 끝날 때 인사 한두 마디 주고받았을 뿐이니까요.

개한테 미카는 수많은 팬 중 한 명, 아니면 지나가는 학생 1 정도겠죠."

신랄한 평가를 들으며 미카와 가나가 주로 운동장 옆에서 활동하는 테니스부인 것을 떠올렸다.

"경쟁률이 너무 세서 미카는 안 돼요."

"상대 아이가 인기가 많나 보네."

"축구부 선배예요."

중등부, 축구부, 인기 많은 남자아이.

"혹시…… 그 아이가 노즈 도야는 아니겠지?"

지하야가 묻자 가나는 "맞아요!" 하고 고개를 끄덕였다.

"연습 시합이 열릴 때 같이 응원하러 간 적이 있어요. 걔가 2점이나 넣어서 미카가 얼마나 기뻐했는데요. 확실히 멋지기는 하더라고요. 근데 좀 어린애 같은 느낌이 있어서 전 패스예요."

거만하게 들릴 수도 있겠지만 가나는 분명 또래 아이들에 비해 어른스러운 면이 있다.

"그럼 형 쪽이 더 네 스타일이니?"

"형이요?"

"도야네 형. 고등부 1학년이라던데."

"아, 들어 본 적 있어요. 같은 반이었던 적이 없어서 잘 모르지만."

"같은 반이라니?"

"형제 학급요. 덴조제 때 퍼레이드 같은 걸 같이 하잖아요."

덴조 학교에서는 초등부부터 고등부까지 같은 숫자의 반이 형제 학급이 되어 체육대회 등에 같이 참여한다. 그중에서도 7월 여름방학 전에 열리는 학교 축제인 '덴조제'에서 형제 학급끼리 직접 만든 미코시*를 짊어지고 행진하는 퍼레이드 행사가 유명하다.

"아아." 가나가 기지개를 켜면서 몸을 일으켰다.

"가서 말만 한마디 걸어도 자기 팬이라고 생각할 거예요. 미카는 지금 저한테 그런 창피한 짓을 시킨 거라고요. 진짜 제멋대로예요." 툴툴거리면서 창가 앞으로 걸어간다.

교내에서 노즈 아키나리의 동생 노즈 도야의 인기가 대단한 듯하다. 지하야는 머릿속 노트에 그것을 적어 넣었다.

"중심부가 여기서는 안 보이나요?"

가나가 창밖을 보며 물어서 지하야는 "나무 때문에 C룸에서는 안 보여"라고 했다.

중심부란 나카쓰 숲 안에 있는, 학교 부지의 한가운데로 일컬어지는 곳이다.

"선생님도 아시죠? 중심부는 저녁 어떤 시간대에 엄청

* 일본의 제례 또는 축제에 쓰이는 신체나 신위를 실은 가마.

121

예뻐지는데 그 광경을 아무도 볼 수 없대요."

"교내 괴담 같은 거니?"

"아뇨. 그게 하필이면 하교 전 자율 활동 시간 때라고 하더라고요."

확실히 교사나 학생 모두 그런 곳에 한가롭게 있으면 문제가 될 만한 시간대다.

"고백하기에는 아주 좋은 곳일지도 모르겠네."

지하야는 그렇게 말하며 도미코의 이야기를 듣고 처음 숲 중심부에 발을 들였을 때를 떠올렸다. 거대한 녹나무에 둘러싸인 에어포켓 같은 수풀 속에서 나뭇가지 사이로 들어오는 햇빛이 양지를 이루고 있었다. 나무에 가려져 학교 건물 옥상에서도 보이지 않을 것이다. 산책로에서도 벗어난, 아는 사람만 아는 명소다. 그곳은 마치.

"C룸 같네."

지하야의 혼잣말을 듣고 가나가 고개를 들어 지하야 옆으로 뛰어왔다.

"선생님이 세팅해 주실래요?"

"뭐?"

"선생님이 여기로 그 애를 불러 주시면 미카가 기다리는 거예요."

가나는 좋은 아이디어라듯이 주먹으로 손바닥을 퍽 쳤

다. 지하야는 어이가 없었다.

"말도 안 돼. 선생님이 무슨 권한이 있어서."

"네? 권한이요? 권한이 뭐예요?"

결국 지하야는 점심시간이 끝날 때까지 가나에게 한자 강의를 해 주었다.

그 아이는 오늘 이곳을 찾을까.

학급 자율 활동이 끝나는 시간에 지하야는 사무실 의자에 앉아 있었지만 도통 일이 손에 잡히지 않았다. 아키나리를 설득해야 한다. 적어도 염소 학대에 대해서는 학교와 함께 해결해야 한다고 인식시킬 필요가 있었다.

사무적으로 일을 처리하는 것은 그리 어렵지 않을 것이다. 아이의 고백을 학교 측에 있는 그대로 전달하면 그만이다. 그러고 싶지 않은 것은 아이를 하나의 인격체로 대하고 싶은 지하야의 집착 때문이었다.

내가 과연 할 수 있을까.

아키나리는 침착하고 논리적인 데다가 가끔 생각지도 못한 방향에서 공격해 올 때가 있다. 카운슬러로서 아직 경험이 부족한 지하야는 그것을 잘 제어할 자신이 없었다.

그렇다고 마냥 못 본 척할 수는 없어.

그렇게 스스로 되뇌었을 때 딩동 하고 손님을 알리는 초인종이 울렸다.

아키나리는 고개를 약간 숙이고 상담실 의자에 얌전히 앉아 있다. 마지막으로 만난 지난주 수요일과 별반 달라진 건 없었다.

"연휴는 어땠니?"

지하야가 생수병과 컵을 내밀며 묻자 아이는 높낮이 없는 목소리로 대답했다.

"지루했어요. 매일 아침 조깅하고 도서관에 갔다가 집에 오면 방 안에서 뒹굴거렸을 뿐이에요."

"가족 여행 같은 건 안 갔어?"

"저희 집은 잘 안 가요. 다들 이것저것 바빠서."

아버지는 집에 있을 때가 거의 없고 어머니는 집 안에서 수예 교실을 한다. 거기에 동생 도야의 시합이 열리는 날에는 항상 경기를 보러 가야 하니 여행할 시간이 없을 것이다.

"라디오 방송국에는 휴가가 없나요?"

노리후미에 대해 묻는다는 것을 깨달았다. 아키나리는 지난번에 고백한 대로 토픽 마켓을 계속 듣는 듯했다.

"달력대로는 못 쉬지. 여름휴가도 대체로 9월이 돼서야 가고."

"선생님은 여행 같은 걸 자주 가요?"

"아직 신혼여행도 못 갔어."

노리후미 때문이 아니라 지하야가 그러기를 원했다. 아무렇지 않게 해외를 돌아다니는 노리후미와 달리 지하야는 익숙하지 않은 곳에 가기를 꺼렸다.

"선생님은 교통수단을 싫어해. 사람이 많은 곳도."

"저도 마찬가지예요. 숨 막혀요."

두 사람 사이에 약간의 친근감이 감돌았다.

기왕 이렇게 된 김에 염소 이야기를 꺼내 볼까.

마음을 굳히기도 전에 아키나리가 먼저 입을 열었다.

"선생님, '아름답다'와 '귀엽다'는 어떻게 다른가요?"

예상치 못한 질문이었다. 살인 충동과는 상관없는 주제다. 지하야는 고개를 갸웃하며 잠시 고민하는 척했지만 속으로 정말로 고개를 갸웃거리고 있었다.

"혹시 누구 예쁜 애라도 발견한 거야?"

장난 섞어 되물었지만 경계심이 고개를 들었다. 함정 같은 것일 수도 있다.

"그런 건 아니지만……."

"쑥스러워하지 않아도 돼. 선생님도 요즘 거리를 걷다 보면 세 명 중 한 명은 멋져 보이더라."

"그렇게 많이요?"

"미안. 좀 오버했네."

아키나리의 얼굴에 미소가 떠올랐다. 마음을 연 신호로 받아들여도 될까.

"어제 누워 있다가 문득 떠올랐는데요." 아키나리가 다시 입을 열었다.

"'귀엽다'를 대표할 수 있는 건 뭐가 있을까요. 고양이나 강아지. 그리고 그 이상한 캐릭터 같은 것들이 있겠죠?"

"곰돌이 푸 같은?"

고개를 끄덕이는 모습에서 긴장감은 읽히지 않았다.

"그래도 그중 제일은 바로 갓난아기겠죠."

"아, 그래. 분명 '귀엽다'의 왕 같은 존재지."

연말에 고향에 내려갔을 때 동생의 딸을 봤다. 두 살 난 조카는 온몸이 부드럽고 묘하게 가슴 두근거리게 하는 생명체였다.

"그 상태로 울지만 않는다면 한 집에 한 명씩 있어도 좋을 것 같아."

제야의 종소리를 지워 버린 요란한 울음소리 덕분에 한 해의 마지막을 정말 시끌벅적하게 보냈거든. 그런 지하야의 추억 이야기에 아키나리는 "저도 이해해요" 하고 밝게 대답했다.

"그래서 조금 더 생각해 봤어요. 아기들이 왜 귀여운지를요."

지하야는 일단 말없이 이야기를 듣기로 했다. 아키나리에게 변화는 보이지 않지만 속으로 경계 레벨을 높였다.

"일단 갓난아기들은 혼자 살아가지 못해요. 누군가 돌봐주지 않으면 금방 죽고 말죠. 그러니 귀여워야 할 필요가 있는 거예요."

"그렇다면 반대로." 지하야는 속을 떠보기로 했다.

"우리의 본능이 갓난아기를 귀엽게 느끼도록 프로그래밍돼 있는 건 아닐까?"

"종의 보존을 위해서 말인가요?"

그저 토론을 즐기려는 걸까. 알 수 없다.

"다음으로 '아름답다'가 뭔지를 떠올려 봤어요." 아키나리는 담담하게 말을 이었다.

"일단 갓난아기들에게는 적용되지 않는 말 같아요. 제가 그 단어를 듣고 떠올린 건 화가의 그림이나 오로라, 사자, 또는 늑대예요."

"패션모델 같은 사람들은?"

그러자 쑥스러운 듯이 "그건 사람에 따라서……"라는 대답이 돌아왔다.

"해답이 나왔니?"

"네. '아름답다'는 나보다 위에 있는 사람에게 품는 느낌이라는 걸 깨달았어요."

"위?"

"네. 제가 아름답다고 느낀 예술 작품이나 대자연, 육식 동물들은 저보다 강해요. 제가 도달하지 못하는 경지, 이룰 수 없는 수준. 마치 저절로 고개가 숙어지는 그런 느낌이랄까요."

"그러고 보면 신을 향해서 '귀엽다'라고 하지는 않지."

"신은 역시 '아름답다'겠죠. 무려 인간의 운명을 손에 쥐고 있으니까요. 그렇다면 '귀엽다'는 저보다 아래에 있는 대상을 향해 쓰는 표현일까요? 제 지배하에 있고 저에게 해를 끼치지 못하는, 그리고 마음만 먹으면 제 마음대로 할 수도 있는. ……선생님."

불현듯 아키나리는 지하야를 똑바로 쳐다봤다.

"선생님은 귀여우시네요."

순간 등줄기에 소름이 쭉 끼쳤다.

"고마워. 빈말이라도."

아키나리는 지하야의 반응을 관찰하듯 빤히 쳐다봤다. 지하야는 그제야 지금 이곳에 노즈 아키나리와 둘만 있는 것을 의식했다.

"나도." 지하야는 애써 밝은 목소리로 말했다.

"네가 귀여워."

그러자 아키나리의 표정이 어두워졌다. 예상한 반응을

끌어내지 못한 불만일까. 아니면 정말로 기분이 상한 걸까.

"어떻게 생각하세요?"

"뭘?"

지하야는 가볍게 되물었다.

"전 이상한 아이인가요? 일반적인 의미에서."

처음 만났을 때 이야기한 '보통'의 정의를 되짚을 목적은
아닌 듯했다.

"딱히 이상하다고 생각하지 않아. 오히려 넌 아주 똑똑한
아이야. 그걸 인정하는 상태에서 솔직히 말하는 건데, 선생
님은 네 그 살인 충동도 시간이 지나면 자연스럽게 사라질
거라고 생각해."

지하야는 표현에 주의하며 한 발짝 더 나가 보기로 했다.

"만약 네가 정말로 누군가를 죽인다면……." 아키나리의
반응을 놓치지 않게 응시하면서 말을 잇는다.

"그건 분명 병 같은 것 때문이 아니라 다른 어떤 이유가
있어서일 거야."

상대의 반응은 무표정. 차가운 거절. 또는 실망.

"화났니?"

"아뇨. 근데 선생님도 도움은 안 되겠다는 생각이 문득
드네요."

아키나리는 시선을 다른 곳으로 돌렸다. 토라진 것처럼

보이기도, 체념한 것처럼 보이기도 한다. 지하야를 당황하게 하는 그 표정이다.

"사람을 왜 죽이면 안 되죠?"

"돌이킬 수 없으니까."

언젠가 받을 거라 예상했던 질문이라 즉시 대답하고 아키나리의 투명한 눈동자를 봤다.

"살인은 돌이킬 수 없어. 죽여 버린 사람에게는 그 뒤로도 절대 용서받을 수 없는 거야."

"단지 그뿐인가요."

"그뿐?"

"선생님이 하신 말씀이 맞다고 생각해요. 하지만 전 용서받고 싶지 않은 사람을 죽이고 싶은 거예요."

반사적으로 목소리가 커졌다.

"그런 사람은 세상에 존재하지 않아."

"아뇨. 존재해요. 이를테면 저 같은 사람이요. 전 사람을 죽이려고 하니까요."

정당방위.

"넌 아직 사람을 죽이지 않았잖아."

그러자 아키나리는 고개를 숙이고 입을 다물었다. 지하야는 남몰래 심호흡을 한 번 하고 다시 입을 열었다.

"동물에게는 관심이 없으면서 염소를 학대한 이유는 뭐

니?"

아키나리는 차가운 표정 그대로 대답하지 않았다.

"그걸 선생님 앞에서 고백한 이유는?"

역시 반응하지 않고 그대로 침묵하고 있다.

"너, 혹시 네게 병이 있다는 말을 듣고 싶은 거 아니야?"

아키나리에게서는 놀라울 정도로 반응이 없다. 그런 태도가 지하야를 답답하게 했다.

"그래서 염소를 학대하고 그걸 선생님한테 털어놓았겠지. 실제로는 살인 충동 같은 걸 느끼지 않는데도."

가만히 아키나리의 반응을 살핀다. 아주 조금이라도 당황하는 기운을 느끼려고 신경을 집중했다. 그 반응만 보여준다면 지금까지 이 아이가 한 돌발적인 발언과 살인 충동에 대한 주장을 설명할 수 있다. 모든 것이 목적을 지닌, 완벽하게 이성적인 행동이었다고.

아키나리는 가만히 고개를 숙이고 있다. 표정에서 긴장감은 읽히지 않고 어깨만 힘없이 떨구고 있다. 마음을 들켰다는 허탈감 때문일까.

"혼자 살고 싶다고 생각한 적 있니?"

각도를 바꾼 지하야의 질문에 아키나리가 고개를 들었다.

"……질문의 의도를 잘 모르겠어요."

"사람은 대화를 나눌 때 보통은 의도 같은 것 없이 말해."

그러자 재미없다는 듯이 다시 입을 꾹 다문다.

"집을 떠나기는 싫은 거야?"

나직하게 "딱히" 하고 중얼거리는 목소리.

"선생님은 너 자신의 세계를 좀 더 넓혀 보는 것도 좋은 방법이라고 생각해. 다양한 곳에 가서 경험을 쌓고 사람들을 많이 만나 보는 거야. 그런 게 별거 아니라고 생각할 수도 있지만 그러는 동안 자기도 모르게⋯⋯."

"무리예요."

"복싱을 관두고 고등부에 진학한 것도 집을 떠나고 싶지 않아서 그런 거니?"

"아니에요. 이유는 전에도 말씀드렸잖아요."

"동생이 축구 선수지?"

"걔랑은 상관없어요!"

분노가 섞인 부정이다. 이토록 감정을 드러내는 모습은 처음이었다.

"중등부에서 인기가 대단하다며? 팬이 엄청 많다던데. 선생님도 한 번 만나 보고 싶네."

"걔한테 이상한 이야기 하지 마세요."

형이 살인 충동을 느낀다는 이야기 말일까.

"걔는 그냥 내버려 두세요."

강한 의지. 감정적인 반응.

"하지만 이런 상태가 계속되면 선생님은 학교에 네 문제를 보고해야 해. 그러면 부모님께도 연락이 가겠지. 일이 더 커질 수도 있어. 네가 선생님을 찾아와서 털어놓은 건 그 정도로 중대한 문제야."

아키나리가 어금니를 꽉 깨물었다.

"솔직히 대답해 줬으면 해. 정말로 네가 염소를 학대했니? 그리고 넌 무슨 목적으로 여길 찾는 거니?"

"……죄송해요." 아키나리는 순간 목소리에서 모든 감정을 지우고 마치 책을 읽는 듯한 투로 말했다.

"다 거짓말이었어요. 전 염소를 건든 적이 없고 사람을 죽여 보고 싶다고 말씀드린 것도 전부 거짓말이에요."

어떻게 판단해야 할까. 지하야는 문득 자신이 지금 오판하고 있을지도 모른다는, 논리적으로 설명할 수 없는 감정에 휩싸였다.

"선생님과 대화를 나누는 게 즐거워서 저도 모르게 오버해 버렸어요. 죄송해요."

"동생을 좋아하는구나."

별 의도 없이 입에 담은 말에 날카로운 눈빛이 돌아왔다.

"걔가 귀엽니?"

"그만하세요!"

아키나리의 표정이 순식간에 일그러졌다. 지금 당장에

라도 울음을 터뜨릴 것 같은 감정과 그것을 애써 참으려는 감정의 움직임. 고작 1초도 되지 않을 변화를 지하야는 또렷이 목격한 느낌이 들었다.

"그만하세요……."

불타오르는 듯한 아키나리의 눈빛을 말없이 바라봤다.

"……그만 가 볼게요."

"나중에 뭐가 되고 싶니?"

갑작스럽게 다시 질문을 던진다.

"사람을 죽이는 것 말고. 꿈 같은 게 있지 않아? 로큰롤 가수라든지, 프로 복서라든지. 대통령도 있겠네."

이쪽을 가만히 내려다보는 아키나리를 붙잡을 말을 찾는다.

"선생님은 어렸을 때 지구 뒤편으로 헤엄쳐 가고 싶었어. 그래서……."

"만약 도야에게 무슨 짓이라도 하면."

지하야를 가로막는 말은 차가우면서도 약간 떨리고 있었다.

"선생님을 죽일 거예요."

그렇게 내뱉고 아키나리는 상담실을 나갔다.

사무실에 불러서 염소 이야기를 꺼내자 고사카는 낯빛

이 창백해졌다.

"노즈 아키나리라니, 중등부의 그 도야네 형 맞죠?"

고등부 교사들 사이에서도 도야는 유명 인사인 듯했다. 새 학기가 시작한 지 한 달도 되지 않았으니 어쩔 수 없겠지만 도야의 형 노즈 아키나리에 대해서는 중등부 담임 정도의 담백한 인상만 갖고 있는 듯했다.

"그런데 걔는 지난 면담 때 했던 얘기가 전부 거짓말이었다고 자기 발언을 철회했어요."

"지하야 선생님이 학교에 보고하겠다고 한 이후죠?"

정확하게는 그 승낙을 얻는 과정이었지만 지하야는 일단 고개를 끄덕였다.

고사카는 손으로 입가를 가렸다. 이 수학 교사의 머릿속에서 노즈 아키나리를 향한 불안감과 의문이 부풀어 오르는 게 눈에 선했다.

"……솔직히 어느 쪽이 신빙성이 있어 보입니까?"

신중한 말투다. 지하야도 신중하게 대답했다.

"가볍게 판단할 수는 없을 것 같아요. 근데 그 아이가 어떤 의도를 가지고, 그러니까 저와 그저 수다를 떨 목적이 아닌 다른 목적으로 C룸을 세 번이나 찾아온 건 확실해요."

"염소를 학대하지 않았을 경우에도 말입니까?"

지하야는 또다시 고개를 끄덕였다.

"단순히 관심을 받고 싶은 것과는 다른 느낌이에요."

"자해나 타해로 이어질 가능성이 있다는 말이겠죠?"

고사카에게는 작년의 그 아픈 기억이 떠올랐을 것이다. 담임을 맡았던 여학생이 하마터면 자살을 선택할 뻔했던 그 기억이.

"우선 먼저 확인하고 싶은 게, 저희가 움직여도 될까요?"

비밀 엄수 의무를 지닌 카운슬러로서 지하야의 입장을 배려한 질문이었다.

"학교 측에 알려질 상황을 그 애도 어느 정도 각오한 것 같았어요. 저도 그 점은 마찬가지고요."

"알겠습니다. 다시 한번 정리하자면 아키나리는 애당초 염소를 학대한 사람이 자기라고 인정했지만 이후 지하야 선생님께서 저희에게 그 이야기를 전달할 거라고 하자 거짓말이라고 자기 발언을 뒤집었다는 말이군요."

"네. 그리고 또 하나 이건 저도 꼭 부탁드리고 싶은데, 걔는 동생인 도야에게 민폐를 끼치는 상황을 굉장히 싫어하는 눈치였어요. 선생님이 아키나리를 직접 면담하실 계획이라면 그 점을 꼭 고려해 주셨으면 해요."

"그건 저도 기억해 두고 있겠습니다."

"가능하면 부모님께도."

그러자 고사카는 흐음 하고 팔짱을 꼈다.

"비록 동물이라고는 해도 엄연한 상해 사건입니다. 저 혼자 판단할 일은⋯⋯."

"부모님께 아예 알리지 말라고 말씀드리는 건 아니에요. 다만 그 아이의 상황을 최대한 배려해 주고 싶어요. 이번 일로 아이의 마음이 더 뒤틀리지 않게 하기 위해서라도."

고사카는 머뭇거리다가 "한번 상의해 보겠습니다"라고 했다. 오늘 안에 교감 선생님과 마쓰다이라를 비롯한 학년 주임들에게 보고해 다음 주 월요일까지 구체적인 대책을 마련하겠다고 했다.

"모쪼록 잘 부탁드릴게요."

지하야가 고개를 숙이자 고사카는 자상하게 말했다.

"지하야 선생님께 새삼 감탄했습니다. 꼭 자기 일처럼 걱정하시는 그 모습에."

지하야는 고개를 들어 고사카를 봤다.

"철저하게 아이 입장에서 모든 것을 바라보시는 그 자세, 아주 훌륭하다고 생각합니다."

장난이나 빈정거리려고 하는 말이 아니라 진심임이 느껴졌다. 그래서 더욱 "고맙습니다"라는 대답이 한 박자 늦게 나왔다.

혼자 남은 사무실에서 지하야는 멍하니 허공을 바라봤다. 꼭 자기 일처럼. 고사카의 그 말이 귓가에 들러붙어 떨어지지 않았다.

아키나리가 주장한 살인 충동에 대해서는 한마디도 언급하지 않은 것이 카운슬러로서 비밀 엄수 의무를 지킬 목적은 아니었다. 나는 아직도 분명 고민하고 있는 것이라 생각했다.

하교를 알리는 종소리는 이미 오래전에 울린 후였다.

9

월요일에 염소 일을 고사카에게 털어놓았다고 하자 오쿠사 도미코는 미적지근한 반응을 보였다. "조금 더 적극적으로 대처해도 되지 않을까?" 하고 이맛살을 찌푸렸다.

"살인 충동에 대해서도 보고해야 한다는 말씀이시죠?"

"대놓고 말하지는 않아도 조금 더 위기감을 전해야 할 것 같은데."

"하지만……."

염소 학대 사건만으로도 충분히 경계하지 않을까.

"학교라는 곳도 결국 회사나 마찬가지니까." 가볍게 말하지만 눈은 웃고 있지 않다.

"관공서라고 해도 되겠지. 최대한 편한 쪽으로, 보고도 못 본 척은 기본, 냄새나는 것에는 뚜껑을 덮어씌우는 태도, 무사안일주의."

도미코의 미소가 작위적인 것을 지하야는 금세 눈치챘다.

"난 이 바닥에 오래 있었으니 더 잘 알아. 여기저기서 불쾌한 일도 많이 겪었지. 그야말로 진저리가 날 만큼."

도미코는 "그때는 그런 시대이기도 했거든" 하고 중얼거렸다. 국내에 스쿨 카운슬러 제도가 도입되기 시작한 건 1990년대부터다. 행정 방침이 생겨서 지금은 그나마 널리 알려졌지만 그래도 여전히 학교 안에서는 외부인 취급을 당할 때가 많다. 초기에 도미코가 얼마나 고생했을지 대략 상상이 됐다.

"그 무렵에는 아동 심리에 대한 사람들의 이해가 얕았어. 전근대적인 근성론이 유행했고 발달 장애를 잘 아는 교사도 손꼽을 정도였지. 그때와 비교하면 지금 이 덴조 학교는 천국이야."

하지만.

"본질은 바뀌지 않았다고 봐. 인간은 늘 자기 기준으로 남을 판단하니까. 특히 정신 질환자에게는 더욱 그래. 자기는 참을 수 있는 걸 남이 참지 못하면 그저 의지박약이라고 생각하고, 그들이 힘들어하는 건 다 본인의 노력 부족 때문으로 치부하곤 하잖아. 병이라는 걸 머리로는 이해해도 진심으로 그렇게 생각하지는 않지. 몸과 달리 마음은 마음먹기에 달렸다. 그런 인식이 아직도 횡횡해."

마음은 자유롭게 바꿀 수 있고 의지가 가장 중요하다는 사고방식은 신체적 우열과 외모 지상주의에 대한 반격 기재로써는 일정한 역할을 달성하지만, 뒤집어 보면 마음이 불편한 이들을 소외하고 배척하는 결과를 낳는다.

이를테면 회사 같은 곳에서 뚱뚱하거나 키가 작다는 이유로 놀림받고 소외당하는 사람이 생기면 한두 명은 그것을 꼴사나운 행위라고 비난할 것이다. 그러나 협조성이라고는 눈곱만큼도 찾아볼 수 없는 사람이라면 어떨까. 틈만 나면 화를 내고 고압적인 데다가 다른 사람의 의견에 귀 기울이지 않는 동료라면 소외당해 마땅하다고 생각할 것이다. 한 사람의 인성을 의사소통 능력으로 판단하는 인식은 이 사회에 널리 퍼져 있다.

남들이 느끼기에 이기적이고 다혈질 같은 성격, 직설적인 말과 행동이 당사자의 자유 의지에 의한 것이라면 그것은 자기 책임일 것이다. 바로 거기에 정신 질환의 어려움이 있다. 정말로 본인의 의사에 의한 것인지 의심스럽거나, 본인조차 자각하지 못하는 부분이 있기 때문이다.

"전문가도 그걸 분간하기는 쉽지 않아. 학교 역시 마찬가지일 테고. 건물은 배리어 프리를 내세워도 속내는 다르지.

알지 못하는 거야. 특이한 개성을 가진 학생을 어떻게 대해야 좋을지를. 정답이 없는데도 책임은 있지. 무난한 길을 선택하는 게 필연적일 수밖에 없어."

"그걸 조금이라도 정답에 가깝게 하기 위해서 저희가 있는 것 아닌가요?"

그러자 도미코가 웃음을 터뜨렸다. 진심에서 우러난 웃음일 것이다.

"지하야 씨는 참 사람이 올바르네. 부러워."

"제가 아직 경험이 부족해서 그럴지도 모르지만⋯⋯."

"아니. 괜찮아. 원래 처음에는 그 정도가 좋아. 아니, 앞으로도 계속 그렇게 생각한다면 지하야 씨가 몸소 이 세상이 더 나아지고 있다는 걸 증명해 보일 수도 있을걸. 난 이미 옛날 사람이라 믿지 못하지만."

"특이한 개성을 지닌 사람을 말인가요?"

"그런 사람을 받아들이는 사람들도."

내선 전화가 울린 건 점심 휴식 시간이 막 끝난 직후였다.

지하야는 고등부 건물 안에 있는 소회의실에 불려 갔다. 회의실에는 3학년 주임인 마쓰다이라와 고사카, 교감 선생님 외에 2학년 주임 여교사와 쇼트커트 머리의 젊은 여교사가 있었다.

"아키나리의 담임인 곤도라고 해요."

쇼트커트의 여교사는 마치 꾸지람을 듣는 학생처럼 어깨를 움츠리고 있었다.

"조금 전 곤도 선생님과 제가 아키나리를 면담했습니다." 고사카는 곧장 본론으로 들어갔다.

"염소 학대 사건에 대해 아는 게 없냐고 묻자 바로 인정하더군요. 4월 15일 금요일에 사육 위원회실에서 열쇠를 꺼내 일요일 오후에 범행을 저질렀다고 합니다. 열쇠는 이후 다시 위원회실에 돌려놓았고요."

솔직하게 경위를 털어놓는 아키나리에게서 고사카와 곤도 모두 반성의 기운을 느꼈다고 한다.

"이유는요?"

지하야가 물었다.

"고등부에 올라온 이후부터 마음이 불안했다고 하네요."

애초에 다른 학교에 가려고 했으니 의욕이 생기지 않았다. 염소는 처음부터 죽일 생각으로 움직이지 못하게 다리를 노렸지만 중간에 갑자기 무서워져서 그만뒀다. 집에 돌아간 이후로는 밤잠을 설치고 계속 후회했다고 한다.

"C룸을 찾은 건 그런 불안감을 없애고 사실을 털어놓고 싶어서였다고 말하더군요."

정말 죄송합니다. 아키나리는 그렇게 거듭 사과했다고

한다. 면담을 마친 고사카가 오늘은 집에 가서 쉬어도 된다고 했지만 수업을 듣고 가겠다며 교실로 돌아갔다.

"참 까다로운 나이대의 아이들이기는 해요." 2학년 주임교사가 느긋하게 중얼거렸다.

"본인도 반성하는 것처럼 보이니 이대로 넘어가도 괜찮지 않을까요?"

주임 교사는 "그렇죠? 곤도 선생" 하고 후배를 달래듯 말했다.

"앞으로 곤도 선생이 더 잘 지도할 테니."

"네…… 죄송합니다."

"괜찮아요. 아직 반을 맡은 지 한 달밖에 안 됐는데 곤도 선생 잘못이라 할 수 없지. 오히려 중등부 담임 선생들이 여기 없는 게 이상하네요."

"일부러 안 불렀습니다. 쓸데없이 일이 커질 것 같아서요. 중등부 교감 선생님께는 대략 설명해 뒀습니다."

고사카가 옆에서 수습했다.

일단은 경찰에 신고하지 않고 부모와 면담하는 것으로 방침이 정해졌다.

"지하야 선생은 어떻게 생각하지?"

슬슬 자리를 파하는 분위기에서 마쓰다이라가 물었다. 지하야는 모두를 향해 대답했다.

"선생님들의 판단에 이의 없습니다."

"음, 이번 일은 이렇게 끝내도 되겠지만 아이는 어떨지 모르겠네."

"어떨지라고 하시면?"

"흐음. 정말로 괜찮을까 해서."

지금껏 줄곧 무뚝뚝하게 있던 마쓰다이라가 노골적으로 불만을 드러내기 시작했다.

"아무래도 너무 짜 맞춰진 느낌이 들어. 직접 대화해 본 건 아니니 이런 말 하기 좀 그렇지만, 사전에 다 준비한 것 같지 않아? 영 의심스럽네."

"어린아이가 저지른 짓인데 설마 그러겠어요?"

"맞아요. 아직 고작 열여섯 살이잖아요."

고사카와 2학년 주임 교사가 잇달아 옹호하자 마쓰다이라는 얼굴을 찌푸렸다.

"그럼 이건 어떨까? 아키나리에게 여름방학 전까지 지하야 선생님께 정기적으로 상담을 받으라고 하는 거야."

그러자 교사들 사이에서 순간 정적이 흘렀다.

"그건 곤도 선생님께 조금 실례 아닐까요?"

2학년 주임 교사가 발끈하며 묻자 곤도가 부랴부랴 끼어들었다.

"저는 상관없는데…… 강제성이 있는 건가요?"

"그렇다고 해야겠지. 이게 보통 일은 아니잖나. 예전 같았으면 화장실 청소라도 시킬 텐데 지금은 그러지도 못하니. 본인도 주변에 알려지는 건 싫겠지. C룸에는 별 부담 없이 갈 수 있을 테고 그 아이는 지하야 선생에게 조금 마음을 연 것 같기도 하니."

"하지만 강제적으로 그러는 것도 좀……."

고사카는 둥근 얼굴의 교감 선생님을 힐끗거렸다. 교감은 흐음 하고 심각한 표정을 짓고 있을 뿐이다.

마쓰다이라가 어정쩡한 분위기를 끊어낼 것처럼 힘을 실어 외쳤다.

"어쨌든 앞으로 그 애를 주시해야 하는 건 맞지 않겠어? 우리가 교실에서 관찰하는 것도 한계가 있고 그건 또 그것대로 문제가 있지. 아닌가?"

마쓰다이라는 교무실의 실권자답게 거침이 없었다.

"지하야 선생은 어떻게 생각하시나?"

"아이가 원한다면야."

지하야가 그렇게 대답하자 마쓰다이라는 교감 선생님 쪽을 봤다.

"제가 제시한 방법이 어떤 것 같습니까?"

"음. 우선 본인과 다시 한번 상의해 봐야 하지 않을까요. 곤도 선생님, 그리고 고사카 선생님. 방과 후에 다시 한번 그 아이에게 물어보세요."

두 교사는 "네" 하고 대답했다.

마쓰다이라는 끝까지 굳은 표정을 감추지 않았다.

"고사카 선생님." 해산한 후 지하야는 고사카를 따로 불렀다.

"부모님과는 학교에서 만나기로 하셨어요?"

"그럴 계획이기는 하지만 일정에 맞춰 제가 그쪽으로 갈 수도 있습니다. 전화상으로 끝낼 이야기는 아니니까요."

"저도 그 자리에 함께할 수 있을까요?"

"그건…… 네. 한번 여쭤보겠습니다."

"부탁드릴게요."

고개를 숙이는 지하야 옆을 두 명의 여교사가 스쳐 갔다.

"참 열심히도 하네."

2학년 주임이 그렇게 말하며 입가를 일그러뜨리자 곤도는 미안하다는 듯이 고개를 꾸벅 숙였다.

"신경 쓰지 마세요. 나쁜 분들은 아니니까요."

속삭이는 고사카에게 지하야는 미소로 반응했다.

알고 있다. 꼭 나쁘지 않은 사람도 가해자가 될 수 있다는 것을.

C룸에 돌아가 도미코에게 회의 내용을 전하자 도미코는

생각지도 못한 말을 꺼냈다.

"다다음 주 금요일에 혹시 일 마치고 시간 있어?"

"저녁 약속인가요?"

별로 내키지 않지만 도미코와 함께라면 괜찮을 것 같기도 했다. 그러나 도미코는 "지하야 씨가 그런 자리를 싫어하는 건 나도 알아"하고 장난스럽게 웃었다.

"협회에서 주최하는 심포지엄이 있어."

지하야는 "아, 그렇군요……"하고 떨떠름하게 대답했다. 오히려 저녁 약속보다 더 내키지 않았다. 현 안의 심리 상담사와 정신 의료 관계자들이 모인 협회에는 임상 심리사 협회도 속해 있어서 형식상으로 지하야도 회원이었다.

"나도 별로 가고 싶지 않은데 교류가 중요한 것도 사실이야. 특히 의사들과는 친하게 지내야 필요할 때 도움받을 수 있어."

그 말을 듣고 지하야는 도미코의 의도를 눈치챘다.

이대로 가다가는 어느 순간 내가 노즈 아키나리를 감당하지 못하게 될 가능성을 내다보고 있는 것이다. 배려인지 괜한 오지랖인지는 판단하기 어렵지만 대학교 안에만 틀어박혀 있던 지하야가 인맥이 좁은 것은 사실이었다.

"행정 부서도 엮여 있는 큰 이벤트인 만큼 참석자가 많을 거야. 내가 몇 명 소개해 줄게."

"네. 신경 써 주셔서 감사해요."

오후에 시민 홀에서 강연이 열리고 저녁에는 대강당으로 옮겨 입식 파티를 연다. 파티에는 덴조시 시장도 참석한다고 했다.

"강연에 참가하면 포인트를 받을 수 있는데 지하야 씨는 여기 일이 있으니 어렵겠네."

임상 심리사 자격증을 갱신하려면 지정된 학회에서 연수를 받아 5년간 총 15포인트를 모아야 한다.

"작년에 처음으로 갱신했으니까요. 그리 서두르지 않아도 될 것 같아요."

"첫 번째야? 이야, 아직 젊구나."

비록 생각에 차이는 있지만 도미코의 악의 없는 순수한 제의가 달가웠다.

"어쩌면 가쓰미 씨도 올지도 몰라."

그 말에 마음이 가벼워지는 동시에 무거워지기도 했다.

"……데라카네 교수님도 오실까요?"

"그야 오시겠지. 오후 강연을 맡았으니."

지하야는 간신히 미소를 지킬 수 있었다.

방과 후 고사카가 내선 전화를 걸어 아키나리가 정기 카운슬링 제안에 긍정적이라고 전했다. 자세한 건 정해지는 대로 알려 주겠다고 하고 그는 목소리를 살짝 낮춰 말했다.

　—조금 전 어머니가 아키나리를 데리러 왔더군요. 내일 다시 학교에 오신다고 하는데 상황을 설명드리니 역시 조금 당황하시는 것 같아서……. 지하야 선생님과 만나는 건 나중에 부모님 마음이 좀 더 진정된 다음이 낫지 않겠느냐는 게 교감 선생님 의견입니다.

　그리고 면목 없다는 듯이 덧붙였다.

　—내일은 선생님의 휴일이기도 하고요.

　지하야는 "알겠습니다" 하고 전화를 끊었다.

10

　다음 출근일의 방과 후 아키나리가 C룸을 찾아왔다. 뜻밖이었다. 마쓰다이라가 제안한 정기 카운슬링 계획이 아직 구체적으로 정해지지도 않았다. 물론 속으로는 아키나리가 찾아오기를 바랐지만 아이가 어떤 마음과 목적으로 왔는지 가늠하기가 어려웠다.

　살짝 아래로 숙인 얼굴에는 표정이라고 할 만한 것이 없었다. 침착해 보이기도, 토라져 보이기도, 이미 모든 것을 깨달은 것처럼 보이기도 한다. 다시 말해 평소의 노즈 아키나리다.

"죄송해요."

상담실에서 마주 앉자마자 아키나리는 사죄부터 했다. 지하야는 이 사죄 또한 어떻게 해석해야 좋을지 망설였다. 시선을 떨군 채로 있는 아키나리가 어머니나 담임인 곤도, 또는 고사카를 통해 지하야 선생을 찾아가 사죄하라는 말을 들었다면 이것이 본심이라고 할 수는 없을 것이다.

"뭘 사과하는 거야?"

"선생님을 죽이고 싶다고 한 거요."

지하야는 가볍게 탄식했다. 여기 온 것이 아이의 의지임을 깨닫고 안도감과 함께 약간의 한기를 느꼈다.

"그때는 선생님도 좀 심했던 것 같아. 나도 사과할게."

일부러 동생인 도야 이야기를 꺼내서 속을 떠보려 한 것은 사실이다.

"또 하나 고백할 게 있는데, 난 네 문제를 학교에 보고했어. 어떤 의미에서 널 배신했다고 할 수도 있겠지. 그 일로 선생님한테 할 말이 있으면 다 해도 좋아. 들어 줄게."

"비밀 엄수 의무에는 면책 조항이란 게 있다고 들었어요. 제 경우는 거기에 속하겠죠."

솔직히 면책 사안에 속할지 미묘하기는 하다.

"이건 나와 너의 사적인 신뢰 문제라고 생각해."

아키나리가 고개를 들어 지하야를 봤다. 지하야도 아키나리를 봤다. 숨김없는 솔직한 표정처럼 보인다. 내 표정도 그렇게 보이기를 바랐다. 두 사람은 잠시 서로를 말없이 마주 봤다.

"선생님이……." 아키나리는 시선을 피하지 않고 입을 열었다.

"꼭 필요한 최소한의 이야기만 학교에 알렸다고 생각했어요. 제 살인 충동이나 선생님을 죽이겠다고 말한 건 숨겨 주셨죠."

"딱히 숨기려고 한 건 아니야."

"알아요. 하지만 다른 선생님들도 절 배려해 주신 덕에 결과적으로 일이 커지지는 않았어요. 정학 처분 같은 것도 없을 테고 반 아이들도 모르더라고요. 물론 어머니께는 꽤 혼났지만."

"동생한테는?"

그러자 아키나리는 힘없이 고개를 흔들었다.

"어머니는 아버지에게 비밀이라고 하셨어요. 그 벌로 당분간 도야의 시합이 열리면 어머니와 함께 보러 가야 할 것 같아요."

"그건 좀 힘들겠네."

지하야가 누그러진 얼굴로 말하자 아키나리도 표정이

밝아졌다. 동조 행위는 마음을 터놓고 있다는 신호다.

"어머니와 함께 가는 것만 아니면 매번 보러 가도 상관없는데."

"왜 어머니랑은 가기 싫은데?"

"저도 다른 평범한 남자애들과 비슷한 부분도 있어요."

아키나리가 쑥스러워하는 것을 눈치채고 지하야는 내심 흐뭇했다. 아키나리는 토라진 것처럼 시선을 피했지만 마음이 상한 게 아닌 것만은 확실했다.

"선생님."

순간 아키나리의 얼굴에서 온기가 사라진 것을 보고 지하야는 다시 마음을 다잡았다.

"응?"

"제가 달라질 수 있을까요?"

똑바로 바라보는 눈빛에 장난기라고는 없다.

"어떻게 달라지고 싶은데?"

"평범해지고 싶어요."

넌 평범해. 그렇게 말하려다가 그만두었다. 아키나리가 바라는 말이 아닐 테니까.

"염소를 학대한 건 진심으로 후회하고 있어요."

진지한 울림이 섞여 있다.

"어머니는 반대하시지만 전 앞으로도 C룸에 계속 오려

고 해요. 매일 오면 선생님도 힘드실 테니 금요일 방과 후에 선생님 일정이 비어 있을 때만이라도 오고 싶어요. 괜찮을까요?"

"언제나 환영해. 네가 질리지만 않는다면."

아키나리의 굳은 표정이 다시 풀어지는 것을 보고 지하야는 가슴을 쓸어내렸다.

"그럼 금요일에 보자."

"네. 앞으로도 잘 부탁드릴게요."

"나야말로."

아키나리가 연결 통로를 지나 사라질 때까지 지켜본 다음 소리 내어 기지개를 켜려다가 멈칫했다. 등 뒤에서 발소리가 들렸기 때문이다.

"또 나도 모르게 엿들어 버렸네."

고개를 돌린 지하야는 무심코 눈앞에 있는 중년 남자를 노려볼 뻔했다.

"마쓰다이라 선생님……."

남자 화장실 앞에 서 있는 마쓰다이라는 겸연쩍은 것처럼 머리를 긁적였다.

"이번에는 또 무슨 일이세요?"

"아키나리가 이쪽으로 걸어오는 게 보였거든. 괜히 신경 쓰여서."

일부러 뒤를 밟고 와서 카운슬링을 마칠 때까지 기다렸다는 말일까.

"제게 할 말이 있으시면 사무실에서."

"아니, 아니. 그보다 뭐라고 했지?"

"뭐라고라뇨?"

"금요일에 뭘 한다는 거야?"

잡담하는 것처럼 태연한 말투에 답변을 강요하는 분위기는 아니었다. 지하야는 아키나리가 주에 한 번씩 카운슬링을 원한다고 솔직하게 전했다. 딱히 감출 이유도 없었다.

마쓰다이라는 얼굴을 찌푸리고 "금요일 말인가" 하고 중얼거렸다.

"혹시 문제라도?"

"음, 가능하면 월요일로 바꿔 줄 수는 없으려나?"

지하야가 영문을 몰라 하자 마쓰다이라는 진지하게 입을 열었다.

"도미코 선생도 함께 있는 날이 좋을 것 같아서."

지하야는 처음 그 말을 듣고 자신보다 도미코가 더 믿음직스러워서라고 이해했다. 그러나 생각이 곧 다른 쪽으로 향했다.

금요일 C룸에서는 아키나리와 단둘이 있어야 한다. 마쓰다이라가 염려하는 것은 그런 상황이었다.

"걱정이 지나치세요."

"그런가. 나이가 들면 머리도 굳어서."

"괜찮아요. 상담실에는 비상벨도 있으니까요."

탁자 아래에 숨겨진 비상벨은 교무실, 경비실과 연결돼 있고 사무실에도 똑같은 게 있다.

"그렇군. 응, 지하야 선생의 얼굴을 보니 안심이 되네."

"제 얼굴에 뭐라도 묻었나요?"

지하야가 장난스럽게 반응하자 마쓰다이라는 진지하게 답했다.

"지하야 선생은 머리가 좋고 배포도 큰 것 같아. 조금 전에도 내가 뒤에서 불쑥 나타났는데 아무렇지 않은 표정이었잖아. 속으로 대단하다고 감탄했어."

"그냥 둔할 뿐이에요."

두 사람은 나란히 웃음을 터뜨렸다.

"아무튼 무슨 일이 생기면 부담 없이 날 찾아오도록 해."

마쓰다이라는 그 말을 남기고 연결 통로를 걸어갔다.

지하야는 맞대고 있던 두 손을 떼고 손수건으로 땀을 닦았다. 긴장할 때는 저도 모르게 손바닥에 땀이 배어났다.

그날 이후 아키나리는 C룸을 자주 찾아왔다. 금요일뿐만 아니라 수요일에도 왔다. 도미코가 있는 월요일을 피하는 것을 두고 본인은 "왠지 신경 쓰여서"라고 했고 지하야도 그 말을 믿었다.

이른바 '5월병'이 슬슬 유행하는 계절이라 다른 학생들의 상담도 많았다. 아키나리는 학급 자율 활동을 마치면 시간을 내어 5시에 C룸에 왔다. 지하야가 다른 약속이 없으면 퇴근 시간까지 대화를 나눴고 다른 상담자가 있을 때는 순순히 돌아갔다. 불만스러워하는 것 같지는 않았고 다음 번에 올 때 "바빠 보이시던데요" 하고 살짝 투덜거리는 정도였다.

화제는 주로 학교생활, 가족, 그리고 시사 뉴스 같은 잡다한 것이었다. 특히 아키나리는 지금도 토픽 마켓을 열심히 듣는다고 했고, 남편의 방송은 물론 TV를 보는 습관도 없는 지하야가 오히려 새로운 정보를 얻게 될 때가 많았다.

"왜 남편분이 진행하는 라디오를 안 들으세요?"

"앵커는 어디까지나 사회와 진행 역할이고 자기 의견을 말하는 건 아니니까."

토픽 마켓에는 매일 다른 게스트 패널이 나오고 노리후미가 하는 일은 그들의 의견을 청취자와 같은 입장에서 경청하는 것이다.

"자기 생각과는 다른데도 수긍해야 할 때가 많아. 아내인 내게 그런 모습을 보여 주는 게 마음 편하지만은 않겠지."

남편에게서 직접 들은 적은 없지만 연애 초반부터 노리후미는 방송 이야기가 나오면 곤란해하는 표정을 지었다.

"정말로 하고 싶은 이야기가 있으면 내 앞에서 직접 하고, 또 그럴 때는 생기도 넘쳐 보이더라고."

"괜찮은 것 같네요."

지하야의 머릿속에서 아키나리의 인상이 사뭇 달라졌다. 동물을 학대하고 사람을 죽이고 싶다고 선언한 소년이 지금은 눈앞에서 환하게 미소 짓고 있다.

"동아리 활동은 하지 않을 생각이니?"

"이제는 늦은 것 같아요. 그보다 지금은 책을 더 많이 읽어서 지식을 쌓고 싶어요. 그걸 다른 사람들에게 전달하는 방법도 공부하고 싶고요."

아키나리의 관심은 심리학에서 시사 뉴스로 옮겨 가기 시작한 듯했다. 당신 영향을 받은 것 같다고 남편에게 전하면 기뻐할지도 모른다.

"대학에도 가고 싶어요."

"그럼 시라카와 대학은 어때? 취업까지 책임져 주지는 않지만."

"데라카네 교수님도 만날 수 있나요?"

"데라카네 교수님을 알아?"

"유명한 분이니까요. 저도『이단의 꽃』을 읽었거든요. 어려운 내용도 있었지만 재미있었어요."

"그 책은 한때 화제가 되기도 했으니⋯⋯."

『이단의 꽃』은 데라카네가 3년 전 발표한 책이다. 세간을 떠들썩하게 한 살인자들의 심리를 분석한 내용으로 주목받아 관련 도서 중에서는 이례적인 판매고를 기록했다. 일반 독자를 대상으로 한 책이지만 내용은 제법 전문적이다. 아키나리 나이대의 아이가 읽고 이해했다면 대단하다고 할 수 있다.

"실은 제가 선생님을 처음 찾아가 봐야겠다고 마음먹은 것도 선생님이 시라카와 대학 심리학부를 졸업하셨기 때문이에요."

"그렇구나. 하지만 선생님은 굳이 그분을 만나러 갈 필요가 있을까 싶네. 성격도 까다롭고 괴팍한 분이라."

"가차 없으시네요."

지하야는 미소 지었다.

"원한다면 언젠가 학교를 구경시켜 줄게."

네, 잘 부탁드려요. 그렇게 대답하는 아키나리는 자신의 미래에 의욕을 가진, 어디에나 있는 평범한 고등학생이었다.

정기 카운슬링이 시작된 지 2주째 되던 날, 그날은 평소와 다르게 피비린내 나는 이야기가 나왔다. 아들이 묻지 마

살인 사건을 저지른 탓에 인생이 백팔십도 뒤집힌 부모를 소재로 한 다큐멘터리를 보고 와서 아키나리가 감상을 입에 담은 것이다.

"포기하는 것도 필요하지 않을까 생각했어요."

"포기?"

"네. 자유롭고 돈이 많고 살아 있는 쪽이 행복하다고 모두가 생각하니 비로소 우리가 사는 이 사회가 성립하잖아요. 그러니 형벌로써 자유를 구속하고 벌금을 물리고 이 나라에서는 사형을 집행하기도 해요. 다들 그렇게 되기 싫으니 범죄를 막는 억지력으로 작용하는 거예요. 그런데 그런 상식이 전혀 통하지 않는 사람은 어떡해야 좋을까요? 죽음을 마다하지 않는 사람에게는 무슨 벌을 내려도 무의미하지 않나요?"

지하야는 말없이 귀를 기울였다.

"물론 유치한 생각일지도 몰라요. 하지만 그런 구제불능 같은 사람들 때문에 그러지 않은 사람들까지 고통받는 건 불합리해요. 사람들이 흉악한 범죄를 저지른 사람의 가족까지 비난하는 이유를 떠올려 보니 그들이 그런 구제불능을 포기하지 않으니까, 라는 생각이 들었어요. 포기하지 않으니 다른 뭔가의 책임으로 돌리려고 하죠. 양육 방식이 잘못됐다거나 환경이나 타고난 유전자 문제라는 식으로."

"원인을 찾는 것과 책임을 떠넘기는 건 다르지 않을까?"

"원인 같은 건 찾아봐야 소용없어요. 하나를 해결해도 또 다른 원인이 나타나기 마련이니까요. 그보다 그 사람은 구제불능이라고 확실히 결론지으면 가해자 가족을 향한 2차 가해도 줄어들 거라고 생각해요."

"가해자 본인을 버려야 한다는 뜻이니?"

"네. 포기하는 거죠."

"그건 폭력이야. 구제불능인지 아닌지를 판단하는 기준은 그 누구도 함부로 정할 수 없어."

그러자 아키나리는 잠시 골똘히 생각하다가 "그건 그럴지도 모르겠네요" 하고 인정했다.

가해 당사자를 포기한다. 그로써 그 가족을 향한 2차 가해를 막는다.

현실적으로 말하자면 어려운 일이다. 범죄가 제아무리 오해나 사고, 질병에 의한 것이라고 해도 이 사회는 가해자 가족들을 비난한다. 정당성 같은 것과는 관계없이 반드시 그런 일이 벌어지고야 만다. 아키나리도 그걸 알면서 이런 생각을 떠올렸을 것이다.

그보다 신경 쓰이는 것은 아키나리의 주장 속에 피해자의 불행은 완전히 빠져 있다는 점이었다. 물론 가해자 가족의 다큐멘터리를 보고 떠올린 생각이니 이해할 수는 있다.

적어도 이 아이는 살인을 긍정하지는 않는다.

"이번 주 금요일 말인데……." 지하야는 상담을 마치고 아키나리에게 일정을 알렸다.

"모임에 가 봐야 해서 방과 후에 시간이 없을 것 같아. 괜찮다면 점심시간에 올래?"

"네. 그럴게요."

연결 통로를 지나 사라져 가는 아키나리의 뒷모습에 아슬아슬한 느낌은 없었다. 최근 2주간 아키나리가 살인 충동을 입에 담은 적은 없고 지하야를 도발하는 듯한 행동도 보이지 않았다. 표정도 시종일관 차분하고 침착했다. 조금 더 감정을 드러내 줬으면 하고 바랐을 정도다.

처음에는 좋지 않은 목적을 가지고 C룸을 찾았을지도 모른다. 기이한 말과 행동을 반복하며 지하야가 받을 인상을 조작하려 한 느낌이 있다. 어머니와 남동생, 또는 새로운 환경에 대한 불만과 불안이 빚어낸 한때의 변덕이었을 것이다. 머리 좋은 아키나리는 그것을 인지하고 스스로 변하고자 노력하고 있다. 그렇다면 나는 기꺼이 옆에서 도와줘야 한다.

이대로 '보통'이 돼도 좋아.

인간은 분명 바뀔 수 있으니까.

그러나 그 무언의 바람이 기도와 닮았다는 것을 지하야

는 알고 있었다.

나를 똑바로 쳐다보는 아키나리의 눈빛이 뇌리에서 떠나지 않았다. 완고한 의지의 빈틈으로 보이는 당혹감과 체념. 작위로 가득 찬 아이의 행동 속에서 이것만은 진실이라고 확신할 만한 모순을 떠안은 표정.

단추를 아주 조금만 잘못 채워도 그 아이는 정말 다른 누군가를 죽일지도 모른다. 지하야는 지금도 그런 걱정을 품고 있었다.

11

사쿠라기 가나가 상담실 탁자 위에서 그야말로 편하게 턱을 괴고 있다.

"졸리니?"

오늘 벌써 두 번째 하는 질문이다.

"원래라면 주면 안 되는데 과자라도 먹을래?"

음료와 달리 학생에게 과자 등을 주는 건 명목상 금지돼 있다. 그러다가 자제할 수 없어진다는 것이 도미코의 생각이었다.

"얘. 오늘은 정말 뭐 하러 온 거야?" 지하야는 불만 섞인 태도를 연기했다.

점심시간이 시작되자마자 달려 온 가나는 벌써 10분간 제대로 된 말 한마디 없이 턱만 괴고 있다.

"어쩔 수 없어요. 교실에 있으면 너무 우울하니까요." 가나가 힘없이 입을 열었다.

"또 싸웠니?"

"싸움은 두 사람이 서로 화를 내는 거잖아요. 이번에는 아니에요. 포기했어요. 도저히 말이 안 통해요."

"또 미카 문제야?"

깊은 한숨 소리가 되돌아왔다.

"진짜 짜증 난다니까요. 걔가 고백할 거라는 이야기가 어느새 노즈 도야 팬클럽에 퍼져서 분위기가 엄청 안 좋아졌어요. 그 안에는 심지어 고등부 선배도 있는데 완전 재수탱이에요. 미카도 그냥 좋게 좋게 넘어가면 될 것을 똑같이 성질을 부렸대요. 그리고 어느새 전 미카 부대의 행동 대장이 돼 버렸다지 뭐예요?"

"……이야기만 들어도 힘들 것 같네."

그렇게 대답할 수밖에 없었다.

"힘들다기보다 이제는 그냥 지긋지긋해요. 그렇게 팬클럽을 꺾고 결국 고백한다고 쳐요. 거절당하면요? 그 순간 지금까지 해 온 모든 일이 몽땅 헛수고로 돌아가는 거잖아요. 모든 게 끝장나는 것으로 모자라 학교 역사에 길이 남을 사건이 될 거라고요."

이 아이의 독설에는 묘한 재치가 있다. 지하야는 별 상관도 없는 생각을 문득 떠올렸다.

"아, 진짜 싫다. 그냥 이대로 끝내 버릴까요?"

"미카와 절교하겠다는 말이니?"

"아뇨. 학교요."

"뭐?" 지하야는 당황을 미소로 감췄다.

"그건 너무 나간 것 같은데. 미카 말고 다른 친구들도 있잖니."

"미카는 워낙에 기가 세서 다 걔가 시키는 대로 해요."

여학생들 세계의 성가신 점이 그야말로 응축된 대사였다.

"학교를 관둬도 어떻게든 먹고살 수 있지 않을까요?"

"물론 학교가 인생의 전부는 아니지만…… 그래도 웬만하면 졸업하는 게 좋을 거야. 중고등학교는 직장이 아니고 동아리 같은 것도 아니야. 대학과도 다르고. 중고등학교는 그야말로 뭔가 신비한 공간이라고 선생님은 생각해."

"그래요?"

"그렇다니까. 나중에 돌이켜보면 그래도 나쁘지는 않았다고 느낄 거야. 어른이 되면 그런 경험은 할 수도 없어."

"그만두면 손해라는 뜻이에요?"

"손해지."

"흐음."

가나는 반신반의하는 듯했다.

지하야는 스스로 듣기에도 거짓말투성이라 어이가 없었다. 지하야에게 중고등학교 생활은 그저 일상의 반복이었다. 괴롭힘을 당하지는 않았지만 지금도 연락을 주고받는 친구는 없다. 연애 같은 것과도 담을 쌓고 지냈다.

"다음에는 미카도 함께 데려오는 게 어때?"

그러자 가나는 고개를 돌리고 "그럴 수는 없어요" 하고 중얼거렸다.

예상했던 것보다 목소리가 어두워서 지하야는 말을 더 붙일 수 없었다.

잠시 후 가나는 느닷없이 묘하게 흥분한 것처럼 얼굴을 가까이 갖다 대며 물었다.

"선생님, 혹시 그거 아세요? 시로아타마요. 진짜 있었대요."

순식간에 지하야의 머릿속에 노란색 점퍼와 흰 머리카락이 떠올랐다.

"정신이 이상한 범죄자였대요."

"……그런 이야기는 누구한테 들었니?"

"누구긴요. 이미 다 아는 이야기에요."

"언제부터 소문이 돌았는데?"

"언제? 글쎄요. 저번 주? 아, 이름이 떠돌기 시작한 건 이번 주인가."

그 자식을 추방해야 한다는 목소리가 나오고 있대. 노리후미에게 그 말을 처음 들은 게 언제였나.

"겐지로를 학대한 사람도 역시 시로아타마일 거예요. 분명해요."

"함부로 억측해서 그런 말 하면 안 돼."

"억측이요?"

"아무 근거도 없이 단정 짓는다는 뜻이야."

그러자 가나가 겸연쩍은 듯이 웃었다.

"시로아타마는 전에는 여자아이들을 습격해서 붙잡혔대요. 그것도 세 명이나. 심지어 세 번째 아이는 두 다리의 아킬레스건이 잘렸대요."

"……그래서?"

"선생님, 왜 이리 둔감하세요. 겐지로도 똑같았잖아요."

염소는 뒷다리 아킬레스건이 잘린 채로 축사 안에 쓰러져 있었다.

지하야는 마음을 가라앉히기 위해 한숨을 내쉬었다.

"그건 좀 지나친 것 같아. 우리 학교가 그렇게 외부인이

쉽게 들어올 수 있는 구조도 아니고."

"몰래 들어오는 샛길을 알고 있겠죠. 겐지로는 리허설이었고 조만간 금속 배트를 들고 다시 찾아올 거예요."

"얘."

"와, 생각해 보니 진짜 위험하다. 빨리 다른 애들한테도 알려야겠어요."

"그만하렴!"

가나의 깜짝 놀란 표정을 보고 지하야는 퍼뜩 정신을 차렸다.

"……그럼 안 돼. 쓸데없이 불안감을 부추기는 건."

"그냥 한 말이었는데."

"그래. 미안하다."

어느새 두 사람 사이에 어색한 분위기가 감돌았고 서로 시선을 피했다.

"아무튼 학교는." 가나가 한숨 섞어 말했다.

"덴조제 전까지는 다닐게요."

7월 바다의 날에 열리는 학교 합동 축제다.

"선생님도 참가하죠? C룸에서는 뭘 해요?"

작년에는 상담실 안에서 도미코가 알로하 댄스 공연을 선보여서 속된 말로 폭삭 망했다. 세 명밖에 없는 관객 사이에 섞여 공연을 지켜보던 지하야는 무대에 오르지 않은 것을 진심으로 감사했다.

"글쎄. 도미코 선생님이 또 뭔가 재밌는 걸 떠올리실 것 같은데."

"보러 올게요."

가나 앞에서도 스스럼없이 보여 줄 만한 것이면 좋으련만.

"너희 동아리에서는 뭘 하니?"

"모르겠어요. 전 그냥 구경 다니는 게 좋아요."

"동아리에 좋아하는 남자애가 있으면 사이가 좋아질 기회 아니니? 관심 가는 애 없어?"

그러자 가나는 혀를 날름 내밀었다.

"선생님한테 약점 잡히기 싫어요."

"그래, 그래. 남자 친구가 생기면 알려 줘. 기대하고 있을게."

가나는 또다시 혀를 내밀고 상담실을 나갔다. 이리이치에 대한 소문을 누가 퍼뜨리는지는 묻지 못했지만 어차피 조만간 밝혀질 거라며 마음을 가다듬었다.

벽시계를 보니 점심시간이 아직 20분 정도 더 남아 있었다. 아키나리는 상담실의 '사용 중' 램프를 보고 돌아갔을까. 속으로 기대했지만 아키나리는 결국 점심시간에 오지 않았다.

수업을 마쳐도 아키나리는 C룸을 찾지 않았다. 얼굴 정도는 비추기를 기대했는데 내심 아쉬웠다.

집에 갈 준비를 마친 타이밍에 사무실 전화기가 울렸다. 벽시계는 5시 30분을 지나고 있다. 일정을 떠올리며 전화기를 보자 뜻밖에도 외선 전화였다. 몇몇 학생에게 상담 창구로 전화번호를 알려 주기는 했다. 장난이나 스팸 전화일 가능성이 있지만 상담이라면 통화가 길어질 수도 있다.

"네, 덴조 학교 상담실입니다."

―오쿠사 도미코 선생님 계십니까?

귀에 익지 않은 싹싹한 말투의 남자 목소리였다.

"저, 실례지만……."

―아, 전 주간 브레이크의 쓰보마키라고 합니다. 지난번 메일로 취재 요청을 드렸습니다만.

「주간 브레이크」는 과격한 기사와 가십을 쏟아내는 주간지로 지하야도 들어 본 적이 있었다.

"선생님은 오늘 휴가세요."

―아, 그런가요? 이런. 전화드리겠다고 했는데.

"약속하셨나요?"

―네, 뭐. ……저.

"전 오쿠누키 지하야라고 합니다."

―목소리가 좋으시네요.

인사치레로 하는 말일까. 지하야는 무심코 미간에 주름을 잡았다.

—실은 텐조시에 사는 유명인분들께 의견을 여쭙고 다니는 중입니다. 금방 끝나니 시간을 내주실 수 있을까요?

지하야가 거절하기도 전에 그는 대뜸 먼저 물었다.

—갱생이란 것은 정확히 어떤 의미일까요?

순간 머릿속이 새하얘졌다.

"그건…… 간단히 답할 문제는 아닌 것 같은데요."

—시간이 없으신가요?

"조금 전 근무는 마쳤습니다."

—아, 벌써 시간이 이렇게 됐나요. 그럼 질문을 바꾸죠. 시민들이 사회에 복귀하는 범죄자를 받아들일 때 가장 필요한 조건이 뭐라고 생각하십니까? 짧게 답변해 주셔도 됩니다. 어차피 저도 마감이 코앞이라서요.

머릿속 한구석에서 도미코가 정말 취재를 승낙했을까 하는 의문이 스쳤다. 적어도 아무렇지 않게 약속을 어기는 사람은 아니다.

시계를 봤다. 슬슬 나가지 않으면 늦을 수도 있다.

"인내."

—네?

"인내요. 서로를 배려하는 인내심 말입니다."

―그렇군요. 지금 저와 지하야 씨에게도 해당되는 말이
겠네요.

그럼 이만 실례하겠습니다. 지하야는 불쾌한 기분을 떨
쳐 내듯 수화기를 탁 내려놨다. 숄더백을 집어 들고 C룸을
뛰어나간다. 오늘은 교무실에 인사하러 가는 것도 생략하
고 곧장 정문 앞에 있는 교차로로 향했다. 그때 볼에 물방울
이 떨어졌다. 하늘을 올려다보니 먹구름이 가득 펼쳐져 있
다. 버스를 기다릴 새도 없이 순식간에 아스팔트가 빗물에
물들었다. 더 퍼부을 기세다. 역 앞에 있는 버스 정류장에서
모임 장소까지 거리를 고려하면 택시를 타는 게 빠를 것이
다. 지하야는 종종걸음으로 교차로를 지나쳤다. 하교하는
학생들이 버스 정류장에 모여 있고 정문 앞에 인기척은 없
었다.

길 양옆을 확인할 때 그의 존재를 알아봤다. 우산을 쓰지
않고 가드레일에 달라붙은 것처럼 앉아 있는 교복 차림의
남자아이.

"아키나리!"

아키나리가 놀란 것처럼 지하야 쪽을 봤다. 천천히 몸을
일으킨다.

"정말로 만나게 될 줄은 몰랐네요."

지하야는 가슴이 덜컥했다. 아키나리가 바로 얼마 전까

지 지하야를 고민스럽게 한 바로 그 표정을 짓고 있었기 때문이다.

지하야는 애써 미소 지으며 한 발짝 앞으로 다가갔다.

"선생님한테 볼 일이 있으면 상담실로 오지 그랬어."

"……어떡해야 할지 고민했어요. 선생님이 오늘 약속이 있다고 하셨으니 혹시나 택시를 타지 않을까 싶어서…….. 그게 아니면 이대로 집에 갈 생각이었어요."

승산이 낮은 도박에서 아이의 고민이 느껴졌다.

"무슨 일이라도 있었니?"

아키나리는 대답하지 않았다.

"이대로 있다가는 감기 걸려."

여전히 말없이 고개를 숙이고 있다.

"나한테 할 말 있어?"

힘없이 고개를 끄덕인다.

"선생님은 지금 약속이 있으니…… 월요일에 상담실로 와 줄래?"

"아뇨. 그럴 수는 없어요."

퍼붓기 시작한 비에 지지 않을 만큼 아키나리의 목소리가 크게 귀에 닿았다.

"그럴 수 없다고? 왜?"

"이제 더 학교에 갈 일이 없으니까요."

"뭐?"

"저에 대해서 다 파악했거든요. 그러니 이제는 가지 않아도 될 것 같아요."

아키나리가 지금 무슨 말을 하는지 도무지 이해할 수 없었다.

"그동안 선생님께 신세를 많이 졌어요. 그 말만은 꼭 전하고 싶어서."

그럼 안녕히 계세요.

아키나리가 뛰어갔다. 빗발은 더 거세지고 있었다.

덴조역 앞 동쪽의 시청 건물이 있는 대로에 시민 홀이 있다. 1층 강당에는 값나가 보이는 옷을 걸친 참석자가 얼추 잡아도 2백 명 정도 모여 있어서 마치 사교 모임장 같은 분위기를 띠었다. '제9회 덴조시 모델 시티 심포지엄'이라고 적힌 간판에는 '마음을 포근히 감싸는 마을'이라는 부제가 달렸고 주최 측 이름에 시청 도시 계획과와 심리·정신 의료 협회가 올라가 있다. 장소를 옮겨서 열린 이 입식 파티에 점심 강연보다 사람이 더 몰렸을 것이다. 정치와 경제를 움직이는 사람 중 규모도 작고 어렵기까지 한 연구 세미나에 관심이 있는 사람은 거의 없다.

"도미코 선생님."

찾아다니기를 5분, 지하야는 오쿠사 도미코를 발견하고 비로소 마음이 놓였다.

"어머, 복장이 평소랑 똑같네?"

한껏 멋을 부리고 온 도미코가 지하야를 향해 미소 지어 보였다.

"드레스 입고 출근할 수는 없잖아요."

"미안, 미안. 정장 차림도 충분히 예뻐."

지하야는 한숨을 내쉬고 도미코에게 전달할 이야기를 떠올렸다.

"학교에서 나올 때 주간 브레이크에서 연락이 왔어요. 쓰보마키 기자라고 하더라고요."

"아, 연락하지 말라고 했는데."

역시 그런가. 진지하게 받아 주는 게 아니었다.

"선생님이 덴조시에 사는 유명인이라고 하던데요."

"그렇게 생각하는 것부터 이미 나에 대해서는 하나도 모른다는 뜻이지."

도미코는 웃어넘겼지만 그녀가 마냥 유명하지 않다고 할 수만은 없다. 비록 눈에 띄게 활동하지는 않지만 카운슬러로서 성실한 자세를 좋게 평가하는 사람이 많았다.

"가쓰미 씨는 만났어?"

"아뇨. 선배는 이런 자리를 싫어해서."

"그런 거 보면 지하야 씨랑 참 비슷해."

도미코의 쓴웃음에 지하야는 미소로 화답했다.

"학교에는 별일 없었고?"

지하야는 얼굴에서 미소를 지우지 않았다. 바로 조금 전 노즈 아키나리와 만났던 것을 이야기하고 싶어도 애초에 자신도 아직 제대로 상황을 파악하지 못하고 있다.

"네. 평소랑 똑같았어요."

"그거 다행이네. 자, 이제 사람들을 좀 소개해 주려고 하는데, 그전에 저기서 인사하고 올래?"

도미코의 시선이 바 카운터 쪽으로 향했다. 진회색 양복을 입은 사람의 뒷모습이 보인다. 지하야가 굳어 있자 도미코가 등을 떠밀었다.

거의 강제로 걸어가자 그와의 거리가 조금씩 좁혀졌다. 키가 지하야의 어깨 정도 오는 남자가 고개를 돌린다. 갸름한 얼굴에 처진 눈이 왠지 우울해 보인다. 일자 눈썹과 마찬가지로 일자로 다문 입, 가운데 가르마를 탄 흰머리도 2년 전과 다를 바 없다.

"안녕하세요. 오랜만에 뵙네요."

샴페인 잔을 손에 든 데라카네 에이스케가 지하야를 올려다봤다.

"잘 지냈나?"

데라카네는 나직이 물었다. 무뚝뚝한 말투도 기억 속 그대로다.

"네, 덕분에."

"내 덕분일 리 있나. 다 자네 능력이지."

잘 풀려도, 잘 풀리지 않아도.

"강연은 잘 하셨어요?"

"강의보다 편하더군. 조는 학생을 깨울 필요도 없고."

강의 때도 조는 학생을 깨운 적은 없으면서.

"학장의 지시였어. 을의 사명이지."

데라카네는 홍 하고 코웃음을 쳤다. 시라카와 대학 학장과는 오래 알고 지내며 신세를 졌다고 한다.

여전히 세상을 깔보는 듯한 태도를 감추지 않는 데라카네의 모습이 지하야에게는 유쾌했다. 반가운 마음에 무심코 농담을 입에 담고 싶었다.

"시가 내거는 3C 정책 중 하나가 바로 커뮤니케이션이에요. 교수님 강의가 덴조시의 미래에 보탬이 될 수도 있겠죠."

"자네는 학자보다는 비서가 어울려. 언젠가 정치인을 목표로 해 보는 건 어때?"

"그때는 절 도와주실 건가요?"

"난 제도 따위에 관심 없어. 오로지 인간만을 보며 일하지."

정작 인간을 싫어하는 주제에. 반가움이 반발의 색으로 변했을 때 옆에서 "데라카네 교수님" 하고 지역 신문사 사람이 다가왔다. 그 뒤에도 양복 차림의 무리가 서 있다. 『이단의 꽃』이 전국적으로 화제를 모은 지도 벌써 3년이 흘렀지만 교수의 인기는 여전해 보였다.

어쨌든 해야 할 일은 마쳤다. 강당 안을 둘러보며 시간이 되면 참석하겠다던 노리후미를 찾았지만 아무래도 오늘도 야근 중인 듯했다.

도미코가 있는 곳으로 돌아가려고 할 때 뒤에서 "사카에다" 하고 불렀다. 데라카네가 찌푸린 얼굴로 지하야를 보며 "조만간 다시 보지"라고 했다.

지하야는 허를 찔린 듯한 기분으로 그 자리에 멈춰 섰다. 사카에다. 결혼한 후에도 지하야를 결혼 전 성을 부르는 남자는 고개를 돌리고 손님들을 상대했다.

"지하야."

그때 뒤에서 누가 어깨를 툭 쳤다. 후지와라 가쓰미의 미소를 보며 안도의 한숨이 터져 나왔다.

"해가 서쪽에서 뜨겠네요. 선배가 이런 어색한 파티 자리에 다 오다니."

"그 말 그대로 돌려줄게."

"저는 조직에 속해 있잖아요."

"나도 조직에 속한 인간이야. 원장이 가자고 해서."

가쓰미가 일하는 정신과 의원의 여자 원장은 테이블에서 중년 남자와 담소를 나누고 있었다.

"안 간다고 했는데 빗속에서 옷까지 잡아당기며 끌고 오더지 뭐야. 3C 정책의 부스러기라도 얻어먹으려고 아주 필사적이야."

일본에서 정신 의료 분야에 대한 대우는 전에 비하면 많이 나아졌다. 그래도 아직 서구권 나라처럼 마치 헬스클럽에 가듯 정신과를 찾을 만큼 시민의 삶에 깊이 파고들지는 못했다. 정신과라는 단어를 듣는 것만으로도 이맛살을 찌푸리는 사람이 많은 것이 작금의 현실이다.

"데라카네 교수님은 뵈었어?"

"네. 인사만 나눴어요."

"도미코 씨가 시켰지?"

"잘 아시네요."

"쉬운 연립 방정식이지."

쓴웃음이 나왔다.

"'마음을 포근히 감싸는 마을'이라. 강연 초반에 데라카네 교수님이 그러시더라. 본색이 드러나는 네이밍이라고."

청중들은 블랙 조크로 받아들여 회장 안이 웃음소리로

가득 찼다고 하지만 분명 데라카네의 본심이었을 것이다.

"강연 자체도 너무했어. 일반인들도 듣는 강연인데 전문 용어를 남발하질 않나, 내용도 되게 추상적이었고."

명한 표정을 한 청중들의 모습이 눈에 선했다.

"이해하기 쉬운 건 딱 하나였어. '아동을 살해한 사람이 사회에 복귀했을 때 과연 그에게 베이비시터를 맡길 수 있을까요?'"

순식간에 얼굴에서 웃음기가 가셨다.

데라카네의 그 질문은 『이단의 꽃』에서 인용한 것이다.

지하야의 성이 오쿠누키가 아닌 사카에다였던 시절 출판된 책을 정작 책을 쓴 본인은 '범죄 심리학의 체재를 빌려 정신 분석을 그럴싸하게 흉내 낸 소설 나부랭이'라고 깎아 내렸다. 애초에 학장의 지시를 받아 집필한 책이라 애착 따위 없어 보였지만, 이상 범죄자의 심리를 냉정하면서도 현학적으로 들추어낸 필치가 호평을 받았다. 심리, 정신 의료 업계의 평가는 둘로 나뉘었다. 데라카네가 직접 말한 대로 '소설 나부랭이'나 '학문적 가치 없음'이라며 비난하는 의견이 있는 반면 학생들에게는 열렬한 지지를 받았다. '정신 분석을 기반으로 한 새로운 사상서'라며 호들갑스럽게 추켜세우는 신문도 있었다.

데라카네는 책 속에서 이상 범죄자와 여론의 관계에 대

해 수시로 언급했다. 베이비시터 부분은 그 안의 한 구절로, 지하야는 그 질문을 자신의 연구에 대한 강력한 카운터펀 치라고 느꼈다. 포용의 한계, 정작 너 자신은 실천 못할 위 선이라며 그에게 일갈을 들은 느낌이었다.

또한 지하야에게는 『이단의 꽃』을 절대 인정하고 싶지 않은 이유가 하나 더 있었다.

책의 마지막 장을 읽었을 때 느낀 분노는 지금도 잊지 못하고 있다. 살인자를 나열한 책 마지막 장에서 데라카네는 범죄자도 정신 질환자도 아닌 사람을 멋대로 분석하며 '그는 언젠가 살인을 저지를 것이다'라고 결론지었다. 인물명 은 A라고 표기했지만 일반적으로 이렇게 누군가에 대해 단 정 지어서는 안 되며 지하야 개인으로서도 받아들이기 어 려운 내용이었다.

그때 느낀 분노가 데라카네와 인연을 끊을 결심으로도 이어졌다.

"혹시 무슨 소리라도 들었어?"

가쓰미의 눈이 속을 떠보는 것처럼 빛나고 있다.

―조만간 다시 보지.

"교수님께요? 아뇨. 딱히."

"흐음. 그럼 괜찮은데."

도미코에게 인사하러 가겠다는 가쓰미를 뒤따라갔다.

가쓰미를 만난 도미코의 얼굴에 웃음꽃이 피었을 때 장내에 마이크 소리가 울려 퍼졌다.

"현재 덴조시에서 추진 중인 3C 정책의 핵심은 세 번째 C, 즉 커뮤니케이션이고 이는 즉 건전한 시민분들의 따스한 애정으로 둘러싸인 공동체를 뜻합니다."

단상에서 시장이 연설하는 공허한 말들을 흘려들으며 지하야는 두 명의 남자를 떠올리고 있었다.

노즈 아키나리와 이리이치 가나메.

머릿속에 그 두 사람이 나란히 서 있는 모습을 떠올리며 표현하기 어려운 불안감을 느꼈다.

12

―네? 그게 정말인가요?

수화기 너머에서 곤도의 목소리가 커졌다. 그러나 곧 다시 주눅 든 것처럼 물었다.

―아키나리가 이제는 학교에 오지 않을 거라고 했다고요?

"네. 말은 그렇게 했지만 정말로 그럴지는."

―네, 그렇겠죠. 설마요.

안심하는 듯한 대답을 들으며 지하야는 초조해졌다.

"월요일에 아키나리가 학교에 왔는지 제게도 알려 주시겠어요?"

—흠……. 그런데 지하야 선생님께서 그렇게 신경 쓰셔야 할 일인가요?

"곤도 선생님. 염소 사건을 떠올려 보세요. 그 아이는 주에 한 번 하는 카운슬링을 이제 막 시작한 참이에요. 정말로 학교에 오지 않는다면 제 책임도 있어요."

—학교에 오지 않는다니…….

곤도는 더듬거리며 말했다.

—네. 그렇다면…… 분명 지하야 선생님도 책임이 없다고는 할 수 없겠네요.

지하야는 눈을 감고 감정을 억눌렀다.

"그럼 부탁드리겠습니다."

—네, 알겠습니다.

지하야는 핸드폰을 부술 듯이 통화 종료 버튼을 누르고 소파에 집어 던졌다.

"왜 그래? 누구랑 싸웠어?"

욕실에서 나온 노리후미가 맥주 캔을 손에 들고 물었다.

"뭐 그렇다고 해야겠네."

"그러고 보면 스쿨 카운슬러도 참 힘들어 보여. 물론 교사들이 더 힘들겠지만."

지하야는 "그렇지 뭐"라고 대답할 수밖에 없었다.

"요즘은 자기 아이밖에 모르는 이상한 학부모도 많잖아. 난 잘 이해가 안 돼. 자기 자식이 예쁜 건 알겠는데 본인들 행동이 도가 지나치다는 건 자각 못 하는 걸까?"

"세상에는 다양한 사람이 있으니까."

"그렇게 따지면 한도 끝도 없어."

지하야는 몸을 일으켰다.

"씻을게."

"여보."

"응?"

"오늘 못 가서 미안해. 꼭 처리해야 할 일이 있어서."

지금 지하야가 기분이 언짢은 게 자기 탓이라고 생각하는 듯했다.

"아니, 그 일 때문에 이러는 건 아니야. 오히려 당신이 와서 괜히 어색하면 어쩔지 걱정했어."

"그런가. 그럼 시라이시 씨에게 감사해야겠네."

"시라이시 씨?"

"다음 주 게스트야. 방송에 익숙하지 않아서 절차 같은 걸 알고 싶다길래."

범죄 피해자 지원 단체의 대표이자 이리이치 사건의 세

번째 피해자의 친척이라고 전에 들은 바 있다.

"어떤 내용으로 방송하려고?"

"초반에는 늘 그러듯 최신 뉴스를 듣고 논평할 예정이야. 후반부 특집은 아마 재밌지 않을까 싶어. 조금 불안한 것도 있지만."

"불안한 것?"

"시라이시 씨, 필요 이상으로 진지하거든. 원래 지나치게 힘이 들어가면 방송에도 악영향을 끼쳐서."

당신도 가끔은 들어 보는 게 어때?

응, 생각해 볼게.

그렇게 대화를 마치고 지하야는 욕실로 향했다.

따뜻한 물에 몸을 담그고 긴 하루를 되돌아본다. 머리를 완전히 비우고 피로를 풀고 싶었지만 빗방울이 떨어지는 거리에 선 아키나리의 모습이 머릿속에서 사라지지 않았다.

무슨 일이 있었던 걸까. 담임인 곤도는 짚이는 바가 없다고 한다. 그녀가 못 미덥기는 하지만 지하야 역시 요즘 아키나리를 보며 안심하고 있었다. 자의식과 사회성이 천천히 결합해 가는 과정에 접어들었다며 방심하고 말았다.

왜 느닷없이 학교에 가지 않겠다고 결심한 걸까.

어렴풋이 머리를 굴리는 동안 흠칫 놀라고 말았다. 무엇 하나 제대로 된 이유가 떠오르지 않았기 때문이다.

아키나리가 C룸을 찾은 지 한 달, 나름대로 소통해 왔다는 자부심은 있다. 그것들이 맥없이 무너져 내리는 느낌이 들었다.

지하야는 첫 만남부터 지금까지 아키나리와 나눈 대화를 황급히 정리했다.

C룸을 처음 찾았을 때 아키나리는 새끼 염소인 겐지로를 학대한 것과 살인 충동을 느낀다는 이야기를 털어놓았다. 이렇다 할 동기가 없고 자신의 존재를 증명하는 의미의 살인 충동이라고 했다.

지하야는 그 말을 믿지 않았고 지금도 믿지 않는다. 아무리 쾌락 살인범으로 인정할 만한 사람이어도 오로지 살인 행위만을 목적으로 한 충동 같은 건 없다는 것이 지하야의 지론이었다. 타인의 공감 여부를 떠나 성욕이나 지배욕 등 살인에는 그 밖의 다른 이유가 반드시 있기 마련이다.

보통 사춘기 청소년의 인정 욕구나 욕구 불만은 가족이나 친구들과의 교류를 통해, 또는 취미나 동아리 활동, 미래를 향한 노력 같은 긍정적인 일상을 통해 사라지고 시간이 흐름에 따라 진폭 역시 줄어든다. 그러지 못할 경우에는 '꼬이는' 상태에 빠진다. 아키나리 같은 나이대 아이에게는 보기 드문 일도 아니다.

그러나 청소년기의 흉악 범죄는 여러 명이 함께 저지르

는 경우가 대부분이다. 다시 말해 집단 심리가 낳은 결과물일 경우가 압도적으로 많고 단독범에 의한 쾌락 살인 등은 대단히 희소하다. 그 소수의 단독범에게는 '마음의 어둠' 같은 문학적 수식어를 굳이 꺼내지 않아도 될 정도로 위중한, 예를 들어 조현병이나 퍼스널리티 장애 같은 진단이 내려지는 경우가 대부분이다.

아키나리가 그런 사례에 해당된다고는 보이지 않았다.

마음에 걸리는 것은 그 아이가 발산하는 짙은 작위의 기운이다. 꿈 이야기, 죽여야 할 사람을 알려 달라는 부탁, 최면에 의한 충동 억제 실험, 지하야를 향한 도발.

거짓말을 하고 있다는 의심은 사라졌다. 근거는 그저 '촉'이라고 할 수밖에 없지만 지하야에게는 확신이 있었다.

그 아이는 자신이 살인을 저지르는 상황을 정말로 상상했던 것이 분명하다.

그렇다면 C룸을 찾은 이유는 하나밖에 없다.

내게 병명을 진단받고 싶었던 것이다.

왜?

그 자신이 살인을 저질렀을 때 질병을 이유로 죄를 줄이려고.

어이 없는 공상이지만 완전히 엇나간 것 같지도 않았다.

그러나 그것은 역시 한때의 변덕이었고 염소 학대 사건

이 밝혀진 이후 변화가 일어났다. 두려워졌을지 모른다. 그저 바보 같다고 생각했을 수도 있다.

충동이 되살아난 걸까.

담임 선생님과 내가 알지 못한 곳에서 잠시 잊고 있던 살의에 다시 눈을 뜬 걸까.

아니면 학교에 더는 가지 않겠다는 그 선언이야말로 변덕일까.

오늘 방과 후에는 시간이 없으니 점심시간에 와 달라고 미리 전했다. 그때 지하야는 사쿠라기 가나를 상대하고 있었다. 아키나리는 그게 마음에 들지 않아 불현듯 질투를 느꼈다. 그래서 지하야를 곤란하게 하려고……

착각도 유분수지. 지하야는 마음을 다잡고 다시 턱밑까지 욕조 물에 몸을 담갔다.

이 흐뭇한 상상이 사실이라면 아키나리는 그저 응석받이 어린아이라는 뜻이다. 좋게 말하면 카운슬링을 통해 응석받이가 되는 수준까지 회복했다는 뜻일까.

뒤통수를 물 밖으로 내밀어 그 사람이라면 아키나리를 어떻게 분석할지를 떠올렸다.

『이단의 꽃』을 읽었고 저자 프로필을 기억할 정도로 인상 깊었다는 아키나리의 말을 듣고 지하야는 심경이 복잡해졌다. 이상 심리를 가진 살인자들의 사고를 분석하고 그들과 일반 상식의 단절을 더욱 부각한 그 책을 아키나리는 어떻게 받아들였을까.

새하얀 도화지 위에 유화로 그린 꽃이 피어 있다. 색이 다른 다섯 장의 꽃잎이 펼쳐져 있다. 암술에 수술이 밀집해 있는 가운데 심을 보고 있으면 어느 순간 마치 인간의 얼굴처럼 보인다.

화려하면서도 섬뜩한 그 일러스트를 책 표지로 삼은 이유를 데라카네에게 물을 기회는 없었다.

지하야는 다시 욕조 물에 몸을 깊숙이 담갔다. 눈을 감는다. 따뜻한 물속에서 무릎을 감싸 안고 허리를 숙인다. 어렸을 때 집 근처 연못에 빠질 뻔한 적이 있다. 그런 괴로운 경험을 한 주제에 이렇게 물속에 있으면 묘하게 마음이 진정됐다. 자궁으로 향하는 회귀 본능 같은 것으로 분석하면 데라카네는 코웃음을 칠 것이 분명하다.

2년 만에 얼굴을 마주한 은사는 하나도 변하지 않았다. 언짢아 보이는 얼굴은 까다로운 늙은 현자의 모습 그 자체다. 나이 든 게 느껴지지 않았다. 머리숱이 약간 준 것 같기는 하지만.

흰머리, 시로아타마, 이리이치 가나메.

희끄무레한 이단의 꽃.

지하야는 단숨에 물 밖으로 얼굴을 내밀었다.

여기서 이것저것 궁리해 봐야 끝이 없다. 얼른 몸을 씻고 거실에 돌아가자. 노리후미가 나를 기다리고 있을 것이다. 함께 맥주잔을 기울이며 부부만의 오붓한 시간을 즐기자.

그렇게 생각하면서도 머릿속에는 사쿠라기 가나의 말이 되살아났다.

─시로아타마 때문에 세 번째 아이는 두 다리의 아킬레스건이 잘렸대요.

─겐지로도 똑같았잖아요.

두 사건을 어떻게 해석해야 할까. 우연인 것을 알아도 불길한 예감이 계속 가슴을 스쳤다.

죽여 마땅한 사람을 죽이고 싶어요. 소년은 그렇게 말했다.

아키나리에게 죽여 마땅한 사람은 과연 누구일까…….

욕실에서 나가자 노리후미는 침실에서 숨소리를 울리며 잠들어 있었다. 지하야는 부엌 테이블에 혼자 앉아 맥주를 마셨다.

거의 장식품이나 마찬가지인 집 전화기가 울린 건 그로부터 한 시간이 흐른 후였다.

다음 날 지하야는 오랜만에 걷는 길을 걷고 있었다.

덴조 학교에서 북쪽, 시의 경계선이라고 부를 만한 산의 기슭 부근에 시라카와 대학이 있다. 유서 깊은 역사는 덴조 학교와 비할 수 없고 건물 자체도 그만한 품격을 갖췄지만 지금은 이곳저곳 금이 가고 벗겨진 건물이 눈에 띈다. 현에 서는 유명하지만 전국에서 보면 기껏해야 2류 대학 정도일 것이다.

지하야는 문과동 3호관으로 불리는 수수한 흰색 벽 건물 로 향했다. 토요일이라 학생은 거의 없고 전에 함께 일하던 동료 한 명 만나지 못한 채 어느새 연구실에 도착했다.

"어서 오게나."

데라카네의 연구실에는 주인 말고 아무도 없었다. 데라 카네가 즐겨 마시는 블루 마운틴 향기가 코를 찌른다.

"여전하시네요."

실내를 둘러보고 입에서 빈정거리는 말이 먼저 튀어나 왔다.

때가 탄 벽면을 가득 채운 철제 선반과 마주 보고 늘어선 책상 위에 자료와 책들이 난잡하게 널려 있다. 지하야는 오 래전 자신이 즐겨 쓴 입구 쪽 책상 위에 손을 얹었다. 데라 카네는 근시가 심해서 안경을 껴도 코가 닿을 거리까지 책 을 갖다 붙인 채 읽는다. 자료와 책으로 꽉 찬 연구실 안에 서 그의 작은 뒷모습을 놓친 적도 자주 있었다.

데라카네가 커피 잔을 손에 들고 다가왔다. 연구실에 손님 접대용 소파 같은 건 없다. 지하야가 전에 쓰던 책상 의자에 앉자 데라카네도 옆자리에 앉았다.

"새 조교는 자네보다 더 이 공간에 애착이 없는 듯하더군. 청소나 정리하는 게 영 서툴러."

"교수님을 보고 배웠겠죠."

데라카네는 흥 하고 코웃음을 치고 잔을 입에 가져갔다. 이곳의 장점은 그가 직접 내리는 이 원두 향기뿐이다.

"자네가 좀 도와줬으면 해."

데라카네는 둘러가지 않았다.

"조만간 이리이치를 카운슬링하게 될 것 같아."

무릎에 얹은 두 손에 힘이 들어갔다.

"요즘 같은 정보화 시대는 참으로 놀라워. 대체 어디서 듣고 왔는지 벌써부터 잡음이 아주 격렬해지고 있지. 인권 단체, 변호사 협회, 의료 관계자들에 종교 단체 관계자까지. 각양각색도 이만한 각양각색이 없을 거야. 그들은 이번 카운슬링에 대해 윤리, 법률, 사회성 등 다양한 각도에서 비난을 쏟아내고 있어."

데라카네는 담담히 말을 이었다.

"사무국이 비명을 질렀고 학장도 결국 두 손을 들었지. 이 이상 방치하다가는 학교 위신에도 문제가 생길 거라더군. 임시 아르바이트를 고용해도 된다고 허락받았네."

"그 일 처리가 서툰 조교로는 안 되나 봐요?"

"그 조교는 처리해야 할 다른 업무가 있어. 게다가 미덥지도 못하고."

"저도 비슷할 텐데요."

"자네의 뻔뻔함은 일종의 재능이야."

순간 속으로 발끈했다. 그러나 겉으로는 드러내지 않는다.

"어차피 쉬운 일이야. 평일 손이 비는 날에만 찾아와도 상관없네. 여기서 문의 전화만 받아 주면 돼. 성실하게 상대할 필요도 없지. 그냥 적당히 흘려듣고 맞춰 주면 그만이야. 자네는 그런 종류의 기민함은 갖췄잖나."

"한마디로 전문가의 클레임을 듣고 좌절하지 않을 상담원이 필요하다는 말씀이시네요." 지하야는 무표정하게 고개를 끄덕이는 데라카네에게 다시 물었다.

"그런 평판이 좋지 않은 카운슬링에 협력한다는 게 밝혀지면 지금 직장에서 무슨 일이 벌어질지 몰라요."

"여기서는 사카에다 이름을 쓰면 되지 않겠나?"

태연하게도 그런 제안을 한다. 지하야는 코웃음을 쳤다.

"교수님도 역시 서툰 건 마찬가지예요."

싱긋 웃어 보였다.

"오랜만에 얼굴을 마주한 그날 밤에도 곧장 전화를 하셔서는 근황 보고 따위도 없이 말도 안 되는 지시를 내리셨죠.

이건 거의 어떤 병명이 붙을 만한 행동 아닐까요?"

"합리성 무관심 증후군이라고 해야 할까."

그가 신경질적으로 말해서 농담으로 받아들이기까지 시간이 약간 걸렸다.

"교수님이 직접 응대하는 게 가장 빠르고 현명한 방법이라는 생각이 드는데요."

"나더러 감정인의 독립성에 대해 그들에게 강의하라는 말인가?"

감정인이라. 그렇다. 이번 카운슬링은 정신 감정이나 마찬가지다. 이리이치를 카운슬링한다는 말을 듣고 지하야도 가장 먼저 그렇게 느꼈다.

정신 감정을 할 때 상대의 인상을 감정인에게 미리 심어주려는 사람은 적지 않다. 피해자의 절실하면서도 감정적인 호소가 전해지는 것은 당연하고, 카운슬링 대상이 세간을 뒤흔든 흉악범이라면 더 다양한 이들이 수많은 관점과 사상, 신조에 기반해 감정인에게 접근한다. 감정인은 물론 그런 의견에 영향을 받아서는 안 된다.

"교수님 같은 매드 사이콜로지스트도 역시 외부인들의 참견을 경계하시나 봐요."

빈정거림을 섞어 말했지만 데라카네는 안색 하나 바뀌지 않고 대답했다.

"나 자신의 감수성을 가볍게 보면 안 되지. 아무리 주의해도 자기도 모르는 사이에 관점이 정해지는 경우가 있으니. 마치 사진 같은 것과 같다고 해야겠군. 최적의 빛을 받아 정면에서 찍는 순간에도 인간은 무의식적으로 좋은 사진을 찍고 싶어 하지 않나?"

"사람들이 그것을 추구해서 아닐까요?"

스스로도 뜻밖으로 느껴질 만큼 말투가 공격적이 되었다. 데라카네가 투명한 눈동자로 지하야를 지그시 바라본다.

"교수님도 아실 거예요. 이번 카운슬링이 사실은 정신 감정이나 마찬가지라는 걸. 정말 상담자가 자발적으로 카운슬링을 원했다고 믿을 만큼 전 순수하지 않아요. 이리이치 씨의 존재에 대해서는 이미 오래전 마을에 소문이 다 퍼졌어요. 불안해하는 목소리가 커지고 있다죠. 그런 주민들의 의견에 휘둘린 사람이 있지 않을까요? 소음이 더 커지기 전에 카운슬링을 끝마치자고 귓속말을 해 온 사람들이."

공적인 기관도 엮였을 거라고 지하야는 확신했다.

"이리이치 씨는 이미 정신 감정을 받았고 재판을 거쳐 징역도 살았어요. 책임 능력이 완전하다는 결론이 나온 이상 그는 일반적인 범죄자들과 똑같죠. 이런 카운슬링에 응할 의무도 없는 거예요. 법원이 인정하는 정신 감정은 피고인의 이익을 보전하기 위한 장치예요. 하지만 이번 카운슬링을 통해서 누가 이익을 보죠? 정당성을 의심받는 게 당연하지 않겠어요?"

"그가 저지른 범죄가 사회적 공감성이 현저히 떨어진다는 사실만으로는 부족하나?"

"부족해요. 과거에 저지른 일이 어떻든 그는 이미 벌을 받았어요."

"그러니 그냥 군말 없이 받아들여라?"

"그들이 요구하는 건 결국 책임 소재예요. 교수님이 그를 부적합하다고 판단 내리면 전문 시설에 맡길 구실이 생기겠죠. 만약 문제가 없다고 하면 나중에 무슨 일이 일어났을 때 교수님도 책임을 일부 지셔야 해요. 정신과 전문의가 아닌 교수님을 지명한 이유도 명백해요. 유명한 교수님께서 직접 보증하면 결론이 어떻게 나오든지 주민들은 더 쉽게 납득할 테니까요."

"포퓰리즘 조작을 떠맡았다는 뜻이군."

"교수님이 가장 싫어하는 역할 아닌가요? 어쨌든 득 될 건 없다는 말이에요."

"이리이치 가나메와 대화를 나눌 수 있지."

데라카네의 표정에는 한 치의 망설임도 없었다.

"특이한 인격을 지닌 자와의 대화. 그걸로 충분해. 다른 건 필요 없네."

"……본심을 드러내시네요. 교수님은 역시 매드 사이콜로지스트예요."

데라카네의 표정이 살짝 일그러졌다.

"여전하군, 자네도."

"무슨 뜻이죠?"

"여전히 헛똑똑이야."

주먹을 꾹 쥐고 째려보는 지하야에게 데라카네는 높낮이 없는 목소리로 말했다.

"심리학자에게 필요한 건 대상과 진지하게 마주하는 자세뿐. 대상을 알고 분석하고 가정을 세운다. 그러려면 적절한 거리를 찾아야 하지. 대상, 그리고 사회와도."

이미 질리도록 들은 설교다.

"어차피 거창한 이상 따위에는 관심이 없고 연구에 동기 부여도 될 거야. 하지만 목적을 지닌 학문만큼 위험한 것도 없지. 늘 자기 자신에게 유리하게 해석하고 있지는 않은지 스스로 물어야 해. 자의성을 자각하지 못하는 인간의 말은 반드시 엇나가게 돼 있으니."

"……정신 분석이 소설로 전락한 것처럼 말이죠?"

데라카네의 입가가 약간 올라갔다.

"신랄하군."

흥미로워하는 울림이 전해진다. 지금은 심리학자의 직

함으로 조교수에 머물러 있는 노인이 전에는 학회에서 따돌림을 당한 정신 분석가였음을 지하야는 알고 있었다.

프로이트가 처음 주장한 정신 분석은 획기적인 발명품이었지만 분석가의 직감과 경험, 개인의 자질과 능력에 의지해야 하는 방법이라 끊임없이 불확실성이 따라붙었다. 분석가의 해석이 난해함을 더하고 신조어가 남발됨에 따라 정작 임상 현장에서는 '자아도취적 시구에 불과하다'라고 조롱당하는 처지가 돼 버렸다.

시간이 흘러 과학적 근거에 기반한 치료가 발전하면서 정신 분석의 지위는 계속 떨어졌고 90년대 이후에는 인지 행동 요법 같은 실천적이면서도 객관적인 방법이 주류가 되었다. 이상 심리를 분류해 치료법의 효과를 수치화한 '효과량'이 산출되기 시작한 것도 이 무렵부터다.

젊은 데라카네 에이스케는 그런 시대 변화를 완강히 거부하는 정신 분석가였다고 한다. 상담자의 일상생활과 행복한 삶 같은 것에는 일절 관심이 없고 그저 분석과 해석만을 쌓아 올리는 학자의 자세를 보며 뭇 사람들은 비판을 담아 그에게 '매드 사이콜로지스트'라는 별명을 선사했다.

"우리가 해야 할 일이 한 개인의 심리를 밝히는 것만은 아닐 거예요. 중요한 건 사회와 개인을 최대한 원만하게 이어 붙이는 것 아닌가요? 이상 심리는 뇌 등의 기질적 원인이 아닌 이상 대부분 소통 장애에서 시작돼요. 우리가 주고받는 대부분의 커뮤니케이션이 언어를 통해 이뤄지는 이상 그것은 언어에 의한 억압이라 할 수 있죠. 그리고 억압하는 말과 치유하는 말, 해석하는 말은 모두 이 사회가 만든 거예요. 사회를 빼놓고 심리를 논하는 건 모순이에요."

"그렇군. 자네는 즉 이런 말을 하고 싶은가 보군. '말이 통하지 않는 자와는 공생할 수 없다'."

지하야는 대번에 말문이 막혔다.

"정신 분석은 분명 '말이 통하지 않는 자를 위한 말'을 추구하며 언어에 치우치는 경향이 있지. 하지만 난 그럴 거라면 아예 완전히 한쪽으로 쏠리는 편이 낫다고 생각하네. 인지 행동 요법을 좋아할 수 없는 건, 그것이 상담자 고유의 문법을 교묘하게 바꿔 쓰는 작업처럼 느껴지기 때문일세. 다시 말해 '세뇌'."

"편견에 불과해요."

"부정하지는 않겠네. 이미 연구에서 손을 뗀 사람을 설득해 봐야 소용도 없으니."

저도 모르게 손톱이 손바닥을 파고들었다.

"자네가 이단에 있는 이들을 수용하는 사회를 추구하며 임상 세계로 옮겨 갔다면 그건 현명한 선택이라 할 수 있겠지. 하지만 그러니 더욱 이번 카운슬링이 필요하다고 생각하지 않나?"

정곡을 찔렸다. 지하야는 이리이치를 카운슬링하는 것에 대해 두 가지 상반된 생각을 갖고 있었다.

"이리이치가 도저히 공감할 수 없는 범죄를 저지른 건 사실이야. 그런 상황에서 사람들의 불안감을 없애는 건 강도나 보험금 살인 같은 것보다 훨씬 까다롭겠지. 어머니의 잔소리를 들으면 백 퍼센트의 확률로 살인을 저지르는 자와, 아무 이유도 없이 몹시 낮은 확률로 살인을 저지르는 자. 어느 쪽이 더 두려운지 하는 문제와 닮았어. 전자에는 과정이라는 게 있어서 대처할 수도 있지만, 후자는 그저 운이야. 그리고 이미 한 차례 일을 저질렀다는 점이 결정적이지. 다음에 또 저지르지 않을 거라는 보장이 없으니까. 물론 그건 나나 자네도 마찬가지일세. 모든 인간의 범죄 가능성이 제로는 아니겠지만 그래도 역시 과거에 실적이 있는 사람은 다르겠지."

"그러니 뭘 해도 괜찮다는 뜻은 아닐 텐데요."

"베스트는 아니어도 베터. 이리이치라는 특이한 개성을 지역 사회가 받아들이기 위한 절차, 어쩔 수 없는 통과의례를 거치는 것도 자네가 상대하는 현실 사회에 필요할 수 있지 않겠나."

아무리 목청 높여 그를 받아들여야 한다고 부르짖어 봐

야 사람들의 불안감을 없앨 수는 없다. 불안 앞에서는 논리적인 이치나 듣기 좋은 말 따위 무력하다.

카운슬링을 했다는 사실은 그런 이들에게 일단 안도감을 줄 수 있을 것이다.

그러나 한편으로는 어차피 마녀사냥에 불과하다는 생각을 씻을 수 없었다.

"의뢰인은." 데라카네가 조용히 입을 열었다.

"이리이치의 신원 인수인일세."

지하야는 할 말을 잃었다.

"그의 삼촌이지. 이 역시 정당성이 없다고 주장할 건가?"

"……압력이 있었을 거예요."

"압력을 받지 않는 상담자가 이 세상에 존재하나? 모두 주변 사람이나 사회와의 불화를 떠안고 정신과 문을 두드리고 있어. 본인이든 가족이든 그 점은 마찬가지야."

되받아칠 말이 없었다. 가족이 원하는 카운슬링 자체를 부정할 수는 없다.

"쓸데없는 논의 그만하지. 우리가 서로를 이해 못 한다는 건 2년 전에 결론이 났으니."

"3년 전이에요."

데라카네는 지하야의 정정을 무시하고 말을 이었다.

"현실적인 이야기로 되돌아가세. 우선 자네가 이 일을 도

우면 받을 돈."

"이건 돈 문제가 아니에요."

"나도 알아. 그러니 또 하나를 준비했네."

긴장감이 흘렀다. 눈앞에 보이는 꾹 다문 입술 열리는 순
간을 기다린다.

"자네에게 이번 카운슬링의 기록을 맡기려고 해."

꼭 쥔 주먹에서 땀이 약간 배어났다.

"……생각할 시간을 주세요."

"이 조건이 불만족스럽나? 난 지금 자네의 은사를 만나
게 해 주려는 건데."

지하야는 가볍게 심호흡을 했다.

"그 표현은 정확하지 않아요. 그때 그는 교사가 아니
라……."

교육 실습생이었다.

16년 전.

당시 대학교 4학년이던 이리이치 가나메가 사건을 일으
키기 몇 달 전인 5월, 나가노현에 있는 자신의 모교인 중학
교에서 교육 실습을 했다는 사실이 대대적으로 보도됐다.
약 한 달 동안 그가 역사를 가르쳤고 담당 반에서 학급 자율
활동과 종합 학습에도 참가했다는 사실에 그를 교육 실습

생으로 받아 준 학교에서는 야단법석이 일어났고 여론은
두려움과 동정, 호기심 섞인 눈길을 보냈다.

실습 중 그의 내면에서 어떤 변화가 일어난 것이 아닌가.
그 안에서 사냥감을 물색한 것은 아닌가. 실제로 학생들을
상대로 못된 짓을 저지른 것이 아닌가.

불안은 억측을 낳고 억측은 또다시 불안을 낳는다. 학부
모회의 요청으로 학교에서는 모든 학생을 대상으로 조사
와 카운슬링을 진행했다. 당시에는 교내 카운슬링을 보건
교사가 맡아서 했고 지하야는 이때 처음 카운슬러라는 직
업에 대해 알게 되었다.

사건이 발각된 9월을 지하야는 지금도 생생히 기억하고
있다.

이리이치 체포 뉴스가 나온 바로 다음 날 이미 학생들 사
이에 소문이 퍼져 있었다.

"그 녀석이야, 그 녀석." "말도 안 돼. 난 이별의 메모까지
남겼는데." "어쩐지 기분 나쁘더라니." "눈빛이 이상하지
않았어?"

입을 모아 떠드는 반 아이들은 무서워하기보다 왠지 흥
분한 것처럼 보였다. 많은 사람들이 "역시"라고 했다.

―지하야가 그 교생이랑 친하지 않았나?

얼마 후 그런 소리가 귀에 들리기 시작했다.

―내가 봐도 그런 것 같았어.

―맞아.

―앗. 그럼 설마…….

지하야, 너 아직 처녀 맞지?

얼굴을 마주 보며 그렇게 물은 아이는 반에서 가장 까불거리면서 선생님들에게도 틈만 나면 장난을 치는 인기 많은 남학생이었다.

자리에 앉아 있던 지하야는 그 아이를 올려다보며 곤란해하는 미소를 지어 보였다. 그리고 가만히 그 아이를 바라봤다.

"장난이야, 장난. 내가 좀 심했네."

아무렇지 않게 그렇게 얼버무리고 도망치듯 사라지는 뒷모습을 지켜봤다. 너야말로 잇짱이랑 친하게 지낸 주제에. 목 끝까지 차오른 말을 집어삼켰다.

실습 기간에 이리이치의 평판은 결코 나쁘지 않았다. 작은 목소리로 설명하는 수업에서는 패기와 의욕이 느껴지지 않았지만 무섭고 엄한 선생님이 많은 곳에서 그 모습은 신선해 보였다. 반 아이들은 이리이치에게 허물없이 말을 걸었다. 잇짱, 잇치 등의 별명으로 부르며 놀리거나 장난을 걸어도 그는 아이들을 혼내지 않았다.

지하야가 이리이치와 사이가 좋았다는 것은 오해다. 얌

전했던 그와 얌전했던 지하야 사이의 교류는 역시 얌전한 것이었다. 최소한의 인사와 대답. 두 사람은 그 이상은 바라지 않았다.

다만 가끔 반 아이들이 주위에 모이면 그가 곤란한 듯한 미소를 짓는다는 것을 지하야는 깨닫고 있었다.

한 번은 교실 밖에서 둘만 있었던 적이 있다. 지하야는 혼자 집에 갈 때 가끔 지나는 학교 건물 뒤 지름길에서 쪼그린 채 앉아 있는 이리이치를 발견했다. 그는 바닥에 쓰러진 족제비를 바라보고 있었다.

―무슨 일인가요?

그냥 무시하고 지나치는 것도 이상한 것 같아서 말을 걸었다.

―쓰러져 있었어.

이리이치는 지하야를 보지 않고 그렇게 대답했다.

족제비는 축 늘어져 당장에라도 숨이 끊어질 것 같았다.

―병원에 데려가야 하지 않을까요?

―……잘 모르겠네.

잘 모르겠네. 그때의 울림은 지금도 귓가에 남아 있다.

지하야는 결국 "먼저 가 볼게요" 하고 이리이치를 혼자 남겨 두고 집으로 향했다.

그날 일은 반 아이들에게 말하지 않았다.

아이들은 왜 내가 이리이치와 사이가 좋다고 생각했을까. 두 사람 다 시끄러운 교실 안에서 마치 물고기처럼 숨죽이고 있어서였을까.

─다들 불안해하고 있어. 구체적으로 대처할 수도 없는 애매한 불안감이지. 이런 불안감에 휩싸였을 때 사람은 무의식적으로 도피를 택하기 마련이란다. 나와는 상관없다는 안도감을 얻기 위해 네가 사건의 관계자라는 잘못된 인식을 선택한 거야.

나를 찾아온 카운슬러는 그렇게 설명했다. 중학교 3학년 소녀를 향한 성실한 답변이었다고 지금은 생각한다. 지하야는 사실 그 일을 계기로 심리학에 관심이 생겼다.

동시에 이런 생각도 떠올렸다.

왜 하필 나였을까. 카운슬러의 설명은 그 의문에 대한 대답은 되지 않았다.

지하야에 대한 소문은 금세 다시 사라졌다.

그러나 지하야의 가슴속에는 남았다.

좁은 도시라 이리이치의 가족이 이사했고 일가가 뿔뿔이 흩어졌다는 소식이 얼마 안 돼 귀에 들어왔다. 지하야의 아버지는 뉴스를 보며 "저런 놈은 당장 사형해야 해"라고 중얼거렸다. 두 딸을 둔 부모로서 당연한 감정일 테지만 지하야는 두려웠다. 마치 나 자신이 '죽어'라는 말을 들은 기분이었다.

이리이치와 난 무엇이 비슷할까. 무엇이 다를까. 나도 이리이치처럼 어떤 계기로 사건을 일으키면 모두에게서 '역시나'라는 말을 들을까.

해답을 찾기 위해 심리학책을 펼쳤고 이리이치에 대한 기사와 소문을 수집했다. 당시 그의 정신 감정의와 대담을 나눈 데라카네 에이스케가 이리이치의 친척이 사는 덴조시 대학에서 근무한다는 것을 알게 되어 시라카와 대학에 진학하기로 결심했다.

데라카네 세미나에서 후지와라 가쓰미를 만났고 이리이치를 향한 관심과 시라카와 대학을 선택한 이유를 처음으로 털어놓았다. 과거에 너무 사로잡히지 않는 게 좋아. 그렇게 말해 준 가쓰미 앞에서도 내가 이리이치와 같은 교실 안에서 시간을 보낸 과거는 말할 수 없었다. 이리이치와 나를 동일시하던 반 아이들을 분명 '바보 같아'라며 웃어넘길 테지만 그 말투와 표정에서 '역시나' 하는 본심이 느껴질까 봐 두려웠다.

지하야가 남몰래 품고 있었던 비밀스러운 바람.

이리이치를 다시 한번 만나 보고 싶다.

그와 오랫동안 천천히 대화를 나눠 보고 싶다. 그의 표정을 보고, 목소리를 듣고, 말을 주고받고, 그리고 해답을 얻고 싶다. 당신과 나는 같은가, 다른가.

이미 오래전에 마음은 흐려져 있었다. 그러나 그 잊혀 가던 바람이 지금 이 순간 손을 뻗으면 바로 닿을 만한 곳까지 다가왔다.

13

월요일에 노즈 아키나리는 학교에 오지 않았다.

그 소식을 전해 준 사람은 곤도가 아닌 고사카였다. C룸 사무실을 찾은 그와 도미코, 지하야는 의견을 교환했다.

"몸 상태가 좋지 않다고 연락이 왔다고……." 고사카는 말을 잠시 멈추고 덧붙였다.

"어머니가 조금 신경질적으로 말했다고 하네요."

곤도와 상의해서 지하야에게도 소식을 전해야겠다고 마음먹은 듯했다.

문제는 아키나리가 학교에 오지 않을 징후를 학교가 알고 있었던 것이라고 고사카는 투덜거렸다. 염소 학대 사건이다.

"제 느낌상 아키나리는 순수하게 잘못을 인정하고 진심으로 반성하는 것처럼 보였습니다. 정기 카운슬링 제의에 긍정적이었고 교실에서도 평소와 똑같았다고 하더군요. 이상한 소문도 돌지 않았으니 저희로서는 적절하게 대처했다고 믿고 있습니다."

"하지만 그걸로 끝날 문제는 아니죠." 도미코가 그를 동정하듯 중얼거렸다.

"현실에서는 지금 학교에 오지 않고 있으니까요. 만약 이대로 자퇴라도 하면 또 무슨 말이 나올지 모르는 상황이에요. 내부적으로 해결하려고 한 게 정말 옳았는지, 학교의 케어는 완벽했는지, 카운슬러의 대응은 적절했는지." 도미코는 어깨를 움츠리며 말을 이었다.

"심지어 검증할 수도 없죠. 이런 문제의 정답은 그 누구도 몰라요."

그래서 도미코는 절차에 집착했다. 경찰에 알리고 피해신고서를 제출한다. 그런 상황에서 제도에 따라 일을 처리한다. 그러면 적어도 대외적으로 변명은 할 수 있다.

"그 아이가 가장 마음을 연 사람은 지하야 선생님이라는 게 제 생각입니다."

"잠깐만요. 지금 지하야 선생님께 모든 책임을 떠넘기려는 건 아니죠?"

"그럴 리 있겠습니까? 물론 저희도 책임을……."

"그건 당연하고요. 그런데 곤도 선생님은 오늘 왜 함께 안 오셨죠?"

"수업이 있어서…….”

"고사카 선생님도 바쁜 건 마찬가지 아닌가요? 두 분이 시간을 맞추는 게 어렵다면 점심시간이나 방과 후도 괜찮았을 텐데."

"뭐 그렇기는 하지만…….”

머리카락을 쓸어 올리는 몸짓에서 초조함이 배어났다.

"전 상관없어요. 그 아이와 가장 대화를 많이 나눈 사람이 저인 건 사실이고 그에 따라 책임도 져야 한다고 생각해요.” 지하야는 도미코의 시선을 느끼며 덧붙였다.

"전 역시 그 아이의 부모님과 직접 대화를 나눠 보고 싶어요.”

고사카가 이맛살을 찌푸렸다.

"꼭 그래야 할까요?"

질문 속에서 학부모와의 만남은 신중해야 한다는 학교 방침이 엿보였다.

지하야는 고개를 깊숙이 끄덕였다.

"아키나리와 대화하다 보면 가족을 향한 강렬한 마음 같은 게 느껴졌어요. 특히 어머니와 동생에게는 복잡한 감정을 품은 것처럼 보이더군요.”

"복잡하다고 하시면?"

"그 나이대 남자아이들은 보통 어머니나 가족의 솔직한 애정 표현에 반감을 느끼기 마련이에요. 반대로 표면적으로 드러내는 친밀감이 실은 모순된 감정 표현일 가능성이 있고요."

"한마디로 누구나 굴절은 있다는 말이죠." 도미코가 지하야의 말을 받았다.

"가족에 대한 집착은 정신적 의존을 나타내는 표현일 수 있어요. 지나친 간섭, 또는 최악의 경우에는 학대 가능성도 고려해야 해요."

"설마요."

고사카의 목소리가 커졌다.

"꼭 육체적인 학대뿐만 아니라 정신적인 지배는 가해자와 피해자 모두 자각하지 못하는 유형도 있으니까요."

도미코는 "전 이미 질릴 정도로 많이 봐 왔어요" 하고 덧붙였다.

물론 아무 근거도 없는 추측이다. 그러나 확인해야 한다.

아키나리의 어머니 기미요를 면담한 바 있는 고사카는 절대 믿지 못하는 듯했다. 그녀는 아들의 행동을 진지하게 사죄했고 도가 지나친 훈육도 없었다고 했다.

"어머니에게서는 아들을 향한 사랑이 느껴졌습니다만."

"그러니까 사랑이 있는 상태에서 그러는 경우도 있다니

까요."

고사카는 흐음 하고 고개를 갸웃거렸다.

"뭐 일단 제안은 해 보겠습니다."

어쨌든 지금은 상황을 조금 더 지켜볼 수밖에 없다. 내일은 또 아무렇지 않게 학교에 나올 수도 있다.

"그때는 내가 상담해도 될까?"

도미코가 그렇게 물어서 지하야는 "네. 그렇게 해 주세요"라고 대답했다. 더 할 말이 없었다.

고개를 갸웃거리며 C룸을 나간 고사카에게서 다시 내선전화가 걸려온 것은 점심 휴식 시간이 끝나기 직전이었다.

─갑작스럽기는 한데 조금 전 아키나리의 어머니가 전화해서 지하야 선생님을 만날 수 있겠느냐고 물었습니다.

"네? 저를요?"

─네. 가능하면 빠른 시일 안에 둘이서만 만나고 싶다더군요. 오늘 당장도 괜찮다고 하십니다.

어떡하시겠습니까? 그렇게 묻는 목소리에서는 당혹감이 배어났다.

플레이스 덴조는 박스 로드 북서쪽의 대형 아파트가 밀집된 구역으로 덴조시에서 내거는 3C 정책의 상징이라고 해도 좋을 장소다. 부지는 총 다섯 개 구역으로 나뉘어 있고 가구 수는 2천 가구에 달한다. 부지에는 편의점과 슈퍼마켓뿐 아니라 레스토랑, 보육원, 유치원, 영어 회화 교실을 비롯한 문화 교육 시설까지 충실하게 갖춰져 있다. 물론 카페도 있다. 주변에는 시영 운동장과 체육관 등의 시설이 밀집해 있고 조금만 걸으면 음식점과 놀거리가 있는 번화가도 나온다.

기미요와 만나기로 한 곳은 주거동 1층에 있는 카페였다.

"어서 오세요."

스무 살 정도 되는 여자가 싹싹하게 말을 걸어 왔다. 우드콘셉트인 가게 안에는 테이블이 널찍한 간격으로 놓였고 팔걸이 있는 소파가 있다. 나이대가 다른 손님 두 팀이 찻잔을 손에 들고 담소를 나누고 있다. 아마 이곳에 사는 주부일 것이다. 편견일지 모르지만 삶에 찌든 분위기는 느껴지지 않았다. 젊은 그룹과 나이대가 살짝 있는 그룹 안에서 아키나리의 어머니 노즈 기미요처럼 보이는 사람은 없었다.

"저, 예약을 했다고."

"아, 공간 대여 말씀이시죠?"

여자는 싱긋 미소 짓고 "2층에서 기다리고 계십니다" 하고 지하야를 안내했다. 계단을 오르고 있을 때 하마터면 여기가 아파트라는 사실을 잊을 뻔했다.

2층 안쪽 자리에 얇은 카디건을 입은 여자가 홀로 앉아 있었다. 지하야를 알아보고 몸을 일으켜 고개를 숙인다.

"이렇게 먼 곳까지 오시게 해서 죄송합니다. 아키나리의 엄마 기미요라고 합니다."

정중한 말투와 우아한 태도가 가게 분위기와 잘 어울렸다. 몸에 두른 액세서리도 고풍스럽다.

"오쿠누키 지하야라고 합니다."

긴장감 섞인 분위기 속에서 지하야는 기미요가 "앉으세요" 하고 권한 맞은편 자리에 앉았다. 기미요는 성품이 온화해 보이고 나이는 40대 정도로 보였다.

주문한 음료를 기다리는 동안 물었다.

"여기 자주 오세요?"

"네. 오늘은 특별히 부탁해서 공간 대여를."

2층을 통째로 빌린 건 아들 이야기를 다른 사람에게 들려주고 싶지 않아서일 것이다.

"가까운 곳에 사시나요?"

"조금 걸어야 해요. 사우스 플레이스 3호동이에요."

지금 이 카페가 있는 곳은 중앙 즉, 센트럴 플레이스인 듯했다.

"상상이 잘 안 되네요. 부끄럽게도 지방 출신이라 이런 고급 아파트에 살아 본 적이 없어서요."

"실례지만, 결혼은?"

"아, 했습니다."

"자제분은?"

"아직 연이 닿지 않아서."

그렇게 얼버무리자 기미요는 미간에 주름을 잡았다. 웨이트리스가 아이스커피를 테이블에 두고 가도 주름은 사라지지 않았다.

"저, 이런 말씀 드리기 뭐하지만…… 선생님이, 그러니까 자식을 향한 감정 같은 걸 이해하실까요?"

정중하지만 직설적인 질문이었다. 의사나 변호사 앞이라면 이런 질문은 하지 않을 것이다. 남자 산부인과 의사를 보며 '아이를 낳아 본 적도 없는데 괜찮을까?'라고 생각하지 않는 것은 상대를 내가 가지지 못한 능력을 갖춘 프로로 보기 때문이다.

"어머니."

지하야는 일부러 최대한 부드럽게 입을 열었다.

"어떤 심정이신지 이해합니다. 카운슬러라고 하면 일상적인 고민을 상담해 주는 이미지가 강할 테니까요."

"그런 게 아니라……."

"네. 무슨 말씀 하시는지 알아요. 저희도 모든 걸 해결할 수 있다고는 생각하지 않으니까요. 하지만 이럴 경우에는 어떡해야 하고 어디를 찾아가서 상담해야 하는지 정도는 조언해 드릴 수 있어요. 내비게이터라고 해야 할까요."

"선생님이 보시기에 아키나리는 어떤 아이인가요?"

기미요의 표정은 진지함 그 자체였다.

"아주 똑똑할뿐더러 정서적으로도 안정된 아이예요. 의사소통에도 별다른 문제는 느껴지지 않았고요."

"하지만 그 애는 염소를……."

"사춘기 남자아이들은 항상 어떤 욕구 불만 같은 걸 갖고 있기 마련이죠. 그걸 행동으로 옮긴 건 분명 문제라고 할 수 있겠지만요."

"역시 보통 아이는 아니라는 말씀인가요?"

지하야는 '역시'라는 단어를 듣고 가슴이 덜컥했다.

"뭐라고 말씀드리기 어렵습니다. 의외로 시간이 흐르면 해결될 문제일지도 모르고요. 그 나이대 아이들은 세계가 좁을 수밖에 없거든요. 경험이 별로 없으니 미래가 막연해 보이고 오로지 현재만이 절실하죠. 그런 심리 상태에서 자기가 처한 상황을 타개하는 데 가장 빠르고 쉬운 수단을 고를 가능성은 어떤 아이에게든 있습니다."

지하야는 다만, 하고 신중히 말을 골랐다.

"아키나리의 입에서 학교나 가정환경에 대한 불만을 들은 적은 없어요. 그것이 좋은지 나쁜지를 떠나 마치 달관한 아이처럼 보였죠. 그리고 아키나리가 입에 담는 충동이라는 게 있었습니다."

"……사람을 죽이고 싶다는."

얼어붙은 듯한 정적이 깔린다.

"……알고 계셨나요?"

기미요는 어금니를 꾹 깨물고 고개를 끄덕였다.

"어제 일이에요. 아키나리가 상의하고 싶다고 해서 저와
남편까지 셋이 모여 이야기를 나눴어요."

"상의 말인가요."

"네. 슬슬 잠자리에 들 밤늦은 시간이었죠. 그 애는 고개
를 푹 숙인 채 아무 말도 하지 않았지만 저와 남편 모두 아
키나리가 그동안 어떤 문제로 고민하고 있었다는 건 알 수
있었습니다. 그래서 '왜 그래?' 하고 물으니……."

죄송해요. 아키나리는 그렇게 사과부터 했다고 한다.

"처음에는 염소 학대 일을 꺼내지 않을까 예상해서 '이
제는 괜찮아'라고 대답하려고 했어요. 그런데 아이 입에서
생각지도 못한 말이 튀어나오더군요. '앞으로 아버지 어머
니를 고생시킬 것 같아서 미리 사죄드리려고 해요'."

기미요의 눈시울이 붉어졌다.

"남편이 '고생이라니, 무슨?' 하고 물으니 '조만간 전 사
람을 죽일지도 몰라요'라고……."

아들의 그 말을 들은 부부의 심정은 어땠을까. 속으로는

분명 당황했겠지만 말도 안 되는 소리라며 흘려 넘기려 하지 않았을까.

"아이가 장난하는 것 같지는 않았지만 그런 말을 어떻게 곧이곧대로 믿겠어요. 그래서 '왜?'라고 다시 물었죠. 그랬는데 대답은 '저도 모르겠어요'였고 '누구를?' 하고 물어도 '모르겠어요'라고……."

말 중간중간에 울음소리가 조금씩 섞인다.

"도무지 영문을 알 수 없었어요. 남편도 당황하는 것 같았고요. 하지만 아들은 굉장히 냉정하더군요. 지금부터 슬슬 이사 준비를 하는 게 좋겠다느니 이직할 곳도 미리 찾는 게 좋겠다느니……. 그리고 그런 일이 벌어지기 전에 이혼해서 동생만이라도 다른 성으로 바꾸는 게 좋지 않을까 묻더군요. 모든 절차와 가족 관계 등의 문제도 아들은 아주 상세히 알고 있었고…… 전 무서워졌답니다."

기미요는 마침내 흐느끼기 시작했다. 감정이 가라앉기만을 잠자코 기다릴 수밖에 없다. 지금 쓸데없이 말을 거는 건 모래에 뿌리는 물만큼 무의미하다. 처음에는 지하야를 만나고 싶어 하지 않았던 기미요가 마음을 바꾼 이유를 멎지 않는 눈물이 대신 말해 주고 있었다.

학교에 가지 않겠다고 선언한 아들의 말을 부부는 혼란스럽지만 일단 받아들였다.

"어떡해야 좋을지 몰라서. 이제는 정말 뭘 어떻게 해야 할지······."

지하야도 비슷한 생각을 품고 있었다. 아키나리의 말과 행동은 이해하기 어렵다. 그 아이는 왜 부모 앞에서 자신의 충동을 털어놓았을까.

기미요의 감정이 가라앉기를 기다렸다가 물었다.

"지금 아키나리는?"

"조깅 가는 길에 병원에 갈아입을 옷을 갖다주고 오겠다고 했어요. 도서관에도 들르겠다고 했고요."

"누가 입원이라도 했나요?"

"도야요. 어제 연습 시합 때 다리에 골절상을 입어서."

도야는 이번 주말까지 입원할 예정이고 물론 형의 고백도 듣지 못했다.

지하야를 부른 건 기미요 혼자 내린 결정일 것이다.

"선생님을 만날 거라고 아키나리에게는 말하지 않았어요. 남편에게도요. 그이는 학교에도 말하지 말라더군요. 이런 일이 공개되면 아들의 미래에 악영향을 끼칠 거라면서."

"······네. 지금으로서는 저도 두 분 의견에 따르겠습니다."

기미요가 "고맙습니다" 하고 목소리를 쥐어짜 냈다.

"단 하나 말씀드리고 싶은 건, 아키나리는 절대 이상한 아이가 아니라는 거예요."

의지할 사람은 당신밖에 없다는 듯이 올려다보는 기미요를 보면서 지하야는 상냥하게 말했다.

"어디까지나 제가 느낀 범위에서 말씀드리는 거지만 정신 질환과도 다르다고 생각해요. 물론 쾌락 살인자 따위도 아니고요."

"하지만."

"누구라도 좋으니 사람을 죽여 보고 싶다. 사춘기 소년이 그런 생각을 품는 건 그리 드문 일이 아니에요. 오히려 평범하다고 해도 과언이 아닐 겁니다."

지하야는 일부러 조금 과장을 섞어서 말했다.

"그 경우 99퍼센트가 넘는 아이들은 살인이라는 구체적 행위가 아닌 그 일을 저지름으로써 얻을 수 있는 뭔가를 바라고 있는 거예요. 성인과 다른 점은 목적과 수단이 반드시 합리적이지 않다는 점이죠. 돈이나 자기 자신을 위해서가 아닌, 정신적인 욕구 불만을 채우기 위해 살인이라는 가장 과격한 수단을 꺼내 든 거라고 보시면 돼요."

"정신적인 욕구 불만 말인가요."

"네. 막연한 미래에 대한 불안감과 주변 사람들의 몰이해 등도 그 안에 포함되죠. 조금 전 말씀드렸듯 아이들의 세계는 좁고, 그런 현실은 강한 자의식과도 연결됩니다. 자기 밖

219

에 엄청나게 많은 타인들이 있고 그 타인이 반드시 내게 호의적이지만은 않은 현실을 잘 받아들이지 못하는 거예요. 조금 더 나를 좋게 평가해 줘. 조금 더 나를 사랑해 줘."

"제가." 기미요가 대뜸 거칠게 말했다.

"제가 아키나리를 사랑하지 않는다는 말인가요?"

"아니요."

지하야는 딱 잘라 부인했다.

"그 아이에게 어머니는 아직 타인이 아닐 겁니다. 자신의 일부로 보고 있겠죠. 어머님이 아들에게 아무리 사랑을 쏟아도 아이의 욕구 불만을 없애 줄 수는 없습니다. 그건 가족 누구든 마찬가지예요. 아이가 원하는 건 타인의 인정이니까요."

기미요는 "그럼……" 하고 혼란스러운 듯이 말했다.

"제가 할 수 있는 일은 없다는 뜻인가요?"

"지금처럼 변함없이 아들을 사랑해 주세요."

그러자 기미요의 눈에서 굵은 눈물방울이 뚝뚝 떨어졌다.

아키나리가 사랑받고 있다고 지하야는 확신했다. 동시에 아키나리도 어머니를 분명 사랑하고 있다. 그러니 그 아이는 자신의 충동을 솔직히 고백한 것이다. 그것은 즉.

"어머님." 지하야는 목소리에 힘을 실었다.

"학교에는 비밀로 해도 괜찮습니다. 모쪼록 제가 아키나리와 대화를 나눌 기회를 만들어 주시겠어요?"

기미요는 충혈된 눈으로 고개를 끄덕였다.

기미요가 무엇을 원했는지를 적당히 꾸며서 고사카와 도미코에게 보고했다. 아들이 등교할 마음이 들 때까지 잠시 상황을 지켜보고 싶다. 일단은 가만히 두고 싶다. 연락처를 교환했다는 것은 말하지 않았다.

"왜 담임도 아닌 지하야 씨를 지목했을까."

도미코는 역시나 날카로웠지만 그 이상 캐묻지 않았다. 방과 후 초등부 3학년 학부모와 면담이 있다고 해서 그 준비로 바빠 보였다.

"시로아타마가 무섭다며 아이가 집 밖에 나가려고 하지 않는대. 그래서 부모님도 극도로 예민해진 모양이야. 이걸 어째야 좋을지."

지하야는 붙임성 있는 미소를 지어 보였다.

그 주에 기미요에게서 연락은 오지 않았다.

교직원 회의에서 아키나리가 학교에 오지 않는다는 이야기가 나왔고 어머니의 의사를 존중해 상황을 조금 더 지켜보자는 것으로 의견이 모였다. 마쓰다이라는 불만스러운 듯 보였지만 보호자 우선이라는 교내 방침은 흔들리지 않았다.

아키나리는 연일 학교를 쉬었고 지하야를 찾아오는 학생도 거의 없었다. 도야가 골절상을 입은 상황이 미카와 도야가 가까워질 절호의 기회가 될 수도 있겠다고 생각했지만 검은 머리의 메신저 사쿠라기 가나가 C룸에 오지 않아서 뭘 어떻게 할 도리가 없었다. 애초에 지하야는 미카의 얼굴조차 아직 모른다.

지하야는 데라카네의 제의에도 아직 답하지 못하고 있었다. 좀처럼 결심이 서지 않았다. 지금껏 줄곧 이리이치를 만나고 싶었던 주제에 두려워하고 있었다.

그와 마주하고 이야기를 듣고 노즈 아키나리를 떠올리는 상황을.

이리이치의 표정이 아키나리와 겹치는 상황을.

가슴속 응어리는 계속해서 커지기만 했다. 아키나리를 만나고 싶다고 바라는 시간이 흐르고 흘러 어느새 6월이 되었다.

14

6월 3일 금요일, 날씨는 쾌청했다.

아침부터 상담을 원하는 아이가 하나둘 찾아왔다. 학교 안에 마침내 시로아타마의 소문이 본격적으로 퍼지기 시작한 것이다. 이리이치의 이름을 입에 담는 아이가 있었고 과거 그가 저지른 범죄에 대한 정보가 여기저기서 오가는 듯했다. 염소 학대 사건과 그 일을 연관시키는 소문도 있었다. 지하야는 완곡하면서도 확실하게 의혹을 부정하며 아이들의 동요를 가라앉히려 노력했다.

방과 후 교무실에 인사하러 갔을 때 곤도를 발견했다.

"혹시 반 아이들 중에 아키나리에게 인쇄물을 갖다주는 아이가 있나요?"

그러자 갑자기 곤도가 째려봐서 지하야는 흠칫 놀랐다.

"그런 일을 시켰다가 학부모에게 무슨 소리를 들으려고요?"

"하지만……."

"그렇게 걱정되시면 직접 갖다주시는 게 어때요?"

아연실색하는 지하야에게 그녀는 "팩스로 보내고 있어요"라고 툭 내뱉고 대화의 셔터를 내렸다.

뭐 한두 번 겪는 일도 아닌데. 지하야는 그렇게 되뇌며 학교를 나갔다.

노리후미가 보낸 짧은 문자 메시지를 확인한 것은 버스에서 내리기 직전이었다.

—문제 발생. 오늘은 집에 못 갈 것 같아.

오후 10시가 지나도 노리후미에게서는 연락이 없었다. 이 시간까지 문자 한 통 없다니, 무슨 일이 일어난 걸까.

거실에서 기다리기를 포기하고 방에 들어갔다. 읽다 만 책을 손에 들고 비치체어에 앉았을 때 책상 위에 있는 컴퓨터가 눈에 들어왔다.

전원을 켜고 무료 영상 스트리밍 사이트를 클릭했다. 검색 창에 '위크데이 토픽 마켓'이라고 입력하자 음성 파일 목록이 표시됐다. 내용 소개란에는 '메인 앵커 오쿠누키 노리후미'라고 적혀 있다. 정치, 경제부터 예능, 스포츠까지 전반적인 분야를 다루는 전반부와 어떤 주제에 깊숙이 파고드는 특집 코너로 구성됐고, 오늘 밤 가족 밥상 위에서 오갈 이야기를 제공한다는 것이 콘셉트다. 소재의 난이도가 균형이 잘 잡혀 있어서 간토 지역 한정 방송이지만 점차 입소문을 타고 있다고 들었다.

표시된 콘텐츠를 업로드 순으로 정렬하자 오늘 자 방송이 가장 윗줄에 표시됐다. 전반부와 후반부로 나뉜 곳에서 '오늘의 특집'이라고 적힌 후반부를 찾았지만, 희한하게도 방송국 공식 ID로 등록된 파일이 없었다. 무단 업로드물이 몇 개 보이고 제목에 '방송 사고 떴다!' '세상에는 용자가 많음' 등의 뭔지 모를 자극적인 제목이 붙어 있다. 투고 수와 조회 수 모두 방송 종료 네 시간째치고는 이상하리만큼 많았다.

방송 중에 무슨 사고라도 일어났구나. 지하야는 마음을 최대한 가라앉히고 재생 버튼을 눌렀다. 활기찬 시그널에 이어 노리후미의 목소리가 들렸다.

─지금부터 5시 50분까지는 '오늘 밤의 일품' 코너입니다. 특별 게스트 시라이시 준조 씨에게 범죄 가해자의 갱생과 사회 복귀에 대해 듣는 시간을 갖겠습니다. 시라이시 준조 씨에 대해 다시 한번 소개해 드리겠습니다. 시라이시 씨는 1952년 이바라키현 출신으로…….

오늘이 이리이치 가나메 사건의 피해자 가족이 나오는 날이었음을 깨닫고 지하야는 가슴이 두근거렸다.

─시라이시 씨가 대표인 '리팜'은 범죄 피해자 지원 단체라고 하는데 구체적으로 어떤 활동을 하시는 겁니까?

─네. 주로 범죄 피해자 당사자와 가족들의 심리 케어입니다. 또 생활 지원도 함께 하고 있습니다. 특히 후자에 집중한다고 할 수 있겠네요. 범죄 피해자들은 범죄가 일어난 순간부터 그 이후 사회 복귀를 어려워하는 경우가 많습니다. 마음의 상처가 아무리 크고 깊다고 해도 그런 상황이 몇 년이나 계속되면 주변 환경이 피폐해지기 마련이죠. 어떤

225

의미에서는 어쩔 수 없는 부분도 있습니다. 비단 범죄 피해에 한정되지는 않겠습니다만, 결국 사람들에게 그건 남의 일이니까요.

대화의 화제는 범죄 피해자 지원에서 가해자에 대한 처벌 문제로 옮겨 갔다. 시라이시는 엄벌화 경향에 반대 의사를 표명하며 이렇게 말했다.

—만약 14세 미만의 아이가 범죄를 저질렀다고 가정해보죠. 그 아이가 인생을 경험한 건 고작 14년이라는 짧은 시간에 불과합니다. 소년범은 변화의 가능성이 크다고 보는 관점도 이런 사실에 근간을 두고 있습니다.

—다시 말해 나이가 아직 어린 만큼 앞으로의 성장과 갱생 가능성을 높이 본다는 뜻이군요.

—그렇습니다. 하지만 중대 살인 등의 범죄를 저질렀을 경우 지금의 정보화 사회에서는 인터넷에 그들의 실명과 사진이 공개되는 경우가 드물지 않습니다. 한마디로 사회적으로 아예 매장돼 버리는 겁니다. 이것은 몹시 까다로운 문제입니다. 잔인한 범죄일수록 자극적으로 보도하고 사람들의 기억과 기록에도 더 깊게 남죠. 그러나 진지하게 죄를 인정하고 후회를 거쳐 갱생하는 과정은 어느 곳에서도 보도하지 않습니다. 그 자신의 노력과 반성을 세상 사람들에게 알릴 기회와 방법이 거의 없는 겁니다.

이런 상황은 제가 지금 맡고 있는 범죄 피해자 가족의 심리 케어라는 관점에서도 결코 바람직하지 않습니다. 피해자의 입장에서 가해자에게 범죄 행위에 대한 피해 보상을 요구하는 건 당연한 일입니다. 거기에 피해자들이 바라는 것은 가해자가 진심으로 뉘우치는 것, 즉 반성과 후회입니다. 엄벌이라는 수단도 그런 것들을 충족시키기 위한 한 가지 형식이라고 저는 생각합니다.

시라이시의 이야기는 흥미진진했다. 현장에서 뛰는 사람 특유의 명확한 경험에 근거한 이야기라는 것이 전해졌다. 그런 한편으로 상당히 예의 바르고 상식적인 대화처럼 들린다. 남은 방송 시간은 이제 5분. 어디가 '방송 사고'라는 걸까.

지하야의 의문에 답하는 것처럼 시라이시가 다시 입을 열었다.

─인권의 관점에서 봐도 작금의 언론 보도와 인터넷에서 벌어지는 일들이 과연 타당한가 하는 의문이 생깁니다. 그러나 이 인권이라는 것은 그야말로 모호한 개념이라서, 오해를 살 수도 있는 상황을 무릅쓰고 말씀드리자면 애초에 전 인권이라는 건 없다고 생각합니다.

짧은 침묵. 말문이 막혀 버린 노리후미의 모습이 눈에 선했다.

―그 말씀은…….

―아, 너무 거친 주장이라는 것은 저도 압니다. 하지만 반대로 묻고 싶습니다만, 대체 이 세상에서 누가 우리에게 인권을 주고 그걸 보장하는 걸까요? 신일까요? 국가일까요? 아니겠죠. 인권이란 바로 일반 대중이 직접 피를 흘리며 거머쥔 것입니다. 역사를 거슬러 가면 왕과 귀족이라는 특권 계층에게서 빼앗았다고 할 수 있겠죠. 다시 말해 그것을 본질적으로 담보하는 것은 바로 폭력이라는 뜻입니다.

영상이 있는 것도 아니지만 지하야는 저도 모르게 화면을 빤히 바라봤다. 공중파에서 이런 이야기를 해도 되는 걸까.

―조금 더 부드럽게 표현하자면 '계약'이라고 봐야 하지 않을까요. 상호 계약 말입니다. 당신의 인권을 지켜 줄 테니 나의 인권도 지켜 달라. 아닌가요?

노리후미는 대답을 피하고 흐음 하고 신음 섞어 반응했다.

―따라서 범죄자는 이른바 계약 불이행자인 것입니다. 특히 살인이나 중도 상해죄 같은 것은 상대의 인권을 완전히 빼앗는 행위이니 빼앗은 쪽의 인권도 일단은 말소돼야겠죠. 체포나 구속 등이 그에 해당합니다만, 여기서 바로 이 '일단'이라는 게 핵심입니다. 일단이 과연 언제까지인가. 5년간 자유를 제한하면 재계약을 맺을 수 있나. 10년이면 되나. 15년은 어떤가. 아, 이제 슬슬 마칠 시간이 다가오나 보

군요. 그럼 마지막으로 한 가지만 더 말씀드리겠습니다. 우리에게는 범죄자와 재계약을 맺지 않을 권리는 없는가. 재계약은 도대체 무엇으로 강제되는가.

―죄송합니다. 시간이.

―네. 알겠습니다. 자, 이를테면 이리이치 가나메 같은 사람이 아무렇지 않게 감옥에서 나와서 덴조시 하코사카 마을 3번지 15의 시사이드 코포 하코사카 6호에 살고 있는 지금의 이 현실을, 우리는 모두 진정 받아들이고 인정할 수 있을까요?

―감사합니다. 여기서 광고 듣고 가시겠습니다.

그의 말을 차단하는 노리후미의 목소리를 마지막으로 음성이 끊겼다. 지하야는 온몸의 피가 잠시 싸늘히 식어 가는 느낌을 맛보았다.

시라이시가 내뱉은 말을 곱씹는다.

본인이 인정한 것처럼 그가 말한 인권론은 그야말로 거칠뿐더러 그 밖의 고려해야 할 다른 사안이나 가능성의 전제 자체가 빠져 있다. 유치한 사고방식이라고 해도 좋을 것이다. 동시에 거친 지론이므로 비로소 힘이 있다는 것 또한 인정할 수밖에 없다.

그리고 방송 말미에 그는 마치 강조하는 것처럼 또렷한 목소리로 이리이치 가나메의 현주소를 공개했다. 방송 전

회의에서 그런 이야기는 나오지 않았을 것이다.

지하야는 마우스를 클릭해 간토 웨스트 방송국 홈페이지에 들어갔다. '금일 방송에 대해'라는 제목의 사죄문이 표시됐다. 급히 작성한 것 같은 글은 짧은 사죄에 이어 오늘 회사에서 벌어진 일에 대해 진상 조사를 하겠다는 취지가 적혀 있을 뿐이었다.

표현하기 어려운 갑갑한 느낌이 가슴을 덮쳤다. 노리후미는 어떻게 됐을까. 시라이시는 왜 이런 짓을 저지른 걸까. 이리이치에게 당한 조카의 복수를 할 목적이었을까.

핸드폰을 들고 남편에게 문자를 보낸다.

―몇 시에 마칠 수 있을 것 같아?

방송국에는 지금 시청자의 항의 전화가 빗발치고 있을 것이다. 광고주나 회사 윗선에서 그냥 넘어갈 리 없다. 긴급 회의, 사후 대책 마련. 집에 돌아오는 건 새벽이나 아침일지도 모른다. 아무리 게스트 한 사람의 폭주라고 해도 개인 정보를 이렇게 만천하에 공개해 버린 이상 프로그램의 존폐는 물론 라디오 방송국 면허 문제로 발전해도 이상하지 않다.

하코사카 마을 3번지.

내가 사는 아파트에서 걸어서 10분 거리.

그때 거실 전화기가 울렸다. 노리후미라고 짐작했지만

그렇다면 핸드폰으로 걸었을 것이다. 화면에 표시되는 번호는 등록되지 않은 유선 전화번호였다.

"여보세요."

─지하야 선생님 댁인가요? 안녕하세요. 노즈 기미요입니다.

노즈 기미요? 지하야는 당황한 나머지 "아, 예" 하고 얼빠진 인사를 하고 말았다.

─저…… 혹시 아키나리 거기 안 왔나요?

"아키나리요? 아뇨. 안 왔는데요."

─그런가요…….

"무슨 일이라도 있나요?"

─갑자기 집을 나가서 아직 안 돌아와서요.

시간은 이미 밤 11시가 가까워 오고 있다.

"연락은?"

─핸드폰으로 계속 걸고 있는데 연결음만 들리네요. 이웃들에게 묻고 다녀도 좋을지……. 남편은 지금 출장 중이라 어떻게 해야 좋을까 싶어서…….

당연히 경찰 신고라는 선택지도 포함된 고민일 것이다.

─죄송해요. 괜한 일로 선생님께도 걱정을 끼쳐서.

기미요는 "그럼 실례하겠습니다" 하고 전화를 끊었다.

수화기를 손에 쥐고 있자 몇 가지 사실이 머릿속을 스치고 지나갔다. 가장 최악의 가능성을 떠올리고 입가에 손을 얹었을 때 다시 한번 전화벨이 울렸다. 이번에도 집 전화기로 걸려 온 전화다.

"네. 오쿠누키입니다."

대답이 들리지 않아서 "여보세요?" 하고 한 번 더 물었다. 기미요라면 곧장 대답할 것이다. 좋지 않은 예감이 가슴을 스쳤다.

—저…… 지하야 선생님 댁인가요?

앳된 목소리다. 쥐 죽은 듯이 작아서 잘 들리지 않는다.

"그런데요. 누구시죠?"

—저, 형이. 사라져서. 그래서 좀…….

강렬한 망설임. 지하야는 숨을 한 번 내쉬고 최대한 부드럽게 물었다.

"도야니?"

네, 하고 이번에도 기어들어 가는 대답이 귀에 닿았다.

—선생님.

"응?"

—지금 잠깐 뵐 수 있을까요?

지하야는 침을 꿀꺽 삼키고 대답했다.

"그래. 어디로 갈까?"

15

플레이스 덴조까지 택시를 타고 갔다.

도야가 말한 편의점은 아파트 부지 밖 북쪽 도로를 건넌 곳에 보였다. 활엽수가 그림자를 검게 드리운 숲을 등지고 건널목을 지나자 편의점 뒤쪽 야외 주차장에 감색 트레이닝복을 입은 아이가 보였다. 가로등 불빛을 무대 조명처럼 맞고 있는 소년은 오른쪽 다리에 깁스를 하고 있었다.

"도야니?"

"아, 네."

지하야는 목발을 손에 짚고 일어서려는 도야를 제지하고 물었다.

"자세히 이야기해 줄래?"

"자세히라고 하셔도 딱히……."

"괜찮아. 네가 아는 범위에서."

도야는 고개를 돌리고 입술을 내밀었다. 그 모습을 보며 '확실히 멋지다'라고 한 가나의 말이 떠올랐다.

아키나리보다 남자다운 외모에 눈동자가 크다. 형과 분위기가 다르지만 곤란해하는 모습은 통하는 데가 있었다. 잘생긴 얼굴과 인간미 넘치는 표정은 지하야의 눈에도 매력적으로 비쳤다.

중학교 3학년 소년은 잠시 후 조용히 입을 열었다.

"그보다 먼저 알려 주셨으면 해요."

지하야는 두근거리는 마음을 가라앉혔다.

"뭘?"

"형이 혹시 무슨 사고라도 쳤나요?"

지하야는 최대한 자상하게 미소 지으려 애썼다.

"설마. 그런 일은 없으니 안심해도 돼."

저녁밥을 다 먹을 때까지만 해도 아키나리는 집에 있었다고 한다. 그러다가 두 시간쯤 전 방에서 혼자 게임을 하던 도야에게 왔다.

"조깅하러 가는 차림새로 제 방에 들어오더니…… 앞으로 무슨 일이 생기면 지하야 선생님께 연락하라고……."

"나한테?"

"자기 때문에 문제가 생기면 그렇게 하라고 했어요. 선생님이라면 사정을 아실 거라고……."

도야는 어머니가 전화를 거는 것을 보고 재다이얼 버튼을 눌렀다고 했다.

"어디 간다고 했는데?"

"먼저 알려 주세요. 그 자식, 무슨 짓이라도 저지르려는 거예요?"

도야는 지하야와 눈을 마주치지 않았다. 아무것도 모르

고 있을 것이다. 염소 학대 사건은 물론 살인 충동에 대한 고백도. 그런데도 불안감을 느끼고 겁먹어 있다.

도야는 "전……" 하고 중얼거렸다.

"축구를 하고 있고 이제 곧 하계 대회가 열리는데 보다시피 다리를 다쳐서 벤치에서 응원해야 해요. 이런 말씀 드리기 좀 그렇지만 지금 이럴 때 이상한 일이 벌어지면 안 돼요."

"이상한 일?"

"모르겠어요. 근데 그 자식, 요즘 들어 저한테 이상하게 잘해 줘서 왠지 기분 나빴거든요."

형제이니 비로소 느끼는 예감일 것이다. 이기적인 걱정이 아니라는 것이 전해졌다.

"아키나리가 어디 간다고 했니?"

도야가 대답하지 않아서 가만히 기다렸다. 예쁘게 정비된 안뜰에서 벌레 울음소리가 귀울림처럼 들렸다.

잠시 후 도야가 입을 열었다.

"찾았다고 했어요."

"찾았다?"

"저도 무슨 뜻인지는 몰라요. 그러더니 '그럼 난 이만'이라고……."

진짜 이상한 자식이라니까요, 하고 고개를 돌린 표정이

당장에라도 울음을 터뜨려도 이상하지 않을 것처럼 일그
러졌다.

"어머니한테는?"

"말 안 했어요. 걱정하실 테니까요. 지금도 형이 편의점
에서 잡지라도 읽고 있을지 모르니 확인하고 오겠다고 하
고 나온 거예요."

도야는 깁스를 손으로 쓸었다.

"얘." 지하야는 두 손으로 도야의 어깨를 붙잡았다.

"넌 이만 집에 돌아가는 게 좋을 것 같아. 그리고 형한테
연락이 오거나 집에 돌아오면 선생님에게도 연락해 줘. 꼭
이야."

기세에 눌린 것처럼 고개를 끄덕이는 모습을 확인하고
서로 핸드폰 번호를 교환했다.

헤어지고 난 뒤에 지하야는 곧장 뛰기 시작했다.

틀림없다.

아키나리는 토픽 마켓 방송을 들은 것이다.

택시를 찾아 대로를 뛰어다녔다. 머릿속 한구석에서 '운
동화를 신고 올 걸' 하는 생각이 들었다. 인적 없는 거리를
지나 하코사카 마을로 돌아갔다.

간신히 택시를 잡아타고 3번지에 가서 문제의 빌라를 찾

기 시작했다. 잘 구획된 거리와 어울리지 않는 연식 있는 가옥들이 눈에 띄었다. 유치원 뒤로 돌아가자 목적지인 건물을 찾기까지 그리 오래 걸리지 않았다. 평소라면 정적이 감돌 마을 모퉁이에 누가 봐도 이곳 주민이 아닌 사람 몇 명이 어슬렁거리거나 서서 대화를 나누고 있다. 그중에는 비디오카메라를 어깨에 짊어진 남자도 있지만 소동이 벌어진 분위기는 아니어서 지하야는 그나마 안심했다.

호기심 어린 시선을 무시하고 사람들이 모인 지점을 향해 빠른 걸음으로 걸었다. 민가 사이 지대에 지어진 2층 빌라 시사이드 코포 하코사카가 시야에 들어왔다. 가로로 긴 건물에 정면에는 철제 계단이 설치돼 있다.

"저, 실례지만."

뒤에서 웬 남자 목소리가 들렸다. 지하야는 말없이 더 빠르게 걸었다.

"혹시 오쿠누키 지하야 선생님 아닌가요?"

무심코 멈춰 서서 돌아보자 눈앞에서 머리가 짧은 남자가 빙긋 미소 지었다.

"이런 곳에서 만나게 될 줄이야."

남자는 비스듬하게 걸친 숄더백에서 명함 지갑을 꺼내 명함 한 장을 내밀었다. 두 손가락 사이에 명함을 끼운 모습이 그야말로 아니꼬웠다.

"우연이라는 게 참 무섭네요. 어제 전화드렸던 쓰보마키입니다."

명함에는 '주간 브레이크 쓰보마키 겐신'이라고 적혀 있다.

"라디오 들으셨죠?"

부드럽고 침착해 보이는 미소에서 진득한 속내가 엿보였다. 지하야는 명함을 받은 것을 후회하며 말없이 주머니에 넣었다.

"그냥 산책하러 나온 거예요."

"에이. 아, 혹시."

멈춰 서는 게 아니었다.

"토픽 마켓의 오쿠누키 노리후미 앵커가 가족분이신가요?"

"……남편이에요."

쓰보마키는 소리 없이 휘파람을 불더니 "이야, 그렇군요" 하고 눈빛을 번득였다.

"죄송해요. 전 바빠서 이만."

"어디 가시는데요?"

뭐라고 대답해야 할까. 초조했다.

"가까이 가시는 건 바람직하지 않아 보입니다. 신문과 TV, 그리고 사복들도 쫙 깔렸어요."

경찰이 이미 움직이기 시작한 걸까.

"그 밖에 이웃 주민이 몇 명. 물론 제 동업자들도 있겠죠. 아무튼 전부 합쳐 열 명 정도가 멀리서 지켜보고 있는 것 같습니다."

"안에는 어떤가요?"

지하야는 체념하고 그에게 직접 정보를 구하기로 했다. 잘 알지도 못한 채 무작정 돌진해 봐야 소용없다. 지금은 판단을 내릴 여유도 없는 상태였다.

"아마도 녀석은 지금 집 안에 있는 것 같습니다. 불이 꺼져 있지만 집을 나간 흔적이 없더군요. TV 방송국 기자가 가서 문을 두드려 봤는데 반응이 없어서 문손잡이를 돌렸다지 뭡니까. 그런데 문이 열리자마자 다시 안에서 황급히 닫았답니다. 아무래도 평소에 문 잠그는 습관이 없는 것 같습니다. 그놈답다고 해야겠네요."

쓰보마키는 목소리를 낮춰 말하며 지하야에게 얼굴을 밀착했다.

"자, 이것도 인연이니 저와 정보를 교환하지 않겠습니까? 어떤가요?"

"기자님께 드릴 정보 같은 건 없어요."

"선생님이 여기 오신 이유만 알려 주셔도 충분합니다. 물론 기사로 쓸 생각은 없습니다."

망설임은 이내 사라졌다. 상대도 느꼈는지 쓰보마키는 지하야의 등에 손을 얹고 "이쪽으로" 하고 지하야를 이끌었다. 지하야는 거절하지 않았다.

"흔히 착각하시곤 하는데 저는 특종이랍시고 엉터리 날림 기사나 쏟아내는 다른 기자들과 다릅니다. 나름 양식파를 자청하고 있지요."

그가 데려간 소형 밴 조수석에서 지하야는 쓰보마키를 찬찬히 관찰했다. 스스로 양식파를 자청하는 사람을 믿을 만큼 어수룩하지는 않지만 그가 어떤 타입의 사람인지를 파악해야 했다. 과연 이 사람을 믿어도 될까.

"여기 온 것도 뭐 그냥 단순한 호기심 때문입니다. 그렇게 경계하지 않으셔도 됩니다."

"어쨌든 일로 오신 건 맞잖아요?"

"뭐 취미로 온 건 아니죠. 우연히 지금 맡은 특집이 범죄자와 일반 시민의 관계를 다루는 기사라서요."

심포지엄에 나가기 직전 유선으로 그가 물은 질문은 '범죄자의 갱생이란 무엇인가'라는 것이었다.

"그런 상황에서 이 라디오 방송 사고가 발생한 겁니다. 찾아오지 않으면 언론계 종사자가 아니죠."

"정말로 우연인가요?"

"네? 그야 당연하죠."

뻔한 거짓말이다. 우연히 덴조시의 유명인들을 찾아다니며 의견을 듣던 차에 이리이치의 존재를 깨닫게 된 것이 아니라 이리이치가 여기 산다는 것을 알고 덴조시를 노린 것이 틀림없다. 생각해 보면 지하야도 비슷한 목적으로 덴조시에 정착했고 이리이치와 재회했다. 그리고 노즈 아키나리를 만났다.

쓸데없이 캐고 들다가 오히려 긁어 부스럼이 될 수 있다. 지하야는 꼭 필요한 질문만을 하기로 했다.

"지금 어떤 상황이죠?"

"그전에 남편분은 집에 돌아오셨습니까?"

무심코 째려봤을 것이다. 쓰보마키는 지하야를 보고 어깨를 움츠리며 쓴웃음을 지었다.

"간토 웨스트 방송국도 한바탕 난리가 났겠죠. 시청자 항의도 쏟아지겠지만 더 자세한 정보를 알고 싶다는 사람도 많지 않을까요?"

"이리이치 씨에 대한 정보 말인가요?"

"'씨'는 빼도 무방하지 않겠습니까?" 쓰보마키가 빈정거리면서 웃었다.

"그 자식이 인간쓰레기라는 건 모두가 인정하는 사실이니까요."

모두가 인정하다니. 그 말의 근거가 무엇인지 속으로 물었다.

"앞으로 무슨 일이 일어날지 모르지만 소송으로 발전할 가능성이 있겠죠. 또는 그 자식이 폭발해 날뛸 가능성도 있습니다. 여기 모인 사람들도 바로 기사화할지 말지를 떠나 앞으로 닥쳐올 상황에 대비해 미리 얼굴과 목소리를 찍어 두고 싶을 겁니다."

"혹시 시라이시 씨께도 연락하셨나요?"

"이리이치에게 당한 피해자의 친척이라더군요. 그분 집에도 항의와 칭찬, 그리고 기자들이 들이닥치고 있을 겁니다. 물론 저도 연락해 봤습니다. 몇 마디 주고받았지만 정작 중요한 핵심은 빙빙 돌리는 느낌이더군요. 무슨 목적으로 이리이치의 주소를 공개했냐는 질문에는 '저도 모르게 그만'이라고만 답변했습니다."

쓰보마키는 "그야말로 신이 난 듯한 목소리로 말이죠" 하고 덧붙였다.

"아무리 봐도 확신범입니다. 누가 봐도 처음부터 문제를 제기하려고 벌인 일이고 본인은 자신이 정의롭다고 믿고 있지 않을까요? 만약 이리이치가 소송을 건다면 그야말로 해외 토픽감이 될 겁니다. 지금은 언론사들이 아직 이번 일을 어떻게 다룰지를 못 정한 느낌입니다. 자칫 잘못했다가 쓸데없이 일이 커질 수도 있으니까요. 사방에서 공격이 쏟아질 겁니다. 그런 순간이 바로 저희 같은 주간지 기자들의 독무대이긴 합니다만."

"양식파 기자로서의 독무대 말인가요?"

"하하. 팩트를 보도하는 데는 일말의 망설임도 없습니다. 그걸 독자가 어떻게 받아들일지까지는 강요할 수 없죠. 비판은 달게 받고 있습니다."

도무지 종잡을 수 없는 사람이다. 쓰보마키가 유독 이런 걸까, 아니면 기자라는 족속이 모두 이런 걸까. 어쨌든 많은 이들의 눈길이 쏠린 상황인 것만은 알 수 있었다.

"트러블은 일어나지 않은 것 같네요."

"이웃 주민의 시끄럽다는 민원을 받고 순경이 와서 주의를 준 것 외에는 아직."

"그렇군요. 아무튼 여러모로 감사드려요."

한가롭게 이러고 있을 수 없다. 지하야가 밴 밖으로 나가려고 하자 쓰보마키가 입을 열었다.

"지하야 선생님은 대학교에서 일할 때 범죄자를 포용하는 방법에 대해 연구하셨다더군요."

"……뒷조사를 하셨나요?"

"조사라고 할 만큼 대단한 건 아니고요. 취재할 사람의 경력에 대해서는 최대한 파악해 두자는 주의입니다."

그는 "양식파니까요" 하고 덧붙였다.

"전문가로서 한 말씀 들을 수는 없을까요?"

"범죄자에 한정한 연구가 아니었고 애초에 연구에서 손을 뗀 지도 오래예요."

"선생님의 스승님께서는 범죄 심리학책도 내지 않았습니까?"

"그건 데라카네 교수님께 직접 물어보세요. 그분은 사전에 확실히 허락을 받고 취재하셔야 할걸요."

"아, 지난번에는 실례했습니다. 의욕이 좀 앞섰네요."

"그럼 이만."

지하야는 등을 돌리고 손잡이에 손을 갖다 댔다.

"이리이치는 앞으로 이 마을에서 계속 살아야 할까요."

그의 혼잣말 같은 질문을 듣고 순간 몸이 굳었다.

"……그건 그 사람이 결정할 문제예요."

"그런가요. 정말로 그럴까요?"

아, 그리고.

"선생님은 지금 꼭 누군가를 찾는 것처럼 보입니다만."

"그냥 산책 나왔다고 했을 텐데요."

지하야는 쓰보마키의 밴에서 내린 뒤 온 길을 되돌아갔다.

박스 로드까지 가서 집을 향해 걸으며 핸드폰을 확인했다. 노리후미에게서 문자가 도착해 있었다.

─오늘 밤은 집에 못 갈 것 같아. 또 연락할게.

내일이 토요일이어서 다행이었다. 월요일 방송은 어떻게 될까. 형식적인 사죄로 넘어갈 수 있을까. 아니면 방송 자체가 중단될까. 노리후미도 징계를 피하기는 어려울 것이다.

도야에게서 연락은 없었다. 지하야는 경찰에 신고해야 할지 망설였다. 늦은 밤에 집을 나갔다는 것만으로는 약하다. 아키나리의 살인 충동을 언급하지 않고 이 위기를 정확히 전달할 수는 없다. 나의 이 선택이 아이에게 어떤 영향을 미칠까. 쓸데없는 자극은 오히려 비극을 초래할 수도 있다.

지하야는 멈춰 서서 심호흡을 했다. 처음 면담했을 때 들은 아키나리의 말이 머릿속에 되살아났다.

—전 죽여 마땅한 사람을 죽이고 싶어요.

아키나리는 마침내 그 대상을 찾았다.

토픽 마켓을 듣고 알게 된 것이다. 시로아타마, 즉 이리이치 가나메가 현재 있는 곳을. 그를 만날 작정으로 집을 나가 하코사카 마을 3번지로 향했다. 그러나 먼저 와서 진을 치고 있는 기자와 경찰들을 보고 되돌아갔다. 집에 돌아갔다면 도야가 연락했을 것이다. 아키나리는 아직 포기하지 않고 근처에 몸을 숨긴 채 숨죽이고 지켜보고 있는 걸까. 아니면 스물네 시간 영업하는 패밀리 레스토랑 등지에서 밤을 새울 생각일까.

아이를 만나 보고 싶었다.

만나서 진의를 묻고 싶었다. 그러지 않으면 오늘 밤 집에 돌아가 혼자 눈을 붙이지 못할 것이다.

지하야는 발길을 돌렸다. 일단은 조금 더 돌아다녀 보자고 마음을 다졌다.

그러나 결국 모든 것이 헛수고로 돌아갔다. 동이 틀 무렵 지하야는 하코사카 마을에서 5킬로미터나 떨어진 변두리 PC방에서 자신의 어리석음을 저주하며 집에 돌아가기로 했다.

"라디오 좀 틀어 주시겠어요?"

택시 운전기사에게 부탁해 라디오를 들었지만 토픽 마켓의 방송 사고 뉴스를 전하는 방송은 없었다.

"여기서 세워 주세요."

집보다 조금 떨어진 곳에서 내렸다. 박스 로드에서 동쪽으로 꺾는다. 하코사카 마을 3번지의 아침은 평화로웠다. 이리이치가 사는 시사이드 코포 하코사카 일대에도 기자들은 사라지고 없다. 대신 밤에는 보이지 않던 검정색 고급 차량이 눈에 들어왔다. 싸구려 건물과 어울리지 않는 대형 패밀리 왜건은 '관리'라고 적힌 주차장 입간판 앞에 세워져 있다. 주민의 불만을 들은 건물주가 와서 구경꾼을 모두 돌려보낸 걸까.

이 건물 6호실에 이리이치 가나메가 있다.

지하야는 자신이 이곳에 뭘 하러 왔는지 하마터면 잊어버릴 뻔했다. 아니, 어제 시라이시의 방송을 들은 이후로 줄곧 혼란은 가시지 않았다.

빌라에 등을 돌린 채 집을 향해 다시 발걸음을 뗐다. 토요일이라 옆에 있는 유치원은 문이 닫혀 있다. 지금 이 순간 하코사카 마을 3번지는 마치 유령 도시처럼 고요했다.

앗.

지하야가 멈춰 선 곳은 전에 이리이치를 처음 발견한 공원 옆의 좁은 외길이었다. 가드레일을 사이에 두고 맞은편 차도 끝에서 걸어오는 사람이 지하야와 똑같이 발걸음을 멈췄다. 감색 트레이닝복 바지에 흰 티셔츠. 날렵해 보이는 몸매.

"아키나리!"

다행이야. 셔츠 색이 그대로 흰색인 것을 보고 지하야는 진심으로 안도했다.

"오지 마세요!"

달려가려다가 멈칫했다. 아키나리를 찾았다는 기쁨이 순식간에 곤혹감으로 바뀌었다. 상황이 뭔가 이상했다. 아키나리는 가슴에 손을 얹고 괴로운 듯 숨을 허덕이고 있다.

"무슨 일이니?"

지하야는 천천히 앞으로 다가갔다.

"오지 마시라고요!"

아키나리는 뒷걸음질도 치지 않고 그 자리에서 덜덜 떨고 있다. 목소리에서 흥분된 감정과 절박감이 묻어난다. 뭔가를 필사적으로 억누르는 듯한 경직된 기운을 온몸으로 발산하고 있다.

조금씩 다가간다. 아키나리의 이마에서 흐르는 땀이 보였다. 이를 꽉 깨물고 있다. 뒷주머니에 넣은 오른팔 근육이 꿈틀꿈틀 경련하고 있다.

"부탁이에요……."

"괜찮아."

지하야는 무슨 일인지 알지도 못한 채 말을 걸었다. 상황이 뭔가 심상치 않은 것만은 확실했다. 돌발적인 과호흡. 심근 경색마저 걱정될 정도다.

"선생님."

"진정해. 숨을 천천히 들이마시고……."

"오지 마세요."

고개를 숙인 채 우두커니 서 있는 소년과 거리가 불과 3미터 남짓으로 좁혀졌다.

"제 앞으로 걸어오지 마세요."

그때 등 뒤에서 깡 하는 금속음이 울려 퍼졌다.

소스라치게 놀라 뒤를 돌아본다. 직선으로 뻗은 외길에 소리의 여운이 아직 머물러 있다. 그 밖에는 아무것도 없다.

"……죄송해요."

나직한 목소리에 고개를 돌려 다시 아키나리를 바라봤다. 아키나리도 지하야를 보고 있다. 일그러진 표정이 눈을 부릅뜬 굳은 표정으로 바뀐다. 오른손이 주머니에서 빠져나오려 하고 있다. 지하야를 향해 한 발짝을 내딛는다. 지하야는 계속해서 아키나리의 불타오르는 듯한 눈동자를 바라봤다.

깡.

맑은 소리가 이번에는 바로 옆에서 또렷이 들렸다. 눈앞까지 다가온 아키나리는 굳어 있었다. 아이의 시선을 좇아 지하야는 고개를 뒤로 돌렸다. 길 너머에 노란색 점퍼를 입은 남자가 서 있다. 넓은 어깨와 마른 몸의 실루엣. 흰머리. 손에는 금속 배트. 몸을 비틀거리며 가드레일 옆에서…….

순간 퍽 하고 아스팔트를 박차는 소리가 들렸다. 지하야의 팔을 밀치고 아키나리가 뛰쳐나간다. 본능적으로 앞으로 뻗은 팔이 아키나리의 티셔츠를 붙들었다.

"이거 놔요!"

지하야는 소리 낼 수 없었다. 그저 티셔츠 옷자락을 두 손

249

으로 꼭 쥐고 있었다.

노란색 점퍼가 천천히 이쪽으로 다가오다가 멈춰 선다. 흰 머리카락의 미세한 움직임을 통해 지하야와 아키나리를 발견했음을 알 수 있다.

"이거 놓으라니까요!"

지하야는 고개를 세차게 양옆으로 흔들었다. 아키나리의 얼굴을 쳐다볼 수 없었다. 지하야의 눈은 이리이치 가나메에게 못 박혀 있었다.

"죽이게 그냥 놔두세요!"

티셔츠를 잡아당긴다. 스스로 놀랄 만큼 강한 힘으로. 그리고 아키나리의 머리를 품에 안는다. 부서질 정도로 꼭.

"선생님!"

이리이치가 이쪽을 보고 있다. 나는 이리이치를 보고 있다. 표정은 보이지 않는다. 거리가 너무 떨어져 있다.

"이 자식!"

그때 이리이치 뒤쪽에서 버럭 외치는 소리가 들렸다. 몸집이 큰 초로의 남자가 성큼성큼 이리이치에게 다가가 손바닥으로 이리이치의 머리를 때렸다. 그 흰 콧수염의 남자는 이리이치의 배트를 빼앗아 들고 난폭하게 어깨를 붙들어 잡아당기더니 잠시 멈춰 지하야 쪽을 향해 가볍게 고개를 숙이고 시사이드 코포 빌라를 향해 이리이치와 둘이 함께 걸어갔다.

"선생님……."

단단하게 조이고 있는 지하야의 팔 속에서 아키나리가
신음했다.

"숨을 못 쉬겠어요. 풀어 주세요."

16

덴조역에서 시라카와 대학으로 향하는 버스에 올라탔다.

뒷좌석에 웅크리고 있는 아키나리는 조금 전까지 보이
던 흥분을 가라앉힌 채 허탈한 듯 고개를 숙이고 있다.

휴일이라 그런지 버스 안에 승객이 둘 뿐이고 창문에서
따스한 햇볕이 쏟아져 들어왔다.

"중등부 때 수학여행은 어디로 갔니?"

교토, 나라요, 라는 대답이 돌아왔다.

"고등부는 싱가포르라고 들었어요."

"가 보고 싶어?"

"조금."

무뚝뚝하지만 확실히 대답해 줘서 지하야는 속으로 안
도했다.

버스가 시라카와 대학 정문 앞에 섰다. 정류장이 있는 교차로다.

"날씨가 좋네."

지하야는 아키나리 옆에서 기지개를 켰다. "저것 봐" 하고 두 손을 펼쳐 가리킨다. 시야 너머로 흰색 학교 건물이 늘어서 있고 그 뒤에는 낮은 산이 엎드려 누운 것처럼 펼쳐졌다.

"이렇게 쾌청한 날에는 여기서 보는 경치가 장관이야. 어때? 기분 좋지?"

아키나리도 같은 곳을 바라봤다.

"혹시 매직 아워라고 아니? 저녁에 해가 지기 직전의 시간을 뜻한다고 하는데, 빛과 어둠이 신비로운 그러데이션을 만드는 덕에 사진작가들 세계에서는 자연을 가장 아름답게 찍을 수 있는 순간으로 꼽힌대."

"……여기도 매직 아워가 되면 예쁜가요?"

지하야는 "잊어버렸어" 하고 어깨를 으쓱했다.

정문을 지나자 아키나리가 불안한 것처럼 물었다.

"이렇게 마음대로 들어가도 돼요?"

"왜? 혼날까 봐?"

"네."

"괜찮아. 혼나면 죄송하다고 하면 되지."

그러자 아키나리는 '그런가' 하는 표정을 지었다. 그렇다. 그런 것이다. 넌 이 세상의 적당함에 대해 조금 더 알아야 해.

지하야는 기분이 들뜬 것을 자각했다. 기뻤다. 이 아이를 만난 것. 겁내지 않고 이 아이를 멈춰 세운 것. 두려워하지 않고 이 아이를 꼭 안아 준 것.

아키나리의 등을 손으로 가볍게 쓸었다.

"가자. 맛있는 커피 끓여 줄게."

순간 손을 잡아 볼까 고민했지만 역시 그만두었다.

.

데라카네의 연구실 문은 열려 있었다. 예전에 교수가 훔쳐 갈 만한 건 이 안에만 있다며 자신의 머리를 가리켰던 것이 떠올랐다.

지하야는 책상 앞 의자에 아키나리를 앉히고 블루 마운틴 커피를 잔에 따랐다.

"카페에서 주문하면 8백 엔이나 해."

장난 섞어 말하고 잔을 내밀었다.

"향이 좋네요."

"교수님과 잘 맞을지도 모르겠네. 난 홍차를 더 좋아해."

"……브라질산인데도요?"

"뭐?"

"원두요. 아닌가요?"

고개를 살짝 갸웃거리는 지하야를 보며 아키나리는 주뼛주뼛 설명했다.

"선생님. 전에 말씀하셨죠? 어렸을 때 지구 뒤편으로 헤엄쳐 가고 싶었다고요. 그래서 브라질을 좋아하시는 줄 알았는데."

순간 어안이 벙벙했지만 지하야는 잠시 후 소리 내어 웃었다. 아키나리가 무안한 것처럼 고개를 돌려서 서둘러 해명했다.

"미안. 마음에도 없는 소리를 한 건 아니야. 그래. 선생님은 어렸을 때 일본 뒤쪽으로 가고 싶었어. 그것도 헤엄쳐서. 하지만 브라질이라는 나라를 알았던 건 아니야. 그냥 지구 뒤편에 가고 싶다고 생각했지."

"……무슨 말인지 잘 모르겠어요."

지하야는 아키나리 앞에 앉아서 아이를 바라봤다. 어둡기만 했던 옛 추억이 웬일인지 자연스럽게 입 밖에 나왔다.

"어렸을 때 선생님이 살던 집은 산 옆에 있었어. 산에는 자주 놀러 가던 둥근 연못이 있었지. 크지는 않지만 아주 깊은 연못. 난 여동생과 그 연못을 '터널 연못'이라고 불렀어. 무슨 뜻인지 알겠니?"

이맛살을 찌푸리는 표정이 묘하게 귀엽다.

"연못에 뛰어들어 그대로 바닥으로 헤엄쳐 가면 지구 뒤편으로 나갈 수 있다. 여섯 살 선생님은 진심으로 그렇게 믿었던 거야."

"말도 안 돼요."

"응. 하지만 어린이의 상상력이라는 게 원래 무궁무진하잖아. 선생님은 말이지. 연못에 뛰어들면 숨을 못 쉰다는 걸 깨닫고 지구 뒤편까지 가려면 산소통이 필요하겠다고 생각했어. 하지만 이내 그런 걸 어린아이가 살 수 없다는 것도 깨달았지. 그래서 여동생과 둘이 아이디어를 짜며 이것저것 궁리했어."

지하야는 거기까지 말하고 입을 다물었다. 말이 너무 많았나.

"……좋은 방법을 찾으셨나요?"

쓴웃음을 지으며 대답했다.

"응. 어떤 방법인지 맞혀 볼래?"

아키나리는 맞힐 리 있겠느냐고 따지는 것처럼 불만스럽게 째려봤다.

"에이, 무서운 표정 짓지 마. 어린아이가 떠올린 말도 안 되는 발상이었으니까. 덕분에 하마터면 물에 빠져 죽을 뻔하고 어머니에게 엄청 혼났지. 조금 더 일찍 깨달아야 했어. 나와 동생이 수영을 못한다는 걸."

아키나리가 웃음을 감출 것처럼 커피를 홀짝였다.

다행이야. 지하야는 새삼 다시 떠올렸다. 아키나리가 무사한 것. 내가 무사한 것. 마음이 조금씩 누그러져 간다.

"자." 지하야는 아키나리를 정면에서 바라봤다.

"어젯밤에 어디서 뭘 했는지 물어도 될까?"

그러자 조금 환해졌던 아키나리의 얼굴이 힘없는 무표정으로 바뀌었다.

"토픽 마켓을 들었지?"

고개를 숙인 채 어깨를 움츠린다.

"아침까지 어디 있었어?"

"……노래방이요. 신분증 검사를 안 하니."

생각지도 못한 곳이었다. 그런 시간대에 미성년자를 받아 준 종업원을 찾아가 당장 따지고 싶었다.

"선생님은 말이지." 지하야는 천천히 운을 뗐다.

"네가 싫어하는 사람이 있을 거라고 짐작했어. 너무 미워서 죽이고 싶은 사람이 있고, 그 사람을 죽이기 위해서 내게 병을 진단받으려는 게 아닐까 하고."

"그건……."

"들어 봐. 하지만 지금은 그렇게 생각하지 않아."

아키나리가 애당초 이리이치 가나메를 죽이고 싶어 했다고 보기에는 무리가 있다. 이리이치의 존재는 아키나리가 C룸에 다니기 시작한 이후에 밝혀졌다.

"상대가 누구든 상관없다. 그러나 되도록 죽여 마땅한 사람을 죽이고 싶다. 네가 처음 말한 대로였던 거야."

아키나리가 미심쩍어하는 눈빛으로 지하야를 봤다.

"죽여 마땅한 사람을 죽이고 싶다. 그래야만 네가 영웅이 될 수 있으니까."

"……영웅?"

"그래. 동생을 이길 수 있는."

그러자 아키나리는 어이없어하는 표정을 지어 보였다. 지하야는 아이를 지그시 바라봤다.

어젯밤 동생인 도야를 직접 만나고 떠오른 생각이었다. 아키나리의 살인 충동은 축구 선수로 뛰면서 주변에서 인기도 많은 잘생긴 동생을 향한 열등감에서 비롯된 자기 과시욕이 아니었을까.

동생을 뛰어넘고 싶다. 보란 듯이 갚아 주고 싶다.

자신만의 정체성을 손에 넣기 위해.

"선생님이 동생을 만나는 상황을 극도로 싫어한 것도 네 범행을 동생 앞에서 깜짝 선언하려고 그랬던 것 아니니? 동생을 놀래 주려고."

"뭐예요, 그게."

"드문 일은 아니야. 가장 가까운 형제에게 경쟁의식을 느끼는 게."

정공법으로는 얻지 못할 우월감을 살인이라는 금기를 저지르는 것으로 얻으려 했다. 그러기 위해 가족 곁을 떠날 수는 없었다. 될 수 있으면 가족 옆에서 동생이 경악하는 모습을 두 눈으로 확인하고 싶었으니.

아키나리는 눈을 휘둥그레 뜨고 있다가 잠시 후 얼굴을 찌푸렸다. 웃는 것 같기도, 우는 것 같기도 한 표정을 지으며 중얼거렸다.

"제가 동생을 질투한다고요?"

고개를 뒤로 젖히고 하핫 하고 메마른 웃음소리를 낸다.

그런 아키나리를 관찰하고 있자 가슴속에서 왠지 모를 위화감이 고개를 들었다. 논리로는 설명할 수 없는 불안이 조금씩 퍼져 간다.

"선생님."

아키나리의 얼굴에는 억지로 꾸며낸 듯한 미소가 떠올라 있다.

"제가 왜 학교에 가지 않는지 아세요?"

지난주 금요일 심포지엄이 열린 날 들었던 갑작스러운 선언.

"그날 전 선생님이 말씀하신 대로 점심시간에 C룸을 찾았어요."

상담실에는 먼저 온 손님이 있었다.

"'사용 중' 램프가 켜져 있는 걸 보고 빈 시간에 다시 한번 와야겠다고 생각했죠."

그리고 아키나리는 다시 고등부 건물에서 유리로 지어진 연결 통로를 걸었다.

"하지만 갈 수 없었어요. 그때 제 앞에서 여자아이가 뛰어왔는데."

상담을 마치고 나온 사쿠라기 가나다.

"죽이고 싶었거든요."

C룸으로 걸어가는 소년이, C룸에서 나오는 소녀를.

아키나리의 얼굴에는 어느덧 미소가 사라져 있었다.

"정말 참기 힘들었어요. 그 여자애는 저를 보고 갑자기 멈춰 서더니 제게 다가오더군요. 전 시선을 피한 채 숨을 참고 있었어요. 그 애가 제 옆을 지나서 사라진 후에는 하마터면 그 자리에 쓰러질 뻔했죠. 점심시간이 끝나기 전까지 그곳에서 움직일 수 없었어요."

그리고 다시 교실로 돌아갔다.

"이 충동을 처음 깨달은 이후 제가 얼마나 힘들었는 줄 아세요? 염소를 학대하고 나서 조금은 괜찮아진 줄 알았는데 그게 아니었어요. 계속 속만 끓여 왔던 거예요."

그렇게 고민 끝에 다시 C룸을 찾았다.

"선생님께 이런저런 말도 안 되는 소리를 지껄인 건, 제가 진짜 이상한 놈이라는 걸 선생님께도 알려 드리고 싶었기 때문이에요. 정신 나간 미친놈이라는 걸. 그런 상황에서 방법을 찾고 싶었어요."

살인 충동을 없앨 방법을.

"처음에는 최면술이든 약이든 치료를 받으며 어디 시설에라도 처박혀 있는 게 낫지 않을까 생각했어요. 하지만 염소 사건이 드러났을 때 어머니가 울면서 제게 묻더라고요. 내가 잘못한 거냐고. 마음이 너무 아프고 미안했어요. 아버지는 저한테 너 때문에 동생 미래까지 망치면 어떡할 거냐고 따졌는데, 그것 역시 싫었어요. 제가 병을 진단받거나 시설에 들어가는 것만으로도 모두가 힘들어질 거라는 것을 깨닫게 됐고, 그래서 어떻게든 이 충동을 참아 보자고 마음먹은 거예요."

긍정적으로 카운슬링도 받기 시작했다.

"하지만 얼마 전 그 연결 통로에서 다시 깨달았어요. 제게는 살인 충동을 참지 못하는 어떤 조건이 있는데, 그건 바로 둘만 있는 곳에서 상대가 저를 향해 일직선으로 다가오는 상황이라는 걸요."

뒤통수를 세게 한 대 얻어맞은 기분이었다.

아키나리는 말했다. 처음 살인 충동을 느낀 것도 아무도 없는 복도에서 자신을 향해 다가오는 같은 반 아이를 만났을 때였다고.

"사람이 많으면 괜찮아요. 이렇게 마주 보고 있을 때도 아무 문제 없고요. 나란히 걷는 것도. 하지만 둘만 있는 긴 통로에서 상대가 마주 보고 걸어오는 상황이 문제예요. 학교에 있다 보면 언제 그런 상황을 또 맞닥뜨리게 될지 알 수 없잖아요. C룸으로 향하는 그 연결 통로에서 선생님과 마주치기라도 하면 선생님도 죽이고 싶어질지 몰라요."

제 앞으로 걸어오지 마세요. 아침에 만났을 때 아키나리는 다가오는 지하야를 향해 그렇게 말했다. 이글거리는 눈동자가 떠올랐다.

"이런 조건은 앞으로 언제 어디서든 만날 수 있겠죠. 직장에서든, 거리에서든, 병원에서든."

아키나리가 지하야를 똑바로 쳐다봤다. 뭔가를 체념한 듯이 힘없는 무표정한 얼굴로.

"그런 상황만 주의하면 끝나는 것도 아니에요. 이건 저스스로 참기 어려운 조건인 만큼 제 마음은 언제든, 아니 지금도 사람을 죽여 보고 싶다는 충동 때문에 술렁거리고 있어요. 이 충동이 언제 어디서 폭발할지 저도 몰라요. 상대역시 가리지 않고요. 선생님이든, 같은 반 아이든, 어머니든, 동생이든."

아키나리는 괴로운 것처럼 눈을 가늘게 떴다.

"그래서 전 결국 저 자신을 내려놓기로 했어요. 어차피 언젠가 사람을 죽일 거면 조금이라도 나은 상대를 고르는 게 낫다. 그래야 세상의 비난도 줄어들 것이다. 가족들이 고생을 덜 할 것이다."

그럴 때 시로아타마에 대한 소문이 돌았고 이리이치 가나메가 나타났다.

"원래는 동생의 대회가 끝날 때까지 참으려고 했어요. 걔가 좋은 추억을 만들기를 바랐으니까요. 그런데 다리를 다쳐서 대회에 못 나가게 됐지 뭐예요. 얼마 지나지 않아 이리이치가 가까운 곳에 산다는 것도 밝혀졌고요. 계속해서 그런 일들이 일어나서, 이제는 더 참을 수 없어서……."

아키나리의 얼굴에 허세를 부리는 듯한 미소가 떠올랐다. 그러나 곧 일그러지고 또다시 미소 지으려다가 실패하는가 싶더니 이번에는 표정 자체가 사라졌다.

아키나리는 주머니에서 뭔가를 꺼내 탁자 위에 올려놨다. 작은 접이식 나이프다.

"이번에는 꼭…… 죽여 보고 싶어서."

다음 순간 소년의 무표정한 얼굴이 무너져 내렸다.

지하야를 아랑곳하지 않고 별안간 울음을 터뜨린 것이다. 흐느껴 울자 단정한 얼굴이 순식간에 엉망이 된다. 울음소리는 그칠 기색이 없이 봇물 터지듯 새어 나왔다. 이것이 연기라면 아마 인간의 모든 감정 표현을 연기라고 해야 할 것이다.

아아…….

지하야의 몸에서 힘이 빠져나갔다. 이제야 비로소 모든 것을 이해한 느낌을 맛보았다.

울음을 터뜨리기 직전의 아키나리의 표정.

지하야를 지그시 바라보는 눈동자에는 온화한 느낌조차 있었다. 두 뺨도 긴장하지 않았다. 입가가 살짝 풀어진 마치 자연체 같은 얼굴. 작위라는 것이 깨끗이 사라져 버린, 무방비하게 드러난 색 없는 표정.

모든 게 엄연한 사실이었다.

아키나리의 살의, 살인 충동.

특정 대상을 죽이려는 것이 아니고 죽여서 뭔가를 얻으려는 것도 아닌, 그저 순수하게 사람을 죽이고 싶은 충동.

"아…….."

노즈 아키나리.

그렇게 입을 뗐지만 뒷말이 이어지지 않았다.

이유도 없이 살인을 바라는 소년.

가족을 사랑하고 가족에게 사랑받고 사회성까지 갖췄는데도 오직 하나, 이 아이는 진심으로 사람을 죽이려 한다.

그런 퍼스널리티에 어떤 이름을 붙여야 할까. 이 아이에게 무슨 말을 해 줘야 할까. 그리고 이 아이를 어떻게 받아들여야 할까.

아니, 그보다.

두려웠다.

자신 안에 피어난 공포를 자각하고 지하야는 경악했다. 탁자 위에 올려놓은 나이프. 손을 뻗으면 닿을 만한 거리. 흥분된 감정을 주체 못 하는 소년은 지금 사람을 죽이려 하고 있다.

"선생님."

지하야는 응? 하는 맞장구조차 잊고 말았다. 숨을 참고 있었다. 몸이 움직이지 않았다.

"더는 선생님을 찾지 않으려고 해요."

왜? 그런 흔하디흔한 질문조차 나오지 않았다.

"어머니한테는 선생님이 잘해 주셨다고 할게요. 다른 사람을 죽여 보고 싶다고 한 것도 거짓말이었다고 할게요. 선생님은 그냥 절 감싸 주려고 했을 뿐이라고."

아니야. 아직은 멈출 수 있어.

"선생님 때문에 그렇게 됐다는 소리를 듣기 싫으니 당분간은 참을 거예요. 하지만 결국 끝까지 참지는 못할 테니 미리 사죄드리려고 해요. 죄송해요."

그런 말은 하지 말렴. 선생님은 그런 말을 듣고 싶은 게 아니야.

"그동안 감사했어요. 선생님을 만나서 다행이에요."

눈을 내리깐 채 일어서는 아키나리를 향해 지하야는 손을 뻗었다. 그러나 그보다 먼저 아키나리가 멀어졌다.

"아키나리!"

떨리는 목소리가 우스꽝스러웠다. 아키나리가 멈춰 서서 돌아본다고 해도 할 말은 없다.

"아키나리!"

지하야는 다시 한번 외쳤다. 그러나 몸은 그대로 의자에 앉은 채 소년을 쫓기를 거부했다.

문이 열릴 때 지하야는 예전 자기 자리였던 곳에 가만히 앉아 한 곳만을 바라보고 있었다.

"소나기야. 곧 그치겠지."

지하야는 그제야 창문 밖에 굵은 빗방울이 떨어지고 있다는 것을 깨달았다.

지하야의 부름을 듣고 연구실을 찾은 데라카네는 어깨 부근이 거무스름하게 젖어 있었다. 그가 학교까지 걸어서 다닐 수 있는 거리에 집을 산 것이 벌써 20년 전이라고 들었다.

"불은 켜지 않는 게 낫겠나?"

뚱딴지같은 배려에 하마터면 눈물이 터질 뻔한 것을 간신히 참았다.

데라카네는 자기 책상 앞 의자에 앉아 지하야를 지그시 바라봤다. 엄격한 옛 은사의 시선이자 냉정한 심리학자의 눈빛으로.

"제 이야기를 들어주시겠어요?"

"그러려고 왔어. 그리고 기다리는 중이지."

무심한 말에도 화가 나지 않았다.

노즈 아키나리와의 첫 만남부터 지금까지 겪은 일을 모두 털어놓았다. 바로 조금 전 기미요에게서 아들이 집에 돌아왔다고 연락 받은 것. 그리고 그녀에게 무엇 하나 제대로 된 보고를 하지 못했다는 이야기까지. 지하야가 설명을 다 마치자 데라카네는 배 앞에서 두 손을 포개고 창밖에 눈길을 향했다. 비구름으로 덮인 하늘은 6월의 따사로운 날씨와 무관했다.

"흥미로운 사례군." 데라카네가 툭 내뱉었다.

"데렐릭션derelicrion, 고독. 그것도 신의 은총으로부터 버림받은 고독을 의미하는 이 개념을 자크 라캉은 미성숙하고 신체적 통일을 이루지 못한 어린아이에게서 찾아냈지. 의미심장하지 않나?"

"그 아이를 논문의 사례로 삼지 마세요."

"연구 대상이 아니라면 뭔가?"

"인간이에요. 그것도 아직 어린 소년이요."

"대상을 향한 감정 이입은 금물이라고 입에서 단내가 나도록 주의했을 텐데."

"그토록 뭔가를 제게 열심히 가르쳐 주신 기억은 없어요."

교수는 힘없이 웃음을 터뜨렸다. 빗방울이 때리는 소리가 정적을 더 돋운다.

"자네는 뭘 하고 싶은지, 그것부터 알려 주게."

"……처음 카운슬링을 할 때는 어떤 예감이 있었어요. 그아이가 하는 말을 모두 진지하게 받아들인 건 아니지만 관심이 생겼죠."

"카운슬러로서? 아니면 개인으로서?"

"아마 둘 다일 거예요."

흠, 하고 온화한 맞장구가 돌아온다. 그 울림과 타이밍에 지하야는 마음이 가라앉는 것을 느꼈다.

"계속하게."

"그 아이는 사람을 죽여 보고 싶다고 주장했어요. 아무이유도 없이요. 전 그런 건 있을 수 없다고 생각했죠. 살인에는 살인 자체가 아닌 다른 동기가 반드시 있을 거라고 판단한 거예요. 하지만 바로 조금 전 그런 제 생각이 틀렸다는 것을 깨닫게 됐어요. 그 아이는 정말로 사람을 죽여 보고 싶을 뿐이었어요. 그것도 억누를 수 없는 충동 때문에."

전.

"결국 두려운 나머지 도망쳐 버렸어요."

"자네는 자네 손으로 직접 그 아이를 구하려 한 건가?"

지하야는 입술을 깨물었다.

"교만하군. 그 아이 같은 아웃사이더는 이 사회에 늘 일정 확률로 출현하기 마련이야. 아무리 사회가 완벽히 디자인된다고 해도 제로가 될 수는 없지."

데라카네의 말투는 담담했다.

"우리가 할 수 있는 것이라고는 오직 세 가지. 배제, 격리, 그리고 포용. 그중 포용을 흔히들 오해하곤 하더군. 사회가 아웃사이더를 따스하게 받아들이고 인정하는 것으로 우리는 마치 그들의 개성이 이 사회에 적합하다는 환상을 품으려고 해. 하지만 현실의 포용이란 세뇌에 가깝지."

데라카네는 차근히 설명을 이어 갔다.

"사회의 안정을 위해 우리는 유소년 시기부터 줄곧 다른 사람을 죽이면 안 된다는 세뇌를 받고 자라네. 다른 사람을 죽임으로써 잃는 것이 그야말로 엄청나다는 식으로 머릿속에 새겨 넣는 구조를 만들었어. 윤리나 도덕 같은 건 대개 그런 식으로 만들어져 있지. 하지만 거칠게 말하면 살인과 섹스는 모두 물리에 불과하네."

여름의 시작을 맞이했는데도 연구실 안은 싸늘히 식어 있다.

"임상 심리사의 임무는 사회와 아웃사이더 양쪽이 최소한의 인내를 통해 함께 지낼 수 있도록 원만하게 세뇌하는 일이지."

"……저는 그럴 수 없어요."

아키나리에게 생리적인 공포를 품어 버린 시점에 이미 대화의 자격을 잃었다. 무엇보다 지하야는 직감적으로 그것이 글자 그대로 '무리'라는 것을 느끼고 말았다.

아키나리 본인도 자신이 느끼는 충동의 이유를 모르고 있을 것이다. 그저 끝까지 억누를 수는 없다는 예감을 품은 채 발버둥 치고 있다. 자신의 행위가 초래할 결과를 알고 있으니. 가족을 사랑하고 있으니.

그 아이가 스스로를 포기하듯 나 역시 그 아이를 포기하려 하고 있다.

"자네가 속 끓일 건 없네. 이야기를 들어 보니 이 같은 사례는 아마 대부분 무리일 테니."

내게 전하는 위로일까, 아니면 학자다운 냉정한 사실 인식일까. 어쨌든 지하야가 느끼는 비참함은 줄지 않았다.

간신히 남은 한 조각 책임감으로 목소리를 쥐어짜 냈다.

"그 아이는 조만간 한계에 다다를 거예요. 최악의 사태만은 피하게 하고 싶어요."

"누구를 위해?"

"……저를 위해."

그러자 데라카네는 아주 살짝 고개를 끄덕인 것처럼 보였다.

"전문 기관에 맡길 생각은 없나?"

"그 아이에게 어떤 병명을 붙여야 할지를 모르겠어요."

"그런 건 적당히 만들어 내면 돼. 퍼스널리티 장애, 파라노이아. 본인의 협력만 있다면 어려울 게 없지."

"자의적으로 진단하라는 말인가요?"

정신 의료 종사자가 결코 해서는 안 될 행동이다.

"자네는 그 아이가 나이프를 들고 이리이치에게 향하는 모습을 목격했어. 타해의 전조 증상으로 부족할 게 없지."

"나이프는! 그 아이는 그때 나이프를 꺼내 들지는 않았어요!"

"하지만 가지고 있었지."

주머니 속에.

"……이리이치 씨는 금속 배트를 들고 있었어요. 그때 아키나리 옆에는 저도 있었죠. 저와 자신을 지키기 위한 방어 행동이었을지도 몰라요."

순간 데라카네가 연민 어린 표정을 짓는 것 같아서 얼굴이 달아올랐다.

"그 아이와 계속 대화를 나눠 왔어요. 정말로 평범한 아이예요. 다른 보통 남자애들과 다를 바가 없어요."

"그래서?"

건조한 질문에 지하야는 할 말을 잃었다.

"자네는 지금 그 아이의 위험성을 인정하고 싶은 건가, 인정하고 싶지 않은 건가? 공개하고 싶은 건가, 은폐하고 싶은 건가? 정해진 절차의 범위 안에서 할 수 있는 일을 한다면 그것도 괜찮겠지. 아무 일도 일어나지 않기를 기도하는 선택지도 있을 테고. 그래도 결국 사건이 일어난다면 그저 눈물을 좀 흘리며 슬퍼하면 그만일 뿐. 그게 자네 잘못은 아니야. 결정하는 건 자네 자신일세."

지하야의 침묵에 호응하듯 데라카네의 기계적인 목소리가 이어졌다.

"사실은 오직 하나. 포용은 불가능하다. 배제할 만한 정당한 이유도 아직 없다. 그러나 위기는 확실히 닥쳐오고 있다. 그렇다면 격리할 수밖에."

데라카네는 책상 서랍을 뒤지며 설명했다.

"지인 중에 한 정신과 의사가 은퇴 후 기숙사형 워크숍을 운영하고 있네. 집단 치료라고 하면 수상하게 느낄지도 모르지만 적어도 종교나 어떤 사상에 물든 집단이 아니라는 건 내가 보장하지."

책자를 손에 든 작은 체구의 데라카네가 지하야에게 다가왔다.

"본인과 가족이 원한다면 소개해 주겠네. 내가 제시할 수 있는 최대한의 차선책이야."

다만.

"가족을 설득할 때는 자네 증언이 필요하겠지. 자네가 만약 그걸 거부하겠다면."

어깨 위에 손을 얹는다.

"이제는 이 일에서 손을 떼게나."

지하야는 고개를 숙였다. 눈에 고인 눈물 때문에 데라카네에게 건네받은 팸플릿 속 글자가 부옇게 보였다.

"얼마나 힘들었는지 원."

소파에 깊숙이 앉은 노리후미는 진저리가 난다는 듯이 지하야를 맞아 주었다.

"조금 전에야 막 풀려났어."

그의 말대로 어제 출근했을 때 차림 그대로에 턱에는 수염까지 거뭇하게 자라 있다. 시간은 어느덧 점심을 지나고

272

있다.

지하야는 옆에 앉아 남편의 어깨 위에 손을 얹었다.

"어떻게 될 것 같아?"

"모르겠어. 일단 월요일은 다른 방송으로 대체. 아마 다음 주까지는 재개가 어렵겠지." 공허한 눈빛으로 허공을 바라본다.

"사내 검증, 관련인 조사, 임원 면담. 꼭 피고인이 된 기분이야."

"원죄*피고인?"

"글쎄. 메인 앵커가 아예 무관하다고 할 수는 없겠지. 좋든 나쁘든 방송의 얼굴이니."

"하지만 당신이 막을 수 있었던 거야?"

노리후미는 잠시 입을 다물다가 한숨 섞어 대답했다.

"아니. 시라이시 씨는 그때 망설임이라곤 없었어. 어떤 상황이었든 그 사람은 이리이치의 주소를 폭로했을 거야. 그래도 말릴 타이밍이 전혀 없었느냐고 하면 반드시 그렇다고 할 수는 없겠지."

예를 들어 인권에 대한 발언이 나왔을 때 미리 위험을 감지할 수 있지 않았나. 거기서 광고를 내보낼 수 있지 않았나. 사전에 그의 진의를 알아채는 것은 아예 불가능했나.

* 억울하게 뒤집어쓴 죄.

"그런 건 다 결과론이잖아."

"결과가 전부다. 그게 바로 이 사회의 룰이야." 노리후미
는 체념한 듯 덧붙였다.

"그 결과에 따라 누군가가 책임을 지는 것도."

PD는 틀림없이 징계 대상이 될 것이다. 자신은 그다음일
거라고 노리후미는 말했다.

"그렇다고 잘리지는 않을 테니 안심해."

억지로 밝게 말하는 모습이 더욱 가슴 아팠다.

"시라이시 씨는 어떻게 돼?"

"그건 앞으로 회사에서 정할 텐데……."

노리후미는 초췌해 보이는 얼굴로 입을 벌렸다.

"……그 사람, 방송이 끝나고 우리한테 고개를 숙였어.
'죄송합니다' 하고. 물론 사과로 끝날 문제는 아니지. 책임
은 본인이 다 지고 가겠다고 했지만 그런 차원이 아니잖아.
하지만…… 희한하게도 난 시라이시 씨가 그렇게 원망스
럽지만은 않아. 이런 상황이 생겨서 몸과 마음 모두 힘들기
는 한데, 뭐랄까, 그 사람을 마냥 비난하고 싶지는 않다고
할까."

지하야는 대답할 말이 없었다.

"당신은?"

"응?"

"어디 갔다 왔어? 오늘 휴일이잖아."

"……잠깐 볼일이 있어서. 힘들었을 텐데 못 맞아 줘서 미안해."

"아니, 괜찮아. 좀 쓸쓸하긴 했는데."

노리후미는 장난스럽게 말하고 눈자위를 문질렀다.

"눈 좀 붙여도 될까?"

"응. 푹 쉬어."

비틀비틀 침실을 향해 가는 뒷모습을 지켜보며 지하야는 무력감에 휩싸였다.

마음을 달랠 정도의 위로 말고는 해 줄 수 있는 게 없다.

또한 지금 남편에게는 내가 의지할 여지도 없다.

노리후미가 대화 중에 한 번도 자신의 눈을 보지 않은 것을 지하야는 깨닫고 있었다.

17

학교에 계속 나오지 않는 노즈 아키나리 문제로 고사카가 상의하고 싶다고 했다. 곤도를 통해 기미요의 전화를 받고 고사카도 몇 마디 주고받았다고 했다.

"생각보다 밝았다고 할까, 뭔가 후련해하는 느낌이었습

니다. 아이들에게도 여러 삶의 방식이 있으니 본인과 차분히 대화를 나눠 보고 결정하겠다더군요. 유급도 각오하고 있는 것 같았습니다."

긍정적인 것은 물론 좋은 일이지만 그래도 고사카는 유급과 퇴학만은 피하고 싶은 듯했다.

"지하야 선생님께도 잘 전해 달라고 하셨습니다."

지하야는 떨떠름한 미소로 반응했다.

아키나리는 지하야 선생님에 대한 이야기를 비롯해 어머니를 안심시킬 만한 말을 했을 것이다. 그 아이에게 그 정도는 식은 죽 먹기다.

"그럼 이만 가 보겠습니다."

고사카가 몸을 일으켜 문을 향해 다가가다가 불현듯 멈춰 섰다. 고개를 돌리고 한숨을 내쉰다.

"실은 또 한 명 조금 신경 쓰이는 아이가 있습니다. 그 아이도 지금 학교에 안 나오고 있습니다."

고사카는 지하야의 얼굴을 내려다보며 소리 낮춰 말했다.

"아키나리와 마찬가지로 고등부에 진학한 아이인데 특별 진학반의 이소베 사키라고 합니다. 혹시 아십니까?"

지하야는 고개를 흔들었다. 2천 명 정도 되는 학생의 얼굴과 이름을 일일이 기억할 수는 없다.

"몇 년쯤 전에 한 번 대화는 나눠 본 것 같은데……. 혹시 그 아이, 전학생 아니에요?"

도미코가 자신 없어 하며 묻자 고사카는 고개를 끄덕였다.

"네, 중등부 때 전학을 왔죠. 학교에 처음 왔을 때도 특별히 문제가 있다는 말은 못 들었으니 담임 선생님들도 영문을 모를 수밖에요. 저도 맡기 전까지는 전혀 몰랐고요."

고사카는 말을 한 번 끊었다. 더 설명해도 좋을지 망설이는 모양새다.

"……혹시 이리이치 가나메라고 아십니까? 하코사카 마을에 사는 전과범인데."

"고사카 선생님. 일부러 알면서 물으시는 거죠?"

도미코의 지적에 고사카가 깜짝 놀란 것처럼 지하야를 봤다. 노리후미를 떠올렸을 것이다.

"죄송합니다. 딱히 그럴 의도는……."

"아뇨. 괜찮아요."

현재 학교 안에서 지하야의 남편 노리후미와 관련된 방송 사고를 문제시하거나 설명을 요구하는 상황은 아직 벌어지지 않았다. 그러나 지하야는 언젠가 학부모들에게서 지적이 나오면 어떻게 대처할지를 고민하고 있었다.

"그보다 그 이소베라는 아이가 학교에 나오지 않는 것과 이리이치가 어떤 관련이라도 있나요?"

가장 먼저 머릿속에 떠오른 것은 사쿠라기 가나가 들려

준 상상, 즉 시로아타마가 학생들을 죽이러 언젠가 학교에 찾아올 것이라는 망상에 사로잡혔을 가능성이다.

그러나 고사카의 입에서 나온 말은 상상을 뛰어넘는 것이었다.

"여기서만 하는 이야기인데요" 하고 그는 미리 양해를 구하고 목소리를 더욱 낮췄다.

"실은 그 아이, 이리이치 가나메의 친척이라고 합니다."

결국 아키나리와 보호자의 의향을 존중한다는 기본 방침을 확인하고 논의가 끝나자 도미코는 불만을 표했다.

"지하야 씨를 견제할 목적 아닐까?"

지하야가 따로 학교 밖에서 기미요를 면담한 것을 두고 교사들이 복잡한 감정을 품지 않았을까 하는 추측이었다.

"지하야 씨가 신뢰받는 상황에 질투를 느끼거나, 아니면 혹시라도 지하야 씨가 자기들과 상의 없이 무슨 일이라도 벌이지 않을까 걱정해서."

지하야는 그러거나 말거나 별로 신경 쓰이지 않았다.

"왠지 힘이 없어 보이네."

"주말에 생긴 이런저런 일 때문에…… 조금 피곤해요."

"남편은 괜찮아?"

그 질문에 지하야는 말없이 미소 지었다. 지하야는 노리후미가 괜찮은지 오히려 자신이 더 궁금했다.

"뭐 어떻게든 되겠지."

도미코의 그 말은 어제 노리후미가 입에 담은 말과 똑같았다.

어제 오후.

집에 돌아가자 집 현관에 처음 보는 신발이 놓여 있었다.

"어서 와."

거실에 얼굴을 내민 지하야에게 노리후미가 말을 걸었다.

L자형 소파에는 머리숱이 적은 듯한 남자가 앉아 있었다.

"안녕하세요. 불쑥 찾아봬서 죄송합니다."

아파트 입주자 모임 대표인 사카노였다.

"안녕하세요. 차라도."

"아뇨, 괜찮습니다. 이제 돌아갈 거라."

사카노가 몸을 일으키며 노리후미를 돌아봤다.

"그럼 노리후미 씨. 모쪼록 잘 부탁드리겠습니다."

그는 정중하게 인사하고 집을 나갔다.

사카노가 앉아 있던 곳에 앉아 노리후미에게 물었다.

"사카노 씨는 갑자기 왜?"

"아, 상의할 게 좀 있어서."

"무슨 상의?"

"······질문받는 것도 이제는 지긋지긋하네."

"뭐?"

"당신이 집에 없는 동안 기자들이 몇 번이나 찾아왔어. 전화도 걸었고. 쓰보마키 기자라고 아는 사람이야? 당신한 테 신세를 지고 있다던데."

"주간 브레이크 말이지? 그냥 몇 마디 나눴을 뿐이야. 그 것도 억지로."

밤중에 그의 소형 밴 안에서 정보를 교환한 경위까지 말 하고 싶지는 않았다.

"내가 이런 말 하기도 뭐하지만, 기자의 갑질. 아니, 저속 한 언론 매체의 갑질이라고 해야 하나. 그런 걸 이번 기회에 똑똑히 느꼈다니까."

힘없는 미소에서 피로감이 짙게 배어났다.

"이번에."

노리후미는 지하야를 보지 않고 다시 입을 열었다.

"마을 자치회 모임에 아파트 대표로 나가 주지 않겠냐고 부탁받았어."

원래라면 사카노를 비롯한 아파트 입주자 모임에서 맡 아야 할 일이다.

"이 일대의 마을 자치회가 모두 모여 합동으로 열게 됐 대. 시청 공무원과 관계자도 부른다던데."

"무슨 일로?"

"이리이치 일 때문에."

지하야는 놀라움을 감추며 물었다.

"그 모임에 당신이 아파트 대표로 참석해서 뭘 하는데?"

"주민으로서 의견을 들려 달라고 했어."

"어떤 의견?"

그러자 노리후미가 훗 하고 웃음을 터뜨렸다.

"너무 그렇게 몰아붙이지 마. 이웃끼리 그럴 수도 있지."

초췌한 남편의 얼굴을 보며 지하야는 죄책감을 느꼈다.

"당신이야말로 학교는 어떻게 됐어?"

"응, 뭐 그냥……."

그렇게 얼버무릴 수밖에 없었다. 요 며칠 동안 찾은 시라
카와 대학에서 지하야는 데라카네가 원하는 대로 아르바
이트 계약을 맺었다. 그러나 이리이치 면담 일에 대해서는
제삼자에게 전할 수 없고 전한다고 해도 지금 같은 타이밍
은 최악일 것이다.

"기말고사 출제를 도와 달라고 하서서. 틈날 때 가려고."

노리후미는 흐음 하고 신음했다.

"왜? 반대야?"

"설마. 원하는 대로 해. 당신이 한 푼이라도 더 벌어 주면
못난 남편으로서 기쁘지."

"굳이 그렇게까지 말할 건……."

"미안. 조금 전 말은 좀 그랬네. 그런데 뭐 회사에서 보너스를 기대할 수 없게 된 건 사실이야."

노리후미는 소파에 머리를 기댄 채 눈을 감았다.

"내일 정식으로 윗선을 통해 전달되겠지만 아마 토픽 마켓은 폐지될 가능성이 커. 아까도 상사한테 연락이 왔어."

"응……."

"뭐 어떻게든 되겠지."

지하야는 노리후미에게 다가가 그를 안아 주고 싶었다. 그러나 그러기에는 서로의 몸이 너무 무거웠다.

지하야가 그동안 줄곧 품고 있던 이리이치를 향한 집착을 잊게 해 준 사람은 노리후미였다. 그와 알게 되고 결혼하고 나서야 지하야는 속박에서 벗어났다. 벗어났다고 생각했다.

일요일 늦은 오후가 조용히 지나고 있었다. 말 없는 두 사람 사이에 이리이치 가나메의 그림자가 드리운 듯한 기분이 들었다.

학교와 시라카와 대학을 오가는 일상이 시작됐다. 화요일 첫날 연구실에 출근하자마자 곧장 문의 전화가 걸려 왔다.

—이리이치 가나메를 카운슬링한다는 게 사실인가요?

그가 원해서 하는 게 맞습니까? 강제로 하는 거라면 큰 문제라서요. 인권과 정신 의료 윤리상 허락될 수 없습니다. 어떻게 생각하십니까?

"프라이버시에 관련된 질문에는 답변해 드릴 수 없습니다. 본인과 가족 동의가 없는 상태에서 카운슬링은 할 수 없고요. 의견은 데라카네 교수님께 전달하도록 하겠습니다. 이번 일에 대해 제가 말씀드릴 수 있는 건 여기까집니다."

이런 대화가 시도 때도 없이 반복됐다.

토픽 마켓의 무기한 휴방이 결정됐고 노리후미는 사흘의 근신 처분을 받았다. "어쩔 수 없지" 하고 중얼거리는 표정은 말뿐인 위로를 거부하는 것 같았다. 두 사람은 집 안에서 말수가 줄었고 시종일관 어색한 분위기가 감돌았다.

덴조 학교 안에서 이리이치에 대한 소문도 과열 양상을 보였다. 전부터 시로아타마 괴담이 퍼지기도 해서 불안감을 호소하는 학부모와 학생이 급증했다. 임시 학부모회가 열려 교내 방범 시설 상태와 등하굣길 안전 확보 방침을 설명하는 시간을 가졌다. C룸에서는 도미코가 대표로 참석했고 아이들의 심리 케어에 대해 설명했다고 한다. 지하야도 권유받았지만 참석하지 않았다.

스스로 덴조 학교에서 거리를 두고 싶어 한다고 느꼈다. 시라카와 대학에서 아르바이트를 시작한 것도 그런 심리의 표출일 것이다. 지금에 와서는 정말 이리이치 가나메를 만나고 싶어 하는지조차 불분명하게 느껴졌다.

요즘은 기미요에게서도 연락이 끊겼다고 했다. 노즈 아키나리에 대한 소식은 지하야에게 전혀 들어오지 않았다. 지하야는 마음 한구석에서 그저 기도할 수밖에 없었다. 부디 아무 일도 일어나지 않게 해 주세요, 라고.

18

인파가 넘쳐서 숨이 턱턱 막혔다. 6월 셋째 주 일요일. 백 명이 들어가면 가득 찰 역 앞 공민관 홀에는 서서 구경하는 사람과 언론 관계자로 보이는 이들도 여기저기 보였다. 회장 뒤편 간이 의자에 앉은 지하야는 조금 전부터 불편한 마음으로 입술을 깨물고 있었다.

"그러니까 제가 말씀드리고 싶은 건, 왜 저희와 상의도 없이 그런 사람을 동네에 들였냐는 거예요."

마이크를 손에 들고 비난을 쏟아내는 사람은 지하야에게도 종종 말을 거는, 쓰레기를 버리러 나가는 김에 산책을 즐긴다는 그 주부였다. 평소 친절한 모습은 온데간데없다.

"지금껏 저희한테 한마디 언질도 없었어요. 그건 이상하지 않나요?"

그녀가 지금 비난하는 대상은 청중과 마주 보는 형태로 배치된 탁자를 둘러싼 사람들이다. 폴로셔츠를 입은 나이가 예순쯤 돼 보이는 남자가 마이크를 잡았다. 이리이치가 사는 시사이드 코포 하코사카의 건물주다.

"여러분의 심정을 이해 못 하는 건 아니지만, 제가 그걸 설명할 의무가 있는 것도 아니잖습니까. 시사이드 코포에는 그 밖에도 다섯 가구가 더 사는데 심지어 그분들께도 따로 설명하지는 않았습니다. 아니, 그걸 떠나 애초에 그 건물이 지어진 지 20년이 지나도록 지금껏 단 한 번도 입주민의 신상을 제가 마을에 알린 적은 없습니다."

"지금 그런 이야기를 하는 게 아니잖아요! 변명하지 마세요!"

"변명이요? 대체 무슨 소리를 하시는지 모르겠군요. 건물주로서는 조건에 맞는 세입자가 나타나면 집을 빌려주는 게 당연한 겁니다."

"저기요." 옆에서 손을 든 젊은 남자가 앉은 채로 주부에게서 마이크를 넘겨받았다.

"무슨 말씀이신지 알겠고 새로운 입주자를 마을 주민에게 일일이 소개할 의무가 없다는 것도 알겠습니다. 개인정보 같은 문제도 있을 테니까요. 하지만, 예를 들어 저희가

285

사는 곳 바로 옆에 원자력 발전소가 있는 걸 뒤늦게 알게 된다면 당연히 기분 나쁘지 않겠습니까? 쓰레기 처리장이 지어졌다는 걸 나중에 알게 된다면요? 그런 일이 가당키나 할까요? 그리고 이런 문제는 주변 아파트 집값에도 영향을 미칩니다. 어떤 집을 매수할지 말지, 그곳에서 살지 말지 우리도 결정할 권리가 있다는 말입니다. 그쪽이 건물주로서 권리를 주장하는 것처럼요!"

시사이드 코포의 건물주는 당황한 것처럼 팔짱을 끼고 얼굴을 붉혔다.

"한마디로 그쪽은 지금 우리의 자산 가치를 그쪽 마음대로 떨어뜨리고 있다는 말입니다. 이제 와서 집을 다시 팔라고 해도 처음 샀을 때 가격이나 받을 수 있겠습니까? 이 주변에 살인귀가 산다는 게 만천하에 드러난 마당에!"

"잠깐만요." 이번에는 시사이드 코포 건물주 옆에 앉은 남자가 발언권을 얻었다. 시청에서 일하는 공무원으로 보인다.

"저…… 그 남자는 살인범은 아닙니다."

"네? 여고생을 강간하고 심지어 눈알까지 터뜨린 마당에 살인을 저지르지는 않았으니 지금 안심하라는 말입니까?"

"맞아요!"

청중들 사이에서 외침이 터져 나왔다.

"어쨌든 우리는 무슨 잘못을 저지른 것도 아닌데 정서적 불안과 경제적 손실을 떠안게 됐습니다. 이걸 누가 어떻게 보상해 줄 겁니까?"

정면의 '피고인석' 안에 있는 양복 차림 남자가 마이크를 들었다. 직함은 변호사다.

"저, 거주의 자유는 헌법으로 보장된 국민의 권리이고 이번에 문제시되는 그분은 형법상의 책임도 이미 마친 상태입니다. 즉 여러분과 똑같은 국민 한 사람으로서 권리를 지녔고……."

"지금 그런 자식과 우리가 똑같다는 거야?"

야유가 터져 나왔다. "말도 안 돼!" "막말도 정도가 있지!" 여기저기서 욕설과 비난이 쏟아진다.

"부디 정숙을 부탁드립니다. 그러니까 시사이드 코포 건물주분과 행정을 맡는 관리 부서에 법적인 책임은 없습니다. 통지 의무도 당연히 없습니다."

"그럼 우리더러 뭘 어떡하라는 말이에요!"

가장 먼저 마이크를 잡았던 주부가 날카롭게 외쳤다.

"그건 여러분께서 자유롭게 결정하실 일이고……."

"누가 그 자식 손에 죽기라도 하면 어쩌려고요! 우리 집에는 네 살배기 아들이 있어요. 우리 아이에게 무슨 일이 생기기라도 하면 당신이 책임질 거예요?"

그 말을 듣고 변호사의 표정이 살짝 어두워졌다.

"책임을 언급하시는 거면 책임은 당연히 가해자에게 있습니다. 모쪼록 그런 상황이 발생하지 않게끔 여러분 스스로 노력해 주시기를 부탁드리고 싶습니다."

또다시 야유와 폭언이 터져 나왔다. 사람들의 외침이 머릿속에 메아리쳐서 지하야는 구역질을 느낄 정도였다.

"제가 한 말씀 드려도 될까요?"

청중 좌석 가장 앞줄에 앉은 남자가 몸을 일으켜 또렷한 목소리로 입을 열었다.

"간토 웨스트 방송국에서 앵커를 맡고 있는 오쿠누키 노리후미라고 합니다."

순식간에 청중석이 찬물을 끼얹은 듯 조용해졌다.

"저희의 노력. 네, 말씀하신 대로 저희의 노력이 필요하다고 저도 생각합니다."

청중들이 고개를 돌려 분위기상 자신의 의견에 동조하는지를 확인하고 다시 앞을 돌아봤다.

"인간은 누구나 실수를 저지를 수 있죠. 저도 예외는 아닙니다. 사실 이번 일 때문에 전 회사는 물론 많은 분들에게서 호된 질책을 들었습니다."

노리후미가 다소 과장 섞어 어깨를 움츠려 보이자 주변에서 쓴웃음이 터졌다. 토픽 마켓에서 시라이시 준조가 이리이치 가나메의 주소를 폭로한 이후 방송에는 시청자들의 맹비난이 쏟아졌고, 다음 주 월요일 방송 시간 10분을 할애해 노리후미는 간토 웨스트 방송국을 대표하는 식으로 청취자들에게 경위를 설명하고 사죄했다. 프로그램은 다른 것으로 교체되고 토픽 마켓은 자숙의 의미로 그대로 방송을 종료하기로 결정되었다고 한다. 다행히 격려 문자와 전화도 다수 걸려 와 노리후미를 비롯한 스태프들은 처음 예상보다 가벼운 징계로 끝났지만, 그래도 최근 2주간 노리후미는 거의 집 안에만 틀어박힌 채 밥도 제대로 먹지 않아 지하야는 진지하게 그에게 상담 치료를 권해야 할지 고민하기도 했다.

그런 모습이 마치 연기처럼 느껴질 만큼 지금 눈앞에 있는 노리후미는 힘 있고 당당했다.

메인 앵커 자리에서 내려와 앞으로 당분간 눈에 띄지 않는 곳에서 일하게 될 그에게 자신감을 북돋워 준 이들은 지하야가 아닌 하코사카 마을의 주민들이었다. 하코사카 마을에서 그날의 방송은 '세상에 진실을 드러낸 방송'이라며 호평받았고, 앵커를 맡은 노리후미를 칭찬하는 목소리도 잇달아 나왔다. 마을 자치회, 아파트 입주자 모임 사람들과 나란히 가장 앞줄에 앉은 노리후미는 지금 라디오 앵커의 지명도를 뛰어넘는 높은 기대감을 짊어지고 있는 것이다.

"저희는 저희 나름대로 그를 이해하기 위해 지금껏 노력했습니다. 여러분도 아시겠지만 오늘 이 모임에도 저희는 그에게 참석을 누차 권했지만 결과는 완전 무시였습니다."

언뜻 지당하게 들리는 비난에 지하야는 속으로 반발심을 느꼈다. 자신이 집중포화를 당할 게 뻔한 이런 마녀사냥에 어느 누가 제 발로 온다는 말인가. 이리이치에게 그럴 의무는 없다.

지하야의 그런 생각을 아는지 모르는지 노리후미는 계속 말을 이었다.

"솔직히 말해 저희는 그가 진정 죄를 뉘우치고 개과천선했다고 믿지 못하고 있습니다. 저는 그가 직접 우리 앞에서 그것을 보여 줄 의무가 있다고 생각합니다. 이런 자리에 참석해 주민들과 허심탄회하게 대화를 나누거나 생활 태도로 직접 보여 줘도 됩니다. 그러나 현실 속 그는 지금도 금속 배트를 손에 든 채 마을을 어슬렁거리고 있습니다. 이런 사람을 무조건 받아들이라고 요구하는 건 이치에 어긋나지 않을까요? 저희에게 노력을 말씀하시는 거면 그에게도 똑같이 노력을 요구하십시오. 그가 위험하지 않다는 걸 증명할 의무는 그 자신에게 있습니다!"

"옳소!"

여기저기서 맞장구 소리가 들렸다.

"어쨌든 저희는 그와 직접 대화를 나눌 기회를 얻고 싶습니다. 그러지 못한다면 앞으로도 그를 인정하고 받아들이기 어려울 겁니다. 서로의 입장을 뛰어넘어 지금 이 자리에 계신 모든 분들께 협력을 부탁드리고 싶습니다."

지하야는 터지는 박수 소리로부터 도망치듯 고개를 숙였다.

집회가 끝나도 노리후미는 한동안 회장에서 나오지 못했다. 집에 돌아가는 사람 중 몇 명이 남편을 기다리는 지하야에게 말을 걸었다.

"고생 많으셨어요"

"저런 똑똑한 남편을 두셔서 부러워요."

잇따른 칭찬에 지하야는 당황하면서도 적당히 맞춰 줬다.

"안녕하세요. 라이트하우스 하코사카 A동에 사는 이누이라고 합니다."

티셔츠에 트레이닝복 바지를 입은 왜소한 남자는 쓰레기장에서 자주 만나는 주부 다음에 발언한 주민이었다.

"오늘 노리후미 씨의 발언, 참으로 훌륭했습니다. 논점을 좁히는 방식이 심플한 데다가 정확하기 그지없어서 감탄스럽더군요. 언론계에 종사하는 분이라 다른가 봅니다."

왠지 비아냥이 섞인 것처럼 들리는 말에 지하야는 싹싹한 미소로 응답했다.

"그나저나 이런 일이 일어날 줄은 정말로 예상 못 했습니다. 항상 보는 뉴스 프로그램에 제가 사는 동네의 모습이 나오는 건 역시나 신기하더군요. 이런 문제가 아니었으면 조금은 즐겼을지도 모르지만 사실 집을 담보로 사업 자금을 빌릴 계획이어서 이상한 흠이 만들어지는 상황이 도통 달갑지가 않습니다."

이누이는 웃으며 명함을 내밀었다. 웹 디자인 사무소 대표 이사라고 적혀 있다.

"혹시 도움드릴 일이 있으면 언제든 연락 주십시오."

그 말을 남기고 이누이는 먼저 떠났다.

"오래 기다렸지?" 잠시 후 노리후미가 다가와 지하야의 손을 붙잡았다.

"밥이라도 먹고 갈까?"

점심에 시작된 모임은 두 시간을 넘긴 탓에 어느덧 오후 3시가 지나 있었다.

"노리후미 씨."

그때 마치 기다렸다는 듯이 기자가 나타났다.

"오늘 모임과 이리이치 가나메에 대해 몇 가지 여쭙고 싶습니다. 괜찮으시다면 아내분도 함께."

노리후미가 이맛살을 찌푸렸다.

"오늘은 사적인 일로 온 겁니다. 그냥 가시죠."

"에이, 그러지 마시고요. 밥은 제가 사겠습니다."

노리후미는 쓴웃음을 지었다.

"참 열심히도 하시네요, 쓰보마키 기자님."

"아, 기억해 주시는군요. 제 이름."

"이렇게 집요하시니 기억할 수밖에요."

주간 브레이크는 그날의 방송 사고를 대대적으로 보도해 큰 관심을 불러 모았다. 그날 이후 쓰보마키는 지하야의 집 앞에 잠복하며 계속 접근을 시도했다.

"모임에서 어떤 이야기가 나왔습니까?"

"다 듣고 계시지 않았나요?"

"설마요. 전 그런 질 나쁜 행동은 안 합니다."

히죽거리는 쓰보마키를 보며 노리후미는 어이없다는 듯이 한숨을 내쉬었다.

"뭐 특별할 건 없었습니다. 그냥 평범한 집회였어요."

"분위기는 엄청 달아오른 것 같던데요."

"역시 다 듣고 있었군요."

쓰보마키가 머리를 긁적였다.

"이런 더운 날씨에 고생이 많으시네요."

"어차피 미움받는 데는 이미 익숙합니다."

두 사람은 마치 동료처럼 미소를 교환했다.

"아무튼 부탁 좀 드리겠습니다, 노리후미 씨. 이름은 신지 않을 테니 조금만 안 되겠습니까?"

"싫습니다. 안 그래도 주간 브레이크는 저희 방송에 비판적이잖습니까."

"그야 무턱대고 칭찬할 수는 없는 노릇이라."

그 말에 "뭐 그렇긴 하죠" 하고 대답하는 노리후미의 모습이 별로 불쾌해 보이지 않았다.

"한마디만 해 주시죠."

애걸복걸하는 쓰보마키를 향해 노리후미는 어쩔 수 없다는 듯이 말했다.

"한창 교섭 중이라고 해야 할 것 같네요."

"그렇군요. 여러 뜻이 담긴 코멘트라고 이해하겠습니다."

쓰보마키는 만족한 것처럼 수첩을 닫고 이번에는 지하야를 향해 의미심장한 눈빛을 보냈다.

"그럼 다음에 또 뵙겠습니다."

쓰보마키가 사라지고 지하야와 노리후미는 아무 일도 없었다는 듯이 박스 로드 쪽으로 걸었다.

"오늘 모임, 별로였어?"

노리후미가 앞을 바라본 채로 물었다.

"글쎄. 별로라기보다는, 뭐라고 해야 할까……."

지하야는 천천히 말을 골랐다. 가슴속에 담긴 개운치 못한 감정을 전할 말을.

"결국 누군가는 그 사람을 받아들여야 한다고 생각해."

진심에서 우러난 말이었다. 이리이치에게 숨이 붙어 있는 이상 그는 앞으로도 어딘가에서 삶을 살아갈 것이다. 누군가는 반드시 받아들여야만 하는 것이 현실이다.

노리후미는 "그렇기는 하지" 하고 고개를 끄덕이고 다시 말했다.

"하지만 그게 꼭 우리여야 할까?"

지하야는 발걸음을 멈췄다. 설마 노리후미의 입에서 이런 말을 듣게 될 줄이야.

"그런 걸 따지기 시작하면……."

"그 사람은 자기 의지와 사정으로 하코사카 마을에서 살기 시작했잖아. 마찬가지로 우리도 우리 자신의 의지와 사정을 주장하지 않는 건 이상해. 지금 당장 다른 곳으로 떠나라는 말이 아니야. 일단 한번 대화를 해 보자고 부를 뿐이지."

"다른 사람과의 소통을 어려워하는 사람도 있어. 말을 원체 못하거나 진심을 말로 잘 전달하지 못하는 사람, 고집이 센 사람, 겁이 많은 사람."

현대 사회는 말이 잘 통하지 않는 사람의 개성을 쉽사리 용납하지 않는다. 대화를 나누면서 보이는 모습을 그 사람의 전부라고 오해하는 경향도 있다. 만약 이리이치가 조금이라도 주민들이 바라는 방향과 어긋난 대답을 한다면 불안감을 씻어 주는커녕 오히려 '괴물'의 증거로 기록될 가능성이 크다.

"처음부터 의심에 기반한 대화는 상대에게 공정하지 않다고 생각해."

"그래, 그렇겠지. 하지만 그게 과연 우리 때문일까?"

할 말이 떠오르지 않았다. 떠오른다고 해도 입 밖에 내지는 않을 것이다. 그래 봐야 노리후미에게는 와닿지 않을 것을 아니까.

노리후미는 체념한 것처럼 표정을 풀고 맞잡았던 손을 지하야의 머리 위에 얹었다.

"물론 그럴 일은 없겠지만, 난 당신에게 무슨 일이라도 생기면 견딜 수 없을 것 같아."

그의 손은 따스하면서도 무거웠다.

19

덴조 학교에서 슬슬 덴조제를 준비할 무렵 데라카네의 연구실에 심리·정신 의료 협회에서 이리이치 면담을 참관하고 싶다는 의뢰서가 도착했다. 데라카네는 처음에는 눈길도 주지 않았지만 학장에게 학회를 적으로 돌리면 조교수 지위도 위험해질 수 있다는 말을 듣고 어쩔 수 없이 받아들이게 됐다. 평소에도 성격이 모난 데라카네에 대한 비판은 많았고 지하야는 그 창구 역할을 맡았다. 수많은 이에게서 불평불만을 들을 때마다 "잘 말씀드려 보겠습니다"라고 대답했다.

그러는 동안 이리이치의 면담 날짜가 7월 둘째 주 일요일로 정해졌다.

—여전히 고생 많으신 것 같네요. 사카에다 선생님.

수화기 너머에서 들리는 쓰보마키의 넉살 좋은 목소리를 듣고 지하야는 책상에 쌓인 자료를 바닥에 내동댕이치고 싶은 충동에 휩싸였다. 내가 사카에다 성으로 연구실에서 전화를 받는다는 정보를 이 남자는 어디서 입수한 걸까.

—선생님? 여보세요?

"……무슨 일이시죠?"

—아, 반응이 너무 냉랭하신 것 아닙니까. 우리 사이에.

수화기를 벽에 집어 던지려다 꾹 참았다.

"죄송해요. 바빠서."

—선생님. 지레짐작은 하지 말아 주십쇼. 취재차 전화드린 게 아닙니다. 물론 학교 쪽에 선생님의 아르바이트에 대해 몰래 찌를 마음도 없고요.

"마음대로 하세요."

—잠깐만 기다려 주시라니까요. 정말로 폐를 끼칠 생각은 없습니다. 전 그저 이리이치의 말을 듣고 싶을 뿐인데 기회가 영 없어서.

쓰보마키는 마치 들으라는 것처럼 한숨을 내쉬었다.

—그 라디오 방송 이후 이리이치의 집에 신원 인수인이 찾아와서 거의 함께 살고 있습니다. 근데 이 신원 인수인이라는 분이 성격이 보통이 아니라서요. 저한테도 사생활 침해라고 항의하면서 언론이 지금 평범한 시민을 스물네 시간 감시하는 거냐고 따지시더군요.

"감시하시나요?"

—연예인의 밀회 현장도 아닌데 그럴 것까지야 있겠습니까. 지나친 생각입니다.

쓰보마키가 웃는 것은 공격하는 쪽에 있는 자의 여유다. 취재에 익숙하지 않은 사람이 보면 낯선 이들이 계속 들이

닥치니 불안할 수밖에 없다.

　—뭐 이웃 주민들이 자발적으로 순찰을 돈다는 이야기는 들리더군요. 그리고 보면 기자들은 오히려 얌전한 편입니다.

　"짧게 부탁드려요."

　—눈치채셨나요?

　"뭘요?"

　—저희가 어떤 인물을 캐지 않는 이유 말입니다. 이리이치 다음으로 그의 이야기를 들어 보고자 했는데, 실은 그전에 이미 모든 언론사에서 연락이 왔다더군요. 취재는 이리이치의 카운슬링이 끝난 다음에 그 과정을 방해하지 않은 언론사에 한해서 받겠다고 했습니다.

　그 말을 듣고 지하야는 잠시 침묵하면서 물어야 할 질문을 몇 초 동안 떠올렸다.

　"그게 누구죠?"

　—전 영 마음에 안 듭니다. 꼭 발목 잡히는 것 같잖습니까. 그래서 이렇게 선생님께 따로 연락드린 겁니다.

　"그분이 누구신데요?"

　—지금까지도 그분은 언론 앞에 나선 적이 거의 없죠. 만약 단독 취재를 할 수만 있다면 아주 흥미로운 기사가 나올겁니다. 모든 언론사가 만반의 준비를 하고 기다리는 상황

이에요. 전 기본적으로 사내에서 우수 사원으로 인정받고 있고 아무리 마음에 들지 않는다고 해서 회사를 배신할 수는 없는 노릇이라서요.

"기자님. 짧게 부탁드린다고 했을 텐데요."

—그러니까 이렇게 제안드리려 합니다. 그분의 이름을 선생님께 알려 드릴 테니 선생님은 면담 때 이리이치가 어땠는지를 제게 알려 주시는 겁니다.

대답을 망설이고 있을 때 뒤에서 똑똑 하고 문을 두드리는 소리가 들렸다. 시야를 입구 쪽으로 돌린다. 문이 열리자 그곳에는 구깃구깃한 와이셔츠를 입은 고령의 남자가 서 있었다. 머리에 쓴 파나마모자를 천천히 벗고 지하야 쪽을 지그시 바라본다. 그와 동시에 수화기에서 쓰보마키의 목소리가 들렸다.

—시라이시 준조 씨입니다.

범죄 피해자 지원 단체 '리팜'의 대표이자 노리후미가 진행하는 방송에서 이리이치 가나메의 주소를 만천하에 공개한 인물. 그의 경력과 얼굴은 지하야도 인터넷에서 검색해 본 적이 있었다.

—선생님? 듣고 계시나요?

지하야는 대답하지 않고 수화기를 내려놓았다.

눈앞에 시라이시 본인이 서 있었다.

정중한 남자였다. 그는 머리숱이 별로 없는 머리를 살짝 숙인 채 "데라카네 교수님 계십니까?"라고 물었다.

"실례지만 약속하셨나요?"

"아뇨. 아, 소개가 늦었군요. 전 시라이시라고 합니다."

지하야는 "네" 하고 대답했다. 시라이시의 얼굴에 뭔가 이해한 듯한 미소가 떠올랐다.

"교수님을 꼭 만나 뵙고 싶어서 실례를 무릅쓰고 이렇게 찾아뵈었습니다."

"죄송하지만 교수님은 잠시 자리를 비우셨어요"

"아, 열심히 준비 중이신가 보군요."

그의 말대로 데라카네는 최근 일주일 동안 수업도 휴강했다.

"일단 앉으세요. 자택에 연락해 보겠습니다."

시라이시는 "감사합니다" 하고 빙긋 미소 짓고 책상 앞 의자에 앉았다.

집 전화와 핸드폰에 걸어 봤지만 둘 다 통화 연결음만 들렸다. 어쩔 수 없이 문자를 보내고 답장을 기다리기로 했다. 데라카네 교수는 평소에도 핸드폰을 싫어해서 빠르게 연락이 올 확률은 낮다.

지하야는 "일단 커피라도 한잔 드시고 계세요" 하고 커피 메이커로 향했다. 당황한 기색이 겉에 드러나지 않도록

호흡을 가다듬는다.

"향이 좋군요."

라디오 방송에서 보여 준 달변가 같은 모습과 달리 침착한 말투였다.

"아, 저도 소개가 늦었네요. 예전에 교수님의 조교로 일했던 오쿠누키 지하야라고 합니다."

본명을 입에 담자 시라이시가 "오쿠누키 씨?" 하고 되물었다.

"네. 남편이 오쿠누키 노리후미입니다."

"아, 이런. 지하야 씨께도 폐를 끼쳤군요. 이제 와서 사죄해 봐야 늦었지만 그래도 사죄드리겠습니다."

정중하게 사죄하는 모습을 보며 지하야는 어떻게 반응해야 좋을지 알 수 없었다.

"괜찮으시다면 무슨 일로 교수님을 찾아오셨는지 여쭤도 될까요?"

"아, 특별할 건 없고 그저 어떤 분인지 한번 만나 뵙고 싶었습니다. 앞으로 그 남자를 맡아서 상담하실 분이니까요."

그는 변치 않는 표정으로 말했다.

"그저 평범한 분이라면 불안할 것 같아서요."

머뭇거리는 지하야를 보며 시라이시는 아무렇지 않게 커피를 한 모금 마셨다.

"미리 약속을 잡지 않은 것도 그런 이유입니다. 제가 올 걸 미리 알고 대비하신다면 교수님이 진정 어떤 분인지를 파악 못 할 수도 있으니까요."

"힘들게 오셨는데 교수님이 안 계셔서 아쉽네요."

"실례지만 나이를 여쭤도 될까요?"

"……서른하나입니다."

"젊으시군요. 겉보기에는 더 어려 보입니다."

"가끔 듣는 말이에요. 그래서 미덥지 못해 보이기도 하죠?"

"아뇨. 오랫동안 까다로운 사람들을 상대해 온 품격 같은 게 느껴집니다. 아니면 최근에 익힌 방어술 같은 건가요?"

"전부터 속내를 드러내지 않는 게 특기여서요."

"그렇게 자연스럽게 말입니까?"

지하야는 "네" 하고 대답하며 왠지 자신이 카운슬링을 받는 느낌이 들었다. 시라이시와 목소리와 눈빛에는 마음을 열게 하는 힘이 있었다.

"면담에는 지하야 씨도 함께하시나요?"

"기록을 맡았어요. 저 말고도 현립 병원의 정신과 의사 선생님까지 합쳐서 총 세 명이 참관할 예정이에요."

"아, 그 이야기는 저도 들었습니다. 사람이 많으면 어떨지 약간 우려되기도 하지만, 뭐 이런저런 사정이 있겠지요.

지하야 씨께서 참석한다고 하시니 조금은 안심됩니다."

"그 말씀은……."

"훌륭한 분 같아서요. 아, 빈말로 드리는 말씀은 아닙니다. 남편분께는 조금 실례일지도 모르지만."

지하야는 묘하게 가슴이 두근거렸다. 그러나 상대에게 속내를 들키고 싶지 않았다.

"최근 2주 동안 들은 가장 따뜻한 말이네요."

"그런가요. 가슴 뭉클해지네요. 그런 일만 없었다면 그 아이도 지하야 씨처럼 멋진 여성이 되었겠죠."

시라이시는 부드럽게 미소 지었지만 지하야는 얼굴에서 표정이 사라졌다.

"제 여동생의 딸입니다. 이름은 나쓰메라고 합니다."

이리이치 가나메에게 두 눈과 고막을 잃고 아킬레스건이 절단된 세 번째 피해자다.

"동생과는 나이 차가 많이 나서 그 아이는 제게 마치 손녀딸 같은 존재였습니다."

노리후미에게 전해 듣기로 시라이시 준조는 지금껏 결혼하지 않은 채 여동생 부부의 딸을 자기 딸처럼 아끼며 돌보고 있다. 가까운 곳으로 집을 이사한 것도 조카를 사랑하는 마음에서였다고 한다.

"그날 이후 나쓰메가 어떻게 됐는지 아십니까? 한 식구의 불행을 장황하게 떠벌리는 것도 신중하지 못할 테니 간략히 말씀드리죠. 나쓰메는 사건이 일어난 지 10년이 지난 지금도 전문 시설에서 휠체어 생활을 하고 있습니다. 청력은 회복됐지만 시력은 돌아오지 않았죠. 마음도 여전히 닫혀 있습니다. 감정 둔화라고 한다더군요. 상대의 말과 행동에 최소한으로만 반응합니다. 앞으로 그 아이의 웃는 얼굴을 두 번 다시 보지 못하겠죠. 여동생 부부는 딸을 돌보며 입원비를 대기 위해 지금도 궁핍한 생활을 이어 가고 있습니다."

시라이시는 담담하게 말했지만 그래서 더욱 그의 내면에서 이글이글 타오르는 잉걸불이 느껴졌다.

"물론 그렇다고 해서 이번 면담에 따로 뭔가를 요구하거나 말씀드리려는 건 아닙니다."

"저희도 가족분들의 심정을 무겁게 받아들이고 있습니다."

"아뇨. 괜찮습니다. 오히려 그러시면 제가 더 곤란합니다. 전 선생님을 비롯해 이번 일을 맡은 분들이 오히려 아주 공평하고 공정하게 그 남자를 판단해 주셨으면 하는 바람입니다."

시라이시의 말을 어디까지 믿어야 좋을지 판단이 서지 않았다.

"솔직히 말씀드리면 저는 이 순간만을 기다리고 있었습니다. 끊임없이 준비해 왔다고 해도 되겠네요. 직장을 관두고 범죄 피해자 지원 단체를 만든 것도 다 이런 날을 위해서였습니다. 그런 활동을 하면 그 자식이 언제 출소해 어디서 살고 있는지 제게 귀띔해 줄 사람들과 알고 지낼 수 있으니까요."

"설마……."

"복수할 생각이냐고요? 아뇨. 그럴 거였다면 이렇게 빙 둘러 가는 짓은 안 했을 겁니다. 녀석이 사는 곳에 몰래 찾아가 나쓰메와 똑같은 고통을 맛보게 해 주면 그만이죠."

시라이시는 아무렇지도 않게 험한 이야기를 입에 담았다.

"여생이 아까울 나이도 아니고요."

"……하지만 그렇게 하지는 않으셨죠."

"네. 사적인 분노가 있는 건 부인할 수 없지만 저 나름대로 사명감을 갖고 활동 중이며 앞으로도 그러려고 합니다."

"주제 넘는 말일 수도 있지만, 혹시 제 생각을 말씀드려도 될까요?"

시라이시는 그러시죠, 라는 것처럼 지하야에게 손바닥을 향해 보였다.

"어디까지나 개인적인 의견이지만 전 이번 면담이 적절하다고 보지 않아요. 아무리 과거에 죄를 저질렀다고 해도

지금 그 사람은 일반 시민이니까요. 카운슬링을 강제해서
는 안 되고 자칫 잘못하면 편견만 조장하고 끝날 수도 있다
고 생각합니다."

"그래도 겉으로는 당사자가 자발적으로 원한다고 하지
않습니까?"

"네. 겉으로는 그렇게 내세우죠."

줄곧 억눌러 왔던 생각을 토해 내자 지하야는 마음이 한
결 가벼워지는 것을 느꼈다.

"인권 문제라는 뜻인가요?"

"그날 라디오 방송은 저도 들었어요. 시라이시 씨는 인권
은 계약 같은 거라고 말씀하셨죠. 계약을 파기한 사람에게
는 인권을 인정해 줄 필요도 없다고 하셨어요. 아예 이해가
안 되는 이야기는 아니지만, 그건 너무 난폭해요. 인권은 계
약이 아니라서 비로소 가치가 있는 거예요. 모두가 당연히
따라야 하는 규칙이니 의미가 있다는 말이에요."

"흐음. 역시 지하야 씨라서 다행입니다. 이 실험이 더욱
의미가 있겠군요."

실험? 그 단어를 듣자마자 지하야는 기세가 꺾였다. 시라
이시는 절대 난처해하거나 비아냥대지 않고 순수한 만족
감을 표출하고 있다.

"지하야 씨. 이 말을 듣고 비웃으실지도 모르지만, 전 말

이죠. 어느 순간부터 상대를 보면 자연스럽게 알게 됩니다. 이 사람이 악인지 선인지."

높낮이 없는 목소리가 섬뜩함을 더욱 배가시켰다.

"아, 실례했습니다. 이래서는 정신 나간 노인네 취급이나 받겠네요. 뭐 상관없기는 합니다만 아무튼 망상 정도로 흘려 들으셔도 됩니다."

시라이시는 식은 커피를 한 모금 마시고 말을 이었다.

"젊었을 때 관청에서 오래 근무했습니다. 생활 복지과라는 부서였는데 다양한 조건의 사람들이 찾아왔죠. 그중에는 깜짝 놀랄 만큼 빈곤한 가정이 있었고 자신의 방종한 삶 때문에 돌이킬 수 없을 정도로 나락에 떨어진 인간도 도움을 받으러 찾아왔으니 제가 얼마나 힘들었겠습니까. 그래도 뭐 저는 의외로 그 일을 별로 싫어하지 않았습니다."

시라이시는 툭 소리 내며 잔을 책상 위에 올려놨다.

"벌써 30년도 더 됐을까요. 어느 날 어떤 여자분이 절 찾아왔습니다. 얌전하고 말수도 적은, 말하자면 단아하고 우아한 느낌을 주는 분이었죠. 그런데 전 그분과 처음 얼굴을 마주할 때부터 기분이 영 찜찜했습니다. 이유는 잘 설명하기 어렵지만 어떤 직감 같은 게 느껴졌다고 할까요. 겉으로는 다른 상담자들처럼 이야기를 들어 주고 그분이 재기할 수 있도록 힘을 보태드리려 했지만, 마음속 깊숙한 곳에서는 그전까지 저를 찾아온 문제 많은 이들, 그러니까 저를 거칠게 대하거나 지나친 호의를 바라거나 감사하는 마음 따위는 티끌만큼도 표시하지 않는 이기적인 사람들 이상으로 이 사람을 좋아할 수는 없겠다는 느낌을 받았죠. 물론 이건 남녀의 의미가 아니라 사람으로서 함께 살아가기가 싫은, 그런 느낌을 말합니다. 더 정확히 말하면 저는 그 여자가 두려웠습니다. 무서웠습니다."

그는 온화한 눈빛으로 지하야를 봤다.

"그 여자가 유치원 수도에 독을 풀어 유치원생 다섯 명을 죽인 건 제가 그 부서를 떠난 지 정확히 1년이 지난 후였습니다."

그 사건은 지하야도 기억했다. 법정에서 떨어진 판결은 사형.

"그로부터 몇 년이 더 흘러 그 여자의 옥중 수기가 출판됐습니다. 그녀는 거기에 '나는 어린아이를 죽이고 싶었던 게 아니라 아이를 잃은 엄마들의 얼굴을 보고 싶었다'라고 적었더군요. 모든 행복이 순식간에 산산조각 나는 모습을 보며 아주 즐거웠다고도 했습니다."

지하야도 그 책을 읽었다. 중학생 때였을까. 저자의 이기적인 생각에 등줄기가 서늘해졌던 기억이다.

"전문가를 자처하는 이들이 그 수기를 바탕으로 여자를

분석하려고 했습니다. 선망이 낳은 질투, 르상티망*으로 점철된 자기 과시욕……. 그러나 저는 그런 식으로 그럴싸한 이유를 갖다 붙이는 것에는 관심이 없었습니다. 그저 제가 틀리지 않았다고만 생각했죠. 그녀는 역시 악이었던 겁니다."

"시라이시 씨."

"무엇이 선이고 무엇이 악인가. 윤리 교과서 같은 내용을 들먹이고 싶지는 않습니다. 육법전서도."

시라이시의 표정은 여전히 온화하고 부드러웠다.

"그러나 이 세상에 악은 엄연히 존재합니다. 악이라고 부를 수밖에 없는 것들이요. 저는 철학자가 아니고 종교인도 아니지만 '절대악'이라는 것이 존재한다는 걸 압니다. 그것은 한마디로 '타인의 고통만이 그 자신의 유일한 행복인 사람'을 지칭합니다. 그런 악이 세상에 출몰하는 것은 인간의 힘으로 막을 수 없습니다. 아무리 전 세계에서 빈곤이 사라지거나 제대로 된 교육과 사회 제도가 확립된다고 해도 말이죠. 그런 이들 앞에서 우리가 할 수 있는 일이라고는 거의 없습니다. 저는 재판정에서 이리이치를 직접 봤습니다. 그것도 여러 번요. 검사, 변호사와 대화를 나누던 이리이치. 판사가 읽는 판결문을 듣던 이리이치. 거듭거듭 그를 보며

---

* ressentiment, 원한 따위의 감정이 되풀이되어 마음속에 쌓인 상태.

저는 확신했습니다. 이 녀석은 악이라고요."

"잠깐만요."

"반론은 됐습니다. 상식적으로 제 이야기를 납득할 수 없다는 건 압니다. 이해를 바라며 드리는 말씀도 아니고요. 처음 공언했다시피 이건 단순한 제 망상입니다."

빈 잔을 내려다보는 시라이시의 입가가 웃고 있었다.

"저는 말이죠. 그를 도저히 받아들일 수가 없습니다. 그는 이 세상에 있어서는 안 될 인간입니다. 영원히 감옥에 갇히거나 존재 자체를 말살시키지 않는 이상 또 다른 불행이 생겨날 뿐이라고 확신합니다. 그렇다고 그를 미워하는 건 아닙니다. 이미 그럴 단계는 지났죠. 그저 다음 불행이 생기는 상황을 견딜 수 없는 겁니다. 그리고 지금은 오로지 불행을 낳는 행위를 통해서만 행복을 느끼는 그에게 연민조차 느낍니다."

시선이 다시 지하야 쪽으로 돌아왔다.

"지하야 씨라서 다행입니다."

"아까부터 왜 저라서 다행이라고 하시는 거죠?"

"지하야 씨도 분명 그럴 테니까요."

지하야는 순간 몸이 굳어 버렸다.

"그를 유심히 지켜봐 주십시오. 그가 하는 말을 하나하나 귀에 새겨 주십시오. 표정, 몸짓도. 그럼 그의 마음의 색이 어떤 색인지 알아보실 수 있겠죠. 그것을 놓치시면 안 됩니다."

시라이시가 돌아가고 한 시간이 지나 데라카네 에이스케가 오랜만에 연구실에 모습을 드러냈다.

"흥미롭군."

지하야의 보고에 대한 감상은 그뿐이었다. 책상 의자에 등을 기댄 교수는 평소 즐기는 커피 향을 만끽하고 있다.

"따로 연락은 안 하시나요?"

"자네에게 들은 내용으로 충분해. 그 이상 뭐가 더 필요하겠나. 오히려 방해만 될 뿐이지. 자네를 고용한 게 정답이었군."

평범하게 생각하면 시라이시는 지하야에게 선입견을 심으려고 그런 과대망상을 늘어놓았을 것이다. 물론 감정 결과를 원하는 방향으로 이끌 목적도 있을 것이다. 데라카네와의 만남을 선뜻 포기한 것도 풋내기 쪽이 더 다루기 쉽다고 판단해서였을까.

"아쉽지만." 데라카네는 억양 없는 목소리로 말했다.

"이리이치에게서 중증의 정신 질환 같은 게 발견되지는 않겠지. '특징적이기는 하지만 사회생활을 하는 데 현저한 지장은 없고 반사회적 행위로 이어질 만한 긴급성도 보이지 않는다'. 대부분 그런 의견을 제시하고 끝이야."

지하야는 입술을 깨물었다.

"불만인가?"

"그런 건……."

"아니면 무섭나?"

부정하는 말이 입에서 나오지 않았다.

데라카네가 커피를 마시며 혼잣말처럼 중얼거렸다.

"과오를 저지른 인간과 누가 봐도 확실한 악마. 사람들은 과연 어떤 이리이치를 원할까."

"악마를 어떻게 정의 내리죠?"

"정의 내릴 수 없는 단어야말로 힘을 지녔지. 사람들이 원하는 형태로 자유자재로 바꿀 수 있으니."

마음속 어둠, 괴물…….

"자네는 어떻지? 이리이치가 인간인 쪽을 원하나? 아니면 나와는 전혀 무관한 미치광이인 쪽을 원하나?"

예전에 나는 왜 이리이치와 사이가 좋다는 오해를 샀을까.

"전 그저 그의 이야기를 들어 보고 싶을 뿐이에요."

"들어 보고 뭘 어떡하려고? 분석하고 해석해서 가정을 도출해 낸다. 그것이 분석가의 임무겠지. 그럼 그다음은? 임상가인 자네는 뭘 할 생각이지? 그를 어떻게 세뇌할 건가?"

"세뇌가 아닌 치료예요."

"당사자가 그걸 원하지 않는다면? 취할 수 있는 수단이 많지 않아. 물리적 수단에 의지할 건가?"

배제.

"행동을 제한할 건가?"

격리.

"그걸 결정하는 건 제가 아니라 이 사회의 규칙이에요."

"현시점에는 이리이치도 그 규칙에 속하는 인간이야. 노즈 아키나리도. 두 사람은 맞거울이나 마찬가지지. 과거와 미래를 비추는."

"아키나리는 이번 일과 상관없어요!"

데라카네가 지하야를 쳐다봤다. 다른 사람에게 곁을 내주지 않는 노교수의 싸늘한 시선이 순식간에 온화하게 바뀌어 상대를 신비롭게 끌어당긴다. 3년 전 그의 의뢰로 정신 분석 수업을 들었을 당시, 지하야가 속에 품어 두고 있던 모든 것을 털어놓았을 때와 같은 눈빛이다.

"자네는 뭘 두려워하지?"

"제가 두려워한다고요?"

"이리이치를 두려워하지. 노즈 아키나리를 두려워하고. 그들 자신에 대한 두려움은 아니겠지. 자네의 두려움의 근간에 있는 건 바로 인간의 가능성에 대한 두려움이야."

"인간의 가능성……."

"인간은 달라질 수 있다는 생각에 대한 공포. 저쪽에 있던 사람이 이쪽으로 돌아오듯 이쪽에 있어야 할 사람이 저쪽으로 건너간다. 그럴 가능성은 나와 자네에게도 똑같지."

유리 연결 통로를 건넌다.

"그러니 나는 묻고 싶네. 자네는 이리이치가 인간이기를 바라는지, 악마이기를 바라는지를. 그가 진정 악마라면 우리가 관여할 수는 없겠지. 포기할 수밖에. 악마는 달라지지 않으니."

—전, 저 자신을 포기했어요.

"악마 따윈 존재하지 않아요."

"그래. 그러니 두려워하는 거야. 자네는 지금껏 두려워해왔어. 지금도 두려워하고 있고 앞으로도 계속 두려워하겠지. 사회에 관용을 바라는 것도 바로 그런 이유야."

"무슨 말씀을 하시는지 잘 모르겠네요."

"노즈 아키나리와 처음 마주했을 때 자네는 터널 연못을 떠올리지 않았나?"

—지짱.

세 살배기 여동생이 나를 부르고 있다.

"지금 정신 분석 중인가요? 그렇다면 너무 치졸해요."

"약간의 여흥이라고 할까. 그렇지만 아예 맥락이 없다고 는 생각하지 않는데."

"꼭 그렇게 남을 현혹하려 하시죠. 분석가들의 안 좋은 버릇이에요."

"그러지 않으려고 노력은 하고 있네."

데라카네는 자조하듯 표정을 풀고 몸을 일으켜 커피 메이커로 다가갔다.

"집에 있는 게 거의 떨어져서 이걸 갖고 가려고 왔는데 덕분에 재밌는 이야기를 나눴군."

"도망치시는 건가요?"

"빠른 대답을 원하는 것 자체가 불안하다는 증거지."

데라카네는 원두가 담긴 통을 들고 연구실을 나갔다. 지하야는 멍하니 서 있다가 저도 모르게 책상 옆을 걷어차서 발가락을 찧고 말았다.

20

7월 10일 일요일 오후 1시. 장소는 덴조시 외곽에 있는 현립 종합병원.

예정 시각 10분 전 카운슬링 룸에는 데라카네 에이스케와 병원 정신과의, 그리고 지하야까지 셋이 이리이치 가나메를 기다리고 있었다. 공식적으로는 모든 과정이 비공개이며 사적인 카운슬링이다. 그러나 밖에는 기자들이 눈에 띄었다.

40대 중반쯤 돼 보이는 정신과 의사 사토하마는 이리이치가 뒷문에 있는 VIP 통로로 들어올 거라고 확신했다.

"몇 년 전 모 기업 회장의 자제분이 입원했을 때 제가 안내를 맡은 적이 있죠. 어둡고 습기 찬 통로입니다."

청결해 보이는 외모와 사교성 있는 말투. 아마도 평판 좋은 의사일 것이다.

"면담 중에 끼어들지 않겠다고 약속했으니 대신 지금 몇 가지를 좀 여쭤도 될까요?"

데라카네는 지하야와 나란히 벽 앞에 앉은 사토하마를 돌아보지도 않고 고개를 끄덕였다.

"교수님은 이번 면담을 통해 그에게서 뭘 알아내려고 하시는 겁니까?"

의사 협회에서 지목한 의사답게 간결하면서도 핵심을 찌르는 질문이었다.

"그의 정신 상태 또는 정신 구조. 그것 외에 뭘 더 밝혀내겠나."

"아, 다행입니다. 의사들 중에는 교수님께서 이리이치의 사회 적합성을 판단하시려는 게 아닐까 염려하는 사람도 있어서요. 정신 의료 계통에 종사하는 이들이 가장 주의해야 할 것이 바로 편견 조장, 즉 위험 분자 딱지를 붙이는 거겠죠. 그러나 이번에는 같은 동네의 주민들이 그러기를 바라는 분위기까지 조성되고 있습니다. 참으로 통탄스러운 상황입니다."

조금 전 생각은 철회. 사토하마의 말투에는 약간의 연기가 섞였다.

"저희는 오로지 겉에 드러난 증상만을 봐야 합니다. 증상이 통계적으로 나타내는 행동을 예견하고 예방한다. 그 이상의 가치를 부여하는 것은 정도가 아니죠. 정신과 의사는 결코 남을 평가해서는 안 된다. 아닌가요?"

"그래. 헌법 전문 같은 말이지."

"아무튼 안심이 되네요. 이로써 걱정 없이 교수님의 카운슬링을 보며 한 수 배울 수 있겠습니다."

두 사람의 짧은 대화에서 지하야는 기묘하게 뒤틀린 무언가를 느꼈다. 데라카네는 이번 면담이 무난한 결론으로 끝날 것이라 예상하고 있다. 그가 '권위'를 통해 안전하다는 도장을 찍으면 주민들의 불안감도 어느 정도 해소될 것이다. 이리이치 또한 지금까지보다 살기 수월해질지 모른다. 그러나 그것이 지하야가 바라는 공생, 포용의 형태냐고 물으면 고개를 가로저을 수밖에 없다.

그러나 그 밖에 또 어떤 방법이 있을까.

만약 이리이치가 절대악이라면.

현혹되면 안 돼. 지하야는 스스로 되뇌었다. 절대악 같은 것은 존재하지 않는다. 소설 속 악마나 괴물처럼 인간의 불안감이 만들어 낸 픽션에 불과하다.

눈을 감고 호흡을 가다듬고 있을 때 문을 두드리는 소리가 들렸다.

이리이치 가나메는 남자 세 명에게 둘러싸여 잘 보이지 않았다. 그 앞에 선 신원 인수인은 멋들어지게 콧수염을 기른 초로의 남자였다. 거리에서 노즈 아키나리와 마주쳤을 때 이리이치를 집에 데려간 남자다. 지하야는 그를 다른 곳에서도 한 번 더 봤다. 마을 자치회 연합 모임에서 주민들에게 비난받는 모습을.

언짢아 보이는 표정에 사교성이라고는 눈곱만큼도 없다. 그보다 열두 살 정도는 어려 보이는 시청 직원이 모두에게 페트병에 든 녹차를 나눠 주고 "그럼 나중에" 하고 고개를 숙였다.

그와 함께 출구로 향해 가던 콧수염 남자가 불현듯 멈춰서서 다시 고개를 돌렸다.

"교수님들. 괜한 짓은 하지 마십쇼."

낮고 위협적인 목소리였다.

"개나 소나 찾아와서 귀찮게 굽니다. 이것도 다 그쪽에서 사주한 거 아닌가요?"

"이소베 씨." 시청 직원이 수습하러 나섰다.

"여러 번 말씀드렸지만 그건 지나친 생각이시라니까요. 저희는 아무 짓도 안 했습니다."

이소베는 그의 말에 귀도 쫑긋하지 않고 데라카네와 사토하마, 지하야를 노려봤다.

이리이치 가나메의 삼촌인 이소베 기요시는 현재 이리이치가 사는 시사이드 코포 하코사카의 건물주다. 카운슬링을 위해 미리 전달받은 자료에 따르면 이소베는 현 안에 건물을 여러 채 보유한 자산가로 이리이치는 현재 그의 부동산 관리 회사에서 아르바이트를 하고 있다. 친척 관계이고 집과 일자리까지 제공해 줄 정도이니 훌륭한 신원 인수인이다. 게다가 조카를 걱정해 함께 살고 있으니 더할 나위 없다.

그런데도 지하야는 이 상황을 좀처럼 인정하기가 어려웠다.

이소베는 과연 진정한 의미로 이리이치를 사회에 복귀시킬 마음이 있을까. 이리이치가 양복을 입고 일한다는 이야기는 듣지 못했다. 그의 부동산 회사에서 한다는 아르바이트는 허울뿐일 가능성이 크고, 나쁘게 말하면 허송세월만 보내고 있을 것이다. 이리이치는 아무리 환경이 험난하다고 해도 많은 이들과 직접 부대끼는 일터에서 일해야 하지 않을까. 그러지 않으면 그는 앞으로도 영원히 고립될 것이다.

이상론에 불과할까.

"한마디로 이 녀석을 제대로 봐 달라는 말입니다."

이소베가 밖에 나가면서 이리이치의 어깨에 손을 살짝 올리는 모습이 인상적이었다.

테이블을 사이에 두고 데라카네의 맞은편에 이리이치 가나메가 앉았다. 허리가 살짝 굽었고 자세는 약간 오른쪽으로 쏠려 있다. 어깨를 움츠린 듯 보이는 것은 두 손을 테이블 아래에서 포개고 있어서일 것이다. 나이와 어울리지 않는 하얀 머리에 까치집이 져 있다. 표정이 공허하고 시선을 내리깔고 있는 탓에 감정이 일절 읽히지 않는다. 방어하거나 긴장한다고 보기에는 몸이 굳은 느낌이 없어서 지하야는 이 역시 감정 둔화의 증세를 의심했다.

한밤중 공원에서 우연히 그를 목격한 지 약 두 달. 같은 학교에서 시간을 보낸 지는 16년. 눈앞에 있는 이리이치 가나메는 지하야 쪽을 보지도 않았다.

"잘 와 줬군. 고맙네."

지하야는 흠칫 놀랐다. 데라카네가 테이블에 두 손을 얹고 이리이치를 향해 고개를 꾸벅 숙인 것이다. 면담 전 사전 회의 때는 없던 행동이었다.

지하야는 놀란 기색을 숨기며 이리이치의 반응을 살폈다. 펜을 쥔 오른손에 힘이 들어간다.

이리이치에게서 눈에 띄는 반응은 보이지 않았다. 아주 약간 관심이 생긴 것처럼 데라카네의 정수리 부분을 보고 있을 뿐이다.

"자네에게는 이번 카운슬링을 받을 권리가 있고 그만둘 권리도 있네. 그러니 난 자네가 지금 이 자리에 와 준 게 기쁘네. 정말로 고맙네."

데라카네는 다시 한번 감사 인사를 하고 고개를 들었다.

"무난한 이야기부터 시작해도 되겠지만 내게 허락된 시간은 고작 한 시간뿐. 단도직입적으로 묻겠네. 대답하기 싫은 건 대답하지 않아도 되고 중간에 그만두고 싶어지면 그만둬도 상관없네. 알겠나?"

고개를 끄덕이지는 않았지만 이해하는 표정이었다.

"그렇다면 우선 자네는 지금 왜 자신이 여기 왔는지, 그 이유를 아나?"

지하야는 또다시 의표를 찔렸다.

"이번 카운슬링이 자네 의지가 아니라는 건 아네."

옆에서 사토하마의 몸이 굳는 게 느껴졌다. 지하야도 마찬가지였다. 사전 회의는 이제 완전히 의미를 잃었다.

"자네에게는 거절하는 선택지도 있었을 터. 왜 순순히 따라야겠다고 마음먹었지?"

이리이치의 턱이 살짝 올라간다. 천천히 데라카네를 마주 본다.

"음……." 그가 처음으로 목소리를 냈다.

"어쩔 수 없으니."

명료하지 않으면서도 살짝 쉰 목소리다. 입술을 움직이지 않는 발성법이다.

지하야는 순간 과거로 돌아간 느낌에 휩싸였다. 16년 전 교실, 학교 건물 뒤에서 바닥에 쓰러진 족제비를 내려다보는 교육 실습생 옆으로.

"왜 어쩔 수 없다고 생각했지?"

"……난 혼자니까."

"혼자?"

"고립된 인간."

지하야는 속으로 '고립된 인간?' 하고 노트에 그 단어를 적었다.

"조금 더 자세히 설명해 주겠나?"

이리이치는 잠시 입을 다물고 있는 동안에도 데라카네 쪽을 멀뚱히 봤다. 보고는 있지만 실제로 뭘 보고 있는지는 분간이 안 된다.

"아마 나와 함께 있는 게, 모두 싫을 테니."

"모두라는 건 주변 사람들을 뜻하나?"

대답이 없다. 긍정의 의미로 해석해도 되겠지만 예단할 수 없는 느낌도 들었다.

"그건 다시 말해." 데라카네는 지나치게 힘이 들어가거나 부드럽지도 않은 기계적인 목소리 울림을 유지했다.

"자네는 주변 사람들이 자네를 싫어하고 두려워한다고 느끼나 보군."

대답이 없다.

"그리고 이번 카운슬링이 자네가 어떤 인간인지를 사람들이 파악할 목적으로 마련된 자리라고 이해하고 있어."

거리낌이라고는 없다. 면담 이후 사토하마의 입에서는 무슨 말이 나올까.

"그 점에 대해 어떻게 생각하나?"

"어쩔 수 없다, 라고."

"조금 더 솔직한 심정을 들려줬으면 하네. 불쾌하다거나 화가 난다거나……. 아니면 반대로 미안한 감정 등도 있겠지."

유도 신문? 아니, 데라카네 교수가 그럴 리는 없다. 선택지의 폭을 보여 주는 것으로 받아들여야 할 것이다. 데라카네의 의도가 무엇인지를 떠나 지하야는 이리이치의 대답이 궁금했다. 그는 자신의 의사와 상관없는 이번 감정을 어떻게 느끼고 있을까.

이리이치의 몸은 움직임을 완전히 멈추고 있다. 이것이 이 남자의 자연적인 모습일까. 한결같이 어깨를 움츠린 채 살짝 비뚤어진 각도에서 머리를 고정하고 있다.

"역시." 이리이치가 장고 끝에 입을 열었다.

"어쩔 수 없다고."

체념? 그것이 바로 이 남자를 채우고 있는 감정일까.

데라카네는 흠, 하고 처음으로 잠시 뜸을 들였다. 배 위에서 손을 포개고 의자에 등을 기댄다.

"자신이 저지른 범죄에 대해서는 이해하고 있겠지."

긍정의 침묵.

"그게 어떤 유형의 범죄인지도 알고 있을 터. 즉, 그것은 우리가 이해할 수 없는 범죄였다는 말이네. 돈을 노리지 않았고 오직 성性만을 목적으로 한 것도 아니었지. 자네는 피해자의 손가락을 자르고 두 눈을 망가뜨렸어. 그리고 그 이유를 '피해자가 이 사회로부터 동정받는 게 낫겠다고 생각했다'라고 설명했지만, 아쉽게도 자네의 그런 합리성은 많은 이들에게 불합리로 느껴지는 게 현실이지."

이리이치에게서 반응은 없다.

"우리는 자네를 이해할 수 없네. 그리고 세상 대부분의 공포라는 감정은 이해할 수 없는 것에서 비롯되지. 반대로 말해 이해만 할 수 있으면 자네에 대한 공포도 줄기 마련. 적어도 줄일 방법은 궁리할 수 있게 되겠지. 자, 묻겠네. 자네는 세 건의 범죄를 저지른 당시의 자네 자신을 이해하나?"

이리이치는 눈길을 그대로 데라카네 쪽으로 향한 채 대답하지 않는다.

"질문의 뜻을 알겠나?"

"모르겠습니다. 왜 모르겠는지도, 모르겠고."

지하야의 가슴속에 그늘이 드리운다. 불길한 응어리 같은 것이 느껴졌다.

"그건 우리가 자네를 왜 이해 못 하는지를 모르겠다는 말인가?"

침묵은 긍정일까.

"이해할 수 있도록 노력해 보고 싶지는 않았나? 자네는 정신 감정을 받을 때만 해도 아주 협조적인 것처럼 보였는데."

"불가능합니다."

그 말을 듣고 데라카네가 경청의 자세를 취했다.

"많은 질문에 솔직히 대답했습니다. 하지만 역시 불가능한 것 같았습니다. 전해지지가 않습니다. 무리예요. 말로는 부족해."

펜을 쥔 손이 조금씩 떨렸다. 이 남자는 지금 뭔가 중요한 말을 한 게 아닐까.

"그래서, 여기 온 겁니다."

"행동으로 보여 주기 위해?"

대답이 없다. 고개를 끄덕이지도 않는다.

"현재의 삶이 자유롭지 못하다고 느끼나?"

"……잘해 주고 있습니다."

"이소베 씨 말이군. 자네에게 집과 일자리를 제공해 준 삼촌에게 감사하고 있나?"

작은 끄덕임.

"그런데 자네는 이따금 금속 배트를 손에 들고 거리를 돌아다닌다더군. 배트를 드는 이유는 뭔가?"

"……무서우니까."

"무섭다?"

"네."

방어를 위한 무장이라는 뜻일까.

"그런 행동이 주위를 더 불안하게 한다고 생각하지는 않나?"

이리이치는 입을 다물어 버렸다. 데라카네는 일, 취미, 앞으로의 계획 등 몇 가지 질문을 더 던졌지만 이리이치는 끝내 대답하지 않았고 지금까지 주고받던 소통이 아예 단절돼 버렸다.

데라카네가 한숨을 내쉬었다. 침묵이 이어진다. 영원의 시간처럼 느껴질 정도로.

"내가 만난 사람들 중에 흥미로운 사례가 있네."

데라카네가 느닷없이 입을 열었다.

"강렬한 파괴 충동을 가슴에 품은 사람이었지. 조금이나마 납득할 이유나 동기도 없이 그저 충동이라고 부를 만한 것을."

지하야는 '또 무슨 이야기를' 하고 생각해 무심코 허리를 들썩였지만 데라카네는 아랑곳하지 않고 말을 이었다.

"그는 평소에 감춰진 충동이 갑자기 고개를 드는 계기가 있다고 했지. 바로 소리였어. 갑자기 울려 퍼지는 소리가 마중물이 되는 걸세."

깡 하고 맑게 울리는 소리가 귓가에서 들리는 듯했다.

"그는 자신의 특이한 상태를 자각하고 있었어. 자각하며 최대한 타협하려 했지. 충동에 맞서고자 한 거야. 그 방법이 뭔지 아나?"

이리이치는 관심이 있는지 없는지 구분되지 않는 표정으로 데라카네를 뚫어지게 쳐다본다.

"주먹을 꾹 쥐는 거였네. 손톱이 피부를 찢을 만큼 힘을 세게 실어서."

데라카네는 주먹을 위로 들었다가 다시 천천히 아래로 내렸다.

"스스로 익힌 억제법이었겠지. 다른 사람을 다치게 하기 전에 나 자신을 다치게 한다. 그는 나 자신에게 먼저 벌을 내려서 충동을 억제하는 행위를 일상적으로 반복했고 그것은 어느덧 습관이 돼 버렸네."

지하야는 눈을 감았다. 목이 바짝 타들어 갔다.

"난 자네에게 금속 배트가 그런 것일 수도 있다고 추측하네. 즉, 배트라는 파괴의 상징을 들고 자신의 폭력성을 드러내는 것이 자네에게는 벌로써 기능하는 게 아닐까."

데라카네의 분석은 비약적이다. 그저 대화의 계기를 만들려는 걸까. 지하야는 납득할 수 없었다.

이리이치의 반응을 살핀다. 힘 빠진 얼굴과 전체 모습에서 눈에 띄는 반응은 없다.

"죽음에 대해 어떻게 생각하나?"

그러자 이리이치의 턱이 아주 약간 위로 올라갔다.

"자네는 세 번째 여자아이에게 위급 상황이 닥치자 급히 경찰에 신고했네. 그 아이를 왜 구하려고 했지? 바닥에 흐른 피를 보고 혼란에 빠졌거나 또는 살인죄를 면하려고 그랬다는 견해가 있던데 어떻게 생각하나? 자네는 그때 체포되어 판결을 받는 것까지 고려해서 행동했나?"

이리이치의 머리가 각도를 바꾼다. 천천히 반대편으로 기울어진다.

"제일 처음." 마침내 입이 열렸다.

"쓰러뜨려서 목을 졸랐을 때, 거칠게 저항하는 바람에, 뒤로 넘어질 뻔했습니다. 그래서 발가락을 부수려고 했습니다. 도망치지 못하게."

여기까지는 정신 감정 당시 했던 진술과 일치한다. 그러나 이후 어디에도 기록되지 않은 이야기가 이어졌다.

"손가락을 자르니 피가 났고, 그 뒤로도 계속 엄청난 힘으로 저를 쓰러뜨리려고 했습니다. 날뛰는 여자아이를, 필사적으로 끌어안았습니다. 그게 뭐랄까, 기분 좋았습니다."

범행을 또 반복하고 싶을 만큼.

"그때는 잘 몰랐습니다. 왜 기분이 좋았는지. 그런데 지금은 압니다. 아니, 알 것 같아요. 뭐랄까, 그 아이는, 살아 있었습니다."

지하야는 순간 숨이 턱 멎었다.

"생명이라는 건 대단합니다."

뭐랄까.

"죽여서는 안 돼요."

순간 등줄기에 소름이 쭉 끼쳤다. 땅에 묻힌 지뢰가 기폭
장치를 눌러 폭발하듯 머릿속에 한 가지 단어가 떠올랐다.
절대악.

손목시계 알람이 삑 하고 면담 종료 5분 전을 알렸다.

"혹시 뭐 묻고 싶은 거 있나?"

데라카네가 지하야를 향해 고개를 돌렸다. 옆에서 놀라
고 있는 사토하마를 무시하고 지하야는 가볍게 심호흡을
했다. 침을 꿀꺽 삼킨다.

"당신은……." 이리이치를 바라본다.

"지금도 다른 사람의 생명을 느끼고 싶나요?"

그러자 이리이치가 이곳에 와서 처음으로 몸으로 의사
를 표시했다. 고개를 가로젓는 것으로.

"아뇨. 이제는, 충분합니다."

이 대답의 진위를 누가 증명할 수 있을까.

지하야의 두 손은 땀으로 흠뻑 젖어 있었다.

―언니? 무슨 일이야, 갑자기.

다른 지역에 사는 동생 고마치와 평소에는 거의 연락하

지 않는다. 지하야가 먼저 전화를 거는 일이 없고 그쪽에서
도 전화를 걸어 오지 않는다. 설날에 친정에서 만나는 것을
제외하면 이 집에 이사할 때 동생 부부가 도와주러 와서 얼
굴을 봤을 정도다.

　—응? 설마 누가 죽은 건 아니지?

　그런 착각이 부자연스럽게 느껴지지 않을 만큼 두 사람
은 접점이 없었다.

　삶의 방식이 너무도 달랐다. 내향적이고 다른 사람과 접
촉을 꺼리는 지하야와 아무렇지 않게 사람을 사귀고 친해
지는 고마치. 취향도 다르고 패션 감각도 달랐다. 올 설에
만났을 때도 고마치는 밝게 물들인 올림머리를 하고 화려
한 색상의 코트를 걸치고 왔다.

　노리후미를 만나기 전까지는 남자를 몰랐던 언니와 중
학생 때부터 걸핏하면 남자 친구를 바꾸고 20대 초반에 결
혼해 아이를 낳은 동생. 모노톤과 파스텔컬러. 동생과 대화
하다 보면 지하야는 늘 신경이 곤두섰다. 밝고 시끄러운 성
격과 싹싹함. 무엇보다 항상 즐거운 듯한 모습.

　나는 왜 이 넓은 부엌 식탁 앞에 홀로 앉아 동생에게 전화
를 걸었을까. 지금은 왠지 그저 혼자 있기 싫었다.

　"딱히 이유는 없어. 그냥 목소리 좀 들으면 안 돼?"

　—아, 알겠다. 생겼지?

"뭐가?"

―아이.

쓴웃음이 나왔다.

"아니야. 정말로 그냥 목소리나 들으려고 전화했어."

―머리에 열이라도 나나 보네.

그럴지도 모른다.

―모모 바꿔 줄까?

고마치의 두 살 난 딸은 통통한 볼과 크고 둥그스름한 눈을 지녔다. 마치 어린 시절 고마치를 빼다 박은 것처럼 잘 웃고 잘 울고 잘 먹는다. 지하야를 '지짱'이라며 혀짤배기 소리로 부르는 것까지 똑같다. 친정에서 함께 잠들고 다음 날 아침 옆에 누워 있는 아이를 보며 지하야는 떠올렸다. 귀엽다고.

"저기."

―응?

"터널 연못 기억해?"

수화기 너머에서 대답이 끊긴다.

"네가 죽을 뻔한 곳."

―······죽을 뻔한 건 언니도 마찬가지였잖아.

"그래. 하지만 엄마한테는 나만 맞았지."

아니, 아빠였나. 기억이 명확하지 않다. 그러나 얼어맞

333

은 뺨에서 느낀 통증은 몇 배나 과장되어 기억 속에 남아 있다.

"그날 이후 넌 날 피하게 됐어."

그러자 고마치가 토라진 듯 말했다.

—나한테 뭐라고 하려고 전화한 거야?

"아니, 그냥. 푸념 좀 하려고."

—그렇게 오래된 일은 잘 기억도 안 나.

"보통은 그렇겠지."

—언니. 잔소리는 설날에만 해 줄래? 지긋지긋해.

"그래. 그럼 내년 설에 보자."

—그때까지 잘 지내.

거칠게 수화기를 내려놓는 소리를 끝으로 정적에 휩싸였다.

나는 고마치를 부러워한다.

오래전부터 자각은 했다. 동생은 내가 가지지 못한 수많은 것들을 가졌고 내가 가진 것 중에 동생이 원하는 것은 별로 없다.

만약 예전에 이리이치가 교육 실습생으로 왔던 반에 내가 아닌 고마치가 있었다면 사이가 좋다는 소문도 돌지 않았을 것이다. 정말로 사이가 좋았다고 하더라도.

아무도 없는 식탁 너머에서 이리이치를 떠올린다. 하얀

머리카락, 움푹 팬 볼, 음습하게 가라앉은 눈동자, 축 늘어진 몸. 16년 전 모습. 16년이 지나 눈앞에 예전 제자가 있을 거라고는 꿈에도 생각하지 못했을 것이다. 당시 존재감이 희박했던 여학생의 얼굴과 이름을 기억할 리 없다. 둘이서 족제비를 내려다볼 때조차 그는 내 쪽을 보지 않았으니.

이리이치의 카운슬링 자리에서 지하야가 받은 느낌을 한 단어로 표현하자면 '이해 불가'였다. 무슨 생각을 하는지 알 수 없었다. 과거 그가 저지른 행위를 따로 떼어 놓고 봐도 그가 일반 상식 밖에 있는 사람인 것은 의심할 여지가 없었다.

그러나 그가 정신 질환자냐고 물으면, 그건 또 아닌 느낌이었다.

적당한 증상을 찾아 끼워 맞출 수는 있을 것이다. 성격의 특징을 파고들어서 극단적인 색을 입혀 어떤 증상으로 만드는 것은 누구든 가능하다.

이리이치의 모습에서는 그가 출소 후 삶을 적극적으로 살아갈 의욕을 가지지 못한 상황이 엿보였다. 이를 그 자신의 책임으로 돌리기는 쉽지만, 그것이 과연 문제 해결로 이어질까. 그의 정신 상태가 또다시 범행 쪽으로 기울어지지 않게 하려면 그가 온전히 살아갈 수 있는 환경을 만들어 줘야 하지 않을까.

하지만.

정말로 그런 문제일까.

이리이치에게서 받은 이해할 수 없는 느낌을 지하야는 미처 소화하지 못하고 있었다.

병이라면 낫게 하면 된다. 메커니즘이라면 수정할 수 있다. 지하야는 지금껏 그렇게 생각하고, 믿었다. 그러니 각자가 인내해서 모두의 행복을 목표로 하는 포용의 논리도 성립했다.

지하야의 머릿속에 절대악이라는 개념은 존재하지 않았다. 시라이시가 말한 '타인의 고통만이 그 자신의 유일한 행복인 사람'을 인정하는 순간 포용의 논리는 무너진다. 제아무리 그를 포용한다고 해도 그의 본질은 늘 누군가의 불행을 바랄 것이고, 그에게서 다른 사람을 불행하게 할 권리를 빼앗으면 그 자신의 행복을 빼앗는 셈이 돼 버린다.

극단적인 가정이라는 것은 안다. 현실의 타협점은 더욱 모호하고 변화의 폭이 좁다. 그래도 지하야는 이리이치 가나메를 절대악이라고 인정하고 싶지 않았다.

그런데도 이렇게 느껴 버리는 것이다.

불가능하다.

그와 재회하기 위해 진학할 학교를 정하고 이곳에 터를 잡고 살았다. 단 한마디 나눴을 뿐이지만 그 바람이 이뤄졌다. 그러나 그로 인해서 나는 무엇을 얻었나. 애초에 뭘 얻고 싶었는지도 이제는 잊어버린 것 같았다.

불가능하다. 오직 그 실감만이 더욱더 또렷해졌다.

그것은 노즈 아키나리에게서 느낀 단절감과도 궤를 같이했다.

두 사람에게 공통점은 거의 없다. 외모와 체격, 목소리, 말투도 전부 다르다. 이리이치를 눈앞에 두고 지하야는 단한 번도 아키나리를 떠올리지 않았다. 그런데도 마지막에 이른 결론은 같았다.

불가능.

테이블에 팔을 괴고 두 손으로 턱을 받친다. 감정은 흐트러지지 않았다. 별다른 감상도 없다. 냉정하다. 냉정하게 절망하고 있다. 이리이치에게, 아키나리에게, 그리고 나 자신에게.

그때 현관문을 여는 소리가 들렸다. 발소리가 들린 쪽을향해 고개를 돌린다. 상기된 얼굴의 노리후미에게 "어서와"라고 말한다. 목소리가 약간 쉬어 있다.

"어디서 놀다 왔어?"

그렇게 장난스럽게 말을 붙일 수도 있었다.

노리후미는 웃지 않고 거실에 가서 소파에 털썩 주저앉았다.

"쓰보마키 씨랑 한잔했어."

"응?"

"책을 써 보지 않겠냐고 하더라."

"책……."

지하야는 노리후미의 말을 되읊었다.

"이번 일이 마무리되면 주간 브레이크에 연재해 보는 게 어떻겠냐고 했어."

그건.

"이리이치 이야기를 쓴다는 말이야?"

"물론이지." 노리후미는 즉답했다.

"라디오 사건, 그 이후 마을 자치회 모임 이야기 같은 것도 전부."

"……나에 대해서도?"

노리후미는 지하야의 질문에 대답하지 않고 머리 뒤에서 두 손을 깍지 꼈다.

"회사에 비밀로는 못 할 거야. 어차피 반대할 게 뻔하니 정말로 쓸 거면 회사를 그만두고 나올 각오를 해야겠지. 프리랜서가 되면 쓰보마키 씨가 옆에서 힘을 보태 주겠다고 했는데 과연 그 말을 믿을 수 있을까. 뭐 아무튼 그런 이야기가 나왔어."

"내 이야기도 했어?"

지하야가 거듭 묻자 노리후미는 천장을 올려다봤다. 입가가 살짝 일그러져 있다.

"무슨 이야기?"

"대답해 줘. 나에 대한 이야기도 했어?"

"내가 너에 대해 뭘 안다고!"

느닷없이 노리후미가 버럭 소리쳐서 지하야는 몸이 굳었다.

"오히려 묻고 싶은 사람은 나야. 오늘 이리이치를 면담했지? 당신도 그 자리에 함께 있지 않았어? 사카에다라는 이름으로."

"그건……."

"알아. 말 못 했겠지. 비밀 엄수 의무라는 게 있으니. 그 정도는 나도 안다고."

노리후미는 스스로 마음을 진정하듯 숨을 내쉬었다.

"……미안. 술이 좀 들어가서 그런지 나도 모르게 흥분했네."

"아냐. 나도 미안해."

"당신이 사과할 일은 아니야. 문제는 그게 아니고."

고개를 숙인 채 두 손으로 머리를 감싸는 남편의 모습을 지하야는 식탁 앞에서 그저 멍하니 바라볼 수밖에 없었다.

"……당신이 어느 중학교를 나왔는지 난 지금껏 모르고

있었어."

지하야는 입을 열지 않았다.

노리후미가 이마에 주먹을 갖다 대고 숨을 크게 내쉰다. 그리고 천천히 몸을 일으켜 지하야 쪽으로 다가오더니 두 팔을 활짝 펼쳐서 지하야를 껴안으려고 했다.

"하지 마."

지하야는 일어서서 등을 돌렸다.

노리후미는 아무 말도 하지 않았다. 다시 한번 지하야를 안으려고도 하지 않았다. 지하야는 "먼저 잘게"라는 말을 남기고 침실로 향했다. 침대 위에 누워 몸을 웅크렸다.

21

공휴일인 바다의 날은 구름 한 점 없이 쾌청했다.

평소보다 일찍 집을 나가 역으로 향했다. 버스를 기다리는 지하야 옆에서 하늘색 민소매 원피스를 입은 어머니와 딸이 손을 맞잡고 있다. 젊은 엄마는 밀짚모자에 큼지막한 선글라스를 꼈고, 아직 네댓 살 정도로 보이는 여자아이는 샌들을 신었다. 마치 친구 같은 두 사람의 대화를 들으며 지하야는 고마치와 모모가 옆에 있는 듯한 느낌을 받았다.

"그만해. 민폐잖니."

블라인드를 열려던 여자아이는 대번에 풀이 죽어 젊은 엄마의 말에 따랐다. 번잡한 버스 안에서 지하야는 제일 뒷좌석 바로 앞 2인석에 앉은 모녀를 비스듬하게 뒤에서 지켜봤다. 여자아이는 의자에 살짝 걸터앉아 다리를 좌우로 흔들고 있다. 블라인드를 다 내려서 버스 안은 어둑어둑하고 시끄럽게 떠드는 사람이 없어 조용하다. 젊은 엄마는 딸을 어르거나 달래지 않고 블라인드가 내려간 창문을 바라보고 있고 그 옆에서 여자아이는 얼굴에서 표정이 점차 사라졌다. 언뜻 보면 가슴이 철렁해질 만큼 감정이 읽히지 않는, 찰나의 공백 같은 옆얼굴. 지하야는 왠지 가슴이 술렁거렸다.

그때 빠앙 하고 경적 소리가 울려서 승객 몇 명이 고개를 돌렸다. 여자아이가 지하야 쪽을 돌아봐서 두 사람의 눈이 마주쳤다. 여자아이가 "아줌마" 하고 손을 뻗어서 지하야는 어색한 미소로 화답했다.

덴조 학교 앞에 도착하자 승객 대부분이 내렸다. 햇볕이 내리쬐는 땅 위에 올라서자 브라스 밴드의 연주 소리가 들린다. 사전에 합을 맞추고 있는 것으로 보인다. 그들의 연주에 맞춰 형제 학급이 미코시를 짊어지고 줄지어 걷는 퍼레이드는 어느덧 덴조제의 명물이 됐다. 젊은 엄마가 "재밌어 보이네"라고 하자 여자아이가 "와!" 하고 제자리에서 폴짝 뛰었다.

덴조제가 시작하기까지 앞으로 한 시간도 남지 않았다.

C룸도 덴조제에 맞춰 꾸며져 있었다. 도미코의 제안으로 올해는 C룸을 점술관으로 꾸미기로 했다. 상담실 두 곳에서 도미코와 지하야가 각각 점술사로 분장하고 손님을 기다린다. 최근 며칠 동안 도미코가 직접 쓴 매뉴얼을 읽으며 점술사가 쓰는 용어와 표현을 연습했지만 그래 봐야 벼락치기다. 돈도 받지 않는 가벼운 오락거리를 두고 서툴다며 진심으로 불만을 제기할 손님도 없을 것이다.

"어서 오세요, 운디네 씨."

운디네 지하야를 위해 마련된 소품은 검은 망토였다. 지하야에게 '운디네'라고 이름을 붙여 준 도미코는 처음에는 요정을 이미지한 시스루 의상을 지하야에게 입히려 했지만 그것만은 거절했다.

"꼭 흑마술사 같네."

사무실에서 분장하면서 도미코가 웃음을 터뜨렸다. 직접 만드신 거 아니냐고 불만을 제기하는 건 어른스럽지 못하다. 지하야는 "나중에 제 운세도 좀 봐 주시겠어요? 도미코 공주님" 하고 너스레를 부렸다.

"그건 요금을 따로 받아야지."

전래 동화 속 공주님 의상을 입은 도미코가 대답했다.

상담실 장식은 문 대신 암막을 설치한 것 외에는 탁자 위에 있는 램프 모양 장식과 싸구려 수정 구슬뿐이다. 도미코 공주가 있는 방에는 수정 구슬 대신 거북이 등딱지 모형이 놓였다.

"올해는 염소 쇼가 열리지 않아서 아쉽네."

축제 때마다 목장에서 개최되는 촌극은 퍼레이드와 비슷할 정도로 인기가 많았다. 말을 잘 듣지 않는 염소를 유인하며 필사적으로 대사를 외치는 사육 위원회 아이들의 모습을 구경할 수 있는 재미있는 볼거리지만 올해는 겐지로 사건 때문에 취소됐다.

"아키나리는 안 오려나?"

도미코는 준비를 마치고 사무실에서 재스민차를 마시며 물었다. 지하야는 잘 모르겠다는 듯이 고개를 갸웃했다. 알 수 없었다.

"가나는 온다고 했는데."

"가나가 누구야?"

상담실에 오는 걸 다른 사람에게는 비밀로 해 달라고 해서 인수인계 노트에도 적지 않은 것을 떠올렸다.

"얼마 전까지 자주 오던 여학생이요. 가장 최근에 왔을 때 덴조제 때 C룸은 뭘 하는지 물었어요."

"혹시 사쿠라기 가나 말이야? 중등부고 동아리는 테니스부에 있는 그 아이?"

지하야는 고개를 끄덕였다.

"초등부 때 몇 번인가 나도 만난 적이 있어. 되게 착하고 순진한 아이지. 다른 사람과 말을 잘 못하고 친구 사귀는 법도 모르겠다며 내 앞에서 울음을 터뜨렸었는데."

지하야가 알고 있는 가나의 인상과는 사뭇 달랐다.

"중등부에 올라가면서 이제는 자기도 바뀌어야겠다고 선언했어. 그 뒤로 어떻게 지내는지 궁금했는데."

"친구는 사귄 것 같아요. 그 친구의 연애 문제 때문에 저를 찾아와 이것저것 물었죠."

"그렇구나. 사람은 역시 변하기 마련이야. 오랜만에 보고 싶네."

사람은 변한다.

그 말을 순순히 인정하지 못하고 지하야는 차를 마시며 모르는 체했다.

—덴조제가 곧 시작됩니다.

교내 방송을 듣고 두 사람은 각자 자기 방으로 향했다.

대학 연구실에서 헤어진 후 아키나리와는 아직 만나지

못했다. 기미요와 만날 기회도 없어서 데라카네가 권한 워크숍 이야기를 전하지 못했다.

기숙사형 워크숍에 참가하는 것이 정말 옳은 선택일지 지하야는 아직 결론을 내리지 못했다. 단순한 격리가 돼 버리는 건 아닐까. 어머니는 어떻게 설득해야 할까. 아드님이 사람을 죽일 수도 있으니 격리하자고 하면 거리낌 없이 동의할 부모가 이 세상에 있을까.

아키나리가 현실에서 이리이치를 정말로 살해하려고 했다는 내 증언은 꼭 필요할 것이다. 그러나 그 증언은 아키나리에게 지워지지 않는 낙인을 찍어 버릴 수도 있다.

그렇다면 이대로 방치해야 할까. 부디 그 욕망을 실행에 옮기지 말아 주기를, 이리이치처럼 되지 말아 주기를 기도해야 할까.

대답은 나오지 않는다. 한 가지 확실한 것은 이제는 나와 아키나리가 예전의 관계로 돌아갈 수 없다는 것이다. 어떤 길을 선택해도 마치 시한폭탄을 건네는 것처럼 지금 나는 아키나리를 다른 사람에게 떠넘기려 하고 있다.

학생들이 하나둘 C룸을 찾기 시작했다. 상념에 잠겨 있을 시간도 없이 점심시간까지는 변변찮은 점술사를 흉내 내야 한다. 손님은 대부분 여학생이었고 주로 연애 문제를 상담했다. 교복에 달린 배지를 보고 중등부인지 고등부인지, 그리고 학생인지를 확인하고 새삼 요즘 애들은 참 성숙하다며 쓴웃음을 지었다. 적당히 이야기를 듣고 그럴싸한 조언을 해 준다. 이렇게 해서 요금을 받는다면 어엿한 사기일 것이다.

점심시간이 되어 아이들의 발길이 끊길 무렵 약속대로 사쿠라기 가나가 찾아왔다.

"오랜만이네."

"처음 만나는 거 아니에요? 운디네."

지하야는 쓴웃음을 지으며 "처음 만나는 점술사를 이름으로만 부르는 게 어딨어?" 하고 지적했다.

"그나저나 요즘은 좀 어때? 미카랑 다른 아이들과는 잘 지내고 있어?"

"뭐 그럭저럭."

가나는 대수롭지 않은 듯이 대답하고 어두운 상담실 안을 둘러봤다. 블라인드가 내려간 벽 쪽으로 시선을 향한다.

"저거, 계속 저렇게 쳐 두고 있는 거예요?"

"밝으면 분위기가 안 살잖아."

"점심은 어떻게 먹어요?"

"번갈아 가면서 적당히."

"선생님은 계속 여기 계세요?"

"선생님?"

"아, 운디네 씨."

지하야는 싱긋 웃었다.

"돌아다닐 힘이 없어. 심지어 분장도 이렇게 했으니."

"아이섀도가 엄청나기는 하네요."

가나가 장난스럽게 웃었다.

"어른들은 참 힘들 것 같아요. 동정심이 생겨요."

"고마워. 그런데 넌? 어디서 뭘 하고 있니?" 지하야는 반바지, 티셔츠 위에 커다란 앞치마를 두른 가나에게 물었다.

"혹시…… 메이드 카페?"

가나는 시간을 확인하는 것처럼 아무것도 차지 않은 오른쪽 손목을 내려다보더니 짐짓 연기 섞인 모습으로 당황했다.

"앗. 이런. 이제 가야 해요."

"아직 점도 안 봤는데?"

"괜찮아요. 다음에 볼게요."

"점술사는 오늘을 끝으로 은퇴야."

"그럼 그냥 대화를 나눈 것만으로 만족해요."

가나는 "그럼 이만" 하고 손을 흔들며 총총걸음으로 상담실을 나갔다. 도미코가 있는 곳에도 얼굴도장을 찍고 가라고 하려 했는데 깜빡하고 말았다.

수다쟁이 소녀가 사라지자 대번에 상담실 안에 정적이

찾아왔다. 멍하니 앉아 있지만 아무도 올 기색이 없다. 방심하면 또다시 쓸데없는 잡념이 떠오르고 만다. 지하야는 기지개를 켜려고 창문 쪽으로 다가가 블라인드를 걷었다.

햇빛이 상담실 안에 쏟아져 들어왔다. 나카쓰 숲의 짙은 녹음이 눈에 들어온다. 외부의 시끄러운 소리가 여기까지 들린다. 시간은 1시를 가리키고 있다. 미코시 퍼레이드가 시작할 시간이다.

그때.

깡.

맑은 금속음을 듣고 위로 펼치려던 두 팔이 멈췄다. 같은 자세로 오감에 온 신경을 집중한다.

장난인가. 숨을 내쉬고 팔을 다시 내렸다. 장난꾸러기 남학생들 사이에서 유행한다는 시로아타마 놀이는 이리이치 놀이로 이름을 바꿔 지금도 교사들을 골치 썩이고 있다고 한다. 언제까지 이어질까. 언제가 되면 이리이치는 사람들의 뇌리에서 잊힐 수 있을까. 머릿속이 복잡해서 한숨을 내쉬었을 때 불현듯 온몸에 소름이 돋았다.

유리창 너머로 산책로를 가로질러 가는 한 남자가 눈에 들어왔다.

검정 야구 모자를 눌러쓴 탓에 얼굴은 보이지 않지만 불안해 보이는 걸음걸이, 노란색 점퍼.

"어떻게……."

이리이치 가나메는 그대로 걸어가 녹나무 뒤쪽으로 사라졌다.

지하야는 망토를 벗어 던지고 상담실을 뛰어나갔다. 세 개의 연결 통로. 이리이치가 걸어간 방향과 가까운 곳은 고등부 건물이지만 나카쓰 숲에 나가려면 연결 통로가 중간에 걸려서 빙 돌아가야 한다. 지하야는 중등부로 향하는 통로를 선택했다. 단숨에 30미터를 달려가 빠져나간다. 학교 안은 축제 분위기로 가득 차 있다. 다양한 전시물과 교실 앞에 놓인 입간판. 아이들이 즐겁게 복도를 오가고 있고 개중에는 분장을 한 아이도 있다. 화려하게 분장한 지하야를 보고 키득거리는 여학생들 옆을 스쳐 지나간다. 신경 쓰지 않고 달려가 뒷문으로 밖에 나갔다. 밴드의 연주가 시작됐다.

산책로를 뛰어가 이리이치가 있던 곳으로 향한다. 드문드문 놓인 벤치에 앉아 있는 사람은 없다. 모두 미코시 퍼레이드를 보러 밖에 나갔을 것이다. 푸른 잎사귀가 강렬한 햇빛을 가리고, 틈새를 비집고 들어온 빛줄기가 선을 만들고 있다.

C룸 창밖으로 보이던 그가 사라진 곳에 도착해 멈춰 섰다. 산책로가 세 갈래로 나뉜다. 어디로 향했는지 알 수 없다. 숲 안쪽에는 빛이 얼룩무늬로 비치는 오후 풍경만이 눈

에 들어올 뿐이다.

어디서 소리가 들렸지?

기억을 더듬는다. 확신 없이 일단 뛰었다. 숲길을 벗어나 잔디를 밟으며 속으로 외쳤다. 잇짱! 어째서 그의 교육 실습생 시절 별명이 떠올랐는지는 알 수 없다. 그저 여러 번 여러 번 비명처럼 속으로 외쳤다. 뛰어가면서 주변을 두리번거리며 사람이 있는지를 확인한다. 빙글빙글 도는 동안 방향 감각을 잃었다. 소리가 들린 곳으로 향하고 있는지, 멀어지고 있는지도 판단할 수 없다. 흐르는 땀 때문에 볼에 달라붙은 머리카락과 끈적거리는 셔츠, 호흡, 체온까지 모든 것이 거슬린다.

"응?"

도착한 곳이 어디 부근인지 알 수 없었다. 멈춰 서자마자 두 무릎이 피로가 아닌 공포로 덜덜 떨리기 시작했다.

점점이 흩뿌려진 붉은 피. 아직 물기를 머금고 있다. 머리로는 무엇인지 알지만 이해는 할 수 없다. 깡 소리를 듣고 이리이치가 보인 쪽으로 향하던 내가 느닷없이 산책로에 떨어진 핏자국을 맞닥뜨렸다. 이 앞뒤가 안 맞는 뒤죽박죽한 상황을 어떻게 이해해야 한다는 말인가.

불현듯 손을 흔드는 가나의 모습이 떠올랐다.

"안 돼!"

목소리를 내고 말았다. 그 누구에게도 닿지 않은 중얼거림이 사라지자 지하야는 몸의 방향을 틀었다. 벤치가 한 개 놓인 곳 끝으로 숲이 만든 에어포켓 같은 양지가 있다. 나카쓰 숲의 중심부다.

나뭇가지 사이로 들어오는 빛이 그곳에 떨어진 황금빛 배트를 반짝반짝 비추고 있었다. 땅에 떨어진 배트의 끝부분이 피웅덩이 속에 잠겨 있다. 녹색 잔디에 붉은 얼룩이 모자이크 모양으로 튀었다. 검은 야구 모자가 거꾸로 뒤집혀 있다.

그곳에는 오직 그뿐이었다.

무슨 일이지? 이 피는? 어째서? 이게 정말 현실일까? 도대체 왜…….

의문이 머릿속을 뱅글뱅글 돌고 혼란이 점차 극에 달한다. 땀은 이제 신경 쓰이지도 않았다.

—그럼 이만.

멀어져 가는 가나의 뒷모습이 떠올라 몸을 움찔했다. 산책로에 점점이 뿌려진 핏자국을 따라서 달린다. 아아, 부탁드려요. 전 어떻게 돼도 상관없으니 부디 가장 안 좋은 상황만은 일어나지 않게 해 주세요. 용서해 주세요. 제발 용서해 주세요…….

잠시 달리는 동안 시야 끝에 노란 뒷모습이 보였다. 지금

막 숲을 나가려고 하는 마른 체구와 하얀 머리카락. 지하야는 순간 숨이 멎을 것 같았다. 이리이치는 두 손에 뭔가를 든 채로 걷고 있다.

"꺄앗!"

비명에 이어 험악한 분위기가 숲속까지 전해진다. 그 뒤로 들리는 화를 내는 소리, 울음소리…….

"가나!"

숲을 빠져나간 지하야의 눈에 고등부 건물 벽과 '빙수' 글자가 들어왔다. 그곳 앞에 점퍼를 입은 사람의 뒷모습이 보인다.

사람들이 그를 둘러싼 채로 주변에 큰 원을 그리며 서 있다. 다양한 소리가 여기저기서 오가고 도망치는 사람, 다가오는 사람, 핸드폰 카메라를 들이미는 사람이 보인다. 우왕좌왕하는 원 중심에 오직 홀로 움직임을 멈추고 있는 하얀 머리가 지하야의 목소리에 반응한 것처럼 천천히 뒤를 돌아본다. 남자는 머리가 짓눌린 생물, 아니 생물이었던 물체를 두 팔로 안고 있었다. 점퍼 안에 입은 하얀 티셔츠가 진득한 붉은 액체로 물들어 있다. 표정이 왠지 공허해 보이고 흰머리에는 핏방울이 약간 튀었다.

"잇짱…….."

"지하야 선생님!"

앞으로 걸어가려는 지하야의 어깨를 붙들어 세운 사람은 고사카였다.

경비원복을 입은 남자들이 뛰어오는 동안 이리이치 가나메는 지하야 쪽을 돌아본 채로 조금, 아주 조금 입가를 오므리는 것처럼 보였다.

이리이치가 경비원들에게 제압당해 바닥에 쓰러지는 것과 동시에 그가 두 팔에 안고 있던 것이 바닥으로 떨어졌다. 사지를 쭉 뻗고 두개골이 부서진 채 움직임을 멈춘 하얀 새끼 염소가 지하야의 다리 옆에 놓였다.

22

연구실에 있는 전화기가 끝없이 울렸다.

—XX 신문의 XX라고 합니다만 데라카네 교수님 지금 자리에 계십니까?

"아뇨. 당분간 연구실에 오시지 않을 겁니다."

—교수님이 지난주에 이리이치 가나메를 정신 감정 하셨다는 게 사실인가요?

"정신 감정 의뢰를 받은 적은 없습니다. 사적인 카운슬링에 대해서는 상담자의 개인 정보 관계상 말씀드릴 수 없습니다."

—덴조 학교 축제에서 일어난 사건에 대해 어떻게 생각
하십니까?

"아직 정확한 소식을 듣지 못해서 드릴 말씀이 없습니
다."

—이번 일이 교수님의 보고서에도 영향을 미칠 가능성
이 있을까요?

"모르겠습니다."

신문사, 주간지, 방송국, 프리랜서 기자. 시라이시 준조
가 요구한 보도 규제는 이미 무너진 듯했다.

오후가 되어 늦은 점심을 먹으려고 할 때 또다시 전화벨
이 울렸다. 넌더리가 났지만 학장에게서 직접 오늘 하루만
고생해 달라는 말을 들은 마당이라 어쩔 수 없다.

—사토하마입니다.

이리이치의 면담 자리에 함께 있었던 의사였다.

"안녕하세요. 그때는 신세를 졌습니다."

—저야말로. 혹시 데라카네 교수님 자리에 계십니까?

집에서 보고서를 작성 중일 거라고 하자 사토하마가 신
음을 내뱉었다.

—걱정이 돼서 조언 하나 해 드리려고 전화 드렸습니다.

"조언 말인가요?"

—네. 사카에다 선생님도 아시겠지만 어제 그 일 때문에 그날 저희의 면담이 대단히 묘한 처지에 놓이게 됐습니다.

사토하마의 목소리에서 어두운 그림자가 전해졌다.

—뉴스가 덴조시뿐만 아니라 이미 전국으로 퍼졌습니다. 그 자리에 있던 학생이 찍은 사진과 영상이 인터넷에도 올라왔죠. 이런 말씀 드리기 부끄럽지만, 저도 봤습니다.

그는 약간 뜸을 들이다가 다시 입을 열었다.

—너무하더군요.

지하야도 확인했다. 머리가 짓눌린 새끼 염소를 품에 안은 채 피를 뒤집어쓴 이리이치 가나메의 무표정한 얼굴은 우리가 아는 연쇄 살인마의 이미지 그 자체였다. 월요일 밤부터 다음 날 아침에 걸쳐 사진과 영상이 인터넷에 공개된 후 그 이미지는 지금도 퍼지고 있다.

—면담 이후 시간이 별로 흐르지 않았다는 게 최악입니다. 교수님은 보고서의 방향성에 대해 사카에다 씨에게 따로 말씀하셨나요?

"아뇨. 교수님께 그 일을 즉시 보고했지만 특별한 말씀은 없으셨어요."

—성가셔지겠군.

데라카네의 감상은 그 한마디였다. 연구실에 나올 생각도 없는 듯했다.

—보고서 방향에 따라 저희의 책임을 요구하는 목소리가 터져 나와도 이상하지 않은 상황입니다.

"저희 책임 말인가요."

—네. 바로 며칠 전에 만났는데도 그의 이상성을 알아차리지 못했다고 비난하겠죠.

지하야는 한숨을 꾹 참았다. 충분히 상상할 만한 사태다.

—위기관리 이야기가 나오면 칼날은 학교로 향하겠지만 워낙 불똥이 어디로 튈지 모르는 시대라서요. 이미 엎질러진 물이니 주워 담을 수 없겠죠. 남은 문제는 보고서를 어떻게 작성하느냐입니다.

크게 보면 결국 보고서의 방향성은 두 갈래로 나뉜다. 이 리이치를 정상으로 하느냐, 비정상으로 하느냐.

—어느 쪽으로 결론짓든 말은 나올 겁니다. 비정상이라고 하면 왜 면담 이후 즉시 대응하지 않았냐고 비난할 사람이 나오겠죠.

지하야는 말없이 귀를 기울이며 속으로 한탄했다.

—정상이라고 하면 그럼 그 사건은 대체 뭐였냐고 따질 겁니다. 적어도 그와 가까운 곳에 사는 주민들은 납득하지 않을 거예요.

즉, '권위를 통해서 주민에게 안도감을 선사하고 배척의 움직임이 서서히 줄어들도록 한다'라는 면담의 목적을 달성하기 어려워지는 것이다.

　―주제넘은 말일 수도 있지만, 데라카네 교수님이 이제는 결단해야 한다고 봅니다.

"그건…… 설마 보고서를 시민 감정에 맞춰서 써야 한다는 말씀이신가요?"

사토하마는 대답하지 않았다. 그러나 침묵은 긍정의 기운으로 가득 차 있다.

"하지만 그럼 이번에는 다른 반발이 터져 나오지 않을까요? 애초에 면담 자체를 반대하던 분들이 가만있지 않을 거예요. 그 사건 때문에 보고서 내용이 바뀐 게 아니냐고 의심하겠죠."

　―시민 단체 같은 곳에서 시끄럽게 구는 건 어디까지나 인권 문제에 한합니다. 저희는 전문가로서 증거에 기반해 설명을 준비하면 됩니다.

"의학계에서 그럴 수 있을까요?"

　―그건 신경 쓰지 않으셔도 됩니다.

이리이치의 면담에 부정적이었던 업계의 대리인 역할을 맡은 남자의 말에 지하야는 "네?" 하고 되묻고 말았다.

　―이쪽은 보조를 맞출 생각입니다. 그런 방향으로 조정해 보겠습니다.

설마.

—아, 착각은 금물입니다. 사실을 억지로 비틀거나 하지는 않을 테니까요. 쓸데없는 혼란을 피하기 위해 어디까지나 데라카네 교수님의 판단을 존중하려는 겁니다. 이건 행정 기관과도 상의해서 이미 어느 정도 결정된 일입니다.

사태가 어떻게 전개될지 알 수 없는 이상, 그리고 무엇보다 이제는 이리이치가 아예 상식을 의심받는 처지가 된 이상 위험을 무릅쓰는 역할은 전적으로 이단의 정신 분석가에게 맡길 생각일까.

—그리고…… 이건 제 개인적인 의견입니다만, 어제 그일을 들었을 때 속으로 전 역시나 싶었습니다. 이리이치가 평범한 이 사회의 일원이 되는 건 힘들지 않겠느냐는 의심이 더 짙어지더군요.

아무튼 데라카네 교수님께 잘 전달해 주십시오. 사토하마는 다시 한번 강조하고 전화를 끊었다.

지하야는 식욕이 생기지 않았다. 커피를 끓이려고 커피 메이커를 확인하자 원두가 거의 바닥 나 있다. 다른 원두를 가져와서 넣으면 잔소리를 들을 것이다. 당분간 자판기 커피에 의지할 수밖에 없어 보였다.

종이컵에 떨어지는 갈색 액체를 바라보며 무거운 피로감을 느꼈다.

덴조 학교에서 일어난 새끼 염소 살해 사건. 이리이치 가나메는 머리가 짓눌린 새끼 염소를 가슴에 안고 사람들 앞에 나타났다. 살해에 쓰인 배트는 그의 소지품이었다.

범죄를 입증하기에 충분하다고 할 수는 없는 증거지만 그의 이미지를 결정짓기에는 차고 넘친다. 그는 과거에 끔찍한 사건을 세 번이나 저지르기도 했다.

서로의 인내심에 의지하는 포용과 공생. 그러나 지금은 이리이치가 어떤 인내심을 가져야 할지 지하야는 알지 못했다. 그를 받아들일 사람들의 인내를 어디까지 요구해야 할지도 알 수 없었다. 조금 더 솔직히 말하면 지하야 역시 그를 진심으로 인정하고 받아들일 자신감이 점차 흐려지고 있었다. 그날 깡 소리가 들리고 이리이치가 나타난 후 핏자국을 목격한 순간, 가나가 희생양이 될 가능성을 맞닥뜨린 순간, 분명 내 머릿속에는 근거 없는 상상이 떠올랐다. 비슷한 장면이 눈앞에 펼쳐지면 자연스럽게 그다음도 상상하게 되는 것이다. 이리이치가 사람을 죽였을지도 모른다는 상상을.

또다시 전화기가 울렸다. 진저리가 났다. 어느덧 식어 버린 커피는 결국 한 모금도 마시지 못했다.

덴조 학교 정문에 기자들이 보여서 지하야는 도망치듯 학교에 들어갈 수밖에 없었다. 긴급 학부모 설명회가 열리고 있는 고등부 체육관은 농구 코트 네 개를 합친 넓이지만 이미 청중으로 가득 들어차 있었다. 15분 늦었다. 빈자리가 없어 뒤에 나란히 선 사람들 사이에 들어갔다.

간이 의자 앞에 무대가 있고 그 위에서는 덴조제의 방범 책임자였던 마쓰다이라가 염소 살해 사건에 관해 설명하고 있었다.

화이트보드에 학교 지도가 붙어 있다. 동쪽의 고등부 건물에서 시계 방향으로 교차로가 있는 정문, 남쪽의 미디어 센터와 초등부 건물, 서쪽 중등부 건물로 이어지고 그 옆에 목장이 있다. 체육관과 운동장이 학교 건물 주변을 둘러싸고 있고 그 뒤로 미코시 퍼레이드가 행진하는 가장 바깥쪽 둘레길이 있다. C룸은 가운데 부근이다. 금속 배트가 떨어져 있던 염소 살해 현장, 즉 숲의 중심부에는 커다랗게 X자를 그렸고 이리이치가 붙잡힌 고등부 건물 앞까지 붉은 매직으로 선이 그어져 있다.

"……그러니까 여기서 그가 처음 발견됐고 이후 저희에게 신고가 들어왔습니다. 학교에서 계약한 경비 회사 직원들과 함께 그곳에 달려갔습니다만 그는 피를 뒤집어쓰고 있는데도 아무렇지 않아 보였고, 게다가…… 표정이 꼭 웃고 있는 것처럼 보이더군요."

순식간에 청중이 술렁거리기 시작했다. 지하야의 마음에도 파도가 몰아쳤다. 웃고 있었다고? 그런 기억은 없다.

물론 입가가 아주 살짝 움직인 것은 지하야도 봤다. 그걸 웃었다고 해석하는 것이 과연 타당할까.

"일단 대기실에 데려가 물어봤습니다. 왜 이런 짓을 저질렀느냐고. 금속 배트 같은 걸 학교에 왜 가져왔느냐고. 그리고 죽은 염소를 왜 품에 안고 있었느냐고도 물었습니다. 그는 이렇게 대답하더군요."

청중이 일제히 숨을 집어삼키는 느낌이 전해진다. 단상 위에 있는 마쓰다이라는 땀을 한 번 닦고 마이크를 향해 말했다.

"'죽으면 불쌍하니'."

또다시 여기저기서 술렁거리는 소리가 들렸다.

그 후 근처 파출소에서 순경이 달려왔고 덴조 경찰서에서도 형사가 출동했다. 경찰 조사에서 이리이치는 다음과 같이 증언했다고 한다.

점심이 되기 전 집에서 눈을 떴다. 그 전날 신원 인수인인 삼촌, 즉 이소베 기요시에게서 덴조제가 열린다는 소식을 들어서 학교에 갔다. 덴조제는 학생들에게 총 다섯 장씩 나눠 준 가족 카드를 가진 사람들만 입장할 수 있는데 이소베는 딸 사키에게 받은 카드를 아내 몫까지 두 장밖에 쓰지 않아서 카드가 남았고 이리이치는 그걸 얻었다고 했다.

목장 옆을 걷다 보니 깡 하는 소리가 들려서 나카쓰 숲에 들어갔다. 그리고 숲의 중심부에서 염소를 발견했다.

"당시 수위가 학교 정문을 지키고 있었지만 그가 가족 카드를 제시했고 야구 모자도 눌러 쓰고 있어서 별다른 의심 없이 들여보냈다고 합니다."

그날 죽은 염소는 학교에서 기르는 기자부로라는 이름의 새끼 염소였다.

"축사 문이 부서져 있었는데 그것도 역시 금속 배트로 부순 것으로 추측하고 있습니다."

그러자 앞쪽에 앉은 남자 학부형 한 명이 손을 들었다.

"그는 모두가 즐기는 축제의 한복판에서 새끼 염소를 때려죽였고 그것도 모자라 시체를 우리 앞에 떡하니 보여 줬습니다. 계획적인 범행으로 봐야 하지 않을까요?"

체육관 안에 있던 이들이 모두 고개를 끄덕이고 한탄하며 분노의 기운을 발산했다.

마쓰다이라는 헛기침을 한 번 하고 "동기는 아직 명확하지 않습니다" 하고 보고를 이어 갔다.

"그는 새끼 염소를 죽였냐는 질문에 긍정도 부정도 하지 않았습니다. 형사님이 열심히 말을 붙이며 물었지만 일언반구도 없었다더군요. 그러다가 신원 인수인이 경찰서에 찾아와 그날은 일단 그를 다시 데려갔다고 합니다."

마쓰다이라는 이소베 기요시의 이름을 대지 않았지만

이미 많은 사람들이 어디선가 그의 이름을 접했을 것이다.

"정식으로 피해 신고서를 제출했으니 학교로서는 이제 경찰의 수사 상황을 지켜보고자 합니다. 이번 일로 여러분께 심려를 끼쳐 드리게 된 점, 진심으로 사죄드립니다."

마쓰다이라는 고개를 깊숙이 숙인 후 무대에서 내려갔다.

사회를 맡은 교감 선생님이 마이크를 잡았다.

"음, 이번 일은 비단 저희 학교뿐 아니라 저희가 사는 동네, 더 나아가 덴조시의 공통 과제가 되었습니다. 따라서 학부모회와 협의를 거쳐 하코사카 마을을 중심으로 한 마을 연합회 분들께도 한 말씀 듣기로 했습니다. 그럼 부탁드립니다."

무대에 오른 남자는 자신을 하코사카 마을 청년단 대표라고 소개했다.

"이리이치가 사는 집에서 걸어서 5분 정도 떨어진 곳에 살고 있습니다. 저희 하코사카 마을 주민들은 이번 일을 도저히 남의 일처럼 생각할 수 없는 상황입니다. 그 남자가 또 언제 어디서 무슨 짓을 저지를지를 계속 걱정하며 뜬눈으로 밤을 지새우는 날이 이어지고 있습니다. 이런 사태가 일어난 이상 지금 여기 계신 학부모 여러분들과 힘을 합쳐 이 문제를 반드시 해결하고 싶습니다."

남자가 고개를 숙이자 객석에서 박수가 터졌다. 지하야

는 어깨를 감싸고 위장이 조여드는 듯한 통증을 견뎠다.

"지하야 씨."

갑자기 뒤에서 누가 낮은 목소리로 불러서 깜짝 놀라 펄쩍 뛸 뻔했다. 라이트하우스 하코사카의 입주자 모임 대표 사카노였다.

"다행입니다. 와 주셔서 감사합니다."

"아뇨. 감사할 것까지는……."

학교 측에서 모든 교직원에게 참석하라고 했고 그것을 떠나 지하야도 처음부터 오려고 했다. 그래서 며칠 전 사카노가 전화를 걸어 설명회에 꼭 참석해 달라고 부탁한 것을 이상하게 여기고 있었다.

"이쪽으로 오시죠. 따로 자리가 마련돼 있습니다."

그의 말을 듣고 지하야는 사카노를 따라갔다. 묘하게 굽실거리는 태도를 보며 기분이 영 찜찜했지만 덕분에 보기 좋게 배치된 의자에 앉을 수 있었다.

"노리후미 씨도 이제 곧 오신다더군요."

이번에도 역시 무대 위에 설 예정이라는 노리후미의 모습을 상상하자 이제는 넌더리가 났다.

학부모석에서 청년단 대표에게 질문이 쏟아졌다. 손을 든 학부모는 이리이치가 사는 시사이드 코포 하코사카 건물이 유치원과 가까우니 지금 당장 그를 추방하지 못할 거면 경찰에 신고해 순찰 인력을 늘려야 한다고 했다. 그러자 청년단 대표는 경찰과 협의하겠다고 당당히 말했다.

"저도 자녀가 있어서 여러분들처럼 걱정이 태산입니다. 제가 할 수 있는 일은 다 할 생각입니다."

박수가 터졌다. 지하야는 고개를 숙였다.

"미안, 늦었어."

그때 귓가에서 노리후미의 목소리가 들려 마음이 복잡해졌다. 순수하게 아군이 도착했다고 생각할 수 없는 상황이 괴로웠다.

"안녕하세요. 이누이라고 합니다."

청년단 대표에 이어 무대에 오른 사람은 전에도 본 기억이 있었다. 마을 자치회 모임이 끝난 후 지하야에게 인사하러 온 라이트하우스 하코사카의 주민이다.

"실은 우연한 계기로 주간 브레이크 다음 호에 실릴 기사를 입수했습니다. 여러분도 한번 봐 주십시오. 이게 바로 기사에 실릴 사진입니다."

화이트보드 스크린 위에 투영된 것은 새끼 염소를 품에 안은 이리이치 가나메의 흑백 사진이었다. 상반신 사진이고 눈에 검은 실선이 들어가 있지만 누군지는 명확했다.

"이런 잡지가 전국 서점에 진열되는 겁니다. 어떤 상황인지 이해되시나요? 저희는 이 마을에서 안전하고 쾌적하게 살아갈 권리가 있습니다. 그 누구도 침해받아서는 안 될 권리죠. 경찰은 물론 국가도 저희의 이 권리를 침해할 수는 없습니다. 하지만 말이죠. 우리 동네가 이렇게 전국적으로 유명해지면 앞으로 어떤 일들이 생길까요? 외부에서 다양한 이들이 취재를 앞세워 이곳에 들이닥칠 겁니다. 개중에는 말도 안 되는 거짓말을 퍼뜨리며 우리를 비방하는 사람이 나올지도 모르고요. 이런 상황이 말이나 됩니까? 우리는 그저 조용히 살고 싶을 뿐입니다. 그런 삶을 바라며 덴조시에 정착한 것입니다. 자유를 강탈당하는 쪽은 오히려 우리입니다! 이리이치 때문에 우리는 평화를 빼앗기고 있는 겁니다!"

이누이는 침을 튀기며 소리 높여 외쳤다.

"이대로 가다가 덴조시는 이상한 인간들이 발붙이고 살아도 찍소리도 못하는 도시라는 이미지가 생길 겁니다. 점점 더 이상한 인간들이 늘어날 거라는 말입니다. 모두 이해하시겠습니까? 지금 우리가 단호하게 우리의 평화를 요구하면 다른 곳에서 비슷한 고통을 겪는 사람들에게도 용기를 선사할 수 있습니다!"

엉망진창이다. 단호하게 동네에서 추방하는 움직임이 다른 지역에까지 전파되면 이리이치는 도대체 앞으로 어디서 살아야 한다는 말인가.

지하야가 무릎 위에서 주먹을 꼭 쥐자 노리후미가 그 위에 자기 손을 얹었다. 눈이 마주친다. 괜찮아. 그의 눈빛이 그렇게 말하는 것처럼 보였다.

이누이는 물을 한 모금 마시고 심호흡을 하고 다시 입을 열었다.

"얼마 전 우리의 요청을 받아들이는 형태로 그 남자의 정신 감정이 이뤄졌습니다. 결과가 나오는 건 다음 달 말이라더군요. 여러분. 지금 바로 이 자리에 그 감정에 참석하신 오쿠누키 지하야 선생님이 계십니다!"

뭐? 지하야는 순간 머릿속이 새하얘졌다. 황급히 노리후미 쪽을 돌아본다. 남편은 지하야를 보며 가볍게 고개를 끄덕였다. 지하야는 마음속 깊숙한 곳에서 섬뜩함을 느꼈다.

"이 학교에 근무하시는 지하야 선생님은 그 용기 있는 고발의 주인공인 토픽 마켓의 메인 앵커, 오쿠누키 노리후미 씨의 아내이기도 합니다. 그런 선생님께 지금 이 자리에서 꼭 한 말씀 부탁드리고 싶습니다."

"지하야 씨." 사카노가 지하야 옆에서 무릎을 꿇었다.

"부탁드립니다."

"이런 이야기는 못 들었어요."

"모쪼록 한 말씀을."

"여보."

박수 소리에 노리후미의 목소리가 잘 들리지 않는다.

노리후미가 손을 붙잡고 일어서는 바람에 따를 수밖에
없었다. 힘차고 우렁찬 박수 소리가 체육관 안을 가득 메운
다. 순간 현기증이 일었다. 노리후미는 여유로운 미소까지
지어 보이며 지하야에게 무대에 올라가라고 재촉했다. 마
치 유령이 된 것 같은 기분이 들었다. 머릿속이 뱅뱅 돌았고
눈의 초점이 맞지 않았다.

이누이가 지하야에게 길을 터 줬다. 지하야는 로봇처럼
연단 위에 섰다. 3백 명쯤 되는 사람들이 이쪽을 보고 있다.
강의라면 괜찮다. 논문 발표 역시 안색 하나 바뀌지 않고 할
수 있다. 그러나 이 청중들이 원하는 것은 지하야의 신조와
는 정반대되는 말이었다.

"……오쿠누키 지하야입니다."

박수 소리. 무대 옆에 있는 노리후미도 손뼉을 치는 소리
가 들린다. 그 옆으로는 곤란해하는 표정의 고사카와 도미
코도 보인다.

마이크를 향해 "저……" 하고 입을 열자 순식간에 청중
들이 조용해졌다.

"그날, 이리이치 가나메 씨의 카운슬링을 진행했습니다.
정신 감정은 아니고요. 카운슬러는 제 은사인 데라카네 에
이스케 교수님입니다. 저는 그저 옆에서 기록만 했습니다."

그러고 나서 "저……" 하고 입을 열었다가 다시 말문이 막혔다. 목이 바짝바짝 타들어 간다.

"……제가 그날 느낀 그의 소견은 재판에서 적용된 것과 거의 같습니다. 그러니까 반사회성 퍼스널리티, 공감성 결여, 통합 실조, 광범위한 발달 장애. 그러나 전부 약한 수준에 불과했고 감정인과 판사 모두 그의 책임 능력이 완전하다고 인정했습니다."

한 마디 한 마디에 힘을 실어 목소리를 짜낸다. 사실이 사실로써 전달되도록.

"다시 말해 그는 정신 의학적 의미에서는 보호 대상에 해당하지 않는 것으로 보입니다."

그러자 와, 하는 함성과 함께 박수가 터져서 지하야는 어안이 벙벙해졌다. 왜 분위기가 달아오르지? 내 말을 제대로 이해한 게 맞나? 이리이치는 평범한 피고인으로 취급되어 형량이 정해졌고 복역까지 마쳤다. 게다가 강제 입원 같은 절차를 요하는 정신 질환자가 아니라 당신들과 똑같은 일반인이다. 나는 지금 그런 말을 하고 있는데…….

아연실색한 지하야가 다시 마이크에 입을 갖다 대려 할 때 이누이가 옆에서 마이크를 빼앗았다.

"여러분. 모두 잘 들으셨나요? 지금 지하야 선생님께서는 그 남자를 감정한 결과 그에게는 책임 능력이 완전하고 보호할 필요 따위 없다는 것을 증언해 주셨습니다. 선생님 께서는 지금 엄청난 용기와 사명감을 갖고 이 자리에 서 주 신 겁니다!"

무슨 소리를 하는 거야? 당신, 도대체 무슨 짓을.

지하야의 의도 따위 무시한 박수는 끝내 모든 청중의 기 립 박수로 이어졌다. "대단해!" "힘내세요!" "고마워요!" 그 런 말들이 쏟아진다.

"자, 여러분. 앞으로도 지지 않고 싸워 나갑시다! 그 남자 를 우리 마을에서 쫓아낼 때까지!"

지하야는 이제는 거의 쓰러지기 일보 직전이었다. 무대 가운데에 있는 연단을 벗어나 노리후미가 내미는 손을 뿌 리친다. 숄더백을 집어 들고 빠른 걸음으로 출구로 향했다. 사람들의 말을 귀에서 튕겨 내고 고개를 숙인 채 멈춰 서지 않는다. 체육관을 나갈 때 누가 어깨를 붙잡았다.

"기다려."

"이거 봐."

손을 뿌리치고 그대로 정문으로 향한다. 노리후미가 뒤 에서 쫓아왔다.

"왜 화내? 우리는 당연한 문제를 당연히 논의하려는 것 뿐이잖아."

"그게 당연하다고? 그런 난폭한 말들이 논의라고?"

"이리이치는 미치광이야. 누가 봐도 그래."

"이번 일을 정말로 그가 저질렀는지는 아직 밝혀지지 않았어."

"농담이지? 염소 사체를 품에 안고 있었어."

"그게 염소를 죽였다는 증거는 되지 않아."

"이런." 노리후미는 굳은 미소를 지으며 말했다.

"어떤 사안에 대해 말할 때 자기에게 유리하게 끼워 맞춰서 말하지 말라고 한 사람은 당신 아니야? 당신이 그때 발견한 금속 배트는 그 자식 거였다고."

"당사자는 살해를 인정하지 않았어."

"상황은 완전히 그놈이 범인임을 암시해."

"조금 더 면밀히 조사하면⋯⋯."

"염소 사체를 부검이라도 해야 한다는 거야?"

"그를 범인 취급 할 거라면 마땅히 해야지."

"적당히 좀 해!"

노리후미가 느닷없이 버럭 소리쳐서 지하야는 깜짝 놀라 멈춰 섰다.

"잘못하다가는 염소 다음으로 당신 머리가 그렇게 될 수도 있다고!"

지하야는 몸을 부들부들 떠는 노리후미를 잠시 바라보다가 이내 다시 등을 돌려 정문으로 향했다.

거리에서 택시를 찾았다. 이럴 때 꼭 잡히지 않는다.

"무슨 일입니까?"

그렇게 옆에서 말을 걸어 온 사람은 쓰보마키였다. 히죽거리는 얼굴로 지하야에게 다가온다.

"집회가 끝났나요? 아, 혹시 제가 쓴 기사 보셨어요?"

"당신은."

지하야는 쓰보마키를 향해 한 걸음 다가가 말했다.

"최악의 기자예요."

그런 말을 듣고도 쓰보마키는 웃는 얼굴 그대로 눈빛만 날카롭게 빛냈다.

"그런 사진…… 그런 인상 조작용 사진을 기사에 싣는 건 제대로 된 언론 보도가 아니에요."

"이상한 말씀을 하시는군요. 실제 현장에 가서 직접 제 손으로 찍은 사진입니다. 날조가 아니거니와 미리 짜고 찍은 사진도 아니에요."

"좀 더 괜찮은 걸 실을 수도 있었을 거예요."

"제 자의적으로 골라서 말입니까? 그렇다면 그건 과연 진실을 다룬 보도라 할 수 있을까요? 그리고 선생님."

쓰보마키가 어깨를 으쓱했다.

"어차피 선생님이나 저나 피차일반 아닙니까?"

모든 것을 안다는 듯한 그의 표정을 보며 지하야는 살의

조차 느꼈다. 쥐어뜯을 기세로 가슴에 손을 얹는다.

"선생님?"

호흡이 가빴다. 숨이 제대로 쉬어지지 않는다. 바닥에 가라앉는다.

"선생님, 괜찮으신가요?"

"저리 치워!"

어깨에 다가오는 손을 뿌리치고 지하야는 도로에 뛰어들었다. 눈앞에 있는 택시를 붙잡아 올라탄다.

"잠깐만요. 제 이야기도."

문을 닫고 당황하는 운전기사에게 목적지를 알린다. 핸드폰을 꺼내 다이얼 버튼을 누른다. 일단 집에 돌아가서, 그리고.

─무슨 일이야?

"선배. 당분간 신세 좀 질게요."

짧은 침묵 이후 후지와라 가쓰미는 밝은 목소리로 대답했다.

─그래. 방세는 와인으로 받을게.

23

여러 번 이사를 권했지만 가쓰미는 학창 시절 때부터 사는 여성 전용 아파트에서 벗어날 생각이 없어 보였다. 전만해도 지하야는 마치 제집 드나들 듯 이곳을 찾았지만 요즘은 찾는 빈도가 줄었다. 노리후미와 결혼한 이후부터는 손꼽을 정도다.

집 안은 깨끗하게 정돈돼 있었다. 간소한 인테리어가 그야말로 가쓰미답다. 거실 유리 테이블에 와인과 안주를 놓고 쿠션에 앉았다. 소파에 앉은 가쓰미는 건배를 하다가 레드와인 한 방울을 손등에 흘리고 말았다.

"싸웠어?"

집회에서 일어난 일을 털어놓자 가쓰미가 언짢은 표정을 지었다.

"후배의 남편을 나쁘게 말하고 싶지는 않지만." 가쓰미는 그렇게 입을 열었다.

"언론 종사자로서 기본 상식이 의심될 정도네."

되받아칠 말이 없었다. 지하야도 정확히 그렇게 생각했기 때문이다.

체육관을 뛰쳐나와 집에서 짐을 최소한으로 꾸리는 동안 핸드폰이 계속 울렸지만 무시했다. 문자도 보지 않았다.

"뭐 집안일만 좀 도와주면 원하는 만큼 여기 있어도 돼."

지하야는 눈앞에 있는 선배에게 진심으로 감사했다. 만약 가쓰미가 없었다면 불안과 고독, 자책으로 가득한 밤을 보냈을 것이다.

다음으로 사토하마의 조언에 대해 이야기하자 가쓰미는 "그럴싸한 이야기네" 하고 고개를 끄덕였다.

"이리이치가 정말 정신 이상자라면 모든 게 수습되겠지. 그 누구도 상처받지 않을 테고 모두가 납득할 거야. 안타깝지만 그게 바로 현실이야."

"현실을 언급하자면 이리이치 씨는 새끼 염소를 죽인 범인이 아니에요."

그러자 가쓰미가 흥미진진한 것처럼 눈을 가늘게 떴다.

"근거는?"

"시사이드 코포에서 학교까지는 2킬로미터나 떨어져 있어요. 그런 거리를 금속 배트를 손에 들고 걸어갔다고요? 버스를 탔든 택시를 탔든 걸어갔든 누군가 반드시 그 모습을 목격했을 거예요. 하지만 그런 증언은 지금껏 나오지 않았어요."

"그냥 나서지 않는 것뿐 아닐까? 경찰도 진지하게 수사하는 것 같지 않고."

그렇다고 해도 소문 하나쯤은 돌 것이다.

"자, 그럼 반론해 볼까." 가쓰미가 장난스럽게 미소 지으며 지하야를 봤다.

"금속 배트를 미리 학교 근처에 숨겨 뒀다면? 그럼 학교까지 빈손으로 가도 되지."

"그럼 그 배트를 들고 어떻게 학교 안에 들어가겠어요? 아무리 보안이 허술했다고 해도 금속 배트를 손에 든 사람을 들여보낼 리는 없어요."

담장을 넘는다고 해도 학교 담장에는 센서가 달려 있다.

가쓰미는 태연한 얼굴로 여유롭게 잔을 기울였다.

"손에 들고 들어갈 수는 없어도 담장 위로 던질 수는 있지 않았을까?"

그럴 수는 있다. 눈에 띄지 않는 곳, 이를테면 목장 근처 같은 곳에 적당히 배트를 던지고 나중에 다시 주워 가면 그만이다.

"야구 모자를 눌러쓰고 있었다는 것도 마음에 걸려. 평소에는 그런 걸 쓰고 다니지 않았다며?"

금속 배트와 함께 염소 살해 현장에 버려져 있던 야구 모자가 이리이치의 소지품이라는 것은 이소베의 증언으로 확인됐다고 한다.

"어떤 목적이 있었으니 눈에 띄고 싶지 않았다. 그렇게 해석하는 게 자연스러워."

일리가 있는 말이다.

"그럼 이번에는 제가 반론해 볼게요." 지하야가 말했다.

"전 아무것도 손에 들고 있지 않은 이리이치 씨를 목격했어요."

깡 하는 소리가 들린 직후다. C룸 유리창 너머를 가로질러 가던 그는 금속 배트를 손에 들거나 염소를 안고 있지 않았다.

"이리이치 씨는 목장을 지나 숲 중심부 쪽으로 걸어갔어요. 소리가 들린 방향으로요. 그 소리가 그가 염소를 때려죽였을 때 난 소리라면 앞뒤가 맞지 않아요."

"염소를 때려죽일 때 소리를 냈다. 도망치려고 목장으로 돌아갔다가 금속 배트를 중심부에 깜빡하고 두고 온 것을 떠올렸다. 네가 목격한 건 그렇게 찾으러 돌아가는 도중이었을지도."

"시간상 그러기는 어렵고 또 목장으로 돌아가는 건 전 못 봤어요."

"처음에는 뛰었겠지. 그러다가 중간에 포기하고 다시 걸어갔다. 목장으로 돌아가는 모습은 단순히 네가 놓쳤을 뿐이다."

지하야는 입을 다물었다. 가능성을 따지자면 그럴 수도 있다. 지하야가 이 일을 경찰과 학교에 이야기하지 않은 것도 어차피 당신이 잘못 봤다는 식으로 단정 지을 것 같았기 때문이었다.

가쓰미의 표정이 누그러졌다.

"뭐 트집을 잡아 보자면 그렇다는 이야기야. 네가 의심하는 것처럼 그날의 상황이 부자연스러운 건 맞아. 직관적으로 말하자면 당사자가 아닌 다른 누군가의 의도가 느껴져."

"어떤 의도라고 생각하세요?"

"그건 쉽지. 그를 마을에서 추방하려는 의도."

단순하면서도 적확한 대답이다.

"그럼 덴조제를 사건의 무대로 고른 이유도 설명할 수 있어. 머리가 터진 새끼 염소를 품에 안은 이리이치의 모습을 되도록 많은 사람이 목격하게 한 거지. 핸드폰 카메라로 찍은 사진이나 영상이 인터넷에 올라갈 것도 다 계산했을 거야. 거기에 만약 계획이 들통 나서 비난받는다고 해도 기껏해야 동물 학대, 또는 민폐 방지 조례 정도로 걸릴걸. 이런 걸 떠올린 사람은 대단하다고 해야 해."

가쓰미의 의견에 지하야도 동의했다. 일부러 죄를 가볍게 해 일종의 보험에 들었다고 할 수도 있을 것이다.

잔인하기는 해도 그래 봐야 동물을 죽인 사건이다. 인간이 피해를 보지 않은 사건에는 경찰도 굼뜨게 움직인다. 만약 살해 대상이 인간이었다면 중대 사건이 되어 단숨에 이리이치도 궁지에 빠졌을 것이다. 동시에 면밀한 수사를 통해 진상이 금세 드러날 확률이 높다. 그러나 새끼 염소를 죽인 일이 그 정도는 아니다. 계획된 살해라고 해도 굳이 공들여 이 일을 끝까지 파헤칠 사람은 없을 것이다.

결과적으로 피투성이 새끼 염소를 품에 안은 이리이치의 충격적인 모습만이 사람들의 뇌리에 각인된다. 죄의 가벼움에 비해 이리이치가 떠안고 갈 부정적인 이미지는 엄청나게 무겁다. 사람들은 그를 두려워할 수밖에 없다. 사건의 진상 같은 것과는 상관없이. 아니, 관심 없이.

"이리이치가 정말 범인이건 아니면 단순히 함정에 빠졌건 몇 가지 의문은 생겨. 하나하나 열거해 볼까. 자, 우선 왜 염소였는가."

새끼 염소를 품에 안은 모습은 분명 충격적이지만 개나 고양이였더라도 잔혹함을 강조하는 의미에서는 효과가 엇비슷했을 것이다. 오히려 그쪽이 더 자연스럽고 수고도 덜할 수 있다.

"첫 번째 의문부터 막혔지? 자, 그럼 다음. 이리이치가 당시 목장에 있었던 이유는?"

분명 그에 대한 설명은 없었다.

가쓰미가 세 번째 손가락을 세웠다.

"이리이치가 죽은 새끼 염소의 사체를 품에 안고 숲에서 나온 이유는?"

그가 정말 범인이었다면 사체를 안고 나오기 전에 그대로 몸을 숨기는 편이 자연스럽다.

"자, 네 번째. 처음에 들렸던 그 금속음의 정체는 뭘까?"

순간 지하야는 지금껏 간과하고 있던 사실을 깨닫고 화들짝 놀랐다. 금속 배트로 나무나 바닥, 또는 새끼 염소의 두개골을 때렸다고 가정하면 그렇게 맑은 금속음이 울릴 리는 없다.

"네가 새끼 염소 살해 현장에 달려간 것도 그 금속음이 들렸기 때문이야. 소리가 들린 쪽으로 달렸지?"

"워낙 정신이 없어서 정확히 그 방향으로 갔는지는 확신이 없어요."

"그렇다고 해도 완전히 어긋나지는 않았겠지. 숲속에서 그런 소리가 날 만한 곳이 있어?"

"가능성을 꼽자면 벤치 정도겠죠."

벤치 다리는 철로 돼 있다.

가쓰미는 "그럼 다음으로" 하고 새끼손가락을 펼쳤다.

"왜 그런 곳을 배트로 때렸나."

짐작도 되지 않았다.

"만약 이리이치가 정말 범인이라면 이런 의문에 답을 내기가 어려워 보여. 물론 그에게 중증의 망상과 환각 증세 같은 게 없다고 가정해서 하는 이야기지만."

가쓰미는 "일단 지금은 그렇게 전제하고 생각해 보자"
하고 말했다.

"만약 이리이치가 누가 놓은 덫에 걸린 거라면 몇 가지
의문은 해결돼. 뭔지 알겠어?"

지하야는 고개를 가로저었다. 지금은 입 다물고 경청해
야 할 때라고 판단했다.

"우선 죽인 대상이 염소인 이유. 일단 충격도를 이유로
꼽을 수 있겠지. 개나 고양이 같은 것보다 염소 쪽이 훨씬
눈에 도드라지는 건 사실이니까."

실제로도 그 사진은 이리이치의 잔혹성을 정확히 연출
해 냈다.

"게다가 염소라면 그날 학교 부지 안에서 옆에 거느리고
걸었어도 별로 주목받지 않았을 거야."

지하야는 순간 속으로 '응?' 하고 의아했지만 얼마 안 돼
이해했다.

학교 안에 염소가 있다는 건 그날 많은 이들이 알고 있었
다. 덴조제의 명물인 염소 쇼가 있기 때문이다. 올해는 취소
됐지만 어떤 이벤트를 가장해 옆에 거느리고 걸었다고 해
도 그리 기이하게 보이지는 않았을 것이다.

가쓰미는 와인으로 목을 한 번 축이고 설명을 이었다.

"이리이치를 함정에 빠뜨린 범인, 여기서는 염소 조련사라고 부르기로 할까. 그 녀석은 당당하게 염소를 데리고 숲에 들어갔어."

"정말로 그랬다면 누군가는 그 모습을 기억하지 않을까요?"

"평범한 복장이었다면 그렇겠지. 하지만 만약 분장 같은 걸 했다면 어떨까? 그런 상태에서 새끼 염소가 들어간 자루를 짊어지고 있었다거나."

짐차로 싣고 갔다고 해도 별로 눈에 띄지 않았을 것이다.

"숲의 중심부로 새끼 염소를 데려가 배트로 때려죽였다. 그리고 이리이치를 그곳에 불렀다."

"어떻게요?"

가쓰미가 손가락으로 딱 소리를 내자 지하야도 퍼뜩 이해했다.

"소리 말이군요."

깡 하는 금속음. 그것이 이리이치를 부르는 신호였다면? 실제로 이리이치는 경찰 조사에서 금속음이 들려서 나카쓰 숲에 들어갔다고 인정했다.

하지만.

"이해가 잘 안 되는 부분도 있어요. 아무리 금속음이 들린다고 해도 그가 반드시 그곳에 올 거라는 보장은 없을 거예요. 제가 거기 간 것도 그전에 이리이치를 발견한 상황이 있었기 때문이에요. 염소 조련사에게는 승산이 낮은 도박이라고 할 수 있어요."

"그 말이 맞아. 어렵다는 건 나도 알고 있어."

가쓰미는 "애초에 말이지" 하고 설명을 계속했다.

"염소 조련사는 이리이치가 학교에 반드시 올 거라고 확신했을까? 그는 이소베 씨의 가족 카드를 가져갔다고 증언했다지만 그것도 우연이잖아. 그러니 이 결과는 아마 염소 조련사에게 최고로 일이 잘 풀린 결과라고 해야 할 거야."

"정확히 무슨 뜻이죠?"

"이리이치가 살해 현장에 나타나지 않아도 됐다. 최악의 경우 그 금속 배트만 현장에 남아 있다면 그에게 혐의를 덮어씌울 수 있다."

그런 논리라면 이리이치가 학교에 꼭 오지 않아도 염소 조련사의 목적을 달성할 수 있다. 그의 목적은 이리이치의 인상을 조작하는 것이었으니.

"이리이치 씨에게 완벽한 알리바이가 있다면 어떡할 생각이었을까요?"

"이소베 씨를 제외하고 이리이치와 스물네 시간 붙어 있는 사람은 없겠지. 기자들도 하루 종일 거기 가 있는 건 아닐 테고. 즉, 이런 거야. 염소 조련사는 이소베 씨가 덴조제에 갈 것을 알고 있었어."

바로 그것이 이리이치의 알리바이를 흐리는 동시에 그가 학교에 나타날 기대치를 높였다.

"처음부터 이소베 씨가 덴조제에 이리이치와 함께 왔다면, 은 역시 안 되겠지."

이리이치가 처한 상황을 고려하면 축제에 데려가면 갈등이 빚어질 게 뻔하다. 이소베를 비난할 수는 없다.

"목장에 있었던 건 왜죠?"

"불려 갔다. 또는 그곳에서 기다리고 있었다. 아니면 정말로 그저 우연이었다."

우연히 이리이치가 덴조제에 와서 우연히 목장으로 향했다가 우연히 그곳에서 학교에서 기르는 염소를 때려죽였다? 아무리 그래도 그건 너무 심하다.

그러나 누군가에게 불려 갔거나, 누군가를 기다리고 있었다면 다른 의문이 생긴다. 어떻게 이리이치와 접촉하고 그를 자신의 제안에 따르게 했는가. 그리고 이리이치는 왜 지금껏 그 이야기를 털어놓지 않고 있는가.

그것은 마지막으로 제시된 수수께끼와도 이어졌다.

"그는 왜 새끼 염소를 품에 안고 숲을 나갔는가."

이리이치가 새끼 염소를 죽인 범인이라는 이미지를 확고히 만드는, 거의 자백과도 같은 행동이었다.

"두 가지를 떠올려 볼 수 있겠지. 우선 이리이치가 사안의 중대성을 인식하지 못했을 경우."

타인에 대한 무관심과 공감 능력 결여는 자신이 처한 상황에 대한 둔감함으로도 이어진다. 면담에서 그와 마주했을 때 이리이치에게서는 그런 느낌이 짙게 배어났다.

"두 번째. 그가 염소 조련사를 감싸고 있을 가능성."

"그건 이상해요. 자신을 궁지에 내몬 장본인을 왜 감싸죠?"

"분명 이상하기는 해. 하지만 말이지. 지금 여기서 모든 걸 상식적으로 따지기 시작하면 역시 이리이치가 새끼 염소를 죽인 범인이라는 결론으로 향할 거야."

그는 죽은 염소를 품에 안고 사람들 앞에 모습을 드러냈으니.

"염소 조련사의 조건을 정리하자면 이렇게 되겠지. 그는 덴조 학교에서 염소를 기른다는 것과 학교 명물인 염소 쇼, 그리고 올해는 그 쇼가 취소됐다는 걸 아는 사람이다. 이리이치의 금속 배트를 그가 사는 곳에서 들고나올 수 있었던 사람이다. 이소베 씨가 덴조제에 간다는 걸 알고 있었던 사람이다. 이리이치와 접촉할 수 있었던 사람이다. 그리고 이리이치를 이 마을에서 추방하고 싶어 하는 사람이다."

언뜻 생각하기에 그의 집에서 금속 배트를 들고나오기

는 어려울 것 같지만 꼭 그렇지만도 않다. 그가 사는 곳은 이미 널리 알려졌고 전에 쓰보마키는 이리이치가 집 문을 잠그는 습관이 없다고도 했다.

이소베가 덴조제에 갈 것은 어떻게 알았을까. 딸이 다니는 학교 축제이니 가도 이상하지는 않다. 그보다 그가 이리이치의 신원 인수인임을 알고 있어야 한다는 조건부터 충족해야 한다. 그러나 이 역시 널리 알려진 사실이다.

그렇다면 이리이치와 접촉할 수 있었던 사람은? 그에게 전화 정도는 걸 수 있었을까? 편지는 어떨까. 이리이치가 그의 지시를 따를지 안 따를지를 떠나 일단 시도는 할 수 있을 것이다.

지하야가 결국 마지막으로 도달한 것은 동기였다. 이렇게까지 이리이치를 막다른 곳에 몰아넣고 싶어 한 인물.

"떠오르는 염소 조련사 후보는 있어?"

있다. 그야말로 의심스러운 인물이.

"시라이시 준조."

시라이시가 연구실을 찾았을 때 나눈 대화를 전하자 가쓰미는 고개를 깊숙이 끄덕였다.

"분명 이 빙 둘러 가는 복수법을 선택할 사람으로 잘 들어맞는 사람이기는 하네."

가쓰미는 빈 잔을 흔들며 달아오른 얼굴을 살짝 옆으로

기울였다.

"이리이치가 지금 시라이시 씨를 감싸고 있다면 그건 속죄 때문일까."

지금까지와는 다른 자신감 없는 말투였다.

"죽은 염소를 품에 안고 숲에서 나가 사건을 자신이 저지른 것으로 만든다."

"글쎄요. 정말 그렇다면 경찰 앞에서도 자기가 했다고 하지 않았을까요?"

"그 말이 맞아. 어쨌든 근거가 부족하네."

여기까지는 그저 우리에게 유리하도록 이야기를 끼워 맞춰 해석했다는 점에서 우리 두 사람도 하코사카 마을 주민들과 다르지 않다.

"여기까지 하자. 그래 봐야 앞으로 네가 할 일은 따로 없어 보여."

지하야는 소파 위에서 뜬눈으로 밤을 지새웠다.

컨디션이 좋지 않다고 하고 학교를 쉬었다. 바로 얼마 전 그런 사건이 일어난 마당에 C룸을 비울 수는 없어서 도미코에게 대신 부탁했다.

출근하는 가쓰미를 문 앞까지 배웅하고 소파에 깊숙이 앉았다. 핸드폰에는 노리후미에게 걸려 온 전화와 문자가 쌓여 있을 테지만 답하고 싶지 않았다. 어젯밤 친구 집에서 하룻밤 자고 가겠다고 문자를 보낸 것을 끝으로 핸드폰을 아직 꺼내 보지도 않았다.

이렇게 거리와 시간을 두고 되돌아보니 생각보다 더 노리후미와 사이가 벌어진 느낌이 들었다. 이리이치가 마을에 나타나면서 드러난 서로의 가치관 차이는 오쿠누키 노리후미라는 사람에 대한 불신으로까지 발전했고 지금은 그것을 다시 회복할 엄두도 나지 않았다.

아이러니했다. 만약 노리후미에게 정신 질환이 있다면 이렇게 생각하지는 않을 것이다. 사고방식의 차이는 당연하고 조금이라도 서로 이해할 지점을 찾으면 기쁨을 느낄 것이다.

나는 노리후미가 나와 똑같이 생각하기를 강요하고 있다.

노리후미를 '특별한 타인'이라고 생각하기 때문에 생기는 오만이다. 그와 내가 다른 것은 당연하다. 서로가 한 발짝씩 더 다가갈 수밖에 없다. 머리로는 알고 있는데 마음의 반발이 잘 억눌러지지 않았다. 관용적이지 못한 나 자신이 공허했다. 포용의 한계. 이상 심리와 살인 충동 따위를 굳이 들먹이지 않아도 그런 건 인간관계에서 흔하다.

앞으로 네가 할 일은 따로 없을 것이다. 가쓰미의 그 말은 옳다. 수사 권한도 없는 일반 시민이 할 수 있는 일은 제한

적이고 아무리 이리이치의 결백을 증명한다고 해도 그 뒤에 뭐가 어떻게 바뀐다는 말인가. 많은 이들은 이리이치의 무죄 소식을 들어도 분명 '아, 그렇군' 한 다음에 '그래도 무서운 건 무서운 거야'라고 속삭일 것이다. 새끼 염소 살해와 이리이치 가나메가 연결된 시점에 이미 염소 조련사는 승리했다.

지하야의 가슴속에서 무력감은 점점 더 커져 갔다. 이제는 될 대로 되라는 생각까지 들었다. 지하야가 사는 집보다 훨씬 좁은 원룸인데도 이곳 역시 너무 넓게 느껴졌다.

그날 '그럼 이만' 하고 사라진 가나는 오늘 C룸을 찾아올까. 내가 자리에 없는 걸 깨닫고 실망하지 않으면 좋으련만. 아니면 도미코를 만나는 게 더 반가울까.

쓰보마키는 어떤 기사를 써낼까. 읽지 않아도 대략 예상은 된다. 집회 당시 공개된 이리이치 가나메의 사진. 허리까지 오는, 숲을 등지고 선 그의 사진에 '왜 계속 반복되나?'라는 제목. 구석에 페이지의 4분의 1 정도 되는 크기로 위에서 찍은 것처럼 보이는 먼 배경 사진이 한 장 더 실려 있었다. 이리이치와 그를 둘러싼 학생들의 아슬아슬한 순간을 담은 사진. 고등부 건물에 올라가서 촬영했을 게 분명하다. 그 혼란 속에서 쓰보마키는 빈틈없이 자기 임무를 완수한 것이다.

응?

불현듯 사고가 멈췄다. 다시 한번 기억을 더듬는다. 사진 가운데에 찍힌 이리이치 가나메. 품에 안은 새끼 염소는 축 늘어져 있다. 인쇄해서 검게 보이는 혈흔이 셔츠에 묻어 있다. 그 밖에는 아무것도 찍혀 있지 않다.

이건 이상해.

지하야는 몸을 일으켰다.

24

"오래 기다리셨어요?"

쓰보마키 겐신은 평소처럼 지하야를 향해 가볍게 고개를 숙였다. 느긋하게 날씨 이야기를 꺼낸다. 어젯밤 지하야가 보여 준 거친 행동은 신경 쓰지 않는 척하는 걸까.

"바쁘신 거 아니에요?"

"아뇨, 아뇨. 지하야 선생님과의 약속을 거절할 정도로 바쁘지는 않습니다."

그는 연기 섞어 웃으며 "안 들어가세요?" 하고 역 앞 카페를 엄지로 가리켰다.

"기자님이나 저나 성가신 건 싫어하잖아요. 어제 집회에서 언론의 취재 공세에 경계해야 한다는 의견도 나왔고요."

"하하. 점점 살기 힘든 동네가 돼 가는군요. 아, 방금 속으로 '대체 누구 때문인데'라고 생각하셨죠?"

"일단 좀 걷기로 해요."

지하야는 박스 로드로 향했다.

"잡지 반응이 어떻게 나올 거로 예상하세요?"

"물론 떠들썩해지겠죠. 전 당분간 더 여기 있어야 하는데 동료에게서 벌써부터 원망 섞인 문자가 도착하고 있습니다. 찬비양론, 문제 제기. 물의를 빚어내는 게 바로 주간지의 묘미죠."

"날조된 사실로 말인가요?"

그러자 쓰보마키가 어이가 없다는 듯이 한숨을 내쉬었다. 말을 고르는 듯하다가 "선생님" 하고 입을 연다.

"아무리 그래도 그 말씀은 그냥 듣고 넘기기 어렵네요. 어제저녁 때도 말씀드렸지만 그 사진은 제가 당시 현장에서 직접 찍은 겁니다. 수상한 사람한테서 산 것도 아니거니와 따로 손을 댄 사진도 아니에요. 설마 눈에 실선이 들어간 게 불만이신가요?"

그는 어깨를 으쓱하고 안쓰러운 듯이 말을 이었다.

"실례되는 말이지만 지하야 선생님은 이리이치에게 필요 이상으로 감정 이입을 하시는 것 같습니다. 자신의 신조에 따른 행동일지도 모르지만 지나치게 이상에 집착하면 현실이 비틀려 버립니다. 이리이치는 그날 분명히 그 숲속에서 새끼 염소를 때려죽였고 그걸 모두 앞에 보란 듯이 공개했습니다. 전 그걸 두 눈으로 똑똑히 봤고요. 솔직히 셔터를 누를 때 손가락이 떨리더군요. 전 확신합니다. 그 자식은 제정신이 아니에요."

"기자님. 혹시 사시는 곳이 도쿄인가요?"

느닷없는 질문에 쓰보마키는 "네?" 하고 목소리를 높였다.

"네. 그런데요."

"가족분들도?"

"안타깝지만 혼자 삽니다."

"그 사진은 직접 찍었다고 하셨죠?"

"네. 맞습니다. 혹시 절 취재라도 하시려는 겁니까?"

"어떻게 찍으셨죠?"

그러자 쓰보마키가 입을 꾹 다물었다.

"카메라 조작법을 여쭈려는 건 아니에요. 제가 궁금한 건 기자님이 그날 어떻게 학교 안에 들어갈 수 있었는지예요."

도쿄 소재 회사에서 근무하는 남자가 어떻게 학교 안에 출입 가능한 가족 카드를 입수했을까.

쓰보마키는 대답하지 않았다.

"어디서 찍으셨죠?"

"어디서라고 하시면?"

"확대 사진이요. 어디서 찍으신 거예요?"

지하야가 발걸음을 멈추자 쓰보마키도 멈춰 섰다.

"그 사진, 되게 잘 찍혔더라고요. 숲을 등진 채 정면에서 걸어오는 이리이치 씨가 아주 또렷이 찍혔어요."

"……무슨 말씀을 하시려는 겁니까?"

"지나치게 잘 나온 사진이에요. 이리이치 씨 뒤로 쓸데없는 게 단 하나도 찍히지 않았죠. 그때 그가 숲을 지나 나온 곳에는 사람들이 있었고 노점도 있었어요. 학교 건물도."

"그가 숲에서 나오기 직전에 찍은 겁니다. 배경이 숲뿐이었을 때."

"그럼 그 안에 제가 찍히지 않은 게 이상해요."

"네?"

그렇게 되묻는 쓰보마키의 표정에서 여유가 사라졌다.

"전 새끼 염소 살해 현장에서 핏자국을 따라 달려갔어요. 그가 숲에서 빠져나오기 직전이라면 사진 속에 제가 찍혀 있어야 해요."

"……우연히 이리이치의 몸에 겹쳤겠죠."

"물론 그럴 수도 있었겠지만 기자님, 기자님은 제가 거기서 나온 걸 모르셨죠?"

쓰보마키의 얼굴에서 표정이란 것이 사라졌다.

"제 생각은 이래요. 기자님은 어떤 사람을 통해서 학교에
이리이치가 있다는 소식을 듣고 학교에 갔다. 그 정보 제공
자는 이리이치 씨가 금속 배트로 새끼 염소를 죽이려 한다
고 알렸다. 기자님은 숲에서 나오기 직전이 아닌 숲속에서
이리이치 씨의 사진을 찍었다. 그것 말고는 그날 기자님이
저를 못 보신 이유를 설명할 수 없어요."

쓰보마키는 짐짓 쓴웃음을 지어 보였다.

"에이, 추리라고 하기에는 너무 빈약하네요. 만약 그런
정보 제공자가 있다고 해도 도쿄 사람인 제가 그때 마침 이
덴조시에 있다는 걸 그가 어떻게 알았겠습니까?"

"기자님이 당분간 이 동네에 계실 거라는 것만 알면 되
죠. 기자님은 전부터 이리이치 씨 문제를 적극적으로 기사
로 쓰셨어요. 이번에도 달려들 거라고 기대하는 게 자연스
러워요."

"이상한 건 그뿐만이 아닙니다. 그날 제가 어떻게 이리이
치가 걸어오는 곳 바로 맞은편에 자리 잡고 있었겠습니까?
거기까지 세세하게 미리 정했다고 말씀하시려는 건가요?"

"정보 제공자와 거기서 만나기로 약속하신 것 아닌가요?
고등부 건물 주변에서."

"그게 그렇게……."

"하지만 그 사람은 나타나지 않았겠죠. 기다리고 있을 때 바로 그 소리가 울렸어요. 깡 하는 금속 배트 소리가."

쓰보마키의 표정에서 당황하는 기색이 역력해졌다. 깡 하는 소리는 이리이치뿐만 아니라 주간지 기자인 그도 부르기 위해 울린 것이다. 범행 현장을 사진 찍게 하려고.

"사전에 정보를 들었던 기자님은 그 소리가 무엇을 의미하는지 곧장 깨달았어요. 이리이치 씨가 새끼 염소를 죽인 게 아닌가. 원래라면 염소를 금속 배트로 때려도 그런 소리는 울리지 않지만 살해 장면을 연상하기에는 충분한 조건이었어요."

그것은 지하야도 직접 경험했다.

"소리가 들린 쪽으로 달려간 기자님은 그 길목에서 새끼 염소를 품에 안고 다가오는 이리이치 씨를 맞닥뜨리고 사진을 찍었어요. 그리고 온 길을 되돌아가 숲을 빠져나간 후 다음 사진을 찍을 구도를 찾았죠. 숲 밖으로 모습을 드러낸 이리이치 씨와 경악하는 사람들을 한 장에 담을 수 있는 장소를."

위에서 찍은 두 번째 부감 사진이다.

"기자님. 기자님은 이용당한 거예요."

눈을 크게 뜬 쓰보마키는 이제 빈정거릴 여유도 없어 보였다.

"이리이치는 새끼 염소를 죽이지 않았다. 그렇게 가정하고 기자님이 그날 한 행동을 곰곰이 되짚어 보세요. 날조된 사실로 한 사람을 사회에서 추방하는 행위가 지닌 의미, 그리고 그 일이 초래할 기자님의 책임과 기자님의 미래를요."

쓰보마키는 시선을 회피한 채 안절부절못하며 현재 상황을 재빠르게 계산하는 것처럼 보였다.

"지금부터는 제 생각을 말씀드릴게요. 제 의견에 신빙성이 느껴진다면 제게 정보 제공자의 이름을 알려 주세요."

"잠깐만요. 취재원을 숨기고 뭐고 할 것 없이 전 그 사람이 누군지 모릅니다."

쓰보마키는 정보를 제공받은 사실 자체는 인정하고서 말을 이었다.

"발신자 표시 제한으로 전화가 걸려 왔습니다. 선생님의 추측이 대략 맞는다고 해야겠네요. '금속 배트를 손에 든 이리이치가 염소와 함께 숲으로 향하는 걸 목격했다. 그 자식이 혹여 이상한 짓을 저지르면 증거 사진을 찍어 달라'라고 부탁받았죠. 고등부 건물의 연결 통로가 있는 곳 부근에서 만나기로 약속했고 그 뒤로는 선생님이 떠올리신 그대로입니다."

"귀에 익은 목소리는 아니었나요?"

"비밀 이야기를 하는 것처럼 속삭여서…… 나이 많은 남자의 목소리 같기는 했습니다."

의도적으로 말투를 바꿨을 것이다.

"가족 카드는 어떻게 구하셨죠?"

"버스 정류장에 두고 가겠다고 했습니다. 테이프를 써서 벤치 뒤에 붙여 뒀더군요."

아쉽게도 카드에 학생의 이름은 적혀 있지 않았다.

"연락은 핸드폰으로?"

"네."

"기자님이 지금 덴조시에 있는 것과 이번 일을 열심히 취재하고 있다는 것, 그리고 핸드폰 번호까지 아는 사람이 몇 명이나 될까요?"

"제법 있을 겁니다. 관계자 이야기를 들으러 다닐 때 항상 명함을 건네며 당분간 여기 있을 테니 연락 달라고 했으니까요."

"시라이시 씨한테도?"

쓰보마키가 침을 꿀꺽 삼키는 소리가 들렸다. 그는 힘없이 "네……" 하고 대답했다.

덴조시에서 JR 열차로 갈아타고 이바라키현으로 향했다. 역 앞에서 택시를 타고 목적지에 도착했을 때는 토픽 마

켓의 후속 방송이 시작하는 시간이었다. 이동 중에 노리후
미에게서 연락은 없었다.

아파트와 오래된 민가가 섞인 주택가를 걷고 있자 허벅
지가 조금씩 쑤시기 시작했다. 완만한 오르막길과 내리막
길이 반복되는 길을 계속 걷다가 마지막 오르막길의 중간
쯤이 돼서야 문패가 눈에 들어왔다. '시라이시 준조'라고
적힌 글자. 오래된 2층 단독 주택이 범죄 피해자 지원 단체
'리팜'의 사무소이자 그의 주거지였다.

"어서 오세요."

초인종 소리를 듣고 나온 시라이시는 온화한 얼굴과 목
소리로 지하야를 맞았다. 면바지에 폴로셔츠를 입은 수수
한 차림새로 "이쪽으로 오시죠" 하고 안내한다. 거실에 가
서 소파에 앉았다. 시라이시가 보리차를 따른 컵을 두 개 들
고 지하야 앞에 앉았다. 행동 하나하나가 여유가 넘치고 쓸
데없는 동선 하나 없이 세련돼 보인다.

"밖이 더우셨겠지만 전 에어컨 바람을 싫어해서요. 집 안
온도를 나무 그늘 정도로 맞춰 놓고 있습니다. 자, 이 보리
차를 드시고 적어도 입안만은 시원하게 하십시오."

그의 자상한 태도에 저항하듯 지하야는 격식 차린 말투
로 대답했다.

"갑작스럽게 부탁했는데도 흔쾌히 들어 주셔서 감사합

니다."

"저도 전에 갑작스럽게 찾아간 적이 있으니까요. 그 맛좋은 커피를 보답할 기회를 주셨으니 저야말로 감사하죠. 안 그래도 지하야 선생님을 다시 한번 만나 뵙고 싶었습니다."

시라이시는 보리차를 한 모금 마시고 입을 열었다.

"쓰보마키라는 기자분도 오시나요?"

"오고 싶어 하셨는데 원하신 대로 저 혼자 왔어요."

"제가 느끼기에 꽤나 집요한 기자분으로 보였는데 용케도 설득하셨군요."

쓰보마키는 시라이시의 집 전화번호를 알려 주는 대가로 자신도 함께 가기를 바랐지만 지하야가 거절했다. 이미 공개된 '리팜'의 전화번호는 교환 가치도 없다. 결국 그가 부탁한 몇 가지 질문을 대신하고 결과를 전달하는 것으로 타협했다.

"기자님이 필사적이었던 건 꼭 기자의 호기심 때문이 아니라 때에 따라서는 급하게 정정 기사를 내야 하기 때문이에요."

"정정 기사 말인가요."

"네. 이리이치 씨가 덴조 학교에서 새끼 염소를 때려죽이지 않았다는 기사로."

처음 그가 말했던 것처럼 시라이시의 집은 땀이 살짝 날 정도의 온기를 유지했다. 활짝 열린 창문으로 들어오는 바람이 기분 좋게 느껴졌다.

"시라이시 씨도 그때 찍힌 사진을 인터넷에서 보셨죠?"

"네. 이리이치처럼 보이는 남자가 머리가 터진 새끼 염소를 품에 안고 있더군요."

"사진 자체는 진짜예요. 하지만 그날의 상황을 정리하다 보면 이리이치 씨가 새끼 염소를 죽였다고 보기에 부자연스러운 부분이 너무 많아요."

지하야는 가쓰미와 논의한 의혹과 함께 쓰보마키에게 들은 증언까지 남김없이 털어놓았다. 시라이시는 반론하지 않고 지하야를 지그시 바라보며 귀를 기울였다.

"보리차 한 잔 더 드릴까요?"

"아뇨, 괜찮아요."

시라이시는 흐음 하고 숨을 내쉬었다.

"선생님은 제가 그 정보 제공자, 그러니까 이리이치를 함정에 빠뜨린 염소 조련사라고 생각하시나 보군요."

"가능성은 있다고 생각해요. 타당성도."

"즉 이번 일이 이리이치를 향한 복수다."

"빙 둘러 가는 수법이기는 하지만 오히려 그게 시라이시 씨답다고 전 느꼈어요."

"그저 느낌만으로 추측하시는 건 아닙니까?"

"부인하지는 않을게요. 그래서 더 이렇게 직접 찾아뵈려고 한 거고요."

"흥미롭군요."

시라이시는 입가를 살짝 풀며 미소 지었다.

"편견으로부터 이리이치를 지키기 위해 선생님 자신이 편견을 갖고 절 의심하는 상황이네요."

순간 가슴이 찌릿했다.

"단순한 편견이 아니에요. 상황에 기반한 합리적인 의혹이죠."

"그건 이리이치도 마찬가지 아닐까요? 그가 죽은 새끼 염소를 품에 안고 있었던 건 사실이니까요. 의심받을 만한 상황이었다는 건 부인할 수 없을 겁니다."

말문이 막혔다. 이해는 하지만 증거가 없다. 그리고 시라이시는 확고한 신념을 갖고 있다. 이리이치는 절대악이라는 거의 과대망상에 가까운 신념이지만 그에게는 오직 그것만이 진실인 것이다.

"철학은 반드시 꺾이기 마련이다. 오래전 그런 말을 남긴 사람이 있었다고 하는데 누구였을까요. 아무튼 다른 사안들에도 우리는 비슷한 말을 할 수 있을 겁니다. 인간의 이성과 언어, 의사소통, 그리고 과학까지. 그런 것들은 넘지 못

할 장벽을 맞닥뜨리면 꺾일 때가 있습니다. 그런데 오직 하나, 우리가 죽을 때까지 꺾이지 않는 것도 있습니다. 바로 살아가는 것입니다. 살아가는 행위 자체를 부정할 수는 없죠. 그리고 살아가기 위해서 우리는 다양한 불안 요소들을 마주할 때 그것을 해결하려고 노력합니다. 눈앞의 안도감을 원하며 눈앞의 불안감을 없애는 것입니다. 그것은 탁상공론이나 아름다운 이상과는 거리가 먼, 오히려 비루함 같은 형용사와 어깨를 나란히 하는 행위라 할 수 있겠죠."

마치 득도한 고승처럼 설명하는 남자에게서 지하야는 데라카네 에이스케의 그림자를 보았다. 뿌리치고, 뿌리쳐지며 고립된 사람.

"이거 실례했습니다. 이야기가 딴 길로 새어 버렸군요. 자, 그럼 이제 선생님께서 떠올리신 그 상상을 한번 되짚어 보기로 하죠. 우선 정보 제공자에 관한 이야기부터. 쓰보마키 기자님의 통화 기록을 통신사에 조회해 보시는 건 어떻습니까? 발신자 표시 제한 전화라도 조사하면 알 수 있을 겁니다."

"그건 이미 의뢰했어요."

"어렵다는 결론이 나왔나 보군요."

지하야는 침묵으로 긍정을 표시했다. 형사 사건이나 스토커 행위가 벌어지지 않은 이상 통신사는 개인 정보를 제삼자에게 쉽게 제공해 주지 않는다.

"그래서 재빨리 제게 자백을 받으러 오신 거군요. 하지만 선생님이 말씀하신 염소 조련사의 조건에 제가 과연 부합할까요? 저는 이렇게 외지에 사는 사람입니다. 덴조 학교의 축제 소식을 제가 어디서 어떻게 들었겠습니까?"

"이리이치 씨의 주소도 아시는 만큼 덴조시에 대해서도 잘 아시겠죠. 덴조제는 지역에서 유명한 행사이기도 하니까요. 인터넷에도 정보가 많고요."

그러자 시라이시는 만족한 것처럼 고개를 끄덕였다. 마치 열심히 노력하는 제자를 지켜보는 선생님처럼.

"제가 덴조제에 참석했다는 증거는? 다른 사람들이 못 알아보게 분장해서 새끼 염소를 데려갔다는 증언이라도 나왔나요?"

조사할 방법은 있다. 그날 입장객들을 물색해 이야기를 듣거나 학교 부지 안에 있는 방범 카메라 영상을 수집해도 될 것이다. 그러나 지하야와 쓰보마키 두 사람의 힘만으로는 부족하다. 경찰이 움직여 주지 않는 이상 방범 카메라 영상을 제공받을 가능성도 크지 않다.

"이소베 씨가 덴조제를 찾는다는 것도 외부인인 저는 알 방법이 없었습니다. 아닌가요?"

"이리이치 씨를 가운데에 두고 시라이시 씨와 이소베 씨가 서로 이어져 있을지도 모르죠."

그러자 시라이시는 하핫 하고 소리 내어 웃었다.

"아, 이거 실례했습니다. 과연, 그럼 가족 카드 문제도 해결되겠네요. 이소베 씨 부부와 이리이치, 쓰보마키 기자, 그리고 저까지 정확히 다섯 장. 흐음. 가능하겠어요. 네, 그건 저도 인정하겠습니다."

"인정하신다고요?"

"네."

깜짝 놀라는 지하야와 달리 시라이시는 일절 당황하지 않고 설명했다.

"이소베 씨와 대화를 주고받기는 했습니다. 제가 먼저 접촉했죠. 라디오 일에 대해 사죄하려고요. 처음에는 제게 불같이 화를 내셨지만 간신히 제 진심을 전달할 수 있었습니다. 향후 펼쳐질 상황에 대해 저는 그분께 꼭 제안드리고 싶은 게 있었거든요."

"제안이라니……."

"그러나 아쉽게도 저는 염소 조련사가 아닙니다. 그런 치밀하지 못한 방법은 제 취향도 아니죠. 그리고 그걸 떠나 바다의 날이었던 그날 전 줄곧 어떤 사람과 함께 있었습니다. 알리바이라고 하죠? 못 믿으시겠다면 그 사람에게 직접 확인하셔도 됩니다."

시라이시에게서 시종일관 느껴지는 여유의 정체를 깨닫고 지하야는 온몸에서 힘이 빠져나가려는 것을 꾹 참았다.

"제게도 해당되는 조건이라면 이리이치를 추방하고 싶어 한다는 것 정도겠죠. 새끼 염소 살해 사건 소식을 듣고 저도 놀랐습니다. 설마 데라카네 교수님의 보고서가 아직 도착하지도 않은 상황에서, 그것도 새끼 염소를 죽이는 방법으로 그가 자신의 특이성을 만천하에 드러낼 줄은 상상도 못 했으니까요. 듣고 보니 역시나 작위적인 느낌이 듭니다. 하지만 그 일이 초래한 결과는 사람들의 인식이 마땅히 향해야 할 올바른 곳으로 향한 것에 불과합니다. 사건의 진상이 무엇인지를 떠나 올바르게 착지만 한다면 저는 괜찮다고 봅니다."

"도대체 어떤 상황을 상상하시는 건가요?"

지하야가 그렇게 따져 묻자 시라이시의 눈동자가 살짝 커졌다.

"올바른 착지와 올바른 절차는 달라요. 올바르게 착지하기는 했어도 그 절차가 잘못됐다면 비판받아야 한다는 말이에요. 그리고 시라이시 씨가 말씀하신 그 올바른 착지라는 단어 속의 올바름, 그리고 착지라는 표현도 저는 의심스러워요. 이리이치 씨를 추방하면 만족하신다고요? 그 결과가 시라이시 씨에게는 착지일지 몰라도 이리이치 씨는 또

다른 어딘가에서 자신이 살아갈 곳을 찾을 거예요. 그곳에서 다음 불행이 일어날 수도 있고요. 그건 괜찮나요? 나에게 해만 끼치지 않는다면 상관없다는 말인가요? 그럼 시라이시 씨는 그저 이기적인 복수만을 꿈꾸고 있는 셈이에요. 인간이 살아가는 것을 두고 비루하다고 하는 분 앞에서 말해 봐야 소용없을지 모르지만, 전 시라이시 씨가 그 정도 분은 아니라고 생각해요. 그렇게 믿고 있어요. 그러니 여쭐게요. 시라이시 씨는 마을에서 추방된 이리이치 씨가 다음으로 만들 수도 있는 불행에 대해서는 어떻게 생각하시나요? 그 불행이 돌고 돌아 또다시 시라이시 씨 주변의 소중한 사람을 공격할 가능성을 어떻게 생각하시나요? 아니면 이리이치 씨에게는 이제 살아가는 것 자체가 허락되지 않는 걸까요?"

그렇게 단숨에 몰아붙이는 지하야를 보며 시라이시는 기쁜 듯이 미소 지었다. 그 안에서 비아냥거림이나 악의가 읽히지 않아 지하야는 오히려 당황스러웠다.

"역시 선생님은 훌륭한 분입니다."

"전 경험이 부족한 스쿨 카운슬러일 뿐이에요. 능력이 뛰어나지 않을뿐더러 힘도 없어요."

"하지만 싸우고 계시지 않습니까?"

순간 무릎 위에 올린 손에 힘이 들어갔다.

"선생님은 선생님을 받아 줄 만한 세상을 계속 찾고 계시지 않나요?"

"정신 분석은 사양할게요."

"전 선생님의 그 이상에 치우친 사고방식을 받아들이지 못하지만, 그래도 공감은 합니다. 범죄 피해자 중에도 이 세상에서 추방된 듯한 끝 모를 단절감을 느끼는 사람이 많습니다. 왜 하필 나일까. 부조리한 악의에 상처받은 사람은 세상을 저주하고, 그리고 자기 자신을 저주합니다. 난 이 세상으로부터 사랑받지 못하는 존재라고 하면서 말이죠."

지하야는 지금은 경청해야 할 때라고 자세를 다잡았다. 경청이란 상대에게 공감을 보이는 행위인 동시에 상대가 하는 이야기와 절묘하게 거리를 두는 기술이기도 하다.

"응? 말씀이 없으시군요."

시라이시에게 카운슬러의 소양이 있는 것은 확실해 보였다. 재능도.

"제가 조금 심술궂었나 봅니다. 죄송합니다. 하지만 전 정말로 선생님이 마음에 듭니다. 지금껏 고작 두 번 만났을 뿐인데 뭘 그렇게 호들갑이냐고 생각하실지도 모르지만 진심입니다. 망설이고 스스로 자문하며 앞으로 나아가려는 사람은 귀한 법입니다."

"과찬이세요."

"지난번에도 말씀드렸죠. 저는 사람을 잘 본다고요."

그의 미소는 장난과 자조, 또는 기이한 체념 같기도 했다.

"자, 여기서부터는 제 혼잣말로 들어 주십시오."

시라이시는 그렇게 운을 떼고 소파에 허리를 깊숙이 파묻더니 시선을 허공으로 향했다.

"덴조시가 있는 현 북쪽에 누카타라는 이름의 사람이 살지 않는 동네가 있습니다. 벌써 20년도 전에 버려진 촌락이죠. 실은 전 조만간 그 땅을 빌려 '누카타팜'이라는 회사를 세울 계획입니다."

지하야는 시라이시가 무슨 이야기를 꺼낼지 몰라서 경계했다.

"저금과 조금 가진 자산들을 팔아 돈을 마련했습니다. 버려진 건물을 리모델링해 공동체를 만들 겁니다. 아니, 이 말은 오해를 부를 수도 있겠네요. 누카타팜은 어디까지나 회사입니다. 분야는 농업과 축산업, 그리고 단순 가공 작업의 하청도 받을 예정입니다."

시라이시의 눈이 다시 지하야 쪽으로 향했다.

"요양 시설과는 다릅니다. 정신 의료 시설도 아닙니다. 굳이 꼽자면 약물과 알코올 의존증 환자들의 재활 센터를 떠올리시는 편이 나을 겁니다. 물론 더 깊이 파고 들어가면 조금 다릅니다만."

그의 예시가 하나의 상상을 낳았다.

"설마……."

"네. 누카타팜은 정신 감정에서 책임 능력이 완전하다고 판정받은 동시에 그 누구도 이해 못 할 범죄를 저지르고 복역을 마친 가해자들만을 받아들이는 회사가 될 겁니다. 그곳의 첫 번째 직원이 될 사람이 바로 이리이치 가나메입니다."

머릿속의 사고 회로가 잘 돌아가지 않았다.

"이미 준비는 거의 마쳤습니다. 시에서 허가만 떨어지면 바로 사람을 구하기 시작해야죠. 사업을 시작하고 당분간은 이익을 내지 못할 테니 가능하면 국가의 보조를 받으려고 합니다. 하지만 사업 내용이 내용인 만큼 쉽지는 않을 겁니다. 그래서 다소 조심스럽기는 하지만 약간 과격한 행동을 해 보려 마음먹었습니다."

라디오 방송에서 이리이치가 지금 사는 주소를 폭로한 일을 뜻한다. 여론을 움직이기 위해. 이리이치를 추방하고 싶어 하는 사람들이 다음으로 그가 갈 곳을 요구하도록.

"회사 사장을 맡을 분은 전직 의사로 제 이런 생각에 찬성하는 분입니다. 조금 전 말씀드린 덴조제 날에 만났다는 그분이죠. 라디오 방송에서 문제를 일으킨 사람이 회사 대표라면 관청의 높으신 분들이 싫어하실 테니 저 나름대로 배려한 조치입니다."

이소베에게 했다는 '향후 일에 대한 제안'은 누카타팜에서 이리이치를 거두겠다는 제안이었나.

"시라이시 씨는 결국 이리이치 씨를 자기 수하에 두려고 그의 자유를 빼앗으신 건가요?"

시라이시는 온화하게 미소 지으며 부인하지 않았다. 역시 이 남자는 새끼 염소 살해 사건의 진상을 알고 있는 게 아닐까. 그러나 시라이시를 보고 있으면 추궁할 말은 그의 눈빛에 빨려들어 가듯 사라졌다.

말없이 지하야를 바라보는 시라이시의 눈에 죄책감이나 망설임이라고는 없었다. 살짝 다문 입가에서는 해야 할 일을 하겠다고 결심한 자의 각오가 배어난다. 그러나 전체적으로는 왠지 모를 슬픔을 머금고 있다. 지하야는 주먹을 쥐고 있는 그의 두 손을 봤다. 큼지막한 손바닥에 가는 손가락이 달라붙어 있다. 그 안에 쥐고 있는 감정은 연민일까.

누구를 향한 것일까. 이리이치에게 당한 피해자들을 향한 연민일까. 이리이치 본인을 향한 연민일까. 아니면 그의 존재 때문에 우왕좌왕하고 있는 나를 비롯한 사람들을 연민하고 있는 걸까.

아니, 아니다. 이리이치 때문에 고통받는 사람은 한 명 더 있다.

아아…….

그런가.

그런 거였나.

지하야는 자연스럽게 도출된 새끼 염소 살해 사건의 구도를 깨닫고 경악하며 온몸에서 힘이 빠져나갔다. 만약 이것이 정답이라면 내가 할 수 있는 일이라고는 없다.

"역시 보리차를 한 잔 더 드리는 게 좋겠네요."

몸을 일으키는 시라이시를 향해 지하야는 목소리를 쥐어짜 냈다.

"……이리이치 씨는 뭐라고 했나요?"

"전에 이소베 씨에게서 본인이 수락했다고 들었습니다. 상황이 이렇게 된 이상 이소베 씨도 그게 조카를 위한 길이라고 결단하신 듯합니다. 데라카네 교수님이 보고서를 제출하기 전에 그는 하코사카 마을을 떠날 겁니다."

"왜 그렇게까지 하시죠?"

이리이치를 세상에서 추방하는 복수가 아닌, 오히려 사유 재산마저 포기하며 그를 받아들이려는 시라이시의 이런 행위를 어떻게 평가해야 하는 걸까.

시라이시의 얼굴에 미소가 더 짙게 퍼졌다.

"전에도 말씀드리지 않았나요? 저는 이리이치처럼 이단

에 있는 자들을 더 이상 미워하지 않습니다. 그저 그들의 손에 의해 새로운 불행이 발생하는 상황, 그리고 새로운 불행을 기어이 만들고야 마는 그들 자신이 가련할 따름이죠. 서로가 서로를 받아들일 수 있는 거리를 지킬 필요가 있습니다."

"시라이시 씨가 만들려는 건 단순한 격리 시설이에요."

"그럴지도 모르죠. 그렇다면 현재 그들은 격리돼 있지 않나요? 우리와 그들 사이에 눈에 보이지 않는 벽이 없다고 할 수 있나요? 오히려 겉으로는 수용하는 척하면서 거부하는 것이 훨씬 헛되고 공허합니다."

시라이시는 온화한 얼굴 그대로 천천히 발걸음을 뗐다. 부엌으로 향하다가 문득 지하야의 등 뒤에 선다.

"제가 이리이치의 자유를 빼앗는다고 하시면 그것도 맞겠죠. 하지만 후회하지는 않습니다. 안타깝게도 이 사회에는 다른 사람과 행복을 나눌 능력이 없는 자들이 엄연히 존재합니다. 아무리 노력해도 행복이라는 것과는 맞물리지 않는 자들이요. 이리이치도 그중 한 명입니다."

다른 감정이라곤 없이 오로지 확신만이 가득 찬 목소리였다.

지하야는 머리 위에서 들리는 부드러운 목소리를 견디는 것처럼 온몸에 힘을 집어넣었다.

"그들과 저희 중에 어느 쪽이 옳고 그르냐의 문제가 아닙니다. 저는 마땅히 있어야 할 곳에 마땅히 살아야 할 이들을 살게 하고 싶습니다. 물론 앞으로 이런저런 문제가 생기겠죠. 선생님이 말씀하신 것처럼 격리라고 비난을 들을 각오도 하고 있습니다. 그러나 전 이 시도에 제 여생을 바치고자 마음먹었습니다."

시라이시는 "지하야 선생님" 하고 지하야의 어깨 위에 두 손을 올렸다.

"저는 부디 기원합니다. 언젠가 선생님께서 누카타팜에서 그들을 지도해 주실 날을."

지하야는 그의 손을 뿌리칠 수 없었다.

"그곳은 분명 선생님께도 잘 맞는 곳일 테니까요."

지하야는 그의 손을 뿌리칠 수 없었다.

오르막길 중턱쯤에 있는 시라이시의 집을 나서며 지하야는 머리 위에서 비치는 석양을 온몸으로 받았다. 지금 당장 이곳을 벗어나고 싶은 마음과 이대로 머무르고 싶은 마음이 가슴속에서 맞물리며 소용돌이쳤다. 시라이시 곁을 매몰차게 떠나지 못하는 자신에게 당황하고 있다. 여기서 다시 초인종을 누르면 그는 기꺼이 나를 받아 줄 것이다. 그리고 나는 분명 두 번 다시 돌아올 수 없을 것이다.

매너 모드로 해 둔 핸드폰을 손에 쥐었다. 노리후미에게서 연락이 왔을까. 기대하는 자신이 우습고 한심했다.

통화 기록을 확인하자 어떤 번호가 연달아 찍혀 있었다.

"……여보세요."

―아, 지하야 씨. 지금 어딨어?

오쿠사 도미코의 목소리에 평소의 여유는 없었다.

"오르막길 위에 서 있어요."

뭐야, 그게. 그녀는 어이가 없다는 듯이 대답하고 다시 말을 이었다.

―미안한데 지금 학교에 좀 와 줄 수 있어?

"학교에요?"

―응. 기미요 씨가 와 계셔.

25

C룸에 도착한 건 해가 거의 지기 시작한 시간이었다. 불 켜진 상담실 문을 두드리자 도미코가 살짝 당황한 얼굴로 고개를 내밀었다.

전에 노즈 아키나리가 앉아 있던 자리에 지금은 그의 어머니가 앉아 있다. 언제부터 여기 와 있었을까. 창문으로 들어오는 검붉은 빛을 받으며 마치 조각상처럼 등줄기를 꼿꼿이 세우고 있다.

도미코가 지하야를 자기 자리로 이끌었다.

"늦어서 죄송합니다."

"이걸."

기미요는 인사말도 없이 종이 한 장을 지하야 앞에 내려 놨다.

"도미코 선생님께는 서명을 받았어요. 지하야 선생님도 부탁드립니다."

상냥함과 거리가 먼 사무적인 말투였다. 겉모습도 전과 사뭇 다르다. 몸에 걸친 옷과 액세서리는 별 차이가 없지만 머리카락이 헝클어졌고 피부는 푸석푸석해 보였다.

"변호사 선생님께 부탁해 만들었어요. 지금까지 아키나리와 나눈 모든 대화를 앞으로 영원히 공개하지 않는다는 서약서예요."

지하야는 설명을 들으면서 눈으로 종이에 적힌 글자를 좇았다. 읽는 척을 하며 마음을 가라앉힌다.

"두 분 다 임상 심리사시니 직무상 비밀 엄수 의무가 있다고 들었습니다. 그래도 만약의 사태에 대비하는 거니 협조해 주셨으면 해요."

힘 있는 목소리와는 반대로 표정은 피로에 찌들어 있다.

"그럼 잘 부탁드리겠습니다."

"어머님……."

"얼른 써 주세요!"

갑작스러운 격한 감정에 지하야는 말문이 턱 막혔다. 기미요의 눈동자가 불타고 있다. 온몸은 조금씩 떨리고 있다.

"부탁이니 써 주세요."

기미요는 고개를 그대로 탁자 위로 떨궜다. 이마가 맞닿을 정도로 깊숙이.

"부탁드리겠습니다."

"대체 무슨 일인가요?"

간신히 입을 통해서 나온 말은 그런 보잘것없는 질문이었다.

"……아파트 안에 아키나리에 관한 소문이 돌고 있어요."

"네?"

"학교에 가지 않고 있으니까요. 그러니 이상한 소문이 도는 거예요. 지금까지 이런 적은 없었어요. 모두 힘들겠다면서 저를 위로해 줬고 세상에는 다양한 삶의 방식이 있다고 했죠. 사회에 나간 이후가 진짜 승부라며 억지로 아이를 틀에 끼워 맞추려고 하면 오히려 비틀려 버린다고도 하셨어요. 그렇게 말하며 지켜봐 주셨어요. 그래서 저와 남편도 안심하고 있었어요."

진심이 담기지 않은 동정이었다고 해도 당사자들에게는 힘이 됐을 것이다.

"하지만 그 남자가 이상한 짓을 저지르고 난 뒤로 모든 게 달라졌어요."

이리이치 가나메가 저질렀다는 새끼 염소 살해 사건.

"아파트에 사는 사람들이 저런 이상한 아이는 여기서 내쫓아야 한다고 입을 모아 외치기 시작한 거예요. 아키나리는 이상한 아이가 아닌데. 전혀 그런 아이가 아닌데. 조금 다를 수는 있지만 다르다는 게 밝혀지면 그걸로 끝이에요. 심지어 그 달랐던 점들도 이미 다 고쳐졌다고요. 그런데 단지 학교에 가지 않는다는 이유만으로." 기미요는 두 손으로 얼굴을 감쌌다.

"아키나리가 그 염소를 죽인 게 아니냐는 소문이⋯⋯."

"네?"

"그때 아키나리도 학교에 있었으니까요. 도야 옆에 있었으니⋯⋯."

골절상을 입은 동생 옆에.

"아이 앞에서 대놓고 뭐라고 하지는 않아요. 대놓고 뭐라고 하지는 않는데, 앞으로 언제 그런 말을 듣게 될지 두려워서⋯⋯. 학교에 아이를 보내는 어머니들 사이에서는 이리이치가 염소를 죽인 다음 피를 마시는 사이비 종교에 빠졌다는 소문도 돌고 있어요. 만약 아키나리가 한때 사람을 죽이고 싶다며 거짓말을 하고 다녔다는 이야기가 누군가의 귀에 들어가면…… 그 애도 한패라고 의심받을지 몰라요. 그런 생각이 한번 든 이후부터는 도저히 가만있을 수 없어서……."

놀란 나머지 말이 나오지 않았다. 새끼 염소를 죽이고 피를 마시는 종교라니. 그런 종교가 실존한다고는 누구도 믿지 않을 것이다. 불안감이 이야기로 형태를 바꿔 간다. 그리고 그다음에 오는 것은 대부분 이유 없는 배척이다.

"제발 부탁드려요. 그 아이와 나눈 대화를 전부 잊어 주세요. 한때의 불장난 같은 거였어요. 거짓말이었다고요. 아키나리는 평범한 아이예요."

그러니.

"앞으로는 그 애를 만나지 말아 주세요. 아이가 여기 와도 내쫓아 주세요."

"어머님."

"카운슬링을 받는다는 것 하나만으로도 색안경을 끼고 본단 말이에요! 그것 때문에 아무 잘못도 없는 도야까지 미래를 위협받을 수 있다고요! 그 아이는 앞으로 축구로 추천까지 받을 텐데, 만약 이런 소문 때문에……."

눈물과 콧물로 범벅이 된 기미요의 얼굴을 보며 지하야는 마음이 뚝 꺾이고 말았다.

기미요가 잘못됐다고는 할 수 없다. 기미요는 자기 앞에 놓인 문제, 그리고 미래에 대한 불안감을 해소하기 위해 최선의 방법을 취하려는 것뿐이다. 그것은 정신 질환자에 대한 편견을 전제로 한 비뚤어진 정론이다. 기미요 자신의 차별 의식이 문제라면 얼마든지 시간을 들여 설득할 수 있다. 그러나 지금 기미요를 이렇게 만드는 것은 아키나리에 대한 사람들의 편견이고 진정 설득해야 할 수많은 이들의 얼굴과 이름을 지하야는 일일이 알지 못했다.

아키나리가 이곳에서 했던 말이 퍼지면 타인에 불과한 이들은 자신의 불안감을 없애기 위해 노즈 아키나리를 위협의 가능성으로 보고 제거하려 들 것이다. 사람을 죽여 보고 싶다. 아키나리가 그렇게 말했다는 사실을 근거로.

"……서명 부탁드리겠습니다."

어두운 그림자에 휩싸인 상담실 안에서 기미요가 내민 펜 끝이 어떤 명검보다 날카로워 보였다. 지하야는 그것을 받아 들고 로봇처럼 자기 이름을 적었다. 이로써 아키나리와의 관계는 끝이다.

"……어머님."

지하야는 많이 써 와서 익숙한 글자의 마지막 세로 선을 굿기 전에 손을 멈췄다.

"아키나리의 살인 충동은 사실이에요."

순간 기미요가 숨을 크게 들이마시는 소리가 들렸다. 옆에서 도미코가 눈을 휘둥그레 뜬다.

"전 그 아이가 어떤 사람을 죽이려고 하는 걸 목격했습니다."

"말도 안 돼."

힘없이 애원하는 듯한 중얼거림.

"사실이에요. 그 아이를 이대로 두면 언젠가 큰일을 저지르고 말 거라고 전 확신해요."

"지하야 선생님!"

옆에서 소리치는 도미코의 목소리.

"……격리해야 합니다."

그러자 기미요가 탁자를 주먹으로 내려치고 몸을 벌떡 일으켜 지하야를 내려다봤다.

"어떻게 그런 말을 그렇게 아무렇지도 않게……."

기미요가 지하야의 손에서 동의서를 낚아채고 상담실을 뛰쳐나갔다. 도미코가 뒤따라간다. 지하야는 그대로 의자에 앉아 속으로 '아무렇지 않았나' 하고 생각했다.

아무렇지 않은 건 아니에요. 오래전부터 감정이 복받칠수록 얼굴은 오히려 무표정해지거든요. 하지만 속에서는 제 표정도 고통으로 일그러져 있어요.

바보 같다. 누가 그런 말을 믿을까. 외면에 드러난 것이 상대에게는 전부다. 그런 건 이미 다 알고 있지 않은가.

"지하야 씨답지 않네."

상담실에 돌아온 도미코가 한숨을 내쉬고 기미요가 앉았던 자리에 앉았다.

"되갚아 줄 작정으로 한 말이야?"

"아니요. 선생님께는 말씀드리지 않았지만 그 애가 다른 사람을 죽이려 했다는 건 사실이에요."

도미코가 눈을 가늘게 뜨고 지하야를 관찰했다.

"살인 충동이 진짜였다는 뜻?"

지하야가 고개를 끄덕이자 도미코는 입가에 손을 갖다 대고 "그렇구나……" 하고 중얼거렸다.

"결국 도미코 선생님과 마쓰다이라 선생님의 직감이 옳았던 거예요. 역시 대단하세요."

"당장에라도 울음을 터뜨릴 것 같은 사람에게 그런 말은 듣고 싶지 않아."

엄격함과 상냥함이 뒤섞인 목소리다.

"그건 그렇다 해도 격리라니. 휴식이나 요양 같은 다른 표현도 있잖아."

"그래 봐야 본질은 달라지지 않아요."

"······대체 무슨 일이 있었던 거야?"

"모르겠어요. 저도 이젠 저 자신을 모르겠어요. 어쩌면 이리이치 씨나 아키나리 같은 개성을 분리하는 것이 모두가 행복해지는 길일지도 모른다. 서로 마주 보고 끊임없이 으르렁거리는 인내보다는 그냥 고독을 견디는 게 더 낫겠다는 생각이 들기 시작했어요."

나를 타이르는 듯한 시라이시 준조의 온화한 목소리가 귓가에 되살아났다. 그곳은 분명 선생님께도 잘 맞는 곳일 테니까요.

"편견과 갈등을 동반한 자유와 그런 것들에서 분리된 속박. 어느 쪽이 더 나은지는 모르겠어요. 하지만 그곳에서라면 그들과 조금 더 함께 부대끼며 살아갈 수 있겠다는 느낌이 들어요."

예컨대 누카타팜에서 함께 생활하다 보면 아키나리와 이리이치에게서 느껴지는 공포를 극복할 수도 있지 않을까.

"그 아이 옆에 있어 주고 싶어요."

무엇을 해 줄 수 있을지는 몰라도 아키나리를 버리고 싶지 않았다.

"이건 그 아이를 위한다기보다 저 자신을 위한 거예요. 저도 알아요. 자기만족이라는 걸. 하지만 그 아이가 더 이상 고통받지 않도록 옆에서 도와줄 수는 있을 거예요."

"지하야 선생."

도미코는 엄격한 프로의 얼굴로 지하야를 봤다.

"잘 들어. 우리 같은 카운슬러의 최종 목표는 상담자가 우리를 필요로 하지 않도록 하는 거야. 그 옆에 계속 있어 주고 싶은 건 어리광이자 도피야."

지하야는 눈을 감았다. 나도 알고 있다. 잘 알고 있을 터다. 하지만.

"기미요 씨한테는 내가 사정을 설명할게. 지하야 씨는 이번 주까지 쉬어."

"……선생님도 결국 버리시려는 거네요."

"그게 무슨 뜻이야?"

도미코는 얼굴에 문득 떠오른 분노를 곧장 가라앉히고 다시 미소 지었다. 마치 분별력이 떨어지는 아이를 달래는 것처럼.

"지하야 씨. 전에 초등학교에 갑자기 들이닥쳐서 아이들을 무차별적으로 죽인 남자가 있었던 것 기억해? 그때 그를 정신 감정한 의사가 당시를 회고한 글을 읽은 적이 있어. '그는 자신이 나쁜 짓을 저질렀다는 것을 자각했다. 그런 인간은 손 쓸 도리가 없다. 무력함을 느낀다'. 그는 책임 능력이 완전하다고 인정되어 결국 사형 판결을 받았어."

도미코는 한숨을 한 번 내쉬고 말했다.

"이 세상에는 그런 사람도 엄연히 존재해."

상담실은 어느덧 밤의 기운으로 물들어 있었다.

"희한한 일이로군."

그것이 데라카네 에이스케의 첫 마디였다. 시라카와 대학 옆에서 산을 등지고 있는 일본 가옥은 인간을 꺼리는 정신 분석가의 거주지로 그야말로 잘 어울렸다.

일본 전통식 평상복을 입은 데라카네의 모습을 처음 본건 10년 전 대학원에 진학하겠다는 결심을 전하려고 이곳을 찾을 때였다. 데라카네는 그때도 안색 하나 바뀌지 않고 "희한한 일이로군" 하고 지하야를 거실에 들였다.

집 안의 모든 벽면에 책장이 있고 원서가 많다. 데라카네는 심리학, 정신 의학 관련 서적뿐 아니라 가리지 않고 책을 탐독하는 독서광이었다.

"거기 앉게."

그는 좌식 의자가 아닌 팔걸이가 달린 의자를 가리키며 말했다. 상석에 앉은 데라카네는 배 위에서 손을 포개고 지하야를 봤다. 이렇게 얼굴을 마주하고 있으면 작은 체구가 눈에 더 띄고 날카로운 안광까지 맞물려 나이 든 노학자의 신통함을 절로 믿어 버리게 된다.

"그렇군. 이리이치가 스스로 마을을 떠난다면 보고서도 필요 없어지는 건가. 무난한 방향으로 균형을 맞춰 보도록 하지."

그는 신경 쓰지 않는다는 듯이 다시 지하야에게 물었다.

"그래서 나한테도 그 서명이니 뭐니를 받으려는 건가?"

"기미요 씨 앞에서 교수님 이야기는 안 했어요. 그리고 어차피 매드 사이콜로지스트에게 서명 같은 건 무의미하겠죠."

데라카네가 훗 하고 웃는 얼굴을 보였다.

"그럼 날 찾아온 이유를 모르겠는데."

"제자로서 가르침을 받고 싶어 찾아뵈었어요."

"뭐 고민이라도 있나?"

"네."

"무슨 고민?"

"알 수 없게 돼서요."

"뭘 말이지?"

"나와 네가 서로를 받아들이는 인내, 라고 해야 할까요."

"자네가 자주 말하는 그 너그러운 안목을 갖춘 합리적 인내인지 뭔지 하는 것 말인가."

"포용과 공생을 위한 인내죠."

"그런 건 단 한 발의 총알로도 산산조각 나기 마련이야.

군이 총을 쏠 필요조차 없지. 그저 총구처럼 보이는 무언가가 눈앞에 나타날 때부터 인간의 눈에는 오직 그것밖에 보이지 않게 돼. 자네도 다 알지 않나."

"하지만 우리는 우리 자신의 이익을 위해서라도 다른 사람을 받아들여야 해요."

"들을 가치도 없는 빈껍데기 같은 소리군."

"왜죠?"

지하야는 주먹을 꾹 쥐었다.

"이유가 뭔가요? 조금만 생각해 봐도 알 수 있잖아요. 이리이치 가나메와 노즈 아키나리를 위협의 가능성으로 보고 제거하면 또다시 누구에게나 향할 수 있는 칼날이 되어 돌아오리라는 것을 왜 모르죠? 그걸 허용하면 나와 내 소중한 사람도 언젠가 불합리한 편견과 배척의 대상이 될 수도 있다는 걸 왜 상상하지 못하는 건가요? 그 사람들이 위험할 수 있다는 상상은 잘들 하면서."

"못 견디는 거야."

데라카네의 눈빛은 먼 곳을 바라보는 것 같지만 지하야를 향해 있었다.

"자신의 이해 수준을 뛰어넘는 타인을 믿는 상황 자체를 못 견디지. 애초에 인간에게 본질적으로 이해할 수 있는 타인 같은 건 존재하지 않네. 그러니 우리는 더욱 이해하는 듯한 말과 행동을 반복하며 경험을 쌓아 올려야 하는 거고. 그런 걸 태만히 한 자는 다른 사람을 쉽게 받아들이지 못해. 자네가 말하는 합리성은 이 경우 불합리일세. 왜냐하면 나는 나지만 타인은 타인이니."

머리로는 이해한다. 마음으로도 이해한다. 인간은 그런 존재라고. 나도 마찬가지라고. 어차피 내가 바라는 이상을 타인에게 강요할 뿐이다.

"타인을 받아들이고 싶어 하는 마음은 타인 역시 나를 받아들여 줬으면 하는 바람을 나타내지. 자네는 노즈 아키나리와 이리이치 가나메를 받아들임으로써 자네 자신도 남들에게 수용되기를 바라는 것에 불과해."

"교수님은 아닌가요?"

데라카네가 희미하게 미소 지었다.

"그대로 갚아 주는 건가. 아무래도 내가 누군가의 대역으로 선택된 듯하군."

그의 말대로 지하야는 데라카네에게서 시라이시 준조를 겹쳐 보고 있었다.

시라이시의 주장을 지하야는 반박하지 못했다. 나의 이상은 당신의 지론과 거리가 멀다고 말하지 못했다. 그러기는커녕 이리이치와 아키나리를 격리해야 한다는 사고방식에 휘둘리기까지 했다.

"대상 a." 데라카네가 중얼거렸다.

"라캉이 처음 제시한 이 개념은 '내가 나라는 인식은 타자를 통해서 담보된다' 정도로 요약할 수 있겠지. 이른바 수동적인 자기 인식이라는 거네. 하지만 난 인간이 더 능동적으로 자기 인식을 추구하는 생물이라고 생각해."

데라카네는 막힘없이 말을 이었다.

"즉, 내가 타인에게 영향력을 행사하고 그 결과물로써 다시 내 존재를 인식한다는 말이야. 라캉을 따라 네 가지 방법을 들어 보도록 하지. 우선 시각적 변형과 정신적 변형. 시각적 변형은 알기 쉽네. 간단히 말하면 폭력이니."

데라카네가 시선을 허공으로 향한다.

"주먹으로 때리고 발로 찬다. 그로 인해 상대의 육체가 변형한다. 그것이 나 자신의 존재를 더욱 직관적이고 확실한 것으로 만든다. 이것은 상대가 물건 같은 것이어도 똑같지. '물건의 살해'라는 개념을 라캉도 주장했으니까."

데라카네는 "그리고" 하더니 지하야 앞에서 손가락을 세웠다.

"정신적 변형. 이건 일정 수준 이상의 지능을 지닌 인간이 선호하는 방법이지. 자신의 생각과 사상을 상대의 머리에 덮어씌운다. 그로 인해 상대의 말과 행동이 변형된다. 그래. 바로 세뇌일세."

"……다른 두 가지는 뭐죠?"

"대상 a와 겹치겠지만 하나는 목소리야. 비명, 웃음소리, 환호성. 나의 행위로 인해 만들어진 소리로 인간은 자기 인식을 얻지."

그리고 마지막이.

"죽음이지."

시라이시의 집과 달리 이 집 안에는 에어컨이 켜져 있다. 서늘할 만큼.

"상대를 죽음에 이르게 하는 것. 그것은 절대적으로 불가역한 행위인 만큼 '내'가 '당신'에게 둘도 없이 대단한 존재라는 것을 증명하지. 내가 원하는 건 이 가설을 완전하게 밝혀내 기록하는 걸세. 내 존재를 확인하기 위해 남을 죽이는 심리. 바꿔 말하면 이렇게도 되겠지. 우리는 왜 타인을 죽이지 않고 있을 수 있는가. 난 그것을 밝히고 싶네."

법률이나 도덕, 이해득실과는 상관없이.

"내 존재 인식을 얻기 위해 타인에게 능동적으로 영향을 끼치려 하는 충동. 어떤가? 의외로 이 늙은이도 인간다운 발상을 하지 않나?"

그가 짓는 찰나의 미소가 시라이시의 미소와 겹쳤다.

"이리이치를 만나서 자네는 어떤 감정을 얻었지?"

"……이해할 수 없다, 그리고 불가능하다……."

"나와는 사뭇 다르군."

지하야는 눈을 크게 떴다. 진의를 읽기 어려운 찌푸린 얼굴이 나를 향하고 있다.

"자네의 그 평가는 지금의 이리이치에 대한 건가? 아니면 과거 이해하기 어려운 범죄를 저지른 남자에 대한 건가?"

"그걸 분리할 수는 없어요."

지하야는 부르짖는 것처럼 대답했다.

"그의 행동이 곧 그의 충동이에요. 충동을 감출 수는 있겠지만 아예 지울 수는 없어요."

불가능한 것이다.

지하야와 달리 데라카네는 평정심을 유지했다.

"난 이리이치가 면담 때 거짓말을 했다고는 생각하지 않네. 그는 나름대로 진지하게 우리에게 전달하려 했어."

"하지만 알 수 없었죠. 그가 무슨 생각을 하는지, 어떤 사람인지."

"사람을 죽이는 건 좋지 않다. 이 말에서 이해 못 할 게 어딨나?"

손바닥에 땀이 배어난다. 갈증을 느낀다.

면담에서 느꼈던 공포를 나도 모르게 잊을 뻔했다.

"말로는 부족하다. 이 역시 그날 그가 입에 담은 말이지.

가히 절묘해."

데라카네의 눈이 허공을 향했다.

"어렸을 때 이리이치가 남탕 안에서 봤다는 알몸의 여자 아이. 그의 기억 속에 피어 버린 순수의 꽃. 손을 뻗어도 영원히 닿지 않을 곳에 있는 그 꽃을 그는 계속해서 바랐어. 하지만 정말로 그 꽃을 더럽히는 것이 그가 바라는 것이었을까?"

데라카네의 입에서 나오는 낮은 목소리가 주문처럼 울려 퍼진다.

"난 그렇게 생각하지 않네. 이리이치의 충동이 폭력이라면 금속 배트가 자벌의 도구가 될 수는 없을 테니. 그가 가진 충동의 본질은 꽃을 뽑는 게 아닌 품는 것 아니었을까?"

지하야의 가슴속에서 확신이 크게 흔들린다.

"금속 배트는 정확히 그 바람의 대칭점에 있네. 따라서 자벌로써도 기능했고."

"······금속 배트가 자벌이라고 그는 인정하지 않았어요. 인정한다고 해도 그 배트가 스스로를 벌하기 위한 도구였다는 건 그 누구도 증명할 수 없겠죠."

"그래. 그게 바로 인간이 다른 인간을 해석하는 행위의 한계지."

귀를 의심했다. 매드 사이콜로지스트의 입에서 튀어나온 그 말은 틀림없는 패배 선언이었다.

"그래도 난 해석하겠네. 이 역시 충동이야."

꾹 다문 입가가 묘한 형태로 올라갔다가 곧 다시 평소 언짢아 보이는 모양으로 돌아갔다.

"이리이치는 충동을 품는 법이 틀렸네. 자기 충동에 적합한 방법을 잘못 선택한 거야. 우리와 그의 차이는 실은 그 정도일세."

지하야는 대답할 수 없었다. 머릿속에 들러붙은 '절대악'이라는 시라이시의 속삭임. 데라카네가 제시하는 서투른 인간상. 모순된 두 명의 이리이치 가나메. 흰머리의 얼굴이 부옇게 흐려진다.

"자네는 노즈 아키나리를 어떻게 하고 싶나?"

"……구해 주고 싶어요. 그 아이는 고통받고 있어요. 자기 안에 있는 충동이 다른 사람을 불행하게 만들 것을 알지만 없애지 못하고 계속해서 저항하며 힘들어해요. 언젠가는 스스로를 포기하게 될지도 모른다고 걱정하고 있어요. 그렇게 되기 전에……."

"웃지 못할 농담이로군."

지하야는 데라카네를 노려봤다. 그는 무표정한 얼굴로 아무렇지 않게 말했다.

"자네가 뭘 할 수 있지? 각오도 없이 다른 사람을 구하고 싶다는 말을 입에 담는 오만함을 부디 깨닫게나. 누군가를 구하고 싶다는 말이 허락되는 곳은 종교뿐이야."

"전 받아들이고 싶을 뿐이에요. 이 사회가 포용하지 못할 거라면 적어도 제가."

"받아들인다라. 그게 대체 뭘 뜻하지?"

"뭘……?"

"설마 성적인 충족감을 주려는 건 아니겠지."

순식간에 머리에 피가 쏠렸다.

"말도 안 되는 소리 하지 마세요!"

"그럼 돈을 주려는 건가? 뒷바라지를 해 주려는 건가? 밥을 먹여 주려는 건가? 무난하게 상냥한 타인을 연기하는 것이 자네가 목표로 하는 '받아들인다'인가?"

"아니에요."

그것들은 그저 방법이다.

"그럼 뭐지?"

이를 꽉 깨문다. 대답하지 못하는 자신이 한심하고 분했다.

평범한 타인으로서 노즈 아키나리를 받아들인다는 것은 무엇일까.

"그 아이의 손에 죽을 각오는 돼 있나?"

고개를 끄덕이기는 쉽다. 그러나 그것은 허세조차 되지

않을 거짓말이다.

"……누구든 그럴 가능성은 있어요."

"억지를 쓰는군. 자네가 지금 주장하는 건 그럴싸한 말로 꾸며진 허울뿐인 합리야."

"교수님에게만은 그런 말을 듣고 싶지 않아요!"

마침내 감정이 폭발하기 시작했다.

"교수님이야말로 지금껏 뭘 하셨죠? 서재에 틀어박혀 문헌으로 자위나 해 오신 것 아닌가요? 그뿐만이 아니에요. 자신의 쾌락을 위해 아무렇지 않게 남을 이용했죠.『이단의 꽃』을 읽고 상처받은 사람들이 있다는 걸 잊으셨나요? 교수님은 아무 죄 없는 인간을 마치 정신 이상자인 것처럼 꾸며서 쓰셨어요. 제멋대로 분석하고 무책임하게 한 사람의 인간성을 짓밟았다고요. 그 책을 읽고 도대체 누가 도움받고 구원받았나요?"

"누군가를 도울 생각이 없고 구원받고 싶지도 않네. 난 언제든 칼에 찔릴 각오가 돼 있어."

"비겁해요."

지하야는 목소리를 쥐어짰다. 꾹 쥔 주먹에 힘이 실린다.

"교수님은 비겁해요. 전 교수님처럼 되고 싶지 않아요."

"될 필요도 없지. 자처해서 사랑받을 자격을 내다 버리는 건 멍청한 짓이니."

약간의 자조 섞인 울림이 자상한 기운을 머금는다.

"자네는 그냥 자네처럼 살면 되네. 있는 그대로의 자네를, 난 받아들이네."

포용.

지하야는 고개를 떨궜다.

26

집까지 태워 주겠다는 데라카네에게 괜찮다고 거절했다. 택시를 부를까 싶었지만 오늘은 교통비 지출이 많다.

학교 앞까지 걸어가 버스 정류장 벤치에 앉았다. 이미 막차가 떠나 넓은 콘크리트 공간에는 지하야 외에 아무도 없다. 변두리라 조용하고 길에는 차 한 대도 지나가지 않는다. 전에는 한밤중에 삼삼오오 몰려다니며 비행을 저지르는 학생도 있었다지만 요즘은 그런 소문도 전혀 들리지 않는다. 무더운 땅 위와는 정반대로 하늘은 시원하고 깨끗하게 개어 있다. 별이 총총히 빛난다. 혼자 있는데도 하나도 무섭지 않았다. 이제 그런 감각조차 마비돼 버렸을지 모른다.

시동 소리가 점차 가까이 들리더니 전조등 불빛이 비쳤다. 에스티마 차량이 지하야 앞에 선다. 노리후미가 운전석에서 내렸다. 집을 나간 아내의 부름을 받아 온 것이다. 얼굴을 찌푸릴 만도 하다.

"가르쳐 줘." 지하야는 노리후미가 비난을 입에 담기 전에 남편을 올려다보며 물었다.

"당신은 진심으로 이리이치 씨를 마을에서 내쫓고 싶어? 아니면 그냥 그렇게 믿고 싶은 거야?"

노리후미는 미간에 주름을 잡으며 대답했다.

"무슨 말인지 모르겠어."

"마을 사람들의 행동이 도가 지나치다는 건 당신도 알잖아. 심지어 당신은 리더 역할까지 맡고 있어."

"무슨 말을 하고 싶은데?"

"당신이 방송을 그만두게 된 건 이리이치 씨 때문이 아니야."

노리후미가 눈을 크게 떴다. 그래도 지하야는 멈추지 않았다.

"그냥 갑작스러운 하차로 잃어버린 자신감을 되찾고 싶은 것 아니야? 그러니 그런 집회에서도 앞장서서……."

"멋대로 상상하지 마!"

화를 내는 소리가 정류장 안에 울려 퍼졌다. 여운이 사라진 뒤에야 노리후미는 굳게 다문 입술을 열었다.

"내가, 내가 대체 어떤 심정으로……."

그는 고개를 숙인 채 주먹을 꾹 쥐었다.

마음이 서서히 실망감으로 채워져 가는 것을 느낀다. 노리후미가 당신 말이 맞는다고 말해 준다면, 자신의 불행에서 눈을 돌리기 위해 이리이치의 추방 운동에 전념하는 거라고 인정해 준다면 괴로운 나머지 그랬다고 이해할 수 있을 텐데.

"사람을 죽이고 싶어 하는 아이가 있어."

노리후미가 지하야를 봤다.

"그 아이는 내 앞에서도 나를 죽이고 싶다고 했어. 하지만 난 그 아이를 버리고 싶지 않았어. 구해 주고 싶었어."

순식간에 노리후미의 얼굴에서 핏기가 가셨다.

"평범한 아이야. 그저 사람을 죽여 보고 싶을 뿐."

그렇게 말하면서 무심코 웃음이 나올 것 같았다. 입 밖에 내어 보니 정말로 사소한 일인 것처럼 느껴져서 우스웠다.

"단지 그뿐이야. 단지 그 차이일 뿐이야. 하지만 그것 때문에 그 애는 점차 이 사회에서 발붙일 곳이 없어지고 있어. 힘들어하는 아이를 난 도와주고 싶었어."

"당신은…… 나보다 사람을 죽이고 싶어 하는 아이 쪽이 더 소중해?"

그렇지 않아. 이리이치 가나메나 노즈 아키나리 같은 사람과도 타협하고 지낼 수 있는 사회를 추구하는 것은 결국 돌고 돌아서 당신을 위한 것이기도 해. 당신이 정말로 본의 아니게 다른 사람을 죽이게 되거나 마음의 병을 얻었을 때 행복이라는 것을 깡그리 포기하지 않아도 될 수 있도록.

왜 그걸 이해해 주지 못하는 거야?

"난 그런 사람이야. 당신과는 달라."

머리카락을 쥐어뜯고 싶었다. 피가 나도록 입술을 깨물고 싶었다. 치밀어 오르는 눈물을 참지 않고 발끝부터 몸 안의 모든 장기를 모조리 써서 소리치고 싶었다. 그러나 지금 노리후미가 바라보는 나는 분명 태연한 표정을 짓고 있을 것이다.

"그런 말은 하지 마. 하지 말아 줘."

웃음과 울음이 섞인 목소리다.

"그렇게 쓸쓸한 말은 하지 말아 줘……."

감정이 한번 터지면 곧장 울음을 터뜨리며 그 자리에서 무너질 것이라는 건 안다. 그 행위가 아무것도 해결해 주지 않을 거라는 것도 안다. 한때의 동정이나 이해를 바라는 것은 아니다. 그러니 지하야는 아무렇지 않은 얼굴 그대로 노리후미를 바라봤다.

노리후미가 다가와 어깨 위에 손을 얹는다.

"타."

에스티마 조수석 문이 열렸다. 노리후미는 아무 말 없이 차를 출발했다. 집으로 향하는 길이 아니라는 것은 금세 알 수 있었다. 지하야는 목적지를 따로 묻지 않았고 노리후미도 설명해 주지 않았다.

침묵하는 남편 옆에서 차창을 보며 오늘 하루 일어난 일을 어렴풋이 떠올린다. 긴 하루였다. 비로소 끝난 느낌이 들었다. 이리이치 가나메가 덴조시를 떠나 누카타팜에서 살게 된다면 마을은 다시 평화를 되찾을 것이다. 다음 괴물이 나타나기 전까지.

그 괴물이 부디 노즈 아키나리가 아니기를 지하야는 진심으로 기원했다. 기원하는 것 외에 이제는 할 수 있는 일이 없다. 아직 하고 싶은 말은 더 남았지만 겉만 번지르르한 변명으로 들릴 것이 뻔하다. 나도 결국 아키나리를 버렸다.

노리후미가 향한 곳은 시 외곽에 있는 러브호텔이었다. 교제하고 딱 한 번 가 본 적 있는 곳이다. 반짝거리는 네온사인의 이 호텔은 꽤 오래전부터 이곳에 있었다고 들었다. 덴조시는 도시를 정비하며 이런 시설을 기피하기 시작했다. 이용객이 나름 있어 보이는 그곳에서 노리후미는 말없이 맨 위층의 가장 비싼 방을 숙박으로 잡았다.

엘리베이터 안에서 포옹하고 입을 맞췄다. 엘리베이터가 멈출 때까지 서로의 입술을 탐한다.

방에 들어가 샤워도 하지 않고 곧장 침대로 향했다. 두 사람 다 제 손으로 옷을 벗는다. 완전히 알몸이 되었을 때 지하야와 노리후미 모두 얼굴이 침으로 범벅돼 있었다. 따로 말을 하지 않고 서로를 지그시 바라보는 의식도 없다. 그저 무아지경 상태로 상대의 모든 것을 받아들이기 위해 나 자신의 모든 것을 내던지는 듯한, 그런 필사적인 기운만이 두 사람을 지배했다. 노리후미의 손이 거칠게 지하야의 가슴을 움켜쥐고 둔부를 주물렀다. 지하야는 의외로 군살 없는 그의 배 위에 한 손을 얹고 다른 손으로 엉덩이를 어루만진다. 침대 위에 쓰러진 노리후미는 지하야 위에 올라타 지하야를 탐했다. 지하야는 아래에 깔린 자세 그대로 그의 머리를 두 손으로 감싼 채 끌어안았다. 몸이 달아오르고, 땀이 흐르고, 노리후미의 체취가 코를 통해 몸의 깊숙한 곳까지 자극을 전하기 시작하자 손가락이 음부를 가볍게 스치는 것만으로도 신음이 터져 나왔다. 분명 이 순간을 위해 우리는 세상 대부분의 부조리를 집어삼킬 수도 있겠다는 느낌이 들었다. 그를 만지고, 그가 나를 만지고, 그 말고는 다른 사람의 시선이 없거니와 다른 소리도 없다. 아무리 볼품없는 모습에 비명을 지르고 애액이 흐르더라도 모든 것이 허락된다. 아무 생각을 하지 않고 그 누구도 신경 쓰지 않고 그저 눈앞에 있는 쾌락에 몸을 맡긴다. 그것은 바로 당신과 나이므로 믿을 수 있는 순간의 연속이다.

지하야는 손을 뻗어 부드럽게 노리후미를 어루만졌다. 노리후미가 가슴에 입을 갖다 댄다. 그런 행위가 여러 번 반복됐다.

그러나 노리후미의 하반신은 반응하지 않았다.

"……젠장."

귓가에서 노리후미의 목소리가 들렸다.

"젠장, 젠장, 젠장!"

체온이 분리된다. 거친 숨소리가 멀어진다.

"젠장, 젠장. 대체 왜……. 왜!"

퍽, 퍽 하고 뭔가를 때리는 소리가 들린다. 등을 돌린 채로 침대에 앉은 노리후미가 규칙적으로 자신의 허벅지를 주먹으로 치고 있다. 퍽, 퍽 하고.

지하야는 습기 찬 시트 위에 드러누워 두 팔과 두 다리를 쭉 뻗은 채 호텔 천장을 바라봤다. 싸구려 샹들리에가 눈부셔 눈을 감고 싶지만 그러기도 귀찮다. 올라간 체온이 다시 원래대로 돌아간다. 메말라 간다.

퍽, 퍽, 젠장, 젠장.

노리후미가 안쓰러웠다. 그가 나를 사랑하는 것은 의심하지 않으니 더 연민을 느끼고, 연민을 느끼는 것 자체가 그에게 미안해 말을 걸거나 손을 갖다 대거나 울음을 터뜨리는 것까지 전부 공허하게 느껴졌다.

부옇게 보이는 샹들리에와 노리후미가 내는 건조한 소리가 기억을 환기시킨다. 오래전 살던 집의 부엌. 창문을 통해 들어오는 햇빛 때문에 뒤를 돌아본 어머니의 얼굴이 잘 보이지 않는다. 어머니는 도마 위에서 칼을 내려치고 있었다. 오이를 써는 것 같지만 그 역시 잘 보이지 않는다.

탁, 탁, 탁, 탁.

영원히 이어질 것만 같은 소리. 여섯 살 지하야는 거실 유리문 틈새에서 소리를 들으며 그 모습을 바라보고 있다. 이미 오래전 오이를 다 썰었다는 것은 어린 지하야도 알고 있었다. 그래도 어머니는 계속해서 도마에 칼을 부딪치며 탁탁 소리를 내고 있다. 그날의 일에 대해 어머니에게 물은 적은 없다. 아버지나 동생 고마치에게 이야기하지도 않았다. 그저 섬뜩하고 무서워서 어머니가 내 어머니가 아닌 전혀 다른 사람일 가능성을 떠올렸다. 그것을 인정하고 싶지 않아 줄곧 바라보기만 했다. 돌아봐 주세요. 평소의 웃는 얼굴을 보여 주세요.

어머니는 분명 불안했을 것이다.

나를 두려워했으니.

뒷산의 터널 연못에 동생을 빠뜨린 나를.

고마치를 귀여워하던 부모님에게 반발했으니. 동생에게 매몰차게 굴었으니.

그러니 어머니는 내가 고마치를 죽이려 했다고, 그렇게 의심했다.

아니야, 엄마. 난 고마치를 죽이고 싶어 한 적 없어. 그게 아니야. 그게 아니야. 난 그저.

지구 뒤편까지 갈 수 있을 거라고 생각한 거야.

필사적으로 설명하는 나를 내려다보는 얼굴이 잔뜩 일그러진다.

지하야, 너. 머리가 어떻게 된 거 아니니?

그렇게 소리칠 만도 하다. 응, 엄마는 하나도 잘못하지 않았어.

탁탁탁탁. 칼날을 세워서 도마를 내려치는 어머니가 그날 진정 자르고 싶었던 것은 무엇이었을까. 본인도 아마 잊어버렸을 것이다. 이제는 영원히 그 일을 다시 언급할 수는 없다.

알몸 상태로 대자로 누워 있는 지금 지하야의 귀에 들리는 것은 남편이 쥐어짜 내는 "젠장" 하는 신음과 그의 주먹이 허벅지를 때리는 픽픽 하는 소리다. 노리후미가 느끼는 진짜 감정을 앞으로도 영원히 이해할 수 없을 것이다.

다른 누군가와 서로를 이해하는 것이 이렇게나 어려운 일일까.

그의 몸과 체온, 마음마저 손을 뻗으면 바로 맞닿을 곳에 있지만 어렴풋하고 멀게만 느껴졌다.

"······『이단의 꽃』을 읽었지?"

순간 허벅지를 때리는 소리가 멎는다.

"거기 적힌 게 맞아. 난 무리야."

그 책을 읽고 노리후미는 깨달았을 터다. 세상에서 단 한 명, 지하야에게 손을 뻗고 지하야의 손길이 몸에 닿은 노리후미만은.

데라카네가 『이단의 꽃』 마지막 장에 쓴 A. 그건 바로 나였다.

데라카네는 지하야를 관찰하고 정신을 분석하며 모든 것을 토로하게 했고 동의도 없이 책을 썼다. 지하야의 퍼스널리티를 위협의 가능성으로 단정했다. 책을 읽은 지하야는 경악하고 분노했고, 그리고 두려워졌다.

부정하고 싶었다. 나는 이단의 꽃 따위가 아니라고. 노리후미를 만나고 연애를 거쳐 결혼했다. 나는 평범하다고 믿고 싶었으니.

"미안."

무엇을 향한 사죄인지 나 자신도 잘 알 수 없었다.

"난······." 노리후미의 힘없는 목소리가 귀에 닿는다.

"난 당신이 좋아. 누가 뭐라고 해도. 어쩔 수 없이."

그의 등이 떨리고 있다.

어쩔 수 없다. 나를 향한 애착, 그리고 나를 향한 공포도.

"당신이 사라지면 견디지 못할 것 같아. '어쩌면 당신이……'라고 생각하니 절대 이리이치를 인정하고 싶지 않아. 당신처럼 생각할 수가 없어."

노리후미는 "하지만" 하고 말을 토해 낸다.

"그래도 난 당신 옆에 있고 싶어."

남편의 고백은 싸구려 샹들리에와 비슷할 만큼 눈부신 동시에 불합리했다.

고마치에게 전화가 걸려 온 건 호텔에서 집으로 돌아간 지하야가 자기 방 비치체어에 몸을 누일 때였다.

"무슨 일이라도 있어?"

내가 들어도 쌀쌀맞고 피로에 잔뜩 찌든 목소리였으니 "응? 뭐야 그 말투" 하고 잔소리가 돌아와도 어쩔 수 없다.

―걱정돼서 전화한 건데.

아무래도 이리이치 관련 기사를 읽은 듯했다.

―언니네 동네에 사는 거 맞지? 어떻게 된 건지 자세히 알려 줘.

"기사를 읽으면 되잖아."

―난 세 줄이 넘어가는 글은 무리야.

쓴웃음이 새어 나왔다. 화는 나지만 미워할 수 없다.

"고마치 너, 남편이랑 싸우면 보통 어떻게 해?"

고마치는 "뭐?" 하고 놀란 듯이 되물었다.

—뭐야. 혹시 형부랑 안 좋은 거 아니지?

안 좋다니. 그럴지도 모르겠다며 멍한 머리로 떠올렸다.

—그런데 뭐, 우리도 비슷해. 지금도 냉전 중이거든. 아니, 이제는 다 끝난 것 같기도?

"끝났다니……."

—참 이상하지. 함께 있으면 오히려 더 외로우니.

"……혼자가 편하다는 말이야?"

—설마. 모모가 없는 삶은 상상도 할 수 없어. 화는 좀 나지만 그래도 남편도 옆에 있는 편이 낫지 않을까 싶어. 마찬가지로 언니도 없는 것보다야.

"뭐야, 그게."

—원래 그런 거야.

원래 그런 거라니.

신기했다. 고마치의 말을 듣고 꼭 마법처럼 마음이 가벼워진다. 원래 그런 걸지도 모른다. 어렵게 생각해서 이름 붙이고 분류하며 분석하지만 바라는 대답은 극히 단순하다.

있는 편이 낫다.

—언니?

응, 괜찮아. 고마워. 전화해 줘서 고마워. 목소리를 들려

쥐서 기뻐. 그때 터널 연못에서 네가 물에 빠져 죽지 않아서 정말 다행이야. 만나면 항상 서로 으르렁거리지만 그래도 네가 있는 편이 나아.

"왜?"

지하야의 입에서는 그런 쌀쌀맞은 대답밖에 나오지 않았다.

— 왜? 가 아니라 그쪽 상황을 알려 달라니까.

"설날에 알려 줄게."

지하야는 고맙다고 하고 전화를 끊었다. 잘 지내라는 말을 덧붙이며.

좁은 방을 나가 침실로 향한다. "여보" 하고 침대를 향해 말을 건다.

"옆에 있어도 돼?"

노리후미의 목소리가 들린다.

"응."

27

유치원에서 아이들이 떠드는 소리가 들린다. 시사이드 코포 하코사카 주변에 쓰보마키를 제외한 다른 기자는 보이지 않았다. 이리이치 가나메는 7월이 끝나기도 전에 이곳을 떠나 현 북쪽에 문을 연 누카타팜으로 이사를 마쳤다.

7월 넷째 주 일요일, 빌라 앞에 재활용품 숍 트럭이 세워져 있다. 가게 이름이 크게 적힌 트럭 짐받이 위에 업자 두 명이 이리이치의 집에서 꺼낸 가구들을 실었다.

"뭔가 맥 빠지네요."

쓰보마키의 말투에서는 시니컬한 가벼움과 약간의 쓸쓸함이 느껴졌다. 주간 브레이크는 결국 정정 기사를 내지 않았다. 사측은 기사에 이리이치의 이름이나 그가 염소를 죽인 범인이라고 단정 짓는 내용이 없으니 그냥 넘어갈 수 있다고 판단했다고 한다. 이렇게 새끼 염소 살해 사건은 결국 진위가 밝혀지지 않은 채 사람들의 기억 속에 정착했고 언젠가 일상에서도 잊힐 것이다. 그리고 또다시 불안감을 조성하는 다른 누군가가 나타났을 때 망령처럼 되살아난다.

쓰보마키가 이리이치가 살던 집을 올려다봤다.

"위에 계시기는 하지만 저희에게 이야기를 들려줄지는 모르겠습니다. 적어도 저 같은 경우에는 성가신 날파리 정도로 보는 듯했으니까요."

지하야는 고개를 끄덕이고 철제 계단으로 향했다. 툭툭하고 발소리가 울린다. 머리 위로는 드넓은 파란 하늘이 펼쳐져 있다.

"안녕하세요."

집 안에 짐은 이미 다 뺀 상태였다. 현관 앞 다다미방에 남자 한 명이 책상다리를 하고 앉은 채 망연자실한 얼굴로 벽을 바라보고 있다. 손가락 사이에 끼운 담배에서 연기가 모락모락 피어올랐다.

"더 할 말은 없네. 이제 다 끝났어."

"그럼 왜 시간을 내주셨죠?"

"그쪽이 억지로 강요했잖나."

"상대하지 않고 쫓아내거나 아니면 다른 곳에 가셔도 됐을 텐데요."

남자는 연기를 한 번 들이마시고 다다미에 놓인 은색 재떨이 위에 담배를 비벼 껐다. 뒤이어 담뱃갑에서 담배 한 대를 더 꺼내며 말했다.

"그냥 일을 확실히 매듭짓고 싶을 뿐이야. 당신들한테도 폐를 끼친 건 맞으니."

"폐라고 생각하시나요?"

"폐가 아니고 뭐지? 당연히 폐 아닌가. 당신들뿐 아니라 모두에게."

남자는 벽을 바라보며 연기를 내뱉었다. 딱 바라진 어깨와 몸이 이 집 안에서는 왠지 초라해 보인다. 전에 봤을 때보다 몇 살은 더 나이 들어 보였다.

"그놈이 떠나서 나도 어깨 위 짐을 덜었어. 더 이상 여기서 문제를 일으키지 않을 테니 다행이지."

"정말 그런가요?"

지하야의 질문에 남자는 대답하지 않았다.

"이리이치 씨는 새끼 염소를 죽이지 않았어요. 새끼 염소 살해는 이리이치 씨를 함정에 빠뜨리려고 다른 누군가가 저지른 사건이에요."

역시 대답이 없다. 그는 그저 연기를 깊숙이 들이마시고 다시 내뿜었다.

지하야는 남자를 내려다보며 말을 이어 갔다.

"누가 이리이치 씨를 그렇게 만든 염소 조련사인가. 전 처음에만 해도 시라이시 준조 씨라고 생각했어요. 하지만 아니었죠."

시라이시가 주장한 알리바이를 믿어서가 아니다.

"시라이시 씨는 그 시점에 염소 살해 사건을 급하게 꾸며 낼 필요가 없었어요. 면담 결과를 기다렸다가 결정해도 될 테니까요. 꼭 시라이시 씨뿐만 아니라 이리이치 씨를 단지 마을에서 추방하기 위해 이렇게까지 공들여 사건을 일으켜야 하는 사람은 없었어요. 제아무리 면담 결과가 이리이치 씨가 정상이 아닌 것을 인정하는 방향으로 나와도, 그것만으로는 부족하다고 느낄 사람 외에는."

남자는 입을 꾹 다문 채 꿈쩍도 하지 않았다.

"그럴 만한 사람으로 전 오로지 당신밖에 떠오르지 않았어요. ……이소베 씨."

이소베 기요시가 담배를 재떨이에 꾹 눌러 껐다.

"당신이라면 이리이치 씨가 덴조제에 가도록 꾸밀 수 있었겠죠. 그의 금속 배트를 손에 넣기도 어렵지 않았을 테고요."

동물이 살해된 작은 사건이니 수사의 손길이 미칠 염려도 없었다.

이소베는 담뱃갑을 집어 또 한 대를 꺼내더니 부러질 만큼 강한 힘으로 담배를 손에 쥔 채 바라봤다.

"……내가 그놈의 신원 인수인이 된 건 나 말고 그놈을 맡을 사람이 없었기 때문이야. 그놈의 부모는 배상금을 마련하느라 여전히 제 입에 풀칠도 못 하는 상황이니. 그렇다고 그놈의 두 누나에게 떠넘길 수도 없는 노릇이니 어쩔 수 없이 거처만 마련해 주기로 했지."

담배가 툭 부러졌다. 갈색 담뱃잎이 다다미 위로 떨어진다.

"그놈이 여기 이사 왔다는 소문은 금세 퍼졌어. 처음에는 마을 자치회 녀석들이 와서 떠들었고 다음에는 시청 직원이 찾아오더군. 카운슬링을 받아 보는 게 어떻겠느냐고 했

어. 그 와중에 그 라디오 사건이 터진 거야. 시라이시라는
사람에게는 물론 화가 났지만 그는 그 일에 책임을 지는 형
태로 이리이치를 거둬 주겠다더군. 그 말을 듣고 나도 그러
는 게 낫겠다고 판단했어. 그 녀석 역시 동의했고. 그 녀석
도 앞으로 여기서 살아가기가 싫었을 거야. 불가능하다며
포기하고 있었어. 나도 그렇게 생각했고. 그건 병 같은 게
아닐지도 모르지만, 어쨌든 불가능한 건 불가능한 거야."

이소베가 하얀 콧수염을 움직이며 말을 이어 갔다.

"그렇게 일이 순조롭게 풀리는가 싶었는데, 이번에는 정
체를 알 수도 없는 단체 녀석들이 들이닥치더군. 시라이시
씨가 앞으로 하려는 일은 인권 침해의 소지가 있으니 반대
캠페인을 펼치겠다며 목청 높여 외쳐 댔어. 이리이치 가나
메를 시라이시 씨에게 맡기겠다고 하는 날 두고 당신은 정
말 이리이치 씨의 손을 놓을 작정이냐, 그래도 당신이 가족
이라고 할 수 있느냐, 친척으로서 일말의 정도 느끼지 못하
느냐는 식으로 비난하기 시작한 거야."

지하야를 향해 보이는 피로에 찌든 미소가 점차 분노로
물들어 간다.

"내가 왜 비난받아야 하지? 내가 뭘 했다고? 친척이니 맡
아 돌보라고 해서 그대로 따랐을 뿐이잖아. 그런데 나까지
이 마을에서 떠나라는 소리를 들었어. 그것도 모자라 이번

에는 비정한 인간이라는 소리까지. 나더러 뭘 어쩌라는 거야? 어? 내가 대체 무슨 상관이 있다고!"

그래서 이리이치를 추방할 정당한 이유가 필요했다. 한 식구를 버렸다는 말을 듣지 않아도 될 보다 명확한 이유가. 모두 앞에서 '어쩔 수 없었다'라고 말할 수 있는 이유가.

"내가 이기적인가? 하지만 나도 먹여 살려야 할 가족들이 있어. 결코 적지 않은 나이에 얻은 소중한 내 아들과 딸이 있다고. 딸은 지금 그 일 때문에 학교도 못 가고 있어. 앞으로 어쩔 수 없이 전학하게 되겠지. 이유를 알려 줘 봐. 왜 나 때문에 그 아이들까지 고통받아야 하지?"

할 말이 없었다. 눈앞에 있는 남자는 두말할 것 없는 피해자다. 이리이치 가나메의 친척이라는 이유로, 배려심을 발휘해서 그를 떠맡았다는 이유 하나만으로 고통받고 있다.

"그놈과 같은 하늘 아래에서 도저히 살 수 없다면 대체 그놈을 왜 담장 밖에 내보낸 거야? 왜 계속 담장 안에 가둬 두지 않은 거야? 인권이니 뭐니를 들먹일 작정이라면 이 동네에 사는 인간들부터 다 설득하고 나서 들먹이라고!"

다다미를 주먹으로 내려친 이소베의 어깨가 떨리고 있었다. 어금니를 꾹 깨물고 있다. 지하야는 그에게 건넬 말을 아직 찾지 못하고 있다.

문득 그가 줄곧 바라보던 벽 쪽으로 시선을 향했다. 사진이 걸려 있다. 그 안에는 세 가족이 찍혀 있다. 벌써 수십 년은 더 된 사진일 것이다. 환한 얼굴로 나란히 선 사람들 등 뒤로 한가롭게 소 몇 마리도 함께 찍혀 있다.

지하야는 두 여자아이 사이에 낀 소년을 가리켰다.

"이리이치 씨네요."

"……전에 일가친척이 모여 놀러 갔을 때 찍은 사진이야. 교도소에 그놈을 맞으러 갔을 때 녀석이 날 전혀 기억하지 못해서 아쉬운 마음에 저 사진을 쥐여 줬지."

"이소베 씨." 지하야는 사진을 보며 말했다.

"이리이치 씨는 덴조제에 염소 쇼를 보러 간 거였죠?"

그러니 목장 안에 있었다. 야구 모자를 깊숙이 눌러쓰고 있었다. 자신의 정체가 밝혀지면 염소 쇼를 못 보게 될 것을 염려했으니.

이소베가 힘없이 내뱉었다.

"녀석은 동물을 좋아했어."

사진 속에 있는 소년은 어색하게 미소 지은 채 카메라를 바라보고 있다. 그 모습에서 잔인한 범죄를 저지를 징후 따위는 조금도 찾아볼 수 없다. 지하야는 30년 전 그와 마주하며 떠올렸다. 새끼 염소 살해 사건에 남은 수수께끼를 묻는다. 당신은 왜 새끼 염소를 품에 안고 숲에서 나왔죠? 왜 그길로 곧장 도망치지 않았죠?

지하야의 머릿속에 16년 전 중학교, 그리고 카운슬링 자리에 있던 이리이치의 기억이 되살아난다. 그의 표정, 자세, 몸짓과 말. 또다시 생명을 느끼고 싶냐고 물은 지하야의 말에 그는 또박또박하게 "이제는 충분합니다"라고 대답했다.

불현듯 상상 속 이리이치 가나메의 입이 움직인다. 흰 머리카락에 새끼 염소의 피가 묻은 그가 표정 없는 얼굴로 지하야에게 짧게 말을 붙인다.

지하야는 이소베를 향해 눈길을 돌렸다.

"그가 다른 사람의 권유로 덴조제에 갔다는 걸 지금껏 숨기고 있는 건 이소베 씨를 신경 써서 아닌가요? 더 이상 이소베 씨에게 폐를 끼치고 싶지 않아서 아닌가요? ……이소베 씨."

지하야는 이소베 앞에 무릎을 꿇고 앉았다.

"한 가지 부탁이 있어요. 제삼자의 이기적인 부탁이니 들어주지 않으셔도 이해할게요. 앞으로 1년에 두 번, 정 안 되면 한 번이라도 좋으니 부디 그를 만나러 가 주세요. 정녕 그러지 못하겠다면 그가 지금도 이 세상 어딘가에 살고 있다는 사실 하나만이라도 모쪼록 잊지 말아 주세요."

이소베는 침묵한 채로 입에 문 담배에 불을 붙였다.

밖에서는 쓰보마키가 지하야가 내려오기만을 기다리고

있었다. 지하야는 이소베가 자신이 염소 조련사라고 인정하지 않을 것이고 이제 와서 추궁해 봐야 달라질 것도 없다고 그에게 말했다.

"결국 생고생만 하고 소득은 없었군요. 그래도 뭐, 이걸로 끝이라고 할 수는 없을 테니."

지하야가 째려보자 쓰보마키는 너스레를 떨며 변명했다.

"그렇게 무서운 표정 짓지 말아 주십쇼. 실제로 이번 일로 이리이치의 삶 자체가 끝나는 건 아니잖습니까."

그렇다. 그는 앞으로도 살아갈 것이다.

"누카타팜. 좋든 나쁘든 재밌는 기삿거리는 될 것 같네요."

"생고생이 취미세요?"

"이 시대에 보기 드문 진정한 저널리스트라고 해 주십쇼."

거기에 우수 사원이기도 하죠, 하고 그는 덧붙였다.

그의 말을 가볍게 흘려들으며 지하야는 떠올렸다. 진짜 염소 조련사가 누구일지를.

바로 조금 전만 해도 이소베 기요시가 틀림없다고 믿었다. 이소베는 지하야가 전에 가쓰미와 함께 검토한 조건을 충족했다. 동기도 있다. 무엇보다 그는 이리이치가 함정에 빠졌다는 것을 알고 있었다.

그러나 이리이치가 새끼 염소를 품에 안고 숲에서 나간 이유를 떠올렸을 때 지하야는 새끼 염소 살해에 필요한 또 하나의 조건을 깨닫고 말았다.

　　바로 덴조 학교의 지리를 알고 있어야 한다는 점이다.

　　나카쓰 숲, 숨겨진 명소인 숲 중심부, 그리고 목장이 있는 곳을 모르면 이번 계획을 짤 수는 없다. 퍼레이드 시간에는 숲에서 사람들이 사라진다는 것까지 알고 있어야 한다. 이소베가 아무리 덴조 학교에 자녀를 보내는 학부모라고 해도 그렇게까지 자세하게 알고 있었을까.

　　염소 조련사는 숲 중심부에서 새끼 염소를 때려죽였다. 다른 사람에게 들킬 수도 있다는 두려움은 없었을까. 바로 옆에는 C룸 건물도 있다.

　　순간 머릿속이 번뜩였다. 지금껏 뭔가를 못 보고 지나쳤다는 느낌이 들었다. C룸과 관련된 것이다. 느낌은 이내 확신으로 바뀌었다. 그러나 해답이 확실하지 않다. 못 보고 지나친 게 언제일까. 덴조제 때? 아니면 그보다 더 전?

　　4월에 일어난 겐지로 학대 사건 이후 C룸에서 만난 이들의 얼굴을 떠올린다. 오쿠사 도미코, 고사카, 사쿠라기 가나, 노즈 아키나리, 마쓰다이라, 기미요……. 이소베와 도야는 C룸을 찾은 적이 없다. 도야를 처음 만난 곳은 그 가족이 사는 아파트 옆이었다.

아키나리는 골절상을 입은 동생을 따라 덴조제에 갔다고 했다. 그러나 그날 그 아이는 C룸에 나타나지 않았다.

이마에 손을 얹고 눈을 감는다. 해답에 도달할 것 같은 느낌이 들었다.

하지만 왜 아키나리일까? 덴조제에서 일어난 새끼 염소 살해와 노즈 아키나리가 어떻게 이어질까. 그 아이는 굳이 이렇게 빙 돌아가는 사건을 일으킬 필요도 없었는데.

아키나리의 모습이 떠오른다. 연결 통로 너머에서 걸어오는 아키나리. C룸, 그리고 데라카네의 연구실에서 지하야는 아키나리와 서로 마주 보며 대화를 나누고 이따금 웃음을 터뜨리기도 했지만 결국 알아내지 못했다.

눈앞에 있는 이 아이가 진정 어떤 사람인지.

"선생님."

고개를 돌려 쓰보마키를 보자 그는 겸연쩍은 듯이 머리를 긁적였다.

"실은 선생님께 사죄해야 할 일이 하나 있습니다. 전 선생님께 거짓말을 했습니다."

"거짓말?"

"네. 정보원 은닉, 까지는 아니겠군요. 그 사람의 미래를 고려했다고 해야 할까요."

쓰보마키의 고백이 염소 조련사의 정체를 끌어냈다.

28

월요일 점심시간이 되기 전 지하야는 상담실에 혼자 앉아 있었다. 도미코는 지난주에 지하야 대신 나와 줘서 오늘은 휴가다. 여름방학이 다가와서 학생들은 들뜬 분위기다. 새끼 염소 살해 사건 따위는 마치 일어나지도 않은 것처럼.

그때 누군가가 상담실 문을 두드렸다. 지하야는 "들어오세요"라고 했다. 버튼식 자물쇠가 열리고 고사카가 들어왔다.

"번거롭게 해서 죄송할 따름이에요."

"아뇨, 괜찮습니다."

그는 당혹감 섞인 얼굴로 지하야 맞은편에 있는 의자를 잡아당기며 말했다.

"앉아라."

고사카가 데려온 사람이 그의 지시대로 의자에 앉았다.

염소 조련사가 눈앞에 있다. 지하야는 그렇게 느꼈다.

"그럼 밖에서 기다리겠습니다."

고사카가 나가자 상담실 안이 정적에 휩싸였다. 염소 조련사는 불만 섞인 얼굴로 고개를 숙인 채 지하야에게 눈길을 주지 않았다.

"잘 지냈니?"

지하야는 말을 걸었다.

반응을 보이지 않는다. 여기에 불려 온 이유는 알고 있을 것이다. 모든 것을 설명하고 아버지를 설득했으니.

"네가 주간 브레이크의 쓰보마키 씨를 학교에 불렀지?"

익명의 고발인이 젊은 여자였다는 말을 쓰보마키에게 들었을 때 비로소 지하야의 머릿속에서 모든 퍼즐이 맞춰 졌다.

"가나……." 지하야는 상대를 바라보며 입을 열었다.

"넌 대체 누구니?"

"누구냐뇨." 소녀는 코웃음을 쳤다.

"다 아는 주제에."

지하야는 애써 미소 지어 보였다.

"그래. 너무 무게 잡았던 것 같네."

"아무리 선생님이라고 해도 억측만으로 학생을 여기 부를 권리는 없지 않아요?"

예전에 가나를 연기할 때처럼 농담조로 말하는 소녀에 게 지하야는 물었다.

"왜 사쿠라기 가나를 선택했니?"

그러자 소녀는 얼굴에서 미소를 지우고 대답했다.

"왜냐고 물어도 딱히……. 중등부에서 같이 동아리 활동을 했으니까요. 사이가 제법 좋았고 걔는 전에 여기 와 본 적도 있다고 했어요. 오쿠사 도미코 선생님이 잘해 주셨다고."

그래서 소녀는 도미코를 피해 월요일에는 이곳에 오지 않았다. 여기 오는 것을 다른 사람에게는 비밀로 해 달라고 지하야에게 부탁했다.

미카, 가나와 친구 사이인 것은 사실이라고 했다.

"도야를 좋아하는 것도."

그러자 소녀는 장난기 섞인 표정을 지었다.

"들키면 어쩌려고 했어?"

"그냥 장난이었다고 사과하면 되죠. 뭐가 어떻게 된 것도 아니니까요."

이 모든 것은 새끼 염소를 확실히 죽이고 그 죄를 이리이치에게 덮어씌우기 위해서였다.

"C룸에 다니면서 계속 확인했지? 처음에는 상담실 안에서 나카쓰 숲의 중심부가 잘 보이는지, 다음으로 사무실 안에서 보이는지, 그리고 덴조제 때 여기서 우리가 뭘 할지."

이리이치에게 죄를 덮어씌우기 위해 의심을 사서는 안 됐다. 당일에 마지막으로 확인하려고 이곳을 찾은 소녀는 내려간 블라인드를 보며 가슴을 쓸어내렸을 것이다. 이로써 숲의 중심부로 향하는 내 모습이 목격될 리는 없을 거라고 생각하며.

"넌 그날 앞치마를 두르고 있었어. 피가 튀어도 바로 처리할 수 있으니 입었겠지."

소녀는 어깨를 으쓱했다.

"다 들켰네요."

"새끼 염소는 어떻게 데려갔지?"

"박스에 넣어 짐차로 옮겼어요."

단순하면서도 확실한 방법이다. 축제가 한창이었으니 수상하게 보는 사람도 없었다.

"쓰보마키 기자님의 연락처는 어디서?"

"쓰레기통이요. 우리 집에 취재하러 왔을 때 아빠가 명함을 구겨서 버리는 걸 봤거든요."

"겐지로 학대 사건이 일어난 뒤에 계획을 떠올렸겠지? 염소 쇼가 취소될 거라고 예상하고."

"빙고. 선생님, 대단해요."

소녀는 즐거운 것처럼 소리 내어 웃었다.

"이리이치 씨한테는 염소 쇼가 열린다고 거짓말을 했고?"

"네. 전날 밤 아빠가 집에 있을 때 만나러 갔어요. 그 사람, 전에는 동물을 좋아하는 소년이었다고 아빠가 술을 마시며 자주 말했거든요. 배트도 그때 받아 왔고요."

학교를 둘러싼 담장 밖에서 학교 부지 안으로 배트를 집어 던졌다. 그리고 덴조제가 시작되기 전 배트를 가져가 축사에 달린 자물쇠를 부쉈다. 새끼 염소를 골판지 상자에 넣고 배트를 손에 든 채 숲 중심부에 있는 나무 뒤에 숨었다.

"1시에 오라고 했어요. 오지 않을 수도 있겠다고 걱정했지만 보러 가니 진짜 왔더라고요. 자물쇠가 부서진 축사를 멍하니 바라보고 있었어요."

이후 C룸에 달려가 블라인드를 확인하고 숲 중심부로 향했다. 새끼 염소를 때려죽이고 벤치 다리를 배트로 친 다음 고등부 건물 쪽으로 도망쳤다. 피 묻은 앞치마는 골판지 상자에 넣어 통째로 처분했다.

"제 연기를 알아챈 분은 도미코 선생님인가요? 아니면 사진이라도 찾으셨어요?"

그 질문에 지하야는 고개를 가로저었다.

"그럼……." 소녀가 앞머리에 숨을 후 불었다.

"역시 그 비 오는 날 때문이었나 보네요."

지하야는 입가를 풀며 고개를 끄덕였다.

지하야가 심포지엄에 참석한 5월 마지막 주 금요일, 아키나리가 더 이상 학교에 오지 않겠다고 선언한 비 오던 그날. 아키나리는 점심 휴식 시간에 C룸으로 가는 복도 중간에서 앞에서 달려오는 소녀를 보며 강렬한 살인 충동을 느끼고 멈춰 섰다고 했다. 그러나 중등부 2학년인 사쿠라기 가나가 고등부 건물에서 걸어오는 노즈 아키나리와 마주쳤을 리는 없다. 소녀가 고등부 건물로 돌아간 게 아니라면 두 사람의 만남은 성사되지 못했다. 두 개의 연결 통로는 좌우 정반대로 뻗어 있으니까.

스쿨 카운슬러가 모든 학생의 얼굴과 이름을 외우고 있지는 않다는 점, 중등부와 고등부가 모두 같은 교복을 입는다는 점을 이용해 소녀는 학년을 표시하는 배지만 바꿔 달고 사쿠라기 가나가 되었다.

대담한 연기의 이유는 오직 하나다.

저기요, 선생님.

"제가 나쁜 짓을 한 거예요?"

지하야는 눈을 감았다. 한숨을 한 번 내쉬고 눈앞에 있는 소녀를 다시 바라본다.

"그래. 이소베 사키."

고등부 특별 진학반 1학년인 이소베 사키는 언짢은 듯이 고개를 돌렸다.

사쿠라기 가나를 자처한 것은 이리이치 가나메의 친척인 자신의 존재를 감추기 위해서였다. C룸에 오는 아이가 이소베 사키라는 것을 알았다면 지하야는 조금 더 일찍 사건의 진상을 알아차렸을 것이다.

"그렇게까지 해서 이리이치 씨를 마을에서 쫓아내고 싶었니?"

"당연하죠."

사키는 한 치의 망설임도 없이 대답했다.

"선생님. 제가 얼마나 주눅 들며 살았을 것 같아요? 시로 아타마 소문을 듣고 곧장 떠올렸어요. 아, 이대로 있다가는 나도 곧 괴물 취급을 받겠구나. 가나와 미카가 고등부에 올라와도 예전처럼 함께 놀지 못할 수도 있겠구나, 라고요."

이소베 사키는 가장 편한 자세로 등받이에 몸을 기댄 채 담담하게 이야기했다.

"우리 아빠는 입은 험하지만 사람은 좋은 분이에요. 마음에 안 들기는 해도 가족이니 앞으로 그 사람을 돌봐 주기로 결심했다고 해요. 솔직히 전 괜찮아요. 전학도 감수했고요. 하지만 제 동생은 불쌍하잖아요. 기껏해야 아직 초등학생인데. 아빠도 불쌍한 건 마찬가지고요."

이소베 사키는 허공을 보며 말했다.

"아무 잘못도 없는데 그 사람이 온 뒤로 계속 모르는 사람들한테 비난받고 욕을 얻어먹었어요."

지하야는 사키에게 무슨 말을 해야 좋을지 알 수 없었다.

"선생님. 제가 잘못한 거예요? 사과해야 하는 거예요? 그럼 다들 절 용서해 주나요?"

소녀가 던진 질문이 가슴을 날카롭게 찔렀다. 사키는 동그란 눈을 크게 뜨고 지하야의 대답을 기다리고 있다.

"무섭지 않았니?"

그렇게 묻자 허를 찔린 것처럼 사키가 입을 살짝 벌렸다.

"혼자 밤에 이리이치 씨를 찾아가 학교에 염소 쇼를 보러 오라고 한 거잖아. 그 사람이 무섭지 않았어?"

"그야 물론……. 근데 뭐 그 사람이 여기 온 뒤로 몇 번 만나기도 했고."

사키가 시선을 피한다.

지하야는 소녀를 보며 입을 열었다.

"혹시 넌 새끼 염소가 쓰러져 있는 곳에서 쓰보마키 기자가 사진만 찍으면 된다고 생각한 거 아니야?"

이리이치가 현장에 오지 않아도 금속 배트를 두면 혐의를 덮어씌울 수 있다. 하지만.

"이리이치 씨는 깡 하는 소리를 듣고 숲에 들어가 새끼 염소 살해 현장에 도착했어. 그리고 네 예상과 달리 쓰러진 새끼 염소를 품에 안고 다시 숲을 나갔지."

자신이 어떤 상황에 처했는지 이해했을 것이다. 눈에 익은 금속 배트가 바닥에 떨어져 있으니 누가 자신을 함정에 빠뜨렸다고 깨달았을 것이다. 그 사람이 이소베 사키임을 떠올리는 것은 그리 어렵지 않다.

"그냥 도망치면 끝날 일이었어. 새끼 염소를 품에 안고 다른 사람들 앞에 나타날 필요는 없지 않았을까? 넌 이리이치 씨가 그날 왜 그런 행동을 했는지 아니?"

"……다 포기해서 그런 거 아니에요? 사람들이 하나같이 자기를 미워하니 그 사람도 지긋지긋했을 거예요, 분명."

"물론 그랬을 수도 있지. 하지만 선생님은 다르게 생각해."

지하야는 사키를 똑바로 쳐다봤다.

"아직 살아 있었으니까. 새끼 염소가 아직 살아 있어서 잘하면 목숨을 구할 수도 있었으니까."

지하야를 향하고 있던 사키의 검은 눈동자가 더 커졌고 입술은 놀라움의 형태를 띠었다.

"생명이 사라지는 건 좋지 않다는 걸 그는 알고 있었어."

잔혹한 사건을 세 번이나 저지르고 오랫동안 감옥에서 지내고 나서야 그는 깨달았다. 생명을 죽여서는 안 된다는 것을.

"하지만 그게 절대로 그가 안전하다고 보장해 주는 건 아니야. 그가 저지른 죄가 용서되는 것도 아니고. 나도 그 사람이 두려워. 하지만…… 어쩔 수 없잖아."

그가 이 세상을 살아가는 이상.

"그러니 용서해 주자고 생각했어. 물론 피해자들은 앞으

로도 계속 그를 증오할 수 있어. 우리도 계속 그를 두려워할
지 모르고. 하지만 그가 이 세상에 있어도 된다고 네가 생각
할 수만 있다면. 적어도 넌 그렇게 생각할 수 있으니까. 모
두가 그러기는 힘들어도 네가 시작할 수는 있으니까."

"……제멋대로시네요."

사키의 얼굴이 유리창 쪽으로 향한다.

그 옆얼굴을 보고 있자 가나를 연기하고 미카와의 대화
를 꾸며낸 상담이 단순한 책략이 아님을 깨달았다. 그 연기
는 이 아이에게 의식이었다. 친구들과 함께한 천진난만한
시절과 결별하기 위한 의식.

지하야와 사키 사이에 비친 빛이 한 줄기 띠를 그린다.

"염소의 체온이 남아 있어요, 아직."

그렇게 말하고 사키는 주먹을 꾹 쥐었다.

사키를 바래다주고 고사카가 상담실에 돌아왔다.

"전학하기로 이미 마음먹은 것 같네요."

지하야는 "그런가요" 하고 대답했다.

"뭐랄까…… 어렵네요."

그 말이 모든 것을 나타낸다는 사실이 지하야는 슬펐다.
그런 해답밖에 내지 못하는 우리 자신이 애달팠다.

"선생님. 이 일은 어떻게 할까요?"

이소베 기요시는 전부 알고 있었다. 지하야가 새끼 염소 사건에 대한 추리를 입에 담은 순간부터 딸의 범행을 눈치 챘을 것이다. 그래서 더 자신이 저지른 것처럼 행동했다.

그러나 그는 오늘 사키를 이곳에 보내 주었다.

"기도할 수밖에 없겠죠."

고사카는 대답하지 않았다.

"도미코 선생님이 자주 말씀하시곤 하세요. '어차피 남의 일이야'라고."

"전 그렇게까지 비관적으로 보고 싶지는 않습니다."

고사카는 속이 타는 것처럼 지하야에게 "선생님은 어떠신가요?"라고 물었다.

"전……."

뒷말이 이어지지 않았다. 내가 결국 뭘 할 수 있다는 말인 가. 이리이치는 이 동네를 떠났고 사키도 곧 학교를 그만둘 것이다. 나는 그 결정을 만류할 수 없다. 그들의 고통을 없애 주지 못한다. 그들을 불안해하는 이들을 안심시킬 방법을 지니지 못했으니까. 타인이니까.

그러나 마음은 굳혔다.

만나야 한다.

29

오후 4시가 지나도 점심시간과 별반 다르지 않게 밝았
다. 여름이구나. 지하야는 속으로 그렇게 생각했다.

C룸에서 가져온 생수병을 손에 들고 고등부 건물을 나가
그대로 나카쓰 숲에 들어간다. 이제 곧 학급 자율 활동 시간
이라 이런 곳에 느긋하게 있다가는 한 소리 듣겠지만 그래
도 좋게 받아들이기로 했다. 상대가 화를 내면 사과하면 된
다. 후련할 만큼 아무 고민도 없는 자기 자신에게 놀라 지하
야는 웃음이 나왔다.

나뭇가지 사이로 얼룩무늬 빛이 비치는 이 길은 정확히
덴조제에서 걸었던 그날의 풍경 그대로다. 반짝거리는 모
습을 보며 '골든 애프터눈'이라는 단어가 떠올랐다. 루이스
캐럴이 일기장에 쓴 표현이라고 들었다.

"미안, 늦었네."

햇빛이 쏟아지는 숲 중심부에 노즈 아키나리가 앉아 있
었다. 바로 얼마 전 새끼 염소가 목숨을 잃은 장소다.

"마실래?"

생수병 하나를 건네고 아키나리 옆에 앉는다. 자기 몫의
병 뚜껑을 열어 한 모금을 마신다. 아키나리는 받아든 병을
지그시 바라봤다. 볼에 난 솜털이 햇빛을 받아 황금빛으로

빛난다.

"머리가 길었네."

스스로 생각해도 센스 없는 첫마디라고 생각했다. 아키나리는 웃는 얼굴로 눈썹에 맞닿은 앞머리를 손으로 매만졌다.

"미용실에 다니기로 했는데 역시 그런 곳에 가기는 좀 위축돼서요."

"어머니가 직접 잘라 주지 못해서 섭섭해하시지 않아?"

아키나리는 대답하지 않고 엷게 미소 지었다.

"집에서 나가려고 해요."

그 말을 듣고 지하야는 고개를 끄덕였다. 아키나리를 부르기 위해 먼저 연락한 도야에게서 대략적인 이야기는 전해 들었다.

기미요에게 사죄 전화를 건 도미코를 통해서 데라카네가 소개해 준 워크숍에 대해 전했다. 기미요는 아키나리와 상의했다고 한다. 기미요의 심정이 어땠을지는 그저 상상할 수밖에 없다. 그리고 아키나리는 계절이 바뀔 무렵 덴조시를 떠나 기숙사식 워크숍에서 지내기로 마음먹었다.

"거기서 대학 입시 공부도 시켜 준다고 해서 결심했어요. 앞으로 더 다양한 것들을 알아 둬야 할 것 같아서요."

"정말 내 후배가 될지도 모르겠네."

"이 마을에는 다시 돌아오지 않으려고 해요."

"왜?"

"그게 모두를 위해서 더 나을 테니까요."

아키나리는 그렇게만 말하고 예전에 어머니가 잘라 준 앞머리를 가볍게 손으로 쓸었다.

"워크숍을 중간에 그만둘 수는 있을 거예요. 제가 그 안에서 문제를 일으킬 수도 있고요. 전⋯⋯ 여전히 사람을 죽여 보고 싶다는 충동을 놓지 못하고 있으니까요."

아키나리는 지하야를 보지 않았다. 턱을 살짝 들어 나뭇가지가 만드는 하늘의 구멍을 올려다본다.

"요즘은 길을 걸을 때 항상 주의하고 있어요. 그래도 충동을 억누르기 힘들 때는 '저 사람보다 더 나은 사람이 있다. 더 죽여 마땅한 사람이 있다'라고 스스로 주입하면서 지나가요."

이제 기술은 어느 정도 익힌 느낌이에요. 아키나리는 자조하듯이 말했다.

"하지만 또 언제 어떻게 될지 모르죠. 지금은 괜찮지만 이다음 순간에 또다시 선생님을 죽이고 싶어질 수도 있고요."

바람이 불어와 옆을 스쳐 간다. 아키나리가 천천히 눈을 깜빡인다.

"이런 충동을 갖고 태어난 제 운명을 진심으로 원망해요."

"응. 운이 없기는 해."

그야말로 가벼운 맞장구를 듣고 아키나리가 흠칫 놀라 지하야를 쳐다봤다. 지하야는 희미한 미소로 소년에게 화답했다.

"날 때부터 눈이 보이지 않는 사람도 어떻게 보면 운이 없다고 해야겠지. 사고로 몸을 다쳐 걷지 못하게 된 사람도 마찬가지야. 사람을 죽여 보고 싶어 하는 소년과, 그의 손에 살해될 사람도."

"……그것과 이건 다른 문제 같아요."

"같아. 전부 스스로는 어떻게 할 수 없는 것들이니까."

불만스럽게 이맛살을 찌푸리는 아키나리가 묘하게 우스꽝스러웠다.

"뭐든지 마음먹기 마련이라는 말, 너무 오만하다고 생각하지 않니? 우리는 결국 함께 살아갈 수밖에 없는데."

"우리요?"

"그래."

지하야는 눈을 가늘게 뜨고 주홍빛으로 물들어 가는 하늘을 바라봤다.

"도미코 선생님께 카운슬러의 임무는 상담자가 카운슬

러를 필요로 하지 않게 하는 것이라는 이야기를 들은 적이
있어. 그 말이 맞아. 난 지금 네게 집착하고 있어."

아키나리의 시선을 느끼며 지하야는 말을 이어 갔다.

"처음 만났을 때 넌 내게 이렇게 말했지. '선생님이 죽이
고 싶은 사람을 제가 죽일 수 있게 해 주세요'라고. 그때 난
대답하지 않았지만 실제로는 머릿속에 이름이 떠올랐었
어."

그러므로 아키나리에게 집착하기 시작했다.

"어렸을 때부터 난 동생을 정말 싫어했어. 장녀들은 다들
어느 정도 그런 경향이 있다지만 꼭 동생에게 부모님을 빼
앗긴 것 같았거든. 그 애는 걸핏하면 울음을 터뜨리고 금세
다시 웃음 짓고 제멋대로인 것으로 모자라 사랑스럽기까
지 했어. 정말 얄미워서 어쩔 줄 모르겠더라."

지금은 항상 뒤를 졸졸 따라다니지만 언젠가 나를 앞질
러 갈 거라고 어린 지하야는 생각했다.

"둘이 함께 터널 연못에 빠졌을 때도 부모님은 날 혼냈
어. 어머니는 내가 동생을 죽이려고 한 게 아닐까 진지하게
걱정하셨고. 하지만 난 그때 동생을 죽여야겠다고 생각하
지 않았어. 그저 터널 연못을 지나 지구 뒤편으로 가기 위해
그 아이가 필요했을 뿐이야."

그뿐만이 아니다. 지구 뒤편을 동생에게도 보여 주고 싶

었다. 동생과 함께 그곳을 구경하는 게 더 멋지고 즐겁겠다고 생각했다. 내 뒤를 따라오던 그 아이가 싫지 않았다. 실은 난 동생을 아주 좋아했다.

"동생을 부둥켜안고 터널 연못에 뛰어들었어. 둘이 함께라면 지구 뒤편까지 갈 수 있을 거라 생각했어. 숨도 계속 쉴 수 있을 거라 믿었어. 서로의 존재가 산소통이 되어서 말이야."

지금도 그때 느낀 동생의 입술 감촉이 기억에 남아 있다. 부드럽고 연약한 입술을 맞붙인 채 두 아이는 머리부터 연못 속으로 가라앉았다.

"난 줄곧 내 머리가 이상한 게 아닐까 두려워했어."

연못에서 끌어올린 동생이 눈을 뜨지 않았을 때. 이성을 잃은 어머니를 봤을 때. 울려 퍼지던 사이렌 소리. 입술에 남은 희열의 여운. 나 자신에게 진정으로 공포를 느꼈다.

"내가 죽이고 싶었던 사람의 이름은 오쿠누키 지하야. 언젠가 다른 누군가를 턱없이 불행하게 만들 수도 있는, 가능성으로서의 나 자신."

그러고서 지하야는 "지금도" 하고 입을 뗐다.

"난 계속 두려워하고 있어."

아키나리를 바라본다. 아이의 표정에는 놀라움도 공포도 동정도 떠올라 있지 않다. 아직 앳된 얼굴 그대로 지하야를 바라보고 있다.

"아키나리." 아이의 이름을 부르는 게 제법 오랜만인 느낌이 들었다.

"인간과 동물의 차이를 아니?"

"……이성 말인가요?"

지하야는 가볍게 고개를 흔들었다.

"난 모순이라고 생각해."

이맛살을 찌푸리는 아키나리를 향해 웃음 짓는다.

"꽃의 아름다움에 감동하면서도 그것을 잡아 뜯는 것. 좋아하는 아이에게 심술궂게 구는 것. 일부러 힘든 길을 선택하는 것. 처음 보는 사람을 구하려 하는 것. 그런 행동들은 이해득실만으로는 설명할 수 없지 않을까?"

"그냥 머리가 안 좋아서 그런 걸지도 몰라요."

아키나리가 새침하게 대답해서 지하야는 하마터면 소리 내어 웃음을 터뜨릴 뻔했다.

"그럴지도 모르겠네. 하지만 너도 마찬가지 아니야? 죽이고 싶은데 죽이고 싶지 않아서 고민하고 있잖아."

"그건 아니에요. 죽이고 싶은 건 충동이고 죽이고 싶지 않은 건 이해득실을 따져서예요."

"정말로 죽이고 싶지 않은 마음이 이해득실 때문이라고 잘라 말할 수 있니?"

476

입을 꾹 다문 아키나리는 시선을 돌리지 않고 지하야의 다음 말을 기다렸다.

"선생님은 널 있는 그대로 받아들이고 싶었어. 그건 나 자신을 받아들이는 것과 마찬가지였으니까. 다른 사람을 받아들인다는 게 대체 무엇일까. 난 네 가족이 아니야. 연인이 될 것도 아닐뿐더러 함께 살아가거나 죽을 때까지 널 돌봐줄 수도 없어. 너에 대해 전부 아는 건 앞으로도 절대 불가능해. 넌 타인이니까."

그리고 나의 모든 것을 당신에게 전하는 것도 불가능하다. 아무리 당신이 내 가족이어도, 연인이어도, 정신 분석가여도.

"그럼에도 불구하고 상대를 받아들인다는 건 대체 뭘까. 난 널 받아들이고 싶어. 아무리 네가 다른 누군가를 죽이고 만다고 해도 말이지. 하지만 그 누군가가 내 소중한 사람이라면 난 틀림없이 널 용서하지 못할 거야."

이 세상에 있어도 된다고 생각할 수도 없게 될 것이다.

"하지만 역시 받아들이고 싶다고 생각하게 돼."

"……충동."

지하야는 고개를 끄덕였다. 흐뭇할 만큼 이 아이는 총명하다.

"살고 싶다는 충동, 죽고 싶다는 충동, 죽이고 싶다는 충동. 세상에는 모순이 맞물린 수많은 충동이 있고 우리는 그 모든 걸 갖고 있어."

죽이고 싶지 않다는 충동도.

살아 주기를 바라는 충동도.

"갖고 있을 거야."

그러니 당황하는 것이다.

이리이치가 끔찍한 능욕을 저지르면서도 생명을 구하려고 한 것처럼.

이소베 사키가 아키나리와 처음 만난 비 내리던 날 유리 연결 통로에서 되돌아가지 않은 것처럼.

그때 C룸으로 향하는 아키나리 옆을 스쳐 가면 자신의 정체가 지하야에게 전달될 수도 있었다. 얼굴을 보이기 전에 등을 먼저 돌릴 수 있었을 것이다. 그러나 사키는 그렇게 하지 않았다.

아키나리가 괴로워하고 있었으니.

달리다가 멈춰 서서 그 아이는 우두커니 서 있는 소년 옆으로 다가갔다.

—괜찮니?

문득 그런 말을 걸고 싶어져서.

"분명 아주 미미한 차이일 거야. 타인을 상처 주고 싶은 충동, 배려하는 충동. 그저 색이 다를 뿐. 어두운색은 잘 보이지 않고 밝은색은 눈에 띄지. 그 위에 다른 색을 덧칠할 수는 있어도 색을 아예 없앨 수는 없어. 우리는 앞으로도 계속 모순된 충동들과 함께 살아갈 수밖에 없는 거야."

아키나리가 지하야를 보고 있다. 공포는 여전히 지하야의 가슴에 그대로 들러붙어 있다. 아키나리와 함께 있는 지금 이 순간이 두렵다.

아키나리가 말한 대로 바로 이다음 순간 나는 이 아이의 손에 죽을 수도 있다. 그럼 어떤 일이 벌어질까. 필사적으로 저항하고 도망치면서 나 자신의 어리석음을 저주할 것이다. 속으로 '그럼 그렇지' 하고 후회할 것이다. 나를 배신했다고 느낄 수도 있다. 나는 널 믿었는데, 하고.

그러나 가장 먼저 느껴질 감정은 역시 슬픔일 것이다.

"아키나리. 우리 약속하자."

"약속요?"

"응. 아주 로맨틱한 약속이야. 너와 나, 앞으로 10년 후 오늘 이곳에서 이 시간에 다시 만나기로 해."

어안이 벙벙해진 얼굴은 어디에나 있을 법한 평범한 소년의 얼굴이었다.

"선생님과 10년 후 이곳에서 다시 만나기 위해, 오직 그날을 위해 넌 지금부터 사람을 죽여서는 안 돼. 알겠니? 10년 후야. 10년이 지난 이날 이 시간에. 약속해 줘. 선생님을 위해서."

"······그런 약속은 무의미해요. 10년 후 제가 살아 있을
거라는 보장도 없고요."

"그럴 확률은 내가 더 높을걸."

지하야는 아키나리를 똑바로 쳐다봤다. 지금 이곳에 있
는, 이 아이를.

"지킬 수 있냐 없냐는 중요하지 않아. 선생님은 그저 너
와 약속하고 싶어."

도미코에게 또 한 소리를 듣겠지만 역시나 나는 앞으로
도 이 아이와 함께하고 싶다. 이 아이를 향한 공포까지 포함
해. 그것이 내가 생각하는 '받아들이다'의 의미이다.

시라이시와 데라카네는 지하야에게 있을 곳을 마련해
줄 것이다. 그들이 만든 정원에서 살면 안심할 수 있을 것이
다. 스스로를 다그치며 불안감을 애써 숨겨 온 삶보다 훨씬
마음 편할 것이다.

나 자신의 세계를 닫는 것이 불행이라고 단정 짓는 건 광
활한 세계에서 살아가는 자의 오만이다.

불가능하다고 인정하고 포기하는 것은 잘못되지 않았
다. 그 안에도 행복은 분명히 존재한다.

하지만 쓸쓸할 것이다.

네가 없는 그곳은.

"넌 앞으로 선생님뿐만 아니라 더 많고 다양한 사람들과 약속하게 될 거야. 한없이 한없이 약속을 늘려 가게 될 거야."

내 존재를 잊어버릴 만큼.

네 충동이 희미해질 만큼.

마지막의 마지막에 가서야 너를 멈춰 세울, 가장 밝은색을 가진 충동으로 바뀌어 버릴 만큼.

지하야는 손을 내밀었다.

"기다리고 있을게."

서쪽으로 기우는 태양이 만들어 내는 아주 짧은 순간, 짙은 주홍빛과 밤이 서로 부둥켜안는 듯한 매직 아워 속에서 소년은 지하야가 앞으로 내민 손을 맞잡았다.

30

노리후미의 잠든 얼굴을 바라보다가 침대에서 내려갔다. 무더운 아침에 거실 마룻바닥의 차가운 감촉이 기분 좋게 느껴진다.

부엌 테이블에서 커피를 홀짝거리며 아침 식사를 준비한다. 노리후미처럼 제대로 차려 먹지는 못한다. 달걀 프라이에 베이컨을 곁들이는 것만으로도 지하야에게는 충분히 호화로운 식사였다.

"좋은 아침."

노리후미가 다가와서 맞은편 자리에 앉았다. 신문을 내밀자 "고마워" 하고 감사 인사를 한다. 러브호텔 일이 있고 난 뒤 두 사람은 한 이불을 덮는 상황을 피하고 있다. 물론 그것이 부부의 전부는 아니고 남녀의 전부도 아니다. 그러나 다른 사람과 살결을 맞대고 싶은 본능적 욕구는 앞으로 10년, 20년 더 나이를 먹어도 완전히 사라지지는 않을 것이다.

옷을 갖춰 입고 방에서 나갈 때 노리후미가 뒤에서 지하야를 끌어안았다.

"오늘 밤은 일찍 올 수 있을 것 같아."

목을 감싼 팔에 손을 갖다 댄다. 입맞춤을 한다. 분명 이렇게 조금씩 서로를 이해하는 길도 있다. 이기적인 믿음일 수는 있어도 지금 두 사람의 거리는 조금씩 가까워지고 있다고 지하야는 믿었다.

박스 로드는 여전히 멋들어지고 세련됐다. 가게 간판부터 벽돌로 지어진 길까지 모든 게 거리를 오가는 사람들의 마음을 안락하게 한다. 어느 날 마을에 또다시 이리이치 가나메와 노즈 아키나리가 돌아왔을 때 그들에게도 이 풍경이 마음을 따뜻하게 하는 마중물이 되기를 지하야는 기원했다.

이곳에서는 서로 맞물리지 못하는 타인들이 살아가고 있다. 고작 몇 미터 거리를 앞에 두고 생활하고 있다. 다투고, 사랑을 나누기도 한다. 그 모든 이들을 꼭 '특별한 타인'이라고 생각하지 않아도 그렇게 살아갈 수밖에 없으니 의심을 포기하지 못하는 것처럼 믿음도 포기하지 못하는 것이다.

나는 노즈 아키나리를 믿는다. 그 아이와 나눈 약속을 믿는다.

내리쬐는 햇빛 때문에 눈을 가늘게 떴다. 여름방학 전 마지막 출근일을 과연 별일 없이 보낼 수 있을까. 무사히 마치면 어느 카페에서 디저트라도 사서 돌아가자. 그리고 노리후미와 맛있게 나눠 먹자. 그런 상상이 지하야의 발걸음을 가볍게 했다. 타인과 살아가는 것이 꼭 나쁘지는 않다.

여느 때와 다른 긍정적인 생각에 쓴웃음이 나왔다. 유치원 교복을 입고 빵집 앞에서 기다리는 여자아이가 이상하다는 듯이 지하야를 올려다본다. '이상한 사람'이라고 생각할까. 상관없다. 나를 받아들이지 못하는 당신을 나는 받아들인다. 단 한 명이라도 당신을 받아들이는 사람이 있다는 것을 당신에게 알리기 위해.

여자아이에게 미소 지으려 할 때 마을 어딘가에서 깡 하는 소리가 울려서 지하야는 무심코 몸이 굳었다.

굳은살투성이 손바닥에 손톱이 파고들어 날카로운 통증을 느꼈다.

색이 다른 충동이
맞물리는 지점으로

한 소년이 있습니다. 고등학교 1학년인 소년의 이름은 노즈 아키나리. 소년은 남들에게는 말 못 할 어떤 '충동'을 떠안고 있습니다. 바로 사람을 죽여 보고 싶다는 강렬한 살인 충동입니다. 어떤 상황이 만들어지면 주저 없이 충동이 고개를 들지만 소년은 충동을 행동에 옮기기를 주저하며 괴로워합니다. 사건을 저지르면 주변에 있는 사랑하는 가족과 피해자, 피해자 가족이 받을 충격이 어떨지 알고 있기 때문입니다. 소년은 자신의 내면을 마주하며 언젠가 충동에 패배할 수도 있는 그날을 위해 '죽여 마땅한 사람'을 찾습니다. 그런 와중에 소년이 다니는 학교에서 새끼 염소가 다리 힘줄이 잘려서 쓰러진 채 발견되는 사건이 일어나고, 뒤숭

숭한 분위기 속에서 소년은 도움을 얻기 위해 학교 상담실의 문을 두드립니다.

한 남자가 있습니다. 30대 후반에 머리를 뒤덮은 흰 머리카락이 특징인 그의 이름은 이리이치 가나메입니다. 어렸을 때 우연히 목격한 어떤 장면을 보고 자신의 검은 충동에 눈을 뜬 그는 20대의 나이에 마을을 돌아다니며 집을 습격해 강간을 저지릅니다. 총 세 번의 사건 모두 참혹하기 그지없지만 기묘하게도 그는 마지막 사건을 저지른 후 '상대가 죽을 것 같아서'라는 이유로 스스로 경찰에 신고해 붙잡힙니다. 범행 당시 정신 상태가 온전했다는 판정을 받아 15년의 복역 생활을 마치고 출소한 뒤에는 금속 배트를 손에 들고 동네를 어슬렁거리며 주변 사람들을 불안하게 합니다. 결국 그는 '절대악'이라는 의심을 받으며 작은 마을 안에서 순식간에 배척의 대상이 됩니다.

그리고 한 여자가 있습니다. 이 작품의 주인공이자 학교에서 스쿨 카운슬러로 일하는 오쿠누키 지하야입니다. 대학에서 심리학을 전공하며 '포용과 공생에 이르는 심리'라는 논문을 쓰기도 한 그녀는 평소 특이한 개성을 지닌 자들을 품을 줄 아는 사회적 포용의 중요성을 설파하는 인물입니다. 그러던 어느 날 상담실에 찾아온 노즈 아키나리를 만난 후 그의 고백을 듣고 큰 충격을 받게 되고, 그날 이후 '죽여 마땅한 사람'을 찾는 소년과 '절대악'으로 의심받는 강간범이 작은 마을 안에서 맞닥뜨릴 상황을 두려워하며 중간에서 고군분투합니다. 하지만 이윽고 드러나는 그녀 자신의 어두운 과거까지 맞물리며 사태는 점차 예측할 수 없는 방향으로 흘러갑니다. 저마다 색이 다른 충동을 품은 채 이 세상을 살아가고자 하는 세 사람의 이야기. 그 끝에는 과연 어떤 결말이 그들을 기다리고 있을까요.

『하얀 충동』은 재일교포 3세인 오승호(고 가쓰히로) 작가가 2017년에 집필한 작품입니다. 2015년 데뷔작이자 인간 도덕관념의 본질을 꿰뚫는 사회파 미스터리 『도덕의 시간』으로 가장 치열한 심사 과정을 거쳐 에도가와 란포상을 수상한 작가는 그로부터 매해 새로운 작품을 내놓으며 세상을 놀라게 했습니다. 그중 작가가 네 번째로 쓴 『하얀 충동』은 데뷔작 이후 조금씩 주목받던 작가가 본격적으로 작가로서의 재능을 꽃피우게 된 원점으로 꼽히는 작품입니다. 사상 최대의 유괴 사건을 그린 두 번째 작품 『로스트』와 경찰 미스터리인 세 번째 작품 『신기루의 개』를 통해서 흥미로운 소재와 이야기를 다루는 신인 작가로 점차 호평을 받다가 2018년 『하얀 충동』이 돌연 오야부 하루히코상, 요시카와 에이지 신인상이라는 두 개의 일본 내 걸출한 문학상 후보에 오르는 기록을 써냈기 때문입니다. 민감한 사회적 문제를 미스터리의 소재로 과감하게 다룬 패기와 흥미로운 이야기, 젊은 신인 작가로서는 보기 드문 성과까지 더해져 단숨에 언론과 여론의 주목이 쏟아졌고, 오승호 작가는 결국 이 작품으로 오야부 하루히코상을 수상하며 작가로서 그 뒤에 걷게 될 탄탄대로의 발판을 마련합니다. 작품 속 등장인물들이 어쩔 수 없이 내몰리게 된 잔인한 상황 속에서 수많은 선택지를 검토하고 그 안에서 최선이 무엇인지를 찾아 나가는 작풍은 2019년 나오키상 후보에 오르고 2020년 일본 추리작가 협회상을 수상한 작가의 최신작이자 정점으로 꼽히는 『스완』과도 궤를 같이합니다. 넓게 말하면 본 작품 『하얀 충동』은 『스완』의 원형이 되는 작품이라고도 할 수 있습니다.

『하얀 충동』이 다루는 주제는 바로 '이해할 수 없는 자와의 공생'입니다. 작품 속에서 작가는 이 세상에서 '절대악'이라고 부를 수밖에 없는 인간의 존재 가능성을 짚고, 그렇다면 우리 사회는 그런 이들을 어떻게 마주하고 또 우리는 그런 이들과 어떻게 함께 살아가야 하는지를 묻습니다. 참으로 어려운 문제입니다. 그리고 시간이 흐를수록 더욱 어려워지는 문제이기도 합니다. 지금 이 시간에도 우리의 머릿속을 비롯해 세상 모든 곳에서 '배제'와 '포용'의 가치관이 격렬하게 대립 중인 상태로 언제 한쪽으로 무너질지 모를 아슬아슬한 균형을 이루고 있습니다. 인간은 반드시 다른 누군가와 살아가야 하니 배타적인 태도는 좋지 못하다고 배우고 또 머리로는 그렇게 생각하지만, 이해하지 못할 타자를 향한 공포는 무릇 이성과 논리의 영역을 쉽사리 뛰어넘기 마련이며 특히나 나와 내 소중한 사람이 엮일 경우 그런 감정을 마냥 저속하고 야만적인 감정으로 치부하기에 우리 스스로 해결해야 할 마음속 숙제가 대단히 무겁다고 할 수 있을 것입니다. 이 어려운 문제를 오승호 작가는 절대 섣불리 결론 내리지 않고 작품 속 주인공 지하야와 주변 인물들의 토론 과정을 통해 선택지를 차근차근하게 짚어 나갑니다. 그리고 최대한 조심스럽게, 많은 이들이 고개를 끄덕일 수 있는 방향으로 이야기를 끌고 가고자 합니다. 색이 다른 강렬한 충동들이 서로 맞물리는 지점에서 『하얀 충동』은 과연 어떤 색을 지닌 해답을 찾아냈을까요. 한 가지 힌트를 드리자면 데뷔작 『도덕의 시간』부터 오승호 작가는 현대 사회에 존재하는 수많은 '악'의 양태를 그렸지만, 그 끝에는 항상 어떤 공통점이 있습니다. 바로 인간에 대한 마지막 한 조각의 신뢰는 결코 놓지 않는다는 것입니다.

작가는『하얀 충동』출간 후 가진 인터뷰에서 "소설을 쓰며 인간의 마음이 가장 이해하기 어렵고 거기에는 어떤 해답도 없다는 것을 알게 됐다. 따라서 인간에게는 추하고 어리석은 감정이 있다는 것을 깨끗이 인정하고, 냉정하면서도 이성적으로 그 마음을 고찰하는 소설을 앞으로도 써 나가고 싶다"라고 했습니다. 그의 말대로 인간의 마음은 복잡다단하고 우리 사회가 떠안은 문제는 결론을 내리기가 쉽지 않습니다. 그러나 상상은 할 수 있을 것이고, 상상하고 싶고 상상해야 하니 우리는 오늘도 소설책을 집어 듭니다. 작가는 최신작『스완』으로 일본 추리작가 협회상을 수상하며 소감으로 오직 나만이 쓸 수 있는 추리 소설을 쓰겠다고 공언한 만큼 자신의 작품이 일반적인 '사회파 미스터리'로 불리기보다 '오승호파 미스터리'로 불리기를 당당히 원한다고 합니다. 본 작품『하얀 충동』또한 여타 사회파 미스터리와 달리 탄탄한 서사 구조 속에 어떤 작가도 쉽사리 다루기 어려운 사회적 메시지를 공들여 녹여 낸 것은 물론 작품 중후반부부터 펼쳐지는 범인 찾기와 연이은 반전, 복선 회수 등 본격 미스터리로서의 재미까지 놓치지 않은 '오승호파 미스터리'의 수작이라고 할 수 있습니다. 이렇듯 오승호 작가는 지금 이 시대에 모든 이들이 함께 생각해 봤으면 하는 문제를, 가장 재미있는 미스터리 소설로 풀어내는 작가

입니다. 그의 성공적인 두 마리 토끼 잡기는 과연 언제까지
이어질까요. 이 뜨겁고 젊은 작가가 보여 줄 약진을 앞으로
도 여러분과 함께 지켜보며 응원하고 싶습니다.

2021년 초봄 즈음
이연승

하얀
충동

1판 1쇄 인쇄 2021년 2월 10일
1판 1쇄 발행 2021년 2월 25일

지은이 오승호   옮긴이 이연승
책임편집 민현주   디자인 디자인비따   제작 송승욱   발행인 송호준

발행처 블루홀식스   출판등록 2016년 4월 5일 제 2016-000100호
주소 경기도 파주시 회동길 483-1   전화 031-955-9777   팩스 031-955-9779
이메일 blueholesix@naver.com

ISBN 979-11-89571-42-9 03830